中国历史文化名人传

梦溪妙笔
沈括传

周山湖 著

作家出版社

中国历史文化名人传

组委会名单

主任：李　冰
委员：何建明　葛笑政

编委会名单

主任：何建明
委员：郑欣淼　李炳银　何西来　张　陵　张水舟　黄宾堂

文史组专家成员（按姓氏笔划为序）

王春瑜　王家新　王曾瑜　孙　郁　刘彦君　李　浩　何西来
郑欣淼　陶文鹏　党圣元　袁行霈　郭启宏　黄留珠　董乃斌

文学组专家成员（按姓氏笔划为序）

王必胜　白　烨　田珍颖　刘　茵　张　陵　张水舟　李炳银
贺绍俊　黄宾堂　程步涛

出版说明

　　中华民族五千年文明史中，涌现了一大批杰出的文化巨匠，他们如璀璨的群星，闪耀着思想和智慧的光芒。系统和本正地记录他们的人生轨迹与文化成就，无疑是一件十分有必要的事。为此，中国作家协会于 2012 年初作出决定，用五年左右时间，集中文学界和文化界的精兵强将，创作出版《中国历史文化名人传》大型丛书。这是一项重大的国家文化出版工程，它对形象化地诠释和反映中华民族文化的基本精神，继承发扬传统文化的精髓，对公民的历史文化普及和建设社会主义文化强国都具有重要而深远的意义。

　　这项原创的纪实体文学工程，预计出版 120 部左右。编委会与各方专家反复会商，遴选出在中国文化发展史上产生过重大影响的120 余位历史文化名人。在作者选择上，我们采取专家推荐、主动约请及社会选拔的方式，选择有文史功底、有创作实绩并有较大社会影响，能胜任繁重的实地采访、文献查阅及长篇创作任务，擅长传记文学创作的作家。创作的总体要求是，必须在尊重史实基础上进行文学艺术创作，力求生动传神，追求本质的真实，塑造出饱满的人物形象，具有引人入胜的故事性和可读性；反对戏说、颠覆和凭空捏造，严禁抄袭；作家对传主要有客观的价值判断和对人物精神概括与提升的独到心得，要有新颖的艺术表现形式；新传水平应当高于已有同一人物的传记作品。

为了保证丛书的高品质，我们聘请了学有专长、卓有成就的史学和文学专家，对书稿的文史真伪、价值取向、人物刻画和文学表现等方面总体把关，并建立了严格的论证机制，从传主的选择、作者的认定、写作大纲论证、书稿专项审定直至编辑、出版等，层层论证把关，力图使丛书经得起时间的检验，从而达到传承中华文明和弘扬杰出文化人物精神之目的。丛书的封面设计，以中国历史长河为概念，取层层历史文化积淀与源远流长的宏大意象，采用各个历史时期最具代表性的文化符号与雅致温润的色条进行表达，意蕴深厚，庄重大气。内文的版式设计也尽可能做到精致、别具美感。

　　中华民族文化博大精深，这百位文化名人就是杰出代表。他们的灿烂人生就是中华文明历史的缩影；他们的思想智慧、精神气脉深深融入我们民族的血液中，成为代代相袭的中华魂魄。在实现"中国梦"的历史进程中，必定成为我们再出发的精神动力。

　　感谢关心、支持我们工作的中央有关部门和各级领导及专家们，更要感谢作者们呕心沥血的创作。由于该丛书工程浩大，人数众多，时间绵延较长，疏漏在所难免，期待各界有识之士提出宝贵的建设性意见，我们会努力做得更好。

《中国历史文化名人传》丛书编委会

2013 年 11 月

沈 括

目录

第一章 钱塘江畔奇少年

公元一〇五一年，也就是中国历史上的北宋皇祐三年夏天，在浙江杭州西北部天目山下、苕溪边的大路上，急匆匆地奔走着两顶青纱小轿。

这两顶小轿里坐着两个在中国历史上鼎鼎大名的人物：一个是当时的杭州知州范仲淹，时年六十二岁；一个是时任舒州（今安徽潜山）通判的王安石，时年三十一岁。他们此行是要去看望他们共同的老上司、时任南京（今河南商丘）太常寺少卿的沈周，时年已经七十四岁。

沈周字望之，出身世代官宦人家，为人诚厚，为官勤勉，进士及第后从县令做起，担任过十三任地方官员，口碑颇好，两次擢升入京又两次被排斥出来。三年前江南大旱，他任江南路东按察使考察抗灾，接触到了因搞"庆历新政"变法失败被贬在杭州的范仲淹，他发现，范仲淹没有像其他地方官那样，只下发点赈粮、赊款救济完事，而是创造了一种以工代赈的新方法，组织灾民兴修水利抗灾工程，既避免了灾民的大量外流，又为防止将来的灾害奠定了基础。沈周感到这真是一个利国利民的好对策，竭力向上举荐，结果上面毫无反应，但是这个朋友是交上了，平日与范仲淹交谈相处，觉得在政治见解和生活意趣方面十分相投。

后来，沈周觉得自己年事已高，又不乐"事权"，便向朝廷上书，干脆辞去这个按察使的名头，自请到明州（今浙江宁波）做知州，这样，他又成为当时做鄞县知县的王安石的顶头上司。此时，王安石刚二十九岁，正血气方刚、踌躇满志，在这里进行了他最初的政治试验：在青黄不接的时候，由县衙贷谷于穷人，到收获的时候加息偿还，这就是后来他在全国推行的青苗法的雏形。这个措施不但解了许多百姓的燃眉之急，也有效地抑制了豪门大户对土地的兼并。他还利用同样的政府借贷的方式修堤坝、办县学，使鄞县的面貌焕然一新，受到了当地人民的赞颂。沈周亲眼看到百姓为王安石立的功德碑文，非常赏识这个人，觉得他这样年轻就韬略不凡，是难得的栋梁之才，是大宋中兴的希望，因此也和他说得投机，成为了忘年的朋友。

去年，也许是朝廷体恤到沈周年迈病弱，不太适宜再奔波劳碌做下层工作了，就调任他到南京担任太常寺少卿。品级是提升了，工作却很清闲，只管一些礼乐祭祀程序方面的事情，但是，这种"照顾"已经太迟了，沈周上任不到一年，就病势加重，不能守职，只好上书请假回杭州老家将养。此时，正好王安石也来杭州考察以工代赈的做法，得知这情形，就和范仲淹相约一起来看望这位老前辈。

在钱塘一带，沈家是一个大家族。自从沈周的爷爷沈承庆担任大理寺丞开始，沈家已经出了两个尚书、三个进士，算得门第显赫。所以，离老远他两人就看见了沈家连片的宅第：绿荫掩映、青瓦白墙，崔嵬而不奢华，带着几分书香气。

宅门上，他俩报上姓名，沈周撑着病体，亲自出来迎接他们。看到一个年迈的老人支撑着憔悴的身体走这点路已经喘成一团，两人都觉得心不落忍，急忙上去搀扶道："听闻老世伯身体欠安，才来探望，反叫老世伯如此劳碌，是我们的罪过了。"

沈周说："哪里哪里！说实在的，以我现在的病况，就是皇帝的钦差来，我也不一定会上门首迎接。咱们不一样，是过心的朋友，我多走这几步，原不过是想早见到你们，能多说两句心里话而已，所以就不必客套，咱们随意为好。"

说着，他们来到了前庭大堂，并不进屋，反向旁边一个廊厅走去，这里摆有几副矮桌凳，还有一把黄藤编的躺椅；旁边栏杆外面，有翠竹几竿，菖蒲一丛，掩着一汪小池，内有白睡莲刚刚吐蕊，几条小鱼游弋，倒也静谧雅致。

"好地方！好地方！就在这里。"王安石立时赞叹。沈周说："敝舍简陋，不嫌弃就好。恕拙老儿身子不济，只能歪在这里，不恭了。"他先半躺在躺椅上，"你二位随意，随意。"范、王二人就在矮凳上坐下，两个家人出来奉茶，退下。

王安石开口就先问病，倒被沈周拦下了，说："病，已经是沉疴痼疾，问不问它就那样了，只好顺其自然，听天由命。倒是大限将近，想起一生的志向蹉跎，空亡蹉跎，颇有不甘。想到你二人都有经天纬地的才学，也各有一番不同凡响的业绩，趁我这里是私人宅第，山高水远，他无外人，不妨就敞开胸襟，毫无忌讳，做一番纵横天下的扪虱而谈，也不枉我们这难得的忘年一聚。如何？"

两人连连点头："好，好啊！"但真到要启口说事的时候，却又都凝眉敛息，神色严肃起来。

"可见是各有一番苦楚的。"沈周说，"不过在我这个行将就木的人这里，不妨苦水尽倒，怒火尽撒，无非出门就不认账而已。希文（范仲淹字），介甫（王安石字）年纪尚轻，对你那些年推行新政的周折不大知底，你可以给他说说。"

王安石马上恭敬地说："不错，希文公，当年您拜相开始搞庆历新政的时候，我还刚刚是进士及第，初入公门，看到您上书的《答手诏条陈十事》，其中'历代之政，久皆有弊，弊而不救，祸乱必生'之言，真是振聋发聩，令我佩服之至，觉得有这样的十条措施，真是可以整顿朝纲、富国强兵，我们这些后生小辈正可以为这场变革鞠躬尽瘁、建功立业，可是后来却不知为什么风声越来越小，竟至不提了。"

范仲淹苦笑："岂止不提？还不到一年，当初颁发的改制的诏命都被废了，当初我们那些推行新政的人被加了一条'朋党'的罪名，纷纷贬谪，调离京城。"

王安石："这为什么？是夏竦一帮权臣在构陷、排挤？我听说还叫丫鬟伪造了石介的笔迹篡改书信，陷害改革官员。"

范仲淹："那些老臣被伤了面子，那些权臣贵戚利益被新法所损，所以不满、抗拒，这都属自然，关键是……"他用手指了指上面，示意，"唉，是上面耳朵根子软，没有坚持原来的意见。"

沈周说："希文老弟，你还是有所顾忌了，什么上面下面，在我这里又没有太监公公的揭发、御史台的举报，你就直说皇上吧，正是你在《岳阳楼记》里说的，我们这是'居江湖之远则忧其君'，正是君子之为，又何惧哉？"

王安石说："说起希文公写的《岳阳楼记》，堪称当今绝唱，一句'先天下之忧而忧，后天下之乐而乐'，那真是说尽真君子磊落胸襟，是会流传千古的。此文一出，四海传抄，真有洛阳纸贵的感觉。"

范仲淹哀叹一声："唉，你我之辈，岂是为些许名言佳句脍炙人口就得意满足之人？想想我倾半辈子心力推行的改革新政，真正实施还不到一年，就无疾而终，充其量，也仅仅留下这么一篇文字而已，悲哀啊！"说到这里，他的声音竟有几分哽咽。沈周和王安石也不由得动容。

范仲淹接着说："其实，圣上开始采纳我们的建议，还是从谏如流的，我们的十条建议，他几乎是条条照准，马上就颁发了诏命。他大概没有想到，那些限制世袭、防止兼并，考核官员、改良贡举，条条都是要惹人的。后来这些人一闹腾，他的头就大了，反倒觉得原来太平无事挺好的，自己就缩了回去。其实他要是顶住撑个三年两载，见了成效，许多关系自然就理顺了。"

沈周说："人们都传说当今圣上是当年'狸猫换太子'留下的根儿，天生的仁慈、厚道，可正因为此，缺了果决的魄力，多了懦弱、犹豫。"

王安石说："看来，这改革要想真正搞成，必须要有君上的大决心、大魄力，要有义无反顾的霹雳手段。他日我要是有机会与君上磋商改革的事，我就要明确地告诉他，要想办成事，天命不足畏，祖宗不足法，人言不足恤。"

沈周："好啊！介甫到底是初生牛犊不怕虎，真是一针见血。说来也是啊！从我年方弱冠就进入仕途，当时就和有识之士商讨过时政的弊端，也不过就是冗官、弱兵、兼并等事，现在五十年过去了，这些弊端依然存在。我奔波劳碌了一辈子，空有感叹，竟不能动之分毫，究其根本，除了时运不佳、不在其位之外，无非就是瞻前顾后，缺乏冒天下之大不韪的魄力，犹豫姑息以至蹉跎。总结我这一生，算是个清官、勤官，却也是个平庸之官。你两位却不是这样，自有一番建功立业舍我其谁的气质，尤其是介甫，正当盛年，应当抓住时机，一展抱负，我大宋中兴的希望或许就在你身上。"

王安石说："如有这样的机会，我定然不负先辈重托，竭诚效命。"

范仲淹说："前车之覆，后车之鉴。说来说去，还是得碰上一个有远见、有魄力、能够始终如一的皇帝支持，才能成事。"

王安石说："长风破浪会有时，直挂云帆济沧海。我就不信我这辈子碰不到个有眼力的皇上。"

范仲淹说："碰上碰不上，反正我们这些士大夫是不能气馁，要卧薪尝胆，伺机再发。介甫正当其时。正如我当初给梅尧臣回复的那篇《灵乌赋》中所言：彼希声之凤皇，亦见讥于楚狂……"

王安石接着咏诵："彼不世之麒麟，亦见伤于鲁人。凤岂以讥而不灵？麒岂以伤而不仁？"

沈周也加入："故割而可卷，孰为神兵？焚而可变，孰为英琼？"

最后三人一起咏诵："宁鸣而死，不默而生！"之后，相视而大笑。

话说到这里，似已说尽，三人的心境都觉得畅快了许多。此时已近中午，家人来报，说夫人已经备好了午饭，请客人用餐，沈周就将他们引到后堂里来。

在后堂，沈周向他们引见了自己的夫人许氏。范、王早听闻沈夫人是大家闺秀，有名的苏州才女，其祖父官至刑部尚书，哥哥许洞自幼学习兵书战策，是本朝著名的军事家和战略家。今天一见本人，虽然已经年过花甲，依然眉目清秀，举止端庄娴静，气度不凡。

互相见礼之余，范仲淹特地提道："前些年奉命提督西疆战事，不才还特地拜读了令兄所著《虎钤经》，真知灼见，获益匪浅。"

许氏笑道："哪里！您两位先生都是当代雄才，文坛领袖，拙兄的一点笔墨，只能算是博取一笑，也正和我的厨艺一样。贵客临门，本应该设宴款待，怎奈太急了来不及准备，只做了几个简陋的小菜，聊以充饥而已，还请两位不要笑话。"

范仲淹说："一壶清酒，二三知己，四五盘菜肴，做一席谈，正是多少雅士求之不得的绝佳境界，何言简陋呢！"

沈周说："都不客气了，随便就好，请！请！"

酒席的确不算丰盛，可都是新摘的时令蔬菜，现打的草鱼河虾，配以腊肉板鸭、绍兴老酒，倒也清爽宜口。沈周病体不胜酒力，只浅饮了一杯，有夫人许氏陪同劝酒，范、王两人都喝了不少。

酒至半酣，闲聊了许多话题之后，沈周才说起："你两位名家，我平时就是想请也请不来，没想到你们居然一起来了。这说明你们和我沈家有缘。既如此，有两件事情，我还真想托付给你们。"

两人连忙放下酒杯，正襟道："老世伯请讲。"

沈周说："其一，既然是知己朋友，就不妨直言，以我现在的病态，已经是入之膏肓，针药不逮，所余时日怕不多了，我不得不安排我的后事。直说吧，我身后的墓志铭文，想拜托介甫来写。"

王安石立即诚惶诚恐："有希文先生如椽巨笔在上，怎么轮得着我这晚生小辈？"

范仲淹说："世伯功德昭著，如蒙托付，在下愿为竭力。"

沈周说："我们既为知己，就不必讲虚套，只讲怎么更为妥帖便了。希文刚从相位下来，至今仍处是非之中，又刚有《灵乌赋》《岳阳楼记》风靡天下。我本是个无名小吏，墓志铭又非吉物，请希文来写，不仅不能为范公增添什么文采风流，反倒容易被仇家诽谤，生出一些什么朋党远近的猜忌和嫌隙来，我死了一无所知，倒给朋友添堵，实非所愿。而介甫就不一样了，虽然素有文风，毕竟属于后生小辈，还做过我的下级，以下属礼为上司祭，顺理成章，是不是更妥帖呢？"

范仲淹说："如此说来，倒真是介甫偏劳为宜。"

王安石拱手道："那安石就恭敬不如从命，先谢老世伯信赖看重之恩了。"

范仲淹:"那世伯所要托付的另一件事情是什么?"

沈周:"老夫另有所虑,就应说是我膝下的儿子了。"

范仲淹:"我如果没记错,令郎好像叫沈披,进士及第,现在供事国子监?"

沈周:"那是我的大儿子,我现在所说的是我的小儿子,名叫沈括,字存中。现在年方弱冠,尚在家中读书,未出道,今后的前程当然主要靠他自己,但也请你两位师长在学识上尽可能指导关照。"

接着,沈周讲了小儿子沈括的情况。原来,沈括出生时沈周已经五十四岁,夫人许氏也已经四十七岁,是他们的老生子,所以生来身体比较弱。而且,从他出生以来,沈周一连转了十几个地方做官,先是在四川简州平泉,后来又陆续调到封州、苏州、润州、泉州、杭州、明州,中间也到东京汴梁当过几个月的京官,没想到椅子还没有坐热就又被调了出来。这十几年,沈括和母亲一直跟着沈周的岗位奔跑,没有条件固定一所学馆,安定地接受系统的教育,只好由沈周和夫人抽时间自己教习。虽然沈括也算聪颖好学,十四岁就把家里的藏书全部看完了,但毕竟没有上过学堂,不知道能不能适应科举、出仕的需要。

范仲淹、王安石听了相视一笑。王安石说:"世伯,古人说读万卷书、行万里路,寻常文人只恨后者的不足,而他小小年纪倒已经行万里路了,所见所闻,正可以印证、注释书本上的学问,这比光关在书房里读《四书》强多了。"

范仲淹说:"加之世伯和尊夫人二人都是家学渊博,书香门第,亲自施教,恐怕一般的私塾学堂都比不上。令郎的学识风仪肯定错不了。"

沈周神情却丝毫没有显出松快,说:"你们不必安慰我,我这样担心是有理由的。我这个儿子,好学是好学的,只是他兴趣和关注点似乎与其他孩子不大相同。也许是从小跟着我们到处跑的缘故,见的各种新鲜事多,好奇心特别重,还总想穷根问底,对天地自然、风俗物理、艺文医卜之类的杂学非常感兴趣,而对于正统的经世之学反倒不太专注。毕竟晋身仕途靠的还是经学啊!"

范仲淹:"那《四书》《五经》他不爱读吗?"

沈周:"也读了,《论语》《易经》我还见他写过心得,只是他对杂学提的问题更多,更加热衷。"

王安石说:"照我听来,是世伯有些过虑了。《四书》是讲修齐治平道学之书,未免枯燥,本不如杂学生动,各方面的知识多懂一些,正可以避免死读书、读死书,反而能触类旁通,增加思考办事能力,有什么不好呢?"

范仲淹说:"老世伯既然担忧,我们吃了饭出去就见一下令郎,也出个题目试他一试,看他谈吐应对,就该知道他的学术功底。我们在仕途阅人无数,辨才的眼力还是有的。"

沈周说:"好,好,正要如此。"

饭后,在茶亭坐下,沈周就命仆人叫正在后院读书的沈括前来拜见两位名家师长。范仲淹说:"慢,我们现在也没有事,正好权作散步,到令郎的书房去看他用功,从他案头文牍陈设,正好可以撷取题目话头,也便于猜度其思绪意趣所在,老世伯以为如何?"

沈周起身说:"请!请!"他们便绕过一个廊子来到后院。王安石看到外门门扇上还斑驳留有贴过红喜字的痕迹,就问:"令郎难道正是新婚燕尔?"

沈周说:"见笑,这也是拙老儿怕见不上孙辈,催着他抢办的。还不只是这些,为了叫他精神饱满地娶妻生子,我还很下了功夫调养他的身体,治愈了折磨了他多年的眼病和白虫(绦虫)病。"

王安石说:"这两种病都不是好治的,世伯用的什么方剂?"

沈周:"眼病我用的'小乌头汤',驱虫用的是锡砂、芜夷、槟榔和石榴汁拈丸,还配以道家的吞气法,竟然治愈了。"

王安石说:"这方子倒应该记下来。"

沈周:"这方面我那儿子倒有心,全记下来了。"

说着他们走进了后院。还未进书房,却听得"吱呀"一声门自开了,一个二十来岁的白衣青年兴冲冲地迎出门口,冲他们纳头就拜:"二位师长道德文章,如雷贯耳,莅临寒舍,不胜惶恐,学生沈括叩首叩首再叩首！"

说着，他不由分说，就地磕了三个响头。原来，王、范两人来的事，许氏已告诉了沈括，他早想拜见，又不敢造次，好不容易才盼到这个时候。

范、王二人毫无防备，忽然受到这种礼拜，又听得絮烦这一套，不由得相视笑了，沈括见他们笑了，也长跪在那里笑了。

范仲淹说："哦，你就是沈括？"

沈周说："正是犬子，鲁莽了！见笑。"

"哪里！请起，请起。"沈括便站起来。王、范二人打量他，面容清癯，五官端正，虽然身体略显羸弱，但礼貌儒雅，行止有度，一看就是严格的家教熏陶出来的，而眉宇之间的神情又透出质朴和率真，甚而带几分天真和顽皮，使这一切客套话都显得自然、有趣了。

范仲淹说："带我们到你书房里看看，你这一段在攻读什么书呢？"

"我在读《孟子》。"沈括边答边把他们领进自己的书桌前，果然书案上摊开有一套线装唐刻本《孟子》，其中夹了许多纸条。王安石见状，会心地一笑："好了，要讲'孟学'，你可真是碰到一代宗师了。"

范仲淹知其所指，也没有吱声。原来，在传统的儒学中，孟子并未具有"亚圣"的位置，正是宋代的理学学者们将孟子抬举上去的，而范仲淹正是当时"孟学"领袖，他特别崇尚的，正是孟子宣扬的以天下为己任的自觉的士大夫精神。他随手翻开一页夹纸，见写有"君子之道"四个字，便问："你以为什么是君子之道呢？"

沈括说："我以为君子之道有四个层次：一曰有命，能受命于天，为时所用，以自己的才德匡扶社稷、造福万民，这自然是最高的层次了；二曰有义，即使不能得到相应的机缘和地位，身处卑微，但言行仍然要遵行着世间的大德大义；三曰正物，地位再次一等，如工匠耕夫，谈不上推行仁义，但起码能以正确的心智和劳作，匡正自己的物业，也可以惠人利世；四曰正己，即使我生不逢时，万事不济，但是心身总是属于自己的吧？我总可以用高尚的情操和端正的言行来匡正自己吧？这第四个层次虽然最低，却是君子之道的基础，先正己方能正物，然后才能谈得到行义受命。所以一个人要做一个真君子，必须先从修身正己出发。"

范仲淹点点头，问："那你以为修身正己，又有什么要旨呢？"

"不过'穷理''尽性'两个而已！"

"怎么讲？"

"所谓'穷理'，我们读书、拜师、思辨、品悟，无非就是要追问、穷尽天下事物中潜藏的最深刻最根本的道理。不明白万物之理，就不足以择天下之义，也不足以明天下之道德。'尽性'不过是尽人之才能智慧，孟子说人性本善，不是说人生而知之，而是说人的本性中，本来就有理解万物大理的能力和领悟道德精神的种子，你不去启发它、栽培它，这个善根就不能萌发，只能一辈子浑浑噩噩地活着，这甚至都谈不上是一个真正的人，哪里谈得到什么君子？所以要修身、学习。"

范仲淹点头说："所以孟子说君子要善养浩然之气。你觉得这和你说的是不是有关联呢？"

沈括说："我以为所谓'浩然'之气，就是'充完'之气度与胸襟，充完，即充实、完美之义也。一个人如果没有掌握最丰富广博的知识，胸襟如何能充实？如果没有从这些知识中分辨、领悟出至深至切的哲理，又谈得到什么完美？人只有内心充实了、完美了，屈伸俯仰，无不中义，仰不愧于天，俯不怍于人，立于天地之间无所憾，那就真称得上'浩然'了！"

听了他这番议论，范仲淹和王安石不约而同地眼睛一亮，互相看了一眼，觉得这孩子果然是不一般。王安石说："老世伯，我刚才说什么了？有你两个学斗坐在高堂，令郎的学识如何能不精？希文公刚才一番考题出得不为不苟，而令郎出口成章、对答如流。有这样的才学想晋身公门，说俗一些，可算是探囊取物了。"

范仲淹也说："前辈，不是我当面吹捧，这些年我也接触了不少问学的年轻人，对《孟子》这部书，能像令郎这样有深邃的领悟，并且还能提出自己创见来的学子还真是不多见。可见治学精进，非敷衍浮夸之辈，前辈的担忧应当是过虑了，令郎的经学知识足以立世。"

沈周听了，自然是一喜，又见沈括本人在一旁听着，怕他自满，便说："两位师长的夸奖，不过是为劝勉鼓励你上进，其实你那点肤浅之论，算什么呢，还不谢过师长！"

沈括连忙施礼："是是，谢师长指拨。"

范仲淹说："坐吧，不要拘谨。正是教学相长，学无长幼，存中，你虽年少，也是个思者，尽可以坐在一起讨论问题。你刚才说到修身和用世的关系，讲得不错，修身养性、树德立志，实为出去闯事业所必需。当初孔圣人立了君臣忠恕之道，倡言'克己复礼'，也似乎认为士人修身就能济世，克己就能复礼。然而孔子自己修身了，却半世奔波沦落，并未重用于诸侯。商鞅倒是济世了，变法奠定了秦王基业，却遭车裂之酷刑。可见君臣之道，施行起来并非那么简单。于是《孟子》说'民为贵，社稷次之，君为轻'，又讲君子要养浩然之气，威武不能屈，富贵不能淫，当舍身以取义。我小时候读书，初读《孟子》，觉得励志就励志，何必讲得那么严重呢？后来经过半世的奔波，才觉得孟老夫子的感慨，绝非多余，虽然还是在讲修身，可是那味道其实大有不同，融进了当时多少士人的切肤之痛，更多强调的是承当、委屈和隐忍。存中，你还小，前面那一层意思你讲得出来，后面这层意思恐怕你还体会不到，不过这没关系，以后经世多了，自会有所领悟。我说这番话，是想告诉你，一个年轻人要想出道，应该先给自己铸就一个经得起挫折的强大内心，《孟子》这部书就能给你这样的襟怀。"

沈括看着范仲淹，似懂非懂地应道："学生一定谨记教诲！"

王安石说："希文公力倡孟夫子品格，为天下表率，语重心长，只是他涉世未深，恐怕一时难以体味。我们还是先和孩子闲聊些轻松话题吧！"王安石从沈括书案上拿起一本书来，对沈括说，"刚才我无意中翻到这本书，看见你在这里作的批注，颇有点新鲜，可以为我解释一下是什么意思吗？"

范仲淹看了一下，却是一本《尚书》，其中夹着一个纸条，上写"疑为谬注"四个字。

沈括说道："哦，是这样，我读《尚书·大传》篇，其中有一段说道：文王囚于羑里，散宜生得大贝，如车渠以献纣。车渠这个词下面有郑玄所作的注释，说是：渠，车冈也。也就是指车的轮毂。我怀疑他这个注释错了。"

王安石问："怎么见得？"

沈括说："前几年，家父供职明州，我在明州北桥海边看见过渔夫捕到巨大的海贝一类的东西，有簸箕那么大，外壳有深深的渠垄，把它的壳打磨成器皿，像玉一样洁白，北桥的渔人说这种东西名叫'砗磲'，我后来读到这本书，这段话中的'车渠'二字，就是直书'砗磲'其名。我想郑康成大概没有到过海边，也没有见过这种东西，就把车渠当车轮讲了。"

王安石听了，哈哈大笑，问："你知道郑玄是什么人吗？乃后汉大学问家，经学泰斗。你敢批评他的书，可有点胆大包天啊。"

范仲淹看沈括听了这话有些尴尬，便说："小伙子别怕，我看你批评得没有错，智者千虑难免一失，郑玄学问再大，在这一点上他也可能武断了，孤陋寡闻，不懂装懂。泰斗能叫你这个毛头小子抓了个把柄，不简单呀！"他转身对沈周说，"令郎读书敢怀疑权威，不是那不求甚解者，将来治学必定有成。"

沈周说："初生牛犊不怕虎，他那也是一知半解，误打误撞的。"

沈括这才松了一口气。受到了长辈名人的鼓励，也就更加放开了些，索性将自己这一段读过的书中的疑问，连同自己这些年随父周游其间令自己迷惑的见闻，一股脑儿讲出来，向两位大师请教。

他首先讲到在京师读《史记·年表》时的疑问：该书中记载："周平王东迁二年，鲁惠公方即位。"可是《纂例》中又有注文说："惠公二年，平王东迁。"《年表》中又说"东迁在平王元年辛未岁"，而《诸侯世家》中又记载"东迁尽在庚午岁"，难道平王还未迁居，诸侯世家已经东迁了？这不仅不符合情理，而且同一本书自相矛盾，太史公也会犯这样的错误吗？

接着他谈到了他前几年跟着父亲在金陵（今南京）衙府中闲逛，看到有一个厨师用一块大方石头来镇压腊肉，他发现那石头上隐约仿佛有字，就把它换下来用水冲洗，辨识出那是块墓志铭，而且是南齐著名的海陵王的墓志铭，碑文还是著名的南齐诗人"小谢"谢朓撰文并且书写的，字体极像钟繇的字体。这可能是真迹吗？

他还谈到他在泉州的时候曾上了一段私塾，有一个同窗学友，他的父亲曾经参与过对"反贼"王小波、李顺的剿灭事宜。据学友讲：这两个"贼"并不是打家劫舍、杀人如麻之辈，而是对老弱极为体恤，劫到富豪的财产，都分给穷人，所以那年四川遭受大灾后，马上有两万人归附到他们的旗下。倒是后来官军镇压他们的时候，大开杀戒，杀得血流漂杵，王、李二人也被枭首示众。可是没有想到，十余年后，在广州这地方又抓出了一个李顺，经查，这个才是真的，以前杀的那个匪首，其实是当时的官员向朝廷虚报冒功而已。难道朝廷也会犯这样低级的错误？

对于这些疑问，范、王二人都做了肯定的答复：古代的大师名家，也不是神仙，著文和查证史料的时候，都可能有疏忽和出错的时候，司马迁也不例外。所谓"虚报冒功"的事，历朝历代都有，有些官僚为了沽名钓誉，什么事情也敢做。至于那些"反贼"讲仁义体恤百姓，也不足为奇，历代为政者政策出了偏谬，受害的必是小民，一般说来，那些忤逆作乱的"盗首"，不过是被逼到绝处的平民领袖，所以官员才要不断地了解下情，因势利导，化解矛盾，才能保天下太平。

说到《海陵王墓志铭》，两位大师尤其感兴趣，因为收集考证古碑文、古字画，也是他们的癖好，问沈括见到那石碑有没有做拓片。沈括随即将拓片拿出来，众人共同赏玩，果然字迹遒劲拙朴，深得魏晋古风。王安石说："此碑碑文内容，与史书所记人事相符，刻字风韵，亦合其名家特征，定然真迹无疑。珍品难得！难得！应该好生保存，勿使遗失才是。"

接着，沈括又讲起了他在随父迁徙之间遇到的一些奇异现象，自己尚不能理解的现象，希望大师能够帮他理解。

在苏州的时候，沈括有一次跟父亲借宿在龙图阁大学士卢中甫府里，那天他因换了环境睡不安稳，凌晨天还黑着就起来了，看到在大堂的廊柱底下，隐隐约约有一片光亮闪动，凑近了看，那片闪光居然能像水一样在空气里流动。他拿出随身携带的油纸扇，打开，把那片闪光由下而上小心地捧起来，看到那团光亮就在扇面上游动，像水银一样熠熠生辉，可是把它端到蜡烛光底下来观看，却什么都没有。问人，老人说那是"冷光"，沈括诧异：这冷光究竟是什么东西呢？

还有那年冬天在京城的道观集禧观，早上随大人拜三清，天气很冷，就看见庙宇窗格门楣、瓦檐砖面上都结满了冰花，形状如同树枝林木，树叶簇拥繁茂，参差交互，气象森严。沈括以前读过宋次道所作的笔记称："天圣中，青州盛冬浓霜，屋瓦皆成百花之象。"知道它是雾气所凝结。令他不解的是，原来同样光洁平整的墙面砖瓦，为什么结出的冰花却千差万别，变幻出万千景象，而且绝无雷同。这又是为什么呢？

他还说起父亲在明州做太守时，有位姓李的学士，爱好钻研古代炼丹术，沈括亲眼见过他炼"水丹"的过程：把清水灌在陶鼎中，鼎底下架火烧，待半日水烧干就出现了好像金属和玉石的硬块，晶莹透亮，名叫"水丹"，服下可以养身健体。沈括曾经问过李学士，炼这"水丹"，里面还需要加别的方剂吗？李学士说什么都不用加，就是清水。只需要控制火力和水量的均衡，稍有偏差，"水丹"就会重新融化，一无所获。看来这其中化合了坎、离二物的精粹啊！这位学士说得有道理吗？

面对这样的问题，范仲淹和王安石倒都有些为难了，互相看看，带上了几分尴尬。他们俩固然是当时的大学问家，对文学、史学、哲学方面的经典均有很深造诣，那些方面的问题绝难不倒他们，然而对沈括提出的涉及自然物理方面的问题，两人并不擅长，反倒被问出一身汗来，只好引孔子名言"知之为知之，不知为不知"，承认自己也说不清楚，只能作为玄谜日后探讨吧。

眼看日头偏西，两位客人准备告辞了。从沈括的书房出来，他们算是真的体会到了沈周所言，觉得沈括这个青年的确有些与众不同，除了儒家经典之外，所感兴趣的东西，的确是太"杂"也太"偏"了些。临别，范仲淹对沈周说："毫无疑问，令郎的确与一般年轻人不同，一般年轻人这时期常犯的厌学、浮躁，满足于一知半解就沾沾自喜，这些毛病他都没有，有的是过多的兴趣，什么都好奇，什么都肯动脑筋，什么都要追根寻底。并且不迷信权威，不盲从经典。孔子说学而不厌，这是好的；然而庄子又说生有涯而知无涯，人的精力时间毕竟是有限的，应当业有专攻，涉及的领域太广博就难免深入不下去。看来老世伯日后还真需要找机会和他好好谈谈，在这方面加以指拨。总之，令郎是一块好玉，稍一琢造，便可成为重器。"

王安石说："涉猎广博原不是什么缺点，用好了反有利于触类旁通，举一反三，通过比较而得其精髓。墨子曾造过能飞的木鸟，诸葛亮也做过木牛流马，而墨子毕竟不是木匠，诸葛亮更精通的是他的治国方略。大丈夫一世，更要精通的还是经世致用之学，做一番扶国利民的大事业，这一点可转达给令郎。"

沈周说："一定，一定。老朽代犬子谢二位语重心长了。"他一直支撑着将两人送过苕溪的拱桥方才折回。

他们都没有想到的是，两个大政治家、学问家对沈括的忠告，和沈周老人的这番承诺，并没有真正在沈括身上兑现：范仲淹、王安石走后未出三个月，沈周的病发作了，于皇祐三年（1051）十一月逝世，葬于祖坟，即今杭州市余杭区安溪太平山南麓，朝廷加赠"兵部尚书"名号。第二年（1052），范仲淹在调往颍州的路途中病逝。再后来，王安石调任江南东路刑狱，开始了他叱咤风云的新人生轨迹，无暇再顾及沈括这个钱塘江畔的小青年。于是，沈括并没有如其所教，改弦易辙成为一个专注经世之学的儒生，而是继续沿着自己广博、庞杂的学术道路一直走了下去。①

---

① 范仲淹、王安石皇祐三年在杭州的会面，是史书有载的，王安石后来给沈周写墓志铭也确凿无疑，这样看，两位大师和年轻的沈括这一次会见，无疑也是发生过的。这次会见应该说是中国文化史上的重要邂逅。与两位大师的会面，对沈括一生都产生了深刻的影响，在他日后的所有著作中，都一而再再而三地提到这两个人物，对其品德、学问和智慧的崇仰之情溢于言表。即便是后来，他和王安石在政见上发生了严重的分歧和误会之后，这种崇敬依然保持着，直至终生。关于两人是否对沈括的知识结构提出批评引导，作者只能根据两人的学术见解和沈括的早期文论加以判断。有一点是无疑的：年轻的沈括并没有因这次会见而改变自己的知识结构和学术道路，对历史本身来说，这大概未必是件坏事。也许，正因为此，后代的人才看到了那一个真正的沈括。

　　沈周去世后，沈括遵照父亲的遗愿，专门到舒州跑了一趟，请了当时仍在舒州做通判的王安石履行前约，为沈周撰写了墓志铭。在这篇墓志铭中，王安石对这位终身勤勉王事、清廉忠厚的老人和他的人望倍加赞赏，说："公廉静宽慎，貌和而内有守，春秋七十四，更十三官而不一挂于法。乡党故旧，闻其归而喜，丧，哭之多哀。而无一人望恨者。"可见，沈家当时在当地的声望是极高的，家风是良好的，群众关系也是和谐的。沈括在这样的家庭环境和乡土环境里长大，已经具备了他走向社会的一切内在教养的条件。

第二章
守孝制探微寻奇

按照宋朝的制度，父母亲去世以后，他所有的子女，不管是在任为官的，还是上学的，都要立即离任弃学回家乡，为亡人守孝二十七个月，然后再继续学业和公务。因为一般都要横跨三个年头，所以被称为"守制三年"。

沈周的大儿子，也就是沈括的大哥沈披，当时已经担任了公职，是在京城国子监任博士。这时告假回到家里，兄弟俩一起办理父亲的丧事。

他们先是将父亲的遗体暂厝家族中的义冢，同时在太平山下苕溪边的祖坟"龙居里"，祖父坟茔的一侧，为父亲督造坟墓。因为有朝廷赠的"兵部尚书"封号，还需要配享石人石马、望柱牌坊等物，等王安石的墓志铭写罢，再行刻碑立碑亭，这些都是需要时日准备的。忙了将近一年时间，这些工程才算完毕。

接着，兄弟俩又按照古法进行占卜，得到十月初二甲戌日是个吉日，就在这一天举行了隆重的入葬仪式，算是把老人家安葬入土。

按照当时的礼法，整个守制期间，沈括和沈披兄弟二人都不能出远门，要轮流在祖坟附近的旧宅中守灵。

这将近三年的日子里，没有太多的事情可做，沈括就用这段时间来临帖学书法，整理自己这些年所做的笔记，研究鉴赏以前搜集到的文牍、古董，同时他还继续保持着他那搜集探索身边奇闻逸事的习惯。说实在的，钱塘虽然是沈括的故乡，但是因为他从小就跟着父母在十多个地方辗转，对家乡的了解并不多，现在难得有这样充裕的时间，他就在周边村庄、族人内外进行了许多探秘式的考察，留下了很多翔实可贵的记录。

沈家祖坟地旁边的村庄里，有一个姓田的农夫，忽然得了一种极为凶险的疾病，患者身上像起了疥疮一样，浑身皮肤红肿溃烂，疼得哭爹叫娘，一般的医生按照治疗癞疮那样下药医治，一点用处都没有。

一天，从西溪那边来了一个游方的和尚，看了他的症状，说："错了，弄错了，这不是癞疮，是中了天蛇的毒了。再有耽搁，恐怕性命难保！"

病人家属听了大惊，问："什么是天蛇？怎么天蛇就能咬了他呢？"

和尚说："我也只是见过同样的病人，知道有这么一个说法，天蛇究竟什么样子，怎么钻到人的身体里面去了，我也不知就里。"

家人如同碰见救星般给他磕头，说："上师既然认得这个病，就请广发慈悲为他治疗一下吧。"

和尚说："我只听说有一个方子，但并不是对所有的人都有效，对他顶用不顶用，只有看他的缘分了。"

和尚从口袋里，拿出一种干树皮样的药材，抓了一把在水里，熬了整整一大盆汤，叫患者全部喝下去。结果当天那疮就消退了一半，两三天以后，竟然全部好了。

田家人喜出望外，称赞那和尚是菩萨下凡弥勒转世，好吃好喝供养了几天，还布施了很多银两，把和尚送走。这件事情马上就在附近的村庄间传播开来，大家都以为十分神奇。

沈括听说这个事情，立即感到极大的兴趣，他并不以为和尚有什么神通，关键是那种救命的方子，值得他好好探究。

沈括从小身体病弱，药汤喝过不少，对各种药的药性功效有亲身体会，他又是个有心人，遇上有灵验的药方就要记录下来，久而久之，搜集各种药方成为他的癖好。尤其是父亲用民间医生的验方调治好了他的眼病和白虫病后，他更加感到民间不乏高手奇方，不敢小视。

于是他专门跑到了田家，找到那患者熬药汤剩下的药渣仔细研究，发现那个神奇的救命树皮，不过就是普通的药材秦皮而已。秦皮是白蜡树的树皮，有清热燥湿和止痢泄的作用，看来，这个"天蛇"是一种邪火攻内性燥热的毒虫。它究竟是什么样子，怎么侵入人体的呢？

为此，沈括专门跑到西溪，找到那个和尚，那个和尚也说不清楚"天蛇"究竟为何物，他只是见过别人用秦皮治疗此病，自己照猫画虎而已。

沈括不甘心，又去找别的民间医生打听，听到一种说法，说罪魁祸首是一种藏在花木草丛间的黄花蜘蛛，人裸露着皮肤在草木间干活，被它蛰到，又被露水沾湿，就容易感染生出这种恶疮来。然而，这种黄花蜘蛛长得分明不像蛇，怎么会被称为"天蛇"？或者是因为那些疮伤的症状像蛇毒？医生也说不清楚。

这显然是个他不满意的答案，但既然真相没有完全弄清楚，他也只好将其暂时作为一个玄谜记录下来，并且告诫人们：那些赤膊光腿干活的人应该防止这种遭遇。[①]

研究各种中毒现象，沈括已经不是第一次。

还在八岁的时候，他下了学曾悄悄藏到刺史衙门的大堂帷幕后面，偷看父亲审案子，听父亲一再提起当地的一种有毒植物叫作"钩吻"，在好几件涉及人命的官司中，钩吻就起到了杀手的作用。据说，这种植物的毒性极大，只要含到嘴里半片叶子，就足以叫人丧命。如果用水泡了服下，毒性发作得更快，往往连杯子都没有放下，人就已经倒地毙命。

---

① 据现代学者从其记录的毒虫习性和致患症状判断，沈括记录的毒虫并不是黄花蜘蛛，可能是几内亚线虫。雄虫很小约三厘米，而雌虫竟可达两米长，主要通过喝生水时吞入其幼虫（尾蚴），寄生于人和动物的身体内发作。这种毒虫在印度和非洲广为分布，在东南亚和我国也有发现，多危害家畜，危害人体不多。这应当是关于这种毒虫的最早记录。

出于好奇，沈括还特地托人找来这种植物观察，那植物有点像葛藤，有很长的藤蔓，枝上有分节，连同根子颜色都是红的，叶子三个一组，圆形带尖，好像杏子叶，但表面有油亮的蜡质，又如同柿子叶。叶子都是对生，福建人称之为"吻莽"，又叫它"野葛"，岭南人称作"胡蔓"，俗称"断肠草"。沈括通过自己的观察，否定了著名的古书《酉阳杂俎》上的记载，说这种草开花"比栀子花略大"，指出这种植物的花开在叶柄和枝干的交叉处，是一种花萼细细的黄色的花，好像茴香花的样子。

在守制期间，沈括又翻出了当年做的这些记录，还有父亲当年给自己治眼病和白虫病时候的药方，认真地把它们重新整理了一遍。

在这段时间，沈括还有一件很惬意的事情，就是能和自己的两个堂侄沈遘和沈辽有更多时间相处。

沈遘和沈辽是沈括的伯父沈同的孙子，沈同比沈周早十五年进士及第，临终时也封太常少卿，并追封吏部尚书。他有两个儿子沈振和沈扶，一个官至司农总监，一个官至河北提点行狱。沈遘和沈辽就是沈扶的儿子。这两个人虽然论起来是沈括的堂侄辈，实际年龄却和沈括差不多，沈遘还比沈括大五岁，沈辽比沈括小两岁。在四年前的廷试中，沈遘曾以第一名高中，名噪一时，现任国子博士、江宁通判。沈辽不好仕途，生平所好就是结交文友，吟诗作赋，与当时的大文人苏轼、曾巩、黄庭坚等都有诗词酬答，书法也自成一体。王安石曾经写诗赞誉他"风流谢安石，潇洒陶渊明"。他们两人和沈括都以文章写得好出名，并称"三沈"。因为志趣相投，沈括很愿意与他们相处，怎奈平时各忙各的，碰不到一起，这回因为丧事的缘故会了面，自然十分欢洽。

文人见面，自然要交谈一些文墨方面的消息，互相鉴赏一下在文物方面的收藏。沈括拿出了自己收藏的《海陵王墓碑记》拓本，果然两个堂侄十分欣赏，叹为神品。

沈遘说道："我在钱塘县主簿高安世那里，看见过王羲之小楷《乐毅论》的原碑，神采飞扬，世间流传的拓本已经相去甚远。"

沈括问："那王羲之《乐毅论》的原碑不是已经作为陪葬，埋入唐太宗的昭陵了吗？"

沈遘说："我也因此怀疑过此碑的真实性，但后来亲眼看到这碑的碑文后，字迹清劲有力，非造伪者所能为，相信是真的了。"

沈辽说："关于这碑来历有两种说法：一种说法是当年唐公主喜欢这个帖，就用赝品暗中替换了真品给父王陪葬，得以流传后世；另一种说法是梁朝的耀州节度使温韬曾经擅自开掘昭陵，从土中发现了这块石碑，几经辗转，才落到这位钱塘主簿的手中。"

沈括被提起了兴趣，说："这钱塘县衙近在咫尺，衙中官吏多有熟识，我们索性就跑一趟这高主簿家，鉴赏一下不行吗？"

三人提起兴趣，马上就骑上马，进城找到了高安世的府邸，要求拜会高主簿。高家一听是沈家三才子拜访，也觉蓬荜生辉，急忙出迎，并且当即把石碑拿出来请他们鉴赏。

沈括一见这碑，顿时来了精神。他知道，根据文典记载，王羲之自幼随卫夫人学习书法，就是从小楷写起，虽然已经出神入化，但当时书坛流行魏碑，以偏锋为法书，王的书法并不负盛名，其亲自书写在石面上再由匠人镌刻成碑的，只有这一块《乐毅论》，后世流传的其他王羲之的碑，都是在李唐以后由王羲之遗留的纸本摹写上碑镌刻的，难免失去精神。今天一看这原碑的刻石，果然笔笔清劲，那蕴含在抑扬顿挫的笔锋之间的力量、气韵，真是翩然如神。他连连称赞道："果然神品！相形之下，现在流传世间的《乐毅论》拓本，真是肥腻浮华，再无可观了。"

高安世看见"三沈"称赞他的传家宝，自然也兴奋非常。

沈遘问："斗胆问一句，高公可肯转让此碑吗？"

高安世说："家传圣物，千金不易。"

沈括遗憾地说："高公得宝不易，看来我等也只有仰慕之福了。我刚才注意到，此碑文字与世间流传的版本所不同处，正是尾部多一个'海'字，可以称呼它为'海字本'，是海内孤本，万望好好保护。现在整碑已经有了多处裂痕，如不加固，恐难保全，一旦毁坏，现存的王羲之真迹，便也沦亡了。"

高安世："我一定尽力呵护。"

沈家是世代书香门第，家藏的墨宝碑帖应有无数，沈家的三个才子从小在翰墨书海里成长起来，鉴赏能力应该是没有错的。这次得见王羲之亲笔，沈括赞叹不已，留下的印象极深。在其晚年的《梦溪笔谈》里，他还记述了这块石碑后来的命运。

他写道：从此以后十几年，他再见到这个石碑的时候，高安世已经迁到苏州，石碑已经断裂成好几个碎块，用铁丝捆在一起。后来高安世死了，这块石碑不知下落。有人说是苏州的一个富人得到了它，但从此再也没有见过。王羲之小楷真迹从此绝迹。沈括成为最后记录这个书法真迹的人。

沈辽又讲到，有人在西湖岸边动工程，发掘出一个古钟，他的家人看到那形制有些奇特，就把它买下来，收藏在自己的书房中。知道沈括跟着父亲在南京太常寺待过，见过以金石之乐为主的大型祭祀活动，对编钟石磬等古乐器的形制应该有所研究，沈辽就领沈括到自己书房里去鉴赏这个古钟。

沈括饶有兴趣地仔细看了这个古编钟，却生出许多疑问来，主要是对这种古钟的悬挂方法大惑不解。他知道现在祭祀活动中用的编钟，是靠甬体两边的铜钮悬挂在横梁上，这个旋钮叫作"旋虫"。这个古钟侧壁却没有旋钮，甬体内下宽上窄，顶上有个洞，推想应该是钟绳从上面穿进来，拴在甬体内一个衡括上面悬挂的。这个衡括并不能旋转，为什么会留下"旋虫"这个名字？再说，如果这样悬挂编钟，甬体极容易在受力后摇晃旋转，很不利于敲击奏乐。为什么古人要用这个办法呢？

他把这些怀疑讲给沈遘和沈辽，他们也解答不了这个问题。沈括只好把这些疑问记录下来，后来如实地记在《梦溪笔谈》里。

伯父沈同家的藏书楼要比沈括家的大得多，这主要是因为他们不仅收集古籍图书，而且开办有自己的印刷工坊，刻版翻印一些经典古籍、名家著作对外出售，在当地很有一些名气。

沈括从小嗜书如命，自然对印书的工艺程序也很感兴趣。沈遘和沈辽就领他去参观了自家的印书工坊。

当时的印书有晒纸、晾书的工艺程序，雕版的保养、水墨的配制，都对室内外湿度、温度有要求，因此一般要避开雨季和严冬，只在春秋两季比较干燥的时候才开印。沈括来的时候，正是雨季，工坊里正在歇工，并没有工人干活。沈遘只是对着那些印刷的器械、工具，给沈括讲解，时而自己上手，示范操作给他看。

工案上，沈遘顺手拿起一块木雕版，是《吕氏春秋》中的一页，便当即滚上油墨，叫沈辽铺纸，当场就印出一篇书页来。沈括拿着墨迹未干、字迹十分清晰的书页拍手叫绝。

沈括知道，圣人创书契，最早的文字是浇铸在钟鼎上的[①]，到春秋时代，百家纷起，士人尚学，始有书籍广为流传，但都是书写在竹简和木牍上的，到东汉时期，蔡伦造纸，古籍文本才改由纸墨传抄。木雕版印刷之术原本为传播佛像和佛咒之用，到唐代发展为长篇的经文刻印，但都是长卷裱糊的"卷轴装"或折叠为"经折装"，不利于翻阅和贮藏。到了唐末五代，开始有分页装订的文册出现，到本朝这种被称为"蝴蝶装"的书籍装订形式才兴盛起来。雕版工匠为了雕版的方便，创造了横平竖直的新字体，也被朝野普遍接受。面前的这一页《吕氏春秋》，也正是这种"宋体字"。

沈遘和沈辽领着沈括看了他们的库房，这里最显眼的就是堆积如山的用过的木雕版，它们大都是用梨木和枣木雕刻，又经过油墨的浸染，看起来黑黝黝，拿起来沉甸甸。沈括拿起几块来，辨识着上面反刻的古文，觉得饶有趣味。

在库房的一角，一个奇特的木架引起了他的注意：那是一个分层的盘架，一人来高，分作五层，每一层都配有一个可以绕轴旋转的木制圆盘，分作许多格子，每个格子顶上标有"人""木""火""金""乙""之"等墨迹，里面堆着一些黑色的小方块。沈括拿起这小方块来看，原来每个小块上有一个反刻的凸字，上面也沾有墨迹，开始他以为这也是枣木雕的，后来又发现这些方块其实是烧硬了的泥块。

---

① 现存中国最古老的文字为甲骨文，但在宋时尚未被发现，所以沈括不知道。

沈括好奇地问："这是干什么用的？"

沈遘说："唔，这是泥活字的排字盘，也是印书用的。"

沈括问："活字印书？这和雕版有什么区别？"

沈遘说："这活字印书，是京城一个叫毕昇的工坊主发明的。他在京城多年印书，发现雕书版是一个很费钱又费工的步骤，请一个好的刻字工，要价都很高，而且一页书版怎么也得十天半月才能雕好，一部完整的书起码要几十页上百页，全部雕完动辄一两年甚至三四年。等这些版真正雕完了，也就是用上一遍就废了，于是他想到了用活字来拼版，把每个活字刻出来，用夹条、衬板拼成一篇文章，上面取平，用松香粘合固定，就成为一块印版。使用完了，再一加热，活字还可以拆下来，再拼别的版。你看，这个木架上标定的偏旁部首，就是为了检索查找活字，拼版起来方便。"

沈括问："既要用活字，为什么不用木雕，而是用泥烧呢？"

沈遘说："这个我倒是懂一些：木雕版印书，底版和字形一沾水墨，难免膨胀收缩略有变形，如果是整体一块版，字与字之间互相挤靠，变形不会太大，而要做成小木头块，又刻上活字，沾水墨变形就很厉害。而泥块就不一样了，刻起来好刻，火烧就硬了，轻易不会变形。而且排书版难免会遇上一些生僻字，字盘里没有，要现用木头雕一个难度很大，用泥雕就容易多了，当场刻一个字在火炉里烤硬，马上就能用。"

沈括大感兴趣："听来这个办法不错，是对印书旧技术的一个大改造啊。"

沈辽说："那家印书馆印活字的时候，我去那里看过。其实一页书版要一个字一个字查找出来，再拼接成文，也要花不少的时间，而且要把它们取平、填实，也要有一番技巧，一般工人很难掌握。即便排定了，毕竟它根是活的，印一页书中，免不了存在墨色深浅不匀、缺半字漏半字、字迹歪斜甚至翻转的现象，所以对书质量要求高的主顾，是不愿意用活字版的。"

沈遘说："如果要印十页八页的很精致的小书，这活字印刷的确显示不出它的方便来，要是印几十页、几百页的人们常用的课本读本，不要求很精致，活字印刷就显出它的优越了：一块版印着，另一块版就在排字拼接，这块版换上去，那块版就拆掉重排，这样两班轮换作业，几百页的书籍十几天就可以印出百册、千册，成本和时间都可以节省不少。"

沈括说："无论怎么说，这都是一个大改革。质量方面的不足，其实可以在运作中间逐步改进。坊间对于工艺质量要求不太高的书，需求量是最大的，这样说来，这位毕昇先生在京城应该是大发其财了，他的这些东西怎么会到我们家里来了呢？"

沈遘说："这毕昇是湖北人，家里有了丧离之事，要回湖北去，就辞退工人，把他的印刷器械一并出卖。我当时正在国子监任博士，觉得这是个有用的器物，就将它买回来，到江宁赴任的时候，又带回到家里来。"

沈括说："我看你这是做了一件大好事。毕昇的这个发明，不管现在还有多少不足，还有多少工坊和他们的主顾暂时不喜欢，但这项技术毕竟是一个很有价值的创举，快捷方便，将来一定会大行于天下的。"

沈括回到自己的家中，就立即把毕昇发明活字印刷术的事记录下来，并且在后来收入到自己的《梦溪笔谈》中，成为中国"四大发明"之一活字印刷术的最早文献记录。①

① 活字印刷术的发明，在以往的西方文化史上，一直认为是发源于中世纪的阿拉伯地区，直到沈括《梦溪笔谈》翻译到西方，世界才知道，早于此三百多年以前，中国早已有了相当完善的活字印刷技术。后来，从中国、朝鲜等地陆续发现了宋代活版印刷品的实物，有力地证明了这一点。中国的活字印刷术，经阿拉伯传入西方，有利地促进了十六世纪西方的启蒙运动，为世界文明史添上了一段华彩的乐章。事实上以后数百年间，全世界都在沿用这种印刷术，除了在材质上由泥土、木头刻字逐渐为铅锌铸字取代以外，在工艺方法上基本没有什么改变，此法一直沿用到二十世纪八十年代，到电子计算机的激光照排系统完善以后才彻底结束。关于沈括记录的泥活字是否真正运用到实际印刷中的问题，中外学术界曾有过争论，不少学者怀疑这只是毕昇的一个设想，在实际印书中行不通。二十世纪七十年代，由中国国家博物馆的工作人员，完全按照沈括记录的方法成功复制了泥活字，并且用它完整地印刷了一篇古文典籍，以无可辩驳的事实证明，沈括的记录是极其准确的。

从堂侄的书斋回来，沈括才发现，自己的哥哥也正沉湎于自己所中意的活动——他在亲自制作一张弓，一张完全能拿来骑马射箭进行实战的弓。

哥哥沈披更多地继承了母亲家族的传统，从小就不太喜欢文墨，却对军事和武备方面的事感兴趣。他从小练习射箭，十几岁的时候，就可以做到百步穿杨。能自己制作一张性能优良的弓，一直是他引为自豪的技能。

据沈披说，一张好的弓，应该有六个特点：第一是体积小而强劲；第二是弹性柔和而有力；第三是长时间使用后射力不衰；第四天气寒暑如一；第五是弦声清亮实笃；第六是张开后两臂均匀，不偏不扭。其中最根本的要领是把握住弓体中的"筋"，也就是柔韧度。而柔韧度又是和做弓木料的加工手法和用胶的多少直接相关的。哥哥讲了他自己摸索出来的"治筋之术"的窍门，包括选择木材注意纹理、在捆绑加固时候往开弓反方向的弯曲，还有调胶、施胶要薄而匀等等。

哥哥的执着，也引起了沈括的兴趣，他也亲手制作了一张弓，在哥哥手把手的指导下，性能也很不错。

沈括是个有心人，他在记录哥哥传授的制弓办法的时候，对其中的原理还进行了探索，其中涉及材质的热胀冷缩、材料不同结构的受力传导问题，被后世人称道。

在三年守制的日子里，沈括个人生活中还有一件重要的变故，就是与新婚的妻子生下了自己的儿子。他的妻子杨氏，是邻村的小家碧玉，性格温顺，平时不笑不开口，说话慢语轻声，做家务也相当勤勉细致，和婆婆的关系处得十分和谐。

沈括听说妻子临盆，赶回家中，新生儿已经在妻子怀中吃奶。孩子长得眉目清秀，翘鼻子、圆圆脸，十分可爱，沈括抱着就舍不得撒手。

妻子斜倚着绣枕，头上围着纱巾，问道："存中，你给孩子取个什么名字呀？"

沈括想了想说："就叫他博毅吧。"

按照现有的史籍记载，沈括的儿子叫沈博毅，但这应该是字，而不应该是名，因为按照当时家族命名规则，沈括的儿子和沈遘、沈辽一样，应该属于"之"字辈，他的本名也应该是一个带"走之"的字眼。比如"沈进""沈迈"之类的，但既然史上无载，也不好硬编，就权且以其字"博毅"呼之。从这个命名的字义上，我们也可以看到当时沈括对于自己理想境界的追求：博学和坚毅。

就是在对各种知识孜孜不倦的探求中，沈家兄弟的三年守制生活，匆匆地过去了。这时候已经到了宋至和元年（1054）的春天。

沈括和沈披守孝结束，沈披当时已经任国子博士，于是告别母亲、弟弟到京城销假复职。

这一天，突然有穿青衣的公差送来了一封盖有火漆封泥的公文锦卷，特地言明要沈括本人亲自签收。沈括没有见过这种邮件，不知何意，拿着那锦卷就来找母亲。

沈夫人一见那锦卷的包装就明白了几分，对沈括说："这应当是州府衙门送来的公文，大概与你有关，你直接打开就是。"

沈括将外面的火漆封泥打破，又将外面包裹的黄色锦面拆开，露出一个小卷轴，打开，却是一张精裱楷书的任命文书，任命沈括到海州沭阳县（今江苏沭阳）去担任县衙的主簿。

突然得到这样的消息，沈括有些发蒙，一时不知该说什么。

母亲却微笑着告诉他，按照当朝的制度，朝廷官员去世，可以照顾其一个未入仕的子女担任公职，因此沈括才得到了这样的职务任命。她说："括儿，虽然这主簿是个论不上品级的见习性的职务，但毕竟也是官家任命的正式官员，是你走入公门的第一步。你当如何对待啊？"

沈括说："千里之行，始于足下，孩儿读书进学，原就是为了为世所用。既然官家用我，我就理当诚惶诚恐，恪尽职守，造福百姓。"

母亲说："对！括儿，修身齐家治国平天下，是古今读书人的鸿鹄大志。你现在已经二十三岁了，也应该出去闯荡一番自己的天地了。刚开始闯事业，要勤勉辛劳，忍辱负重，严于律己，宽以待人。不要投机取巧，不要回避那些卑微琐细的事务，要知道，公职上的很多门道，都是从这琐细之中摸索出来的。"

"孩儿谨记母亲教诲，不求闻达天下，但求无愧我心。"

"家里的事情你就不必操心，有我和媳妇照料孩子，操持这份家业。你明天准备准备，后日就启程。第一次履职，闻风而动，给人的印象才是好的。"

"是。"

第三天早上，沈括由两个家人和两匹白马随行，告别家人，登上了北上海州的路程。他的母亲和妻子都送出院门，妻子怀里还抱着襁褓中的博毅。自从成婚以来，沈括和妻子一直朝夕厮守，这一次要天各一方，两人不舍之情，盈盈于眉目之间。还是母亲说："大丈夫志在千里，梁园虽好终非久留之地。该分别就分别，不要做儿女忸怩之态。"两人才依依惜别。

沈括从此步入仕途。

第三章 治沭水初露锋芒

经过了三天的水陆跋涉，傍晚时分，沈括一行来到了沭阳县城。

与钱塘家乡相比，这里靠近东海，地势平坦，河网密集，视野开阔，草木繁盛。县城坐落在沂河和沭水交汇处的堤岸上，城墙城门还算完备，门楼也还崔嵬可观，但显然已长期失修，梁柱上漆皮剥落，颜色晦暗，砖缝、瓦楞间也长了杂草。在夕阳映照下，有些苍凉的感觉。

沈括一行进了城，先找了一个干净的客栈驻下，安排随从喂马、清洗衣物。天色已晚，他准备略作休整，明天早上便精神抖擞地去县衙上任。

晚饭后，他独自一人走出街道，一来看看自己即将工作的地方风土人情如何，二来也想先摸摸县衙的地理位置，免得明早在大街上走冤枉路。

正是华灯初上、归人如织的时候，他发现与自己熟悉的钱塘县城相比，这里的车马要稀疏很多，行人的穿戴打扮也草率随便；商家早早打了烊，茶肆酒楼有灯笼悬挂，但顾客寥寥；道路旁偶有卖小吃、面点的架子车，挑着一盏油纸风灯，昏黄如豆的灯光下，店主用懒洋洋的声调在招揽稀稀落落的食客。看来这里的人生活不算富足，与这一带沃野千里的外观似乎有些不大相称。

县城的规模不大，十字形的街道，用不了一个时辰就能走遍。沈括很快打问清了县衙的位置，就在离城隍庙不远的小街上。估计从下榻的客栈到那里，不过就是三百多步的样子。他这才放了心回去休息。

第二天一大早，沈括就梳洗整齐，换了一件干净的蓝袍，带上一个招文袋，里面装着自己的任命文书，走向县衙门。

刚走过城隍庙，远远地就看见县衙门前街道上聚集了不少的人，吵吵嚷嚷不知道在闹什么事，走近一看，心凉了半截：原来县衙的红漆大门是紧闭的，也不见门官守门，卫兵站岗，从大门到门前的堂鼓、台阶底下，直至衙门前面的两个石狮子旁边，都挤满了人。这些人扶老携幼、衣衫不整，褐色、灰色的衣服上打着补丁，一色短打扮，一看就是城外打工、种田的庄户人。他们有的站、有的坐，互相挤靠着，有三五成群在一起议论的，有叼着一块饼子吃的，还有妇人解开衣襟给孩子喂奶的，看上去黑压压、闹哄哄的一片，把县衙门口堵了个水泄不通。

沈括感觉到：自己想要顺利地进入县衙报到，看来是办不到了。

他往旁边一家店铺凑了凑，问站在那里看热闹的店主一样的人："店家，请问这些人是干什么的？他们围住县衙门为什么呀？"

那店主双手拢在袖管里，无关痛痒地说："要钱的呗！隔几天就来一回，衙门口地皮上的草都被他们踩光趟了。"

沈括问："要钱？要什么钱？"

"工钱呗！"

"怎么？县衙门欠他们工钱？"

"可不！"那店主上下打量了他的打扮，说，"看来客官你不是本地人，不知道我们这县里的事。你进城前不是看见了吗？咱沭阳县一马平川，可是十年九灾，为什么？就是河汊子太多，每年夏天洪水下来都要冲了庄稼，弄得老百姓颗粒无收。为这个历届县令也不断地向朝廷上折子，朝廷也拨下一些款项来修堤筑坝，参加施工的自然也就是那些受害的庄户人。怎奈这堤坝年年修，年年塌。洪水没有治住，县衙反倒欠了老百姓好多的施工款没发。你想，这些灾民冲了庄稼本来就没办法生活，工钱又拿不到，一家老小怎么活呀？只好一遍又一遍地来县衙闹事。"

沈括问："既然每回施工，朝廷都拨有款项，就算堤坝垮了，起码民工当年的工钱应该是有保障的，怎么会弄到这个地步呢？"

店家说："这就是衙门里计划上的事了，谁能说得清楚？总之水火无情的事，朝廷拨的那点工程款总是不够用。怎么办？只好先欠着，等朝廷再次拨款时来抵垫，这样一年抵一年，亏空就越来越大。常言说铁打的衙门流水的官，县令在不断地换，每年拨下一点款项添补旧窟窿都不够，怎么能偿付现在的工钱？也只好硬着头皮顶着，避而不见，除此，他还能有什么办法呀？"

他们在这里议论之间，就看见聚集的人群中有了一些骚动，一个五大三粗、长着一脸络腮胡子的黑脸汉子走出来，马上就有人给他让道，议论着："老穆头回来了。""问他交涉得怎么样。"有人迫不及待地追问他："老穆头，怎么样？""找到人没有？"

那老穆头径直走上台阶，转身对大家摆摆手，说："乡亲们，我见了他们一个班头，只说是县太爷外出公务，无法接待，叫我们先回去。我问他到哪里公务，他又支支吾吾说不清楚。"

众人便七嘴八舌："这纯是推托！""分明是不愿意见我们。""我看他就在城里。"

老穆头说："对，我看着也是托词。乡亲们，我已经和他们说了，咱们都是拖家带口的人，家里还有多少活儿等着去做，集中来这一趟不容易，我们来又不是混闹，是要我们的劳动所得，一个汗珠子摔八瓣挣来的血汗钱，也是当初你官家一口应承下的，官家办事怎么能不讲信义？"

"对！说得对！他又怎么说？"

"那班头说，其实县太爷就是见了你们也白见，衙门里没有钱，你有什么办法？官家说的话还算数，但是也只能长远想办法慢慢解决。"

底下的反应更强烈了："什么长远？人等得了肚子等不了，我们当下锅里就没有米下锅，一家老小不能把脖子扎起来吧？""这不过是推、是拖，今天推明天，今年推明年，推不及就要赖不给了。不上他这个当！"

老穆头说："我已经了解过了，当初我们修堤的时候，朝廷是拨了一批专用的银两，为的就是偿付我们的工钱。现在他们说县衙没有钱，那只能说，他们把这款挪作了别用，吃了花了，再就是自己贪污了。"

大家一起嚷："就是他们贪污了！""他们说没有钱，也没见他们少请客送礼，少迎来送往大吃大喝。怎么到我们讨血汗钱的时候就没有了？""这就是贪官，这就是鱼肉百姓！不能让他！""总得叫这个狗官给我们个说法！"

老穆头说："对！乡亲们，我已经和他们说了，我们今天就是要见县令，要他给我们个交代，不给我们个说法，我们就不离开。大家准备草袋、麦秸、烧饼干粮，在这里过夜，我们和他摽上了！"

"对！对！他要不给我们个答复，我们就不离开这个地方，他们也就不要想办公！"

沈括在旁边听着他们的对话，自己的心情也变得沉重起来。他第一次踏入公门，满腔热忱地想要做些事，不料还没有迈进门槛，就品味到这项工作并不是那么轻松的。

看这局面，县衙的公务一时半会儿无法正常进行，自己要上任报到，恐怕连个接待的人也找不到，只好等等再说。于是他离开了衙门口，往旁边一个巷子走去。他准备绕道回客栈去。

不料，就在他插进小巷以后，一个穿青衣、戴小帽的年轻人从旁边走过来，对着他拱手施礼："这位先生留步。"

沈括说："你是在叫我吗？"

那人说："是，请问您是找我们县太爷有公干吗？"

沈括惊异地问："是啊！你怎么知道？"

那人说："请先生恕罪，实话说小的在这里观察先生很久了。小的是县衙里的衙役，因为乱民围了县衙，我们老爷暂时转到别的地方去办公，怕误了上下传达的公事，特命小的在这里便衣守候，看到可能是公差的人做个接引，以免误了正事。"

沈括说："你们老爷想得周到，在下是奉上命前来县衙赴任的，烦劳引见。"

衙役说："跟我来吧。"

那青衣人领沈括沿小巷里转了几个弯子，走进一个大户人家的宅院后门，又穿过一片高墙围绕的小竹林，来到一个幽静的小院，看到这里站立着几个穿着皂衣皂袍、持水火棍的衙役，猜想这就是沭阳县令临时的办公地点了。

那青衣人和衙役咕哝了一句什么话，径直领沈括进了内院。正堂显然是个书房，门首有砖雕的"静怡斋"三字，进门就看到满墙的书柜和博古架，当地上一张书案，书案后坐着一个穿公服的官员，年纪看上去有三十来岁，团团脸，颌下淡淡胡须，沈括估计这位便是沭阳县令了。他事先已经探明，此人姓梁名石川，字玉圃，是徽州人。

不等青衣人介绍，沈括纳头就拜："钱塘晚辈沈括，奉命到职，拜见县府大人。"深施一礼后，双手捧上那一份任职公文。

梁县令接了过去并没有看，就说："请起，请起，不必客气。此事我也早已接到通知，存中名门世家，才情过人，本府早有耳闻，现屈就我县府主簿，实为我县苍民大幸。"

沈括说："不敢！大人言过了，在下一介书生，于县府公务可谓一无所知，勉力而为，难免粗陋愚莽之处，正要靠大人时时律正，拎耳指教。"

梁县令叫衙役搬来一张椅子在旁，叫沈括坐下，便说："公事紧急，你我就都不必客套了吧。我县衙的情况，你刚才在街上想必也看到了，是颇有一些尴尬的。"说着，他的脸上就泛起几分苦相来，"沭水连年水患，堤堰常修常毁，水火无情，出了事就得用工修补，而朝廷拨下的款项是有数的，施工款只能是寅吃卯粮，拆东墙补西墙。这个局面并不是由我造成，也不会因我而止，谁来主事也只能维持，那些百姓哪管你这个？一味混闹不已，弄得我堂堂一县之长，不得不寄人篱下敷衍塞责，成何体统？"

沈括说："官民处境不同难免有误会，一味躲避恐非良策。"

梁县令说："你有所不知，开始我也接见了几次，试图说明情况求个缓解，也曾发过少许银两救急。怎奈这地方不同边远小县，百姓见过些世面，民风刁钻，得寸进尺。不知从哪里听到些口风，一口咬定是我贪污了朝廷专款，你说这怎么沟通？也只有退避三舍。你现在也来了，我这里历年施工账目都堆在这里，你可以细心查看，看我到底有没有贪污。说实在的，"他不屑地撇一撇嘴，"我家世代从商，不敢说日进斗金，也是花钱如流水。来做这个小小县官，原不过为了改换门庭求个仕途功名，就县衙里这几个铜板，压根儿就没有夹在我眼中。"

沈括说："大人廉明，可钦可叹，只是现在这僵持局面，大人准备如何了结呢？"

梁县令说："古人云先礼而后兵，官府也要有威仪才能服众。我不能如此窝囊，总在人家大户的书房里坐衙问事吧？先让他们一步，好说好道不听，依旧要闹事，只有把那为首的抓了，胁从驱散，恢复秩序，不然要我县衙的兵丁大狱何用？"

沈括拱手说："兵者凶器也，不得已而用之。晚生不才，愿尽绵薄之力，与那些民工尽力交涉，待实在说不通时，大人再用弹压之法如何？"

梁县令说："好啊！存中君既为主簿，这些事情也理应在你管辖范围之内，民工的事，我授你以全权，你放手处置去吧。"

"谢老爷信任。"

"好，存中，你现居何处？"

"在城南客栈。"

"等晚上吧，你就带着我这些班头、衙役，到客栈里将行李搬到县衙，以后你就食宿在衙内，上堂办事也方便。"

沈括有些困惑地问："那些民工围了县衙，那衙门怎么进去？"

梁县令笑道："这你放心，那些民工都是五乡八村的城郊庄户人，聚集起来闹事一两天可以，长了他们的农活就要受影响，到时候不驱自散。刚才我看着天气起了云，根据以往的经验，他们今晚肯定散了，怕下了雨，要各自回去照顾庄稼。"

至此，沈括才理解县令为什么处乱不惊，原来是心中有数的。当天晚上，那衙门前的闹事者果然散去。沈括把行李搬进了县衙，安排随从的家人和马匹返回家乡，从此开始他的主簿职业生涯。

身临其境他才知道，所谓主簿，是个极其繁琐辛苦又免不了尴尬受气的岗位。名为县令的助手，其实县令只是忙个往来应酬，出头露面的具体事情全部要由主簿来安排，不仅要管理县里的一切文档，还要主持县衙里上上下下的一切杂务。县令本人家眷的起居住行，来往的上下级官员，更是关系到县令的声誉前途，接待和陪同，定要周详完备。正是从早忙到晚，一刻也不得松闲。

好在沈括正当年轻，又生性机敏勤奋，竟把这些工作安排得有条不紊、落地有声，很快就得到了梁县令和众班头下属的首肯。

在这之前，沭阳县曾三个月没有主簿，所以未经处理的文档在案上堆积如山，沈括在开始工作的半月内，主要精力用在处理这些文档上，终日伏案挥毫，几乎把痊愈多年的眼病又勾起来。

就在这半个月的时间内，沭阳县民工要债的纠葛再次升级，闹事的乡民增加到三百余人，将县衙整整包围了三天。

为了叫沈括集中精力处理旧档，这件事是县令梁石川亲自处理的。他这一回真的先礼而后兵，在劝说无效之后，调动了全副武装的兵丁包围了人群，抓了首领和表现比较活跃的青壮乡民二十余个，关入县衙西狱，剩下的全部驱散，押送出城。

到沈括知道此事的时候，县衙门前已经清场完毕，衙役们正在挥动竹扫帚，清扫着"乱民"围衙留下的草席、篾垫，抛掷的石块、土块，包食物的口袋、纸包等杂物，梁县令背手站在阶上，颇得意地说："也该叫他们知道一下马王爷三只眼了！"

沈括问道："那些关在西狱里的人，大人准备怎么处置呢？"

梁县令说："能怎么处置？不过是为了吓唬吓唬他们，叫他们懂得王法畏惧，长点记性，然后就放了算了。"

沈括问："那……明天我就办这个事吗？"

"先不忙，关他两天再说，得叫他们的家人急一急、怕一怕，他们才能生出敬畏之心。到第三天头上你再去，通知他们的族长里胥、亲戚家属，取保释放。那时候他们肯定老实了。"

到了第三天早上，沈括将案上的文档推开，只身来到县衙西部的牢狱。牢狱是个半地下建筑，他刚走到门口，就有一股潮湿发霉、夹带着一些汗腥气的呛人气味迎面扑来。

下到台阶底部，穿着皂衣的典狱官迎了上来："主簿大人有何吩咐？"

沈括说："门前闹事关进来的那些人在哪里？领我去看。"

典狱官就把他领到靠右边的一个大口甬道里面，走出十来步转了一个弯子，现出一个大监房：木头做的栅栏都被摸得乌黑油亮，上面横挂一把铁锁，里面地上铺着一些麦秸，有二十来个人横七竖八地蜷曲在上面。看见他进来了，马上有十几个青年人站起来，扶住栏杆，不无希冀地望着他。这显然正是前天才抓进来的那批人，因为与这里的老犯人相比，他们的脸色明显血色多一些，衣服也略齐整。

他们脸上果然已经没有了闹事时那种桀骜不驯的神情，个个显得焦躁难耐，争抢着问："大人，你是来放我们出去的吗！""行行好！家有老小，等着我养活呢！"

沈括没有接他们的话茬，反身问典狱官："都在这里了吗？"

典狱官说："还有一个不服管教的，把他关到另一个笼子里去了。"

他又领沈括转了道弯，看见一个小木笼子直接就放在甬道上，那笼子只有不到一人高，宽也不过四尺见方，里面的人站着直不起腰来，躺也不能完全躺下，可以想象被关在里面是十分难熬的。沈括以前只是在前人的笔记小说里读到，说监狱里有一种叫作"站笼"的刑具，是用来对付重犯的，现在看到的应该就是实物了。此时，有一个男人正像一根木桩子似的斜靠在那里，眯着眼一声不吭，宛若死人。沈括从他的粗大身材和一脸络腮胡上认出，此人正是那个老穆头。

沈括眉头微皱，问道："你们怎么把他弄这里面来了？"

典狱官说："这人头上有反骨，进来以后别人都不言声了，就他到后半夜还一直大骂不已，连县太爷的八辈祖宗都骂上了。看来不把他压服他不消停，我就把他弄这里面来，横折竖倒折腾了半宿，这下老实了吧？"

沈括说着反话："你还挺有办法嘛！"

典狱官颇为得意："但凡送到这里的，没有什么客气可讲，要先杀他的威风，叫他服服帖帖。站笼那只是小菜，办法还有的是。其实，一般进来还耍刁蛮的人，那都还是怀着希望，还想讲理，一旦他知道这地方不讲理、光要命，就都怕了。"

沈括哼了一声说："把他放出来吧！"

"放出来？"

"是啊，这是老爷的命令，叫取保释放。"

典狱官只好拿出钥匙，把站笼打开，把老穆头拽出来。老穆头看来已经浑身麻木了，一个趔趄就要栽倒。沈括上前就要扶，不料那汉子倔强地把手一甩，不要他扶，自己扶着木笼栏杆摇摇晃晃地站了起来。

典狱官斥道："你这个人怎么不知道好歹呀？主簿大人这是来放你们出去的，你倒和他摔咧子，苦头没吃够呀？"说着举鞭要打。

老穆头说："别打，别打，我怕你了。好不好？"

典狱官这才收手。

沈括说："老穆头，我放你是奉了老爷之命，老爷也并不想太多为难乡亲们，只是你们闹得太过了，围了县衙三天，叫衙门无法办公，王法尊严何在？不得不加以管束。"

老穆头说："主簿大人，这一管束，说我害怕了，想出去，这我承认，但要说我心里服了，我还真不认。万事都说不过个理去，我们这不是闹事，是要你们欠我们的工钱，是你们官府失了信誉，赖账不还，我们是占理的。凭什么把我们抓起来？你们手里有刀有枪有大狱，我们老百姓是赤手空拳。要不说理，光要厉害，当然是你们厉害，要说理其实还是你们没有理。"

沈括说："县台大人并没有说不给你们这笔工钱啊，只不过是水工旧账欠得太多，现在还没有能力给你们这一笔就是了。我身为主簿，这一段也重新整理了水工的旧账，笔笔都是清楚的，你们所怀疑的贪污之事恐怕只是捕风捉影。你们就不能体谅县衙的困难，暂且隐忍，待朝廷拨下新的水工款再做道理吗？"

老穆头苦笑道："大人，不怕你不爱听，你这样讲话真是所谓'站着说话腰不疼'。你是官家的人，衣服满柜，米面满仓，谁欠你的钱粮拖上一年半载的问题不大，可是我们都是受了灾的庄户人，去年本来就没收几颗米，全指望这以工代赈的钱能换回些粮食来，可是偏偏又光干活不给钱，到这青黄不接的当口，我们不找官府，找谁去？你说的王法我们知道，可是'民以食为天'，我们总不能把脖子扎起来不吃东西吧？但有三分奈何，谁愿意放下地里的活儿到县城里来败这个兴？"

沈括说："看来县衙和老百姓都确有一些难处。老穆头，我看你在这水工之中还有些威望，这一次回去以后，还望和乡亲们多做解释，等待些时日。我也在县太爷这里尽力争取些资助，以解燃眉之急，如何？"

老穆头点头再次苦笑道："不管管用不管用，这两句话还说得顺耳。行吧！也就像这位典狱官说的，要命还是要理？老百姓拖家带口，当然还是先要命！我们回去挨着就是了。"

到了辰时，各村的族长吏胥赶到狱中，沈括和他们具结画押，取保放人，这一场风波算是暂时平息了。

又过了十来天，县衙旧存的水工档案全部清理完了，沈括也基本弄清楚了水工工钱一拖再拖的原因。确不是因为以往的县令和具体的施工人员贪污，而是在于水工工程的设计不合理，总是建了又毁，毁了又建，返工了多少次，朝廷拨下的施工专款自然总不够用，才造成了现在的难堪局面。他清楚地认识到，要使这种恶性循环结束，最根本的办法，就是找到坝堰被冲毁的原因，一劳永逸地解决这个问题。

在天晴的空暇，沈括也骑马出城去，查看过沐水河口，也登上那道常建常毁的堤堰去检查过，他发现就平时看，沐水的水量并不算大，流速也很缓和，拦河的坝堰建得也很厚实，石块奠基，木桩护岸，夯土筑堤，结构和施工工序上似乎没有发现有什么明显的纰漏。但为什么洪水一来就会那样不堪一击呢？

他觉得，也许只有在真正发洪水的现场进行观察，才会发现问题的所在。

雨季终于到来了，这一天一大早，就看见天空布满了乌云，而且越来越厚，到将近晌午的时候，天空黑压压的好像扣了个黑铁锅，城里的商铺都纷纷扯起雨布，收拾外面陈列的商品，断定大雨马上就要来了。

沈括却喜出望外，认为实地观察沭水洪峰的时机到了。他匆忙叫了一个差役，拉了两匹马，带了蓑衣草帽，就往西门外走。还没有走到城门口，一声霹雳，豆粒大的雨滴就扫下来，转眼间变成了倾盆大雨。他们只好在城楼底下暂避片刻。那雨水哗哗啦啦倾泻了半个时辰，才逐步减小，天光也渐渐透亮。这时候沈括和那差役驱马出城。

守门的兵丁问："主簿大人，这么大的雨，您还出城呀？"

沈括说："要不下这么大的雨，我还不出去呢！"

他和差役沿着大路，向着沭水河口那边走去。

他发现，道路很快变得十分难走，靠城门的这段大路，因为平时行走的人多，还踏得比较坚实，水道也常修检，所以路上很少有积水，水流从路边的沟渠里淌过。走出半里就不一样了，路面比较虚，被刚才的雨水浸泡后变得很泥泞，还经常被冲出许多水洼、水沟，马蹄上很快就沾成泥球，还经常打滑。沈括和那差役很快就不能骑马了，只好下来走路，牵着马挑好走的地方走，还不断地帮着铲除滚在马蹄上的泥坨子，不一会儿就累得气喘吁吁。

差役说："这路太难走了，咱们还是等天晴路干一点再走吧？"

沈括说："不行啊！猛雨刚下过，洪水接着就会下来，我们再等，洪峰过去了，我们还看什么？走吧，还得快些呢！"

后来他们发现：大路旁边带草皮的渠堰反倒要好走些，草根咬住了地皮，踩上去带不起多少泥泞，只是草叶上挂的雨水全部要沾到鞋子上去。反正刚才蹚着泥水，鞋子已经湿透，就任它湿去吧。他们索性离开大路，就沿着渠堰走，速度果然快了许多。

但新的问题又来了，沿渠堰走是要快一些，但渠道纵横交错，并不是全相通的，走着走着就遇到断头、壕沟，拐了几个弯就迷了路。沈括从大方向上能判定河口的坝堰在哪一边，而且知道已经不远了，但是面对着密密麻麻横斜的河道水网，却找不到抵达的路径。

在走了几段冤枉路以后，他说："看来咱们这样瞎闯不行，得找个当地人问问，才能找到上坝堰的路。"

差役四面看看，发现不远处就有一个村庄，说："那边正有个村子，我们去村里找个人带路吧！"

"好啊！也只能如此。"

他们就这样深一脚浅一脚蹚过一片泥泞路，走到村里去。

这村子看来有几十户人家，茅舍掩映在一片榆槐树中，平时应该还很热闹，现在因为下雨，村道上人迹全无。沈括正准备去敲一个农户的门，却见前面的拐弯处闪出一个人影来。那人看来身量不小，蓑衣撑得满满的，戴一个斗笠，手里提着一张铁锹，急匆匆地好像要往村外赶。

差役急忙叫他："喂！喂！那人，向你打听个事！"

那人回转头，有些不满地说："你这后生会不会说话？知道名字叫名字，不知道名字叫个叔叔大爷，怎么喂喂的？喊牲口呢？"

沈括急忙上前一拱手："对不起，失礼了，大哥，我们是过往的客人，想和你打听个路。"

那人一看沈括，却不禁迟疑了一下："你是……"

这时沈括也发现面前这个五大三粗、一脸络腮胡的人很是面熟，问："你是不是……老穆头？"

那人也认出了沈括，马上显现出不屑的神情："唔，这不是衙门里的主簿大人吗？怎么到这里来了？哦，下这么大的雨，也来抓人呀？"

"哪里，我不过是乘下雨天来探一下水情。"

老穆头上下看了看他们的狼狈样："这倒还是件正事。"

"怎么？你就是这村的人？"

"可不！要不是住在这倒霉的河口附近，怎么会年年被水淹，惹那么多麻烦事？这不又下雨了，我正说到地里看一看庄稼，是不是又被洪水淹没了？"

"你的田地在哪里？"

"就在河口坝堰后面。"

沈括说："那正好，老穆头，我一直在琢磨，咱们这个坝堰为什么修了又塌，塌了又修，究竟毛病出在哪里？天晴的时候我来过，没看出什么门道。想着要到洪水下来的时候实际看一看水流的势头，才能心里有数。今天你反正要到那边去，正好给我们带个路，我不叫你白受辛劳，会付给你银钱做酬劳。"

老穆头一撇嘴："说实在的，这天气，叫我给人引路上坝堰，给多少钱我也不去，要知道那是有风险的，万一雨大了，坝堰像往常那样垮塌下来，我和你不就落到洪水里喂鱼鳖了？为几个小钱把命搭上，合算吗？"

"今天就下了这么一股雨，我想还不至于冲垮坝堰吧？"

"那可说不准，哪次修坝都不希望塌，可后来不全塌了？"

沈括说："这样吧，咱们也不要鲁莽，走过河口看情况而定，万无一失再上坝。再说只要看清楚洪水的走向势头，咱不一定非要到危险的地方去。你看如何？"

老穆头略顿了一下，说："看你年纪不大，倒也有几分胆气。说实在的，这么多年，官家人看河领工也不知来了多少回，还没有人在这种天气往河口上闯的。就冲你这决心，好，我带你去！给钱不给钱都无所谓。"

沈括拱手："那就多谢了。"

"我看这天气，这路途，你们带这马骑不成，反倒是个累赘。不如干脆拴到我院里歇着，我们也能轻省些走路；碰上泥地，你们那靴子也不行，还不如到我家给你们换两双布鞋便当。"

"就听你的。只是得快一些，不然上游的洪峰要过去了。"

说罢，他们到了老穆头家，把马匹拴了，换了布鞋，一路向河口走去。到底是当地人路熟，不知怎么拐了两个弯子，沈括发现已经绕到了沭水河口的堤坝边上。

其实刚才他们这番动作时，雨时大时小并没有停，只是没有像刚开始时那样急骤。当沈括站在堤堰边上看沭水河口，不禁吓了一跳，那河水是平时水量的十几倍，而且浑浊、湍急，波涛汹涌，还发出轰隆隆怪兽般的呼啸，叫人看得心惊肉跳。再往远处看，那洪涛竟如钱塘潮水一般，层层递进，泛着白色的浪花翻卷而来。

他想：就算是上游的山洪汇进来，经过了这么平展的一片河滩缓冲、沉淀，也不应该这么汹涌啊。他站在河岸看了半天，百思不解，想着要站到河口正对的坝堰顶端去看，也许能看出门道。

他用脚在堤堰边上踩了踩，觉得还瓷实，就踏上去。

老穆头急忙把他拽住："沈大人，你要干什么？"

"上坝堰呀！在这里看不明白。"

"我的天！眼看着这么怕人的洪水，你还敢上去？以往年间堤堰垮塌，也就是从那一片冲开口子。"

沈括又看了一下河道里的浪头："我看最大的一股洪峰已经过去了，现在已经是强弩之末，既然刚才没有冲毁坝堰，现在应该问题不大吧？"

"老天爷的事谁能说得准？要是上游再来一股猛雨，你想跑都来不及，要去你去，我可不敢去！"

"就算有股猛雨下来，离洪峰过来也还有一段时间。不用你们去，我一个人上去看看就行。"说着，沈括踏上了坝堰。

坝堰上的泥土毕竟是夯过的，比较瓷实，还种了些护坡的灌丛，沈括抓着这些枝条，攀登起来也不太费力，很快他来到了正对沭水河口的那一段坝堰。回头一看，他发现老穆头和自己带的那个年轻差役又跟上来了。

沈括问："你们怎么又上来了？"

差役说："我得保护大人你的安全呀！"

老穆头也说："应名儿给你们做向导，你要真出个意外，我还吃罪不起，只好舍命陪君子了！"

沈括笑笑，就站在这里开始观察。

这里是个制高点，站在这里视野果然开阔，沭水河口周边的地貌形势一览无余。看来当时的水工设计是因地形而定方案的，沭水在这里由南向东拐了一个弯，坝堰就修在正冲北方的要冲口，起了个拦河逼水的作用，后面就是附近几十个村庄赖以稼穑生存的一大片河滩。河道拐向东面不远处又顶上一个小山丘，在那里又拐了一个大弯。从北面过来的水经过这"一波三折"，变得更加汹涌，奇怪的是正冲河口的位置，激起的浪花却并不大，倒是涡流盘旋，显得很深沉。沈括边看边琢磨着，渐渐地看出了名堂。

他问老穆头："每次垮坝，就是从外面脚下这一块吗？"

老穆头说："正是。有时候也在那一块。"他指了一下小山丘那一边。

"你注意过是怎么个垮法吗？是浪大直接从堤堰上漫过去吗？"

"从来没过。总是先从坝堰上面不定什么地方钻出一些水眼，往下面塌土涌沙，当官的还叫我们上堤堵过这些窟窿，其实很少有堵住的，这些水眼越来越多，脚底下一晃动，我们就知道不顶事了，赶紧就撤，往往人还没撤下来坝就已经垮了。"

沈括想一想，点点头："明白了。我们走吧。"

他们相互搀扶着走下堤堰，一路提心吊胆，直到脚踏到渠堰上的草地，才算放下心来，身上已经溅满泥点子。

当天，他和那个年轻的差役在老穆头的农舍里换了衣服，烤干了靴袜，又把马匹刷洗了一番，回县城时已经是上灯时分。这一番交往，让沈括感觉：老穆头并不像最初印象那样粗鲁急躁，也说不上是什么"刁民"。

回到县衙，沈括把自己看到的沭水河口的地理形势画成了图，时时玩味，反复琢磨，确信自己找寻到的垮坝原因是成立的。接着他又在琢磨，采取什么样的措施才能一劳永逸、永绝水患呢？

说起来，在这之前，沈括也从来没有接触过水利工程，他进行这些思考，不过就是年轻人的热情和"初生牛犊不怕虎"的闯劲，他把这个工程当作自己的一幅作品那样兴致勃勃地创作，似乎并没有考虑到他万一失败会怎么样。他认为万事都是有理可循的，自己只要遵循这个"理"，就能够驾驭桀骜不驯的水流。治水的"理"在哪里？他只有从小时候读过的书籍里面寻找答案。这个时候，他才感到，古往今来的文化典籍浩若烟海，而在具体的治水方法上，却记载得太少了。他以前读过的《水经注》《考工记》，关于治水只有片言只语，史料里有关于秦国修郑国渠、李冰修都江堰的记载，具体的方法也语焉不详。倒是《史记》中关于大禹治水的一段文字对他有了点启示。

司马迁记载，在帝尧的时代，洪水的危害十分严重，于是叫大禹的父亲鲧主持天下的治水。鲧的治水方法主要是堵，结果治了九年不见功效，后来舜帝杀了鲧，换上鲧的儿子禹来治水。大禹接受了父亲的教训，他的办法不是堵，而主要是疏浚、引导，使天下的河流各归其道，结果取得了成功。沈括想：沭水的久治不驯，道理大概也在这里。他顺着这条思路，大胆地提出一个"百渠九堰、播节原尾"的水利方案，并且把它绘成图，拿给梁县令看。梁县令看了只是付诸一笑，说："这里只一条坝堰就弄得我们狼狈不堪，你还要搞九条坝堰，那得多少工？多少钱？不过想想罢了！"

沈括觉得一盆凉水从头顶泼下来，只好收起图纸低头不语。

几天后，沭阳县令忽然收到海州太守衙门的紧急函件，要他立即赶到海州（今连云港市海州区）去述职。

在当时，下级向上级的述职是在年末或者朝官下来考核的时候，现在突然收到这种信函，梁县令感到有些不妙，心里没底，特地把沈括也叫到身边随行。

海州太守府邸在胸山县，离沭阳不过百里，他们骑马一天就赶到了胸山，当日在驿馆驻下，次日一大早就到太守衙门报到。传报进去，太守金以哲已经在二堂等候，脸色阴沉。寒暄坐定，金太守劈面就问："梁玉圃，你的威风不小啊！"

听着话茬不对，沈括看到梁县令当时冷汗就下来了，脸色一阵红一阵白，尴尬地说道："下官失职，府台是说……"

太守说："我听说为水工讨工钱的事，你抓了十几个人，还把为首的一个弄到站笼里去了？要人家叫骂了大半夜？"

"这……确有其事，不过也是事出无奈，他们几次包围县衙，本县不能正常办公，恐一味纵容，失了官家的威仪，才采取断然举措，抓了少数为首的，也没有太为难他们，只是稍加训戒，便取保释放了。这个主簿沈括可以作证。"

"这么说，你认为处理得很高明、很得体是吗？"

"不敢说高明，也还有些作用，整肃以后，他们果然没有再闹，县城中秩序好多了。"

"呸！"金太守忽然一拍桌子，横眉怒目道，"你那里耍了威风，告状的人闹到我这里来了！"他把一张折子拍到桌面上，"看！二百多人的联名折子，告的是我海州挪用朝廷水工款拒不偿付，反倒拘押用刑。这可好，刚刚有御史台的人进驻本府，他们也收到了一份，算是开门红！你梁玉圃这下出了名，连我也跟着沾了光。些许小事，就激发民乱，擅用刀兵，要显摆我们海州府治下有方吗？我这里还有府兵一千，要不要也交给你调动屠城三日？"

梁县令这才清楚自己惹祸了，急忙跪下，磕头请罪："下官昏庸，办事莽撞，连累府台大人了，罪过！罪过！"

沈括也只得陪他跪下，这一刻，他忽然理解了太守盛怒的原因。前一段梁县令曾经说过，按照本朝制度，太守在一地一般任职三年，金以哲已经到任两年，第三年头上，御史台就要派人来进行考核，决定他下一个任期的升降褒贬。这个当口收到这样的民意折子，当然对他是大大的不利。

金太守对梁县令申斥道："安政抚民，素来以和为贵，善于协调各方关系，正要见为政者韬晦方略，要是一味逞强弹压就能解决问题，要你何用？"

"是，是。此事全是下官责任，愿亲到御史台说明情况，领罪受罚。"

看他如此狼狈，金太守才叹了一口气说："你起来吧，事到如今，越描越黑，欲盖弥彰，倒不如顺其自然由它去。好在你抓人入狱，没有弄出什么伤亡，事情还不算大，关键是如何采取些挽回的措施。"

"这措施……我想府台这里如果有些机动款项暂拨我县，给了那些水工工钱，他们自然也就不闹了。"

太守眉头一皱，马上顶回来："不是钱的问题，你们沭阳县，朝廷给的钱不少了。"

"这……"

"怎么？除了坐着等钱，你们沭阳县就没有想点别的措施吗？"

看梁县令在太守的追问下支吾失措，沈括只好代他回答，一拱手道："府台大人，我们老爷带我们去视察了沭水河口，寻找了以前那坝堰总修总垮的原因。"

太守把视线移向沈括："这倒还是件正事。你们找到那原因是什么？"

沈括就把自己视察现场回来画的那张图拿出来，摆在桌案上："我觉得原因有三个：一个是坝堰设计不合理，正冲着河的冲击口，等于是筑了一道拦河坝逼着河水改道，但坝堰却并不是按拦河坝设计的，坝形平直，而且两边无靠，没有反弓形的扛力，水一大必然承受不住；第二，入口过窄，大概以前的水工怕洪水失控，早早就在河两岸筑堤引流，致使上游洪水下来，到靠近河口的时候河道突然狭窄，那流速就必然加快，到坝堰前又一转弯，这样无形中就在坝堰底下形成一个旋涡，时间长了就把坝堰底下的基础掏空浸虚，坝堰成了头重脚轻，不塌又将如何？第三，出口不畅，洪水拐弯后又迎头碰上一座小丘，再拐一个弯，洪峰必然反激回来，造成这里的浪头升高，暗流汹涌，所以每一次坝堰的垮塌都集中在这两处。"

太守说："有道理。那你说怎么扭转呢？"

沈括又拿出自己的"百渠九堰"设计图在案上铺开："我想首先是主导思想要变，改拦堵的思路为疏浚引导的思路。第一，把一条横的拦河坝堰，改为九道纵的引流坝堰；第二，拓宽入河口，减少洪水的冲击力和涡流；第三，挖通这座小丘，河道裁弯取直。这样，洪水不管多大，在这里都会得到自然的分流、缓和与消解，不会造成太大的涌波和冲击力，冲决堤堰冲毁农田的危险就大大地减轻了。"

太守被他的分析完全吸引，点头说："有道理。不过，你这样改造动用的工程量是不是太大了，恐怕没有个三年五年搞不成吧？"

梁县令看太守对这两张图这样有兴趣，也在旁边插了话："存中这个图我也看了，道理是满通的，可是工程量恐怕非我小小一县所能承担。"

沈括却说："府台大人，这百渠九堰的图，乍一看是重打锣鼓另开张，面目全非，但要说工程量，我实际计算过却不算太大。所谓一堰变九堰，实际上就是改变了一个河口的进水方式，我实地去勘察多次，新坝堰不必重修，可以在原来的渠堰河堤基础上改造即可，不过是有的要拆去，有的要加高加厚而已。扩宽河道和裁弯取直的工程，都是以挖拆为主，比重新构筑的工程要省事得多。我估计，如果把我们全县可动员的水工调动起来，不出八个月就可完成。"

太守问："多长时间？"

沈括说："八个月，就打上各种不顺利的因素，往大了说，十个月肯定能完工了。"

梁县令有些心虚："存中，能行？土木之工不可擅动，可不敢把牛皮吹大了。"

沈括却说："您放心，我这是核算过多次的。"

太守眉头微皱，捻着胡子半晌无语，对着那张图看了又看，又回头好好看了沈括两眼，好像在斟酌什么。终于说："你们沭阳要是真能有把握在一年内把这个事情办成，我就教你去办。"

梁县令说："办可以，可那也得有笔不小的费用啊！"

太守说："钱的事你不必考虑，我自有办法解决。"

梁县令再不敢问。而这一刻，沈括却敏感地猜透了太守的心思：太守在任两年，平日在某些环节上节省、余留一些经费作为机动，应该是很正常的。现在御史台的考核虽然出师不利，但毕竟还有一年的周旋余地，如果在这一年里，能够把积累多年的沭水河患的问题解决，那不仅是挽回了最初的印象，而且是一个可圈可点的政绩。为此，调动这些机动经费是值得的。

想到这里，沈括表态道："府台大人真有此意，卑职愿意尽心竭力监督此项工程。"

金太守又思忖片刻，对梁县令说："玉圃，你这个主簿虽然年轻，看来却是个言谈办事有条理有城府的人。我的意思，此番水工项目，就由他来挂帅，你索性不用插手了。一来你与那些水工百姓有前面的纠葛，恐号令不畅；二则有上告帖子，我再委你重任，也容易招猜嫌。索性我派你到南方考察赈灾，叫这后生放手去干，干成功了，他是你的主簿，少不了你的功劳，万一不成功，是年轻人经验不足，也算不到你的账上。如何？"

梁县令说："下官谢大人庇佑爱护。"

这事情就决定下来。

回到沐阳后，金太守果然下拨了一笔款项，沈括就着手实施自己的计划。

沈括初出茅庐，在毫无经验的情况下，就敢于承担这样大的工程，确实有股初生牛犊不怕虎的闯劲。他自己也知道，此事成败，不仅关系到沐水县这届政府的考评，也决定着自己的仕途能不能顺利地走下去，所以只能成功，不能失败。有一点他是心中有数的，就是自己的知识积累，和自己对此处水文状况的实地考察，他坚信自己的思考推理是严谨的，只要能保证施工步骤的扎实，就能获得成功。

沈括经过请示海州太守，给百姓一定的补助先解决了他们的生活急需，继而重新调动起一支修河工的队伍，为首的就是那个老穆头。在相处中他发现，这个人为人豪爽，办事痛快，在水工中间有号召力，遇上施工中的具体技术问题，还有一些"土"办法和"绝招"可以借鉴。从此沈括自己就住在工地上，使出全部的体力和智力，自己不懂的事情就虚心和工头、河工们商量，果然排除了许多困难，使工程得以正常进行。

在施工的实践中，沈括发现了两个工程学上的问题。第一，他发现自己袭用书本记录的古老仪器测量地的水平面，总是和实际的流水冲流的结果不大一样，有些地方测得很平，但水却流不过去，而有的地方测量不平，水却流得很顺畅。后来他发现，这其实是因为古老的水准仪，在支架取平的时候有视错觉的问题。倒是老百姓用猪肠子灌上水两头拉拽的土办法，在测量地平方面很实用也很简便。只是距离远了，这个办法没法采用。但是这启发了沈括，能不能利用水自然取平的属性创造出一实用的土地测量法呢？第二，沈括在做工程预计土方时，发现计算的土方，和实际完成后的土方数有较大的差距。经过观察，他发现这主要是因为堵水用的土包之间是有空隙的，就因为有这个误差，奸猾的工头可以冒领工程款，朝廷花了冤枉钱。如何得到准确的数字呢？以前他计算用的是古人发明的刍童法，土口袋间的缝隙在这种计算方法中体现不出来，所以产生了误差。那么要求准确，应该改用什么方法呢？他开始探索这个问题。

靠着沈括这样不辞辛劳和严谨的探索精神，他快速高效地实现了规划，只用了预定的四分之一，也就是只有三个月的时间，就筑起了九道坝堰，修了上百条渠道。在这些渠堰间，沈括不仅有效地保住了原有的农田，还增加了新的农田，一共有七千多亩农田可以从此免除水患，达到稳产高产。

刚巧就在他完工以后不到半个月，沭水上游暴发了多年不遇的大洪水，几乎全县的水工都战战兢兢地看着洪水冲向河口，他们发现，今年洪水的脾气似乎变温和了，它们沿着划定的路线徐徐淌过，连个太大的浪花都没有激起，新修的坝堰渠道一概无损，经受住了大雨洪水的考验。老百姓的收成保住了，这年秋天还特地给县衙送了一道匾，上面四个字是"泽惠万民"。

此时，距离沈括离家走上仕途，不过短短一年半的时间。他一炮打响，不仅叫梁县令摆脱了尴尬，也叫海州太守金以哲以政绩昭著顺利地经过了考核，进入了新的任期。太守对沈括刮目相看，认为他是可造就的青年才俊，是地方官员中的佼佼者。

为此，海州太守奏请上面，提拔沈括到与海州府衙只有一河之隔的东海县做了代摄县令，相当于现在的代理县长的职务。

对于在沭阳县取得的治水成果，沈括自己也很高兴。他因此坚信自己的治学方法和人生态度是正确的，他坚信只要这样坚持走下去，自己的前途也是光明的。

往东海县赴任的时候，又是春花烂漫的季节，沈括沿着水路乘舟东下，看到杨柳夹岸，落英缤纷，不觉吟出一首诗：

新晴渡口百花香，石子池头鸭弄黄。
卷幔夕阳留不住，好风将雨过梅塘。

这诗恰如其分地表达了此时沈括踌躇满志、信心百倍的心境。

第四章

万春圩再展奇才

宋代的东海县，是一片幽静的海湾。小县城背靠胸山面临大海，胸山的两道支脉，像两条胳膊似的伸向海边，环抱着一片河渠成网、阡陌纵横、治理得体的农田，几条清澈小河的入海口宽阔，又有些沼泽地起到了缓冲作用，所以既没有洪水肆虐，又没有海风侵扰，比起沭阳县来，是一个富庶、宁静的风水宝地。

沈括到任以后才感到，金太守把他调到这里，确实是带有照顾成分的，这里县衙的事务要比沭阳轻省得多，沈括以前有过主簿的经历，对县衙的事情了如指掌，很快就处理得井然有序。

有些空余时间，沈括又开始了他所感兴趣的猎奇探幽的活动。

沈括并不是首次在海边生活，在十几岁的时候，他就曾经随父亲到过泉州，见过海边的渔民捕到鳄鱼，还看见过大如车轮的巨贝砗磲等等。但那时他还是孩子，到海边主要是为了贪玩。现在成年了有了一些生活的磨砺，才感受到面对大海放纵情怀的那种别样境界。听说县城对面小岛的苍梧山上望日出十分壮观，他就约了两个年轻仆役，专门起了个大早赶去。

他们寅时（早上三点）就出发了，坐了一个渔家的帆船，踏上了岛屿，并且在晨曦中登上了苍梧山顶。到这个时候，村落里的鸡才啼叫报晓，他和两个随从迎着海风，翘首东望，东方海平面上才刚现出红晕。他们看见了怎样壮观的景象，作者觉得怎样描写，都不如沈括后来自己的记述准确生动：

> 九日登苍梧之山，望大海之津，晨鸡初鸣，夜漏未极，东方云骞，气若渥朱，幡悬帜罗，烟光四发，久之，溟波洞赤，郁扬沸腾，燏如洋金，而朝日始放焉。乍妥茫茫扶舆，光景仰射，隙酾上指，人动马行，影在霄汉。

面对这般美景，沈括自然心旷神怡，浮想联翩，他对两个随从说："要是在这个地方，修一座道观楼台，让本县的人来这里登临赏玩，面对这样的景色思绪翱翔，忘记忧愁，那该多好啊！"①

随从说："好啊！好啊！果能如此，功德无量！"

在对东海县文物古迹的考察中，沈括发现县西北乡间有两座古墓，按照《图经》的记载，说是叫"黄儿墓"，这"黄儿"也不知道是哪朝哪代的什么人，墓区倒有块石碑，但是字迹漫没不清，已经无法辨认。大约四十年前，前辈有个著名的文学家书法家叫石曼卿（字延年），曾经当过海州通判，他来看过这两座古墓，从古书上查得汉代有著名的疏广、疏受二兄弟散金赈灾。有文献记载他们是东海人，石曼卿就因此认定这应该就是"二疏墓"，并且题字咏诗。新版的《图经》就把这件事记下来，似乎成了定论。沈括经过自己考证却认为：今天的东海县，汉代叫赣榆，属于琅琊郡。二疏是汉代的东海兰陵人，现属沂州承县，那里现在还另外保存有他们的墓，石曼卿是张冠李戴了。沈括把这事记述

---

① 宋代的东海县，属于现在的连云港地域。当时，黄河水还没有从淮河改道，这里的海域应该是一片蔚蓝，所以沈括能够记录下如此壮观的海上日出景色。后来我们没有读到任何史料记载苍梧山上的建筑，不知道沈括的这个想法是否付诸实行。但从这个建议上可以认定，沈括大概是第一个发现苍梧山旅游价值的人。苍梧山在明清后改称云台山，现在已经不是岛，距离海岸已经有一百多华里，是现在连云港市著名的旅游景点，亭台楼阁鳞次栉比。可以说沈括的设想在后世变成了现实。

下来，说明对前辈的名人以及《图经》这一类的经典，并不能迷信，应该经过自己的分析判断。这体现了沈括一贯的严谨缜密的治学精神。

在东海工作期间，有人在挖地的时候，挖出了一件古代作战的铜弩机，那上面的铜制望山① 特别高，引起了沈括的注意，他结合古代的记载对这望山的使用方法和原理进行了研究。他认为，古人当时已经运用了勾股定理来计算弹道。他根据勾股弦的定理计算望山的刻度，自己操作这个弩机射击目标，发现也可以达到十之八九的准确率。

有一天，沈括在自己的住所煮咸鸭蛋，忽然发现有一只煮好的咸鸡蛋在黑暗中发出绿油油的光，连着十几天，到它变质腐烂发臭之后，那光反而更强了，居然能把寓所照亮，只是没有热度。沈括认为它和当年在京城王家看到的墙角的"冷光"属于同一类光，他解释不了，只如实地把它记录下来。②

沈括在东海县任上三年，工作是顺利、安宁的，他自己在业余时间进行的这些探索和研究也是饶有兴趣的，但是对心怀壮志、一心想成就一番事业的沈括来说，他并不喜欢这种安宁，他留恋在沭阳治水那样艰难曲折但充满了创造乐趣的生活，他觉得自己的才华、能力，在东海县衙事务性的工作中得不到施展。

就在这个时候，他收到了哥哥沈披的一封来信。从来信中得知，哥哥从国子博士放了外任，被调到安徽宣州宁国县去担任县令，在这里，遇到了江南转运使张颙。张颙有一项酝酿多年的水利计划，叫作秦家圩淤田造地工程，但因遇到上上下下多方面的阻力没有实施。这秦家圩就在沈披管辖的宁国县境内，沈披和张颙一起讨论了这项工程，觉得这是一件利国利民的大好事，但是毕竟沈披没有治水的实际经验，也说不准这项工程是否真正可行，他想到沈括曾经在沭阳县有治水经历，所以想

① 望山，古代弩机上的简易瞄准器。
② 现代科学家认定，沈括观察到的是一种生物发光现象，有一些生物代谢产生的有机化合物，在一定条件下，会转化成某种发光物质，比如深海鱼很多都有这样的能力，为自己在黑暗的海底游弋点起了"灯"，它的原理和磷在空气中自燃发出的冷光还不是一回事。但沈括能敏锐地关注到这种现象并把它记录下来，也是历史上的第一次。

叫弟弟到他那里实际勘察一下，帮他拿拿主意。

哥哥的来信，再次勾起了沈括治水的热情和兴趣，所以他把东海的工作交给主簿代理，专门抽出时间，赶到了宣州宁国县。

刚到，哥哥沈披就领着他去见了江南转运使张颙。此人宽面大耳，心直口快，一看就是个敢作敢为有事业心的人。张颙和他说起了秦家圩的变迁史。秦家圩紧靠芜湖，五代时曾有良田数千亩，都属于此地有名的秦氏家族，后来秦家败落，又碰到战争和灾年，田地渐渐荒废，宋初又被大水冲毁，化为沼泽地已经八十年。张颙是本地人，知道这片地的价值，屡次上奏折送帖子想要修复，但是总为来自各方面的非议所阻拦，终究没有办成。

张颙对沈括说："宣州这地方不同于沭阳，是个文墨之乡，读书人多，给官家做幕府、高参的人也多，所以要做什么事，先得经得住这些人的吹毛求疵嚼舌根子。秦家圩是旧田修复，我自己感觉是一定可以搞成的，但笨嘴拙舌，说不过那些巧舌如簧的帮闲文人。从你哥哥的嘴里知道，你在治水方面有一套经验，在文笔上又是远近闻名，所以特请你到这里来，一则实地考察一下这工程能不能干，怎么个干法；二则也借助你的文笔，把考察的结论给上面好好上个折子，把那些拦路虎嘴里的歪理邪说批驳一下，帮助上司下决心，拨款办这个事情。"

沈括说："下官愿意尽力。"

接下来的几天，沈括就跟着哥哥，到秦家圩这个地方去做了认真的实地勘察。他感觉到，这里的地势环境和自己以前治理的沭水河口一带十分相似，因为紧靠芜湖，有原有的泄洪水道，在施工难度上甚至比沭阳还要简单。经过实际考察，他鼓励哥哥沈披力排众议，坚定地干这件事，并表示自己可以参与制定规划方案，并监督这项工程技术方面的问题。

经过和哥哥、转运使反复协商，沈括写了一篇给工部的长篇奏折，附上了重新绘制的秦家圩工程的规划图和预算报告，正文中分五个方面批驳了有关人等阻挠这项工程的理由。奏文写道：

人们反对修复秦家圩的第一个观点，是说它正处在溢洪道口，怕夏秋两季的汛期到了，大量的洪水下来没有地方容纳，会泛滥成灾。这其实是多余的担心，秦家圩北面有丹阳湖、石臼两湖，东南还有芜湖，连绵三四百里，都有自然的泄洪口，并且和西面的长江相通，划出二十里的一段修圩田，对排洪泄洪可以说完全没有影响。

第二条，有人说秦家圩的西南靠近荆山，长江在荆山的峡谷中间穿过，水势十分凶猛，一旦发生壅塞，江水就会冲决堤堰，淹没圩田，工程就会前功尽弃。这个问题其实是很好解决的，筑堤的时候可以留出充分的余地，增加江面的宽度，给江水缓冲，再加以引导，江水就会自然地流向荆山西面。为了更保险，还可以在上游，在东面劈开一个口子，进行分流泄洪。完全可以确保圩田的安全。

第三条，有人提出：秦家圩东南紧靠芜湖，土堤不断地被湖水浸泡，风浪冲刷，日子久了就会崩塌。这是想当然的说法，经过我们实地考察发现，秦家圩地势高，芜湖地势低，中间还隔着一百多步宽的护坡，坡上种着杨柳，堤下又长着芦苇，芜湖的风浪虽大，但是距离圩田的土堤有相当远的距离，绝对不会影响土堤的安危。

第四条，是江湖术士的说法，说是在风水理论中，大的土堤中必有"蛟龙"潜伏堤下，当年秦家之所以家败，就是因为蛟龙翻身的缘故；中间也有人试图修复田园，可是因为风水已经被破，一直未能成功。地脉不好了，所以现在不宜再修圩田。这完全是荒诞无稽的说法，当年土堤倒塌，是因为日久失修，积水掏空了根基所致，只要及时修补就没有问题。

第五条，有人说这一带的乡民多年靠在沼泽地的水面养鱼养虾、种茭白莲藕为生，一修圩田就会断了他们生路，他们会因无法谋生而闹事的。这更是杞人忧天，这个危险完全不存在。漫说圩田以后，他们可以改操祖业，在新的土地里耕耘度日，新修圩田会增加大量的渠道、水塘，他们照样可以养鱼蟹、种茭藕，广开财源，他们怎么会反对呢？

沈括写的这篇奏文，如同一个详细的可行性报告，有理有据，说服了当时的主管上司。他们批准了这个修复方案，并且拨出了专用的官银。

于是，在嘉祐六年（1061），由江南转运使张颙亲自挂帅，抽调了芜湖周围八县的一万二千多名民工，开始了秦家圩的修复工程。沈披作为地主，自然要全力以赴，提供后勤保障。沈括因为有沭阳治水的经验，也在各个关键部位和时刻，提供技术指导。

结果，只用了八十天，这项浩大的工程就全部完成，原有的堤堰修复，并且得到扩展，造成新的土地一千二百七十顷，当年就按百分之十五的租率给百姓种植晚稻，到秋后收回粮食三万六千斛，加上菇、蒲、桑、麻的收入，得到五十余万钱，其价值超过全部工程耗费官钱的十多倍。同时还救济了灾民，拿现在的观点说，是政治效益和经济效益的双丰收。

这样的喜讯传到京城，立即惊动了"龙廷"。当时执政的宋仁宗皇帝，听说了这事，"龙颜大喜"，立即下旨表彰这项工程，还亲自赐名，改称为"万春圩"。

完工后的万春圩究竟是个什么样子呢？沈括后来专门作了一篇《万春圩图记》做了记述。按照这个题目，这篇文章应该是附有图的，但是经过后来的岁月离乱，那图已经遗失了，我们只能从这遗留的文字里想象它的面貌：

圩堤宽六尺，高一丈二尺，长八十四里。堤岸下种了一排排的桑树，总数有几万棵；圩田分为区片，分别用天、地、日、月、山、川、草、木等字来命名；每方顷的圩田，都有渠道环绕，四条小渠为一个大区，每个大区有一条主渠道贯穿，可以容纳两条船并行。圩田的正中，还修了一条大路贯穿南北，也可以容两辆马车并行。

可以想象，这项工程是农林牧副渔的综合治理，也是项生态工程、绿色工程，景观相当壮观，但绝非样子货，后来证明，它也是一项质量过硬的工程。

史载：在万春圩建成后的第四年，长江下游暴发了特大洪水，安徽境内的大部分圩田都被淹没了，而万春圩因为设计合理，施工扎实，安然无损。

当然，这项工程的倡导者和具体的执行负责人，是江南转运使张颗，朝廷的嘉奖和表彰，荣耀也只能属于他，再扩而言之，可能捎带上工程的受益者宁国县，算地方官沈披的一个政绩。一般人恐怕不会想到，在这项工程中真正起到关键作用的，却是在这里做客的外县小小代理县令沈括。

尽管如此，沈括却为这个成功许久地处于兴奋状态，比起沭阳县的治水工程，这毕竟是更大的手笔，他通过论证、设计、参与指导，自己也觉得获益匪浅。他甚至觉得，自己可以再接再厉，在水利方面成为一个专家，大禹通过治水进而治理天下，自己也可以通过更多这样的工程，实现自己的人生理想。他在给上级的条陈中写道："江南像万春圩这样的地势很多，如果到处都能实行这样的水利工程，还发愁天下之财不足以相养这里的人民吗？"

应该承认，他写这样的上书，不无毛遂自荐的意思，有了两处治水的经验，他想在更大范围施展才华。在他的心目中，当今圣上会和韩愈在《进学解》里所写的那样，"爬罗剔抉、刮垢磨光"地去发现和选拔人才。现在，万春圩的成功既然已经惊动了皇上本人，下一步，很自然就会追问它的设计者是何人，考虑这个人是否可以再行重用，也许自己仕途的新起点，或者是人生理想实现的关键时刻，就在眼前？

修好了万春圩，在回东海县的路上，沈括经过了宁国境内著名的名胜石门山。这里奇峰耸立，怪石嶙峋，还有六个幽深的岩洞，其中的石柱、石花千姿百态，蔚为奇观。到了灵岩洞，只见一座石壁峭立千丈，中间一道石缝齐齐地把石壁划开，好像一座巨大的城墙门，被称为"天门"，"天门山"便由此得名。沈括站在门口，觉得眼前豁然开朗，四面山峰环绕，脚底流水潺潺，苍松青翠，花香鸟语，别有一番天地。再一看，旁边的石壁上，镌刻着唐代以来文人墨客的题咏，自己也忽然有所感触，吟了一首绝句云：

> 溪水激激山攒攒，苍岩腹封壁四环。
> 一门中辟伏惊澜，造物为此良有源。

显然，沈括这是在借景抒怀，他说的"伏惊澜"显然是暗指自己兴修水利的事，那这顿开的石门就应该是一扇命运之门。最后一句讲到"造物"的"良有源"，意思正如同李白的"天生我材必有用"一样，表明了此时他对自己未来的信心。

为了进一步表明自己远大的志向和志趣，回到东海之后，他向当时的宰相欧阳修、蔡襄等人，投送了自己的一篇论文《乐论》，对上古的礼乐制度提出了自己的研究成果和振兴它的设想。

在传统的国学中，礼乐制度是和国家兴衰紧密联系的大问题。沈括曾跟着父亲在南京太常寺任职，肯定对祭祀仪式上的祭祀古乐非常熟悉，为之深受感染，所以才会有这种郑重的议论。《乐论》原文现在已经湮灭，但是沈括谈及它的四封信还保留着，后来的专家从信中分析出沈括关于礼乐制度起码有两个重要的观点：一、古代的音乐不光是"圣人"创造的，当时的"百工、有司、市井、田野之人"都参与了创作；二、一个时代的音乐总是和当时的时代精神相吻和，治世的时候，音乐就"安以乐"，乱世的时候，音乐就"愤以怒"，所以"审音而知政"。这些观点无疑都是真知灼见。

但是遗憾的是，这篇论文递上去以后无声无息，没有得到任何回复。不知是在中间环节上丢失了，没有到达大人物的手中，还是那些大人物工作太忙了，无暇仔细阅读这篇来自边远小县芝麻官的形而上的议论。

嘉祐六年（1061），也就是万春圩修复以后不到一年，沈括得到了新的任命，被调到了陈州宛丘县（今河南淮阳）做县令。这是一次跨州府的远距离调动，而且是提升，从此他不再是代理职务，而是有品有级的朝廷正式官员了。开始，他以为是上峰看重了自己的治水才能，准备派用场了。

待真正来到了宛丘县，他才发现，这次调动与治水没有任何关系。

宛丘，据传是太昊伏羲氏的都城，沈括从小就在《诗经》上读到《宛丘》一诗，又熟知孔子率弟子周游列国"困于陈蔡"的典故，知道这是一个非常古老的文明胜地，又处在南来北往的交通要道上，从这里的蔡河可以直通京城东京汴梁，南来北往的官船、私船、运货船络绎不绝。对于一般人来说，能调到这里当地方官，是一种幸运，起码可以通过接待迎送这些来往的官员，与京官联络感情，有利于以后的仕途发展。

但是对于沈括这样的人来说，却恰恰相反，他可以十天半月待在书房里钻研古书而不觉寂寞，也可以独自一人钻到荒郊野外的古墓上几天考古探幽不觉无聊，而独独对于这种灯红酒绿、迎来送往的寒暄应酬的场面不能忍受。如果是些文人墨客，在酒席间能谈谈诗词歌赋、文史玄学还则罢了，遇上一些靠趋炎附势、溜须拍马当了官的禄蠹之辈，这种应酬无异于一种折磨。沈括现在希望的是像万春圩那样一种辛劳而有所创造的事业，偏偏这里是中原沃土，经过了上千年的开发，水工农田的治理已经相当完备，他的治水特长在这里可以说毫无用处，这令他感到失望和沮丧。

一个小小的县令，是无法凭着兴趣决定自己日程的。到任以后，沈括不得不把大量的时间精力，用来接待那些过往的各色官员人等。

而有一件事彻底打掉了他的耐心。

有一次，从京城来了一个叫夏元昭的官员。他的官名叫文思副使，品级虽然不高，但是隶属于文思院，是皇宫中专门督造皇家服装舆具礼仪用品上的文饰装潢的机构，是可以"通天"的人物，所以下到基层，各级官员都不敢怠慢。

文思院的官员分文、武两种，夏元昭属于文官，这次下来是因为筹办皇家祭祀活动，来附近的伏羲、神农、炎帝三皇陵寻访古制。沈括接触中对这人最初印象还不错，文化素养方面觉得还有些共同语言，交谈之中，发现他对书法还颇有研究，兴之所至，便告诉他自己精心保存有一块石碑拓片，是海内孤本，也是书法精品，是谢朓亲书的《海陵王墓志铭》，还曾请范仲淹、王安石这样的大家鉴定过。

那夏元昭听了，很感兴趣："这古人书帖，我倒见了不少，小谢的笔迹我可没有见过，存中兄既有珍藏，可否叫本官一观呢？"

沈括说："这又何难？"

此帖是沈括的心爱之物，平常就带在身边的，他当即回到自己的住处，把那个《海陵王墓志铭》拓片拿来。

夏文昭果然是个行家，把那字帖一打开，顿时两眼放光，连连称赞："好帖！好帖！连碑文带书法，都是闻所未闻的精品！"

他把拓片摆在书案上，两眼瞪着，几乎是一个字一个字地端详，搓着手说："正如存中兄所说，小谢书法，融合楷隶，清劲飘逸，自成一体，独得六朝风韵。存中，我有一事相求，不知允否？"

沈括："副使请说。"

夏文昭说："此帖的精妙，一时半会儿还真看不透彻，我想这几日此帖能否暂借于我，叫我品味几日，临走时一定还你。"

"这……"沈括着实有些为难，因为这确实是自己的心爱之物，自从范、王鉴定之后，一直视如珍宝，走到哪里带到哪里，从来没有离开过自己身边。但今日既然是京官来求，还和自己称兄道弟，只说玩赏几日，如果自己硬去拒绝，似乎不通情理，便说："也好，万望副使珍重，勿使损坏才是。"

夏文昭说："那自然，如此宝物，我焉能不爱惜？"说着就把拓片收起来。

接着两天，夏文昭的行程是参观太昊伏羲陵、陈国故城和孔子断粮处，第一天沈括陪同他看了太昊陵，第二天因为有别的公务要处理，就叫县里的老主簿去陪同。不料第三天一大早上衙，就听说夏文昭已经不辞而别往陈州府衙去了。

沈括连早饭也没吃，急忙赶到馆驿中看，果然人去室空。沈括再三追问驿馆的服务人员，问那夏副使临走有没有留下什么东西，或者什么话，服务人员一口咬定说没有，只说是有紧急公务要赶到州府衙门，详细旁人也不敢问。

沈括听了着实懊恼，禁不住在心中骂道："这个人真是无礼，好歹我还殷勤接待了你几天，走时居然连个招呼都不打，何况还拿着别人的东西！竟能这样心安理得？"

思前想后，越觉得此乃不祥之兆，难道这姓夏的，正是为了劫夺这个宝物才拉下脸这样做的？他越想越觉得心痛，上午把县衙里的杂务处理了一下，午饭后就带了一个差役，骑了一匹快马，直奔陈州府衙来。

宛丘是陈州所属小县，距离陈州府衙也有三十来里路程。沈括一路加鞭，赶到府衙打问，还好，那文思副使还没有离开陈州城，此刻正在得月楼上由陈州太守陪着喝酒，据说这正是饯行的宴席。

不敢怠慢，沈括又骑马赶到了得月楼，顾不得唐突，径直闯进了酒宴现场，果然看到陈州的崔太守和几个州府官员一起陪着夏文昭，正在饮酒言欢。

陈州太守一看他来，十分诧异："存中，你怎么来了？"

沈括急忙拱手施礼，说道："夏副使离开宛丘时，未曾相送，于礼有失，听说太守为副使饯行，不揣冒昧，特来补未尽之礼。"

陈州太守听不明白："你……是来送礼？还是来送人的？"

那夏文昭自己倒先答话了："崔太守，是我自己失礼在先，走得紧促，未曾向存中兄辞行。来，来，我也借花献佛，用这杯酒，先向存中兄赔礼了，谢谢你这几天对我的照顾。"说着举起一杯酒递给沈括，并且自己先饮一杯。

众目睽睽，沈括只好先接过这杯酒。旁边崔太守说："既然来了，就一起坐下，有话咱喝了酒说。"

有侍者从旁边端上凳子，摆上碗盏筷子。沈括这才把酒喝了，想说正事："副使大人，我还想问……"

夏文昭马上接过他的话："明白，明白，存中兄，我明白你想问什么，无非是我借你的那件东西吧。"

崔太守在旁边问："什么东西？"

沈括说："是我保藏的一个古碑拓片。"

夏文昭说："对，就是那个拓片。唉，其实说起来，我今天不辞而别也和这个有关系，就是因为这个东西我无意之中有了点闪失，觉得不好马上答复你，只好暂时回避，待我能尽力补救之后再回复你。"

沈括听了心里一沉："有了什么闪失？"

夏文昭说："就是那个东西，也就是那拓片，我坐在驿馆水池边打开赏玩，不料一失手掉到了水里。"

"啊？"沈括顿时一惊，"掉水里啦？那……你得赶紧捞啊！"

"是啊，我是尽力地捞了，我自己下了水，还惊动了一伙人手忙脚乱，总算是捞上来了，可是，那拓片已经被水沃湿污损，还裂成了几片，重叠缠搅在一起，不成个模样了。"

沈括跺脚道："完了，完了，拓片这东西怕的就是水浸，那、那……它现在在哪里？"

夏文昭说："我知道那状况是不敢乱动的，只好小心翼翼地原样收好，连夜晾干，我知道这样子跟你没法交代，想着做一番补救之后再还你。"

"怎么补救？"

"在你们陈州这里，匆匆忙忙的，恐怕是不行了，我想的是带回京城，找那手艺高超的装裱匠，一层层地分泡开，重新整理拼接装裱，恐怕大部分能够恢复。"

"……"沈括一时竟不知该说什么了，脑袋只觉得像重锤猛击了一下似的，嗡的一下全蒙了。作为一个内行的文人，他知道这种情况几乎是无法复原的，没有经过装裱的字画拓片，只有一层宣纸撑着，一旦见水很容易就揉糟撕烂，技艺再高超的匠人也很难恢复。他万万想不到，自己一直珍藏引以为豪的文物精品，竟然落了这么个结果。他嘴唇颤抖着指着夏文昭："我这是海内孤品呀，没想到就叫你，你……这么给糟蹋了！"

夏文昭说："这……我也没有想到。"

"我还特地叮咛过你，要小心珍爱……"

"我是珍爱的，可……人有失手，马有失蹄……"

"这么说你还有理了？"

"谁说有理？我不是答应你要去尽力恢复的吗？"

看到他两人争执动了感情，旁边几个陪桌的官员都来劝解，情势很明显，争执的双方，一个是股掌"通天"的"京官"，一个是最低品级的小小县令，劝解的人倾向性自然十分明显：

"宛丘县,得放手时须放手,大人毕竟不是有意的嘛!"

"大人消消气,不过就是一个小小字帖嘛,坏了就坏了,算不上什么大事。宛丘县,你不要在这里纠缠了嘛。"

"看你这得理不让人的劲头,难道要大人真金白银地赔你吗?"

还有个官索性对沈括发起脾气来了:"州府在这里为大人饯行,又没有叫你来,你闯进来本来就是不敬,还挑起事来没完没了,成何体统?"

"你要觉得舍不得,当初就不要借嘛,借了以后出意外你又不依不饶,不说你个人小气,倒显得我们陈州府没担当没肚量似的。"

这些话令沈括满肚子的火,憋着爆发不出来:天啊!分明是姓夏的毁坏了我的东西,怎么罪过反倒加到我的身上了?

这时崔太守说了话:"这样吧,存中,我知道你是个文学才子,对字帖拓片之类十分看重,所以损伤了十分心痛,我代夏大人向你赔个不是。但夏大人确实也是无心所为,还承诺要给你复原偿还,虽然是亡羊补牢,也足见其诚心了。就修补文籍的工匠来说,咱这里确实无法和京城相比。本府也愿意替大人做个担保,到修补完毕,他一定会还给你的。看我的面子,我们现在就不谈这个事情了,好吧?"

话说到这里,沈括也觉得不好再说什么了,便一拱手说:"既然有府台大人如此盛意,下官也就没什么可说的了,告退。"

从得月楼出来,沈括和差役一起上马踏上了归程,心里觉得十分窝火,半天一句话也不想说。

走到半路,那随从的差役才说:"老爷,我都怀疑,那姓夏的所说拓片落水的事是不是真的发生了。"

沈括问:"你有什么怀疑吗?"

差役说:"他说拓片落水的事情是发生在我们宛丘的馆驿里,还说惊动了很多人去帮助他打捞过,既然那样,我们早上去馆驿打问的时候,为什么没有一个人提及此事呢?再说,驿馆里的领事也是个读书人,对老爷平时心爱的《海陵王墓志铭》也熟知,真要是出了那样的事,早就告诉老爷了。"

沈括一想,确实是这个道理,回头一想几天来夏文昭的言谈话语和行为态度，越想越像是见到宝物心生贪欲，于是编造出这么个落水的故事，想把拓片占为己有。想到这里他勒转马头愤怒地说："走，咱返回去和他说理去！"

那差役却没有动，说："老爷算了吧，一来咱没有凭证，二来你看刚才那架势，州府官护着京官，都是拉偏架的，姓夏的要厚着脸皮不承认，你有什么办法？你能压着他的脖子让他服软，还是能搜他的行包？"

沈括一想也是，只好强咽下这口气，返回了宛丘。

进了县衙，碰上了代他领班的老主簿，沈括就把事情的本末讲给他听，听完了他说："老爷，我看你就全当吃个哑巴亏，认倒霉吧，那拓本你是要不回来了。"

沈括问："怎么？不是有太守为他担保一说吗？"

主簿说："那本不过是为了保京官的脸面，冒叫一声而已。那文思院是内府部门，一般的外官进都进不去，他拿什么保？从姓夏的那面来说，内府的人下来都是吃惯拿惯了的，捎带你个文帖拓片只是小菜，压根儿就不算什么事。说实在的，在别的县、府，没准那些官儿还会主动奉送这一类东西，以为晋身之道呢！就算他坑了你、骗了你，这身份上的差别，你也不能把他怎么样。这一点他明白得很。"

沈括一想，也确实如此。

最后老主簿叹息道："说到底，还是咱们官微人轻，没有出身，官场上什么人把你认真当回事啊！"

沈括明白，老主簿所说的"出身"，就是指因科举及第而获职，本朝士人的舆论中，只有经过这个渠道才被认为是靠真才实学立世的，称为有"出身"，其他渠道因袭的官职多被人歧视、忽视。这天晚上，沈括几乎一夜没睡着觉，颠来倒去脑袋里都翻腾着主簿这句话。

偏偏在第二天一早，钱塘老家又派人送来了一个晴天霹雳般的噩耗：沈括的妻子杨氏，因为重病不治身亡。母亲叫他赶紧回去办理丧事。

原来，自从父亲沈周去世，家里失去了主要的经济支柱，沈括、沈披都是县级小官，薪俸很低，只能维持自身花销，很难顾及家里，沈夫人只得和媳妇一起，靠经营老家的田产和出租一些老宅房屋维持生计。

那杨氏本来身体就弱，有个肺气不足风湿咳喘的毛病，既要照顾孩子又要操持家业，未免疲劳过度，添了病势。从性格上说，她又是尊崇妇德、宁肯艰难负重也不懂叫苦叫累将养自己的人，结果延误了治疗期，转成了痨病，竟至不起。

沈括对妻子患病是知道的，在他回家的时候，也为她请郎中问诊，有时自己也开药方亲自熬药喂妻子吃，但是毕竟他从事的是极繁忙极缠手的工作，又怀着做一番事业报效国家的雄心壮志，因而很少回家。一忙起来，家里的事全忘了，妻子的病情到这样的地步，他也实实没有想到。备马南下，一路上想着妻子的体贴温柔，想着她奉母育子的辛苦，感到深深的内疚。

沈括赶回到钱塘以后，妻子已经停灵两天，他扶棺号啕大哭。旁边守灵的八岁的小博毅和祖母一起陪着他哭。

接着办理妻子的丧事，沈括才深切感受到这七八年来，自己的家境大大地衰落了，当年用的家人已经大多辞退，当年的宅院也分出不少抵了债，父亲一生为官清廉，本来就没有置办多少财产，现在还出粜了不少，日常开支也有些捉襟见肘了。妻子的丧事，也只好简约从事。

妻子下葬以后，把来吊丧帮忙的亲朋好友都送走了，已经是黄昏时分，沈括又到坟地烧了晚纸，回到自己原来居住的屋子，天已经大黑了。他推门走进，摸到座椅上坐下，顿时觉得精疲力竭，连点灯的力气似乎都没有了。他环视着黑暗中朦胧可见的旧家具，还有简陋的床帐，想到妻子嫁给自己这近十年来，就是在这样的环境里劳碌，先是赶上父亲病丧，后来又是辛劳、贫寒和独守空房，没有过一天舒心日子。他心中再次涌上了内疚和悲凉。

这时，门开了，是母亲领着小博毅进来，进门就先点上了灯，这才发现沈括早就默默坐在那里。

母亲问："你早就回来啦？怎么在黑地里坐着？"

沈括说："忙了这么多天，总算是把她送走了，才觉得这家里有些空落落的。"

"唉！媳妇是个好媳妇，可惜身子先天不足，家里就这么点忙碌，我这个老太婆还没垮，她倒先倒下了。"

"母亲，我觉得自己真是无能，整天在外面奔波，竟还让自己的母亲和妻儿忍受饥寒！"

"话也不能这样说，你这些年在外面干得不错，论政绩和声望算是比较出色的了。本来就是创业之初，薪俸低薄也属自然，这几年咱家道是有些败落，但远谈不到贫寒二字。毕竟有祖传的田产在这里，现在你媳妇又走了，就我和小博毅一老一小能吃穿多少？足够了。"

"可是家里的难处这些天我是真体会到了，刚才我还在想，要不我把那县里的小官干脆辞了，回来和您一起经营祖上这一份家业，也能发达起来！"

母亲立时皱起了眉头，厉声说道："这叫什么话？大丈夫以天下为己任，困厄不坠青云之志，你父亲教你十年寒窗，难道就是为了叫你守着家门口这一亩三分地，老死乡梓吗？"

沈括急忙跪倒："母亲息怒，是孩儿说错话了。孩儿经济天下的壮志未泯，归乡耕亩只是气话，但辞掉现在县令一职的事，孩儿的确有所考虑。"

"那是为什么？"

"母亲，孩儿在三个县奔波，用心不可谓不专注，成绩也不可谓不显著，都惊动天廷了，满以为上司会因此而拔擢专才，放我到适合的岗位成就一番更大的事业，但是事实却并不是这样，调来调去，却总叫我去做那些没有意义、空劳蹉跎的无聊工作。开始我不理解这是为什么，最近我才明白，正是官场的风尚使然：干得好没有用，没有'出身'来历，你永远官微人轻，不被重视。母亲，孩儿现在已经三十岁，正当而立之年，再这样蹉跎下去，恐怕志向再大也一事无成。"

母亲这才口气缓和了："你要这样说，为娘还觉得有些道理。古今成大事者，光有勤勉惕厉还不够，还确实需要有适合的机遇与地位。你父亲终身勤勉廉洁，但四十多岁还在县府奔波，终为憾事。后来品级上去了，而人也老了。我当然不希望你也这样，辞了职你准备怎么办呢？"

沈括说："我想先在家里温习一段书，然后参加明年秋天朝廷举行的解试（也称乡试），先拿到举人再说。"

母亲想了想："既然如此，我也把这里的事情托付给人，我们娘儿俩带上博毅一起到苏州你外婆家去，一来那里藏书多，宅院宽大幽静，衣食有人招呼，便于你一心一意地读书；二来你十三岁那年在那里上过学塾，你的应考籍册应当还存在那里，要报考乡试也是那里方便。"

沈括说："便依母亲。"

正是：壮志未酬，厄运袭来，贤才未得重用，丧父接着丧妻，叫沈括不得不重新安排以后的人生道路。

第五章

科举及第逢国丧

　　沈括在经历了人生第一次挫折之后，认识到在宋代当时的官职制度中，想实现自己的鲲鹏壮志，还是得走科举道路。于是与母亲商量之后，回到陈州，断然辞去了宛丘县令的职务，又返回故乡，将沈家田产和宅院租的租，托管的托管，处理完毕，和母亲、幼子一起离开钱塘，到了苏州。

　　母亲的娘家许氏家族，历代以从武的人才闻名，沈括的舅舅许洞，还写了著名的军事著作《虎钤经》。宋朝建国以后，边衅不断，许家也不断有立军功和因带兵得赏赐者，所以在苏州也形成一个大家族，房屋宅院连成一片，属于家族共有的祠堂、书院、园林等建筑相当齐备。沈夫人带沈括、小博毅来了就住在哥哥许洞府中，衣食有保证，也不误小博毅上学。沈括在园林中寻了一处幽静的书房，系统地温习旧日的经典，脑子累了就逗逗孩子，帮母亲做些家务，度过了他一生中难得的一段轻松自在、尽享天伦之乐的日子。

　　到了第二年秋天，也就是嘉祐七年（1062），苏州学区的解试如期举行，沈括参加了科考，并在苏州学区获得第一名举人，称为解元。

　　消息传来，举家欢乐，许家族长还安排了家族宴会来庆贺这件事。

宴会上，族长专向沈夫人奉酒一杯说："正像当年希文、介甫二公所言，括儿的才华学识要取科场功名，真如探囊取物一般，可喜可贺。有这样的成绩，自然首先是括儿的天赋聪颖，夫人多年来的训诫教育也功不可没呀！为咱许家门楣添彩，我这里也要为夫人的辛劳敬酒一杯。"

沈夫人喝了这杯酒不觉眼泪也夺眶而出。

按当时考制规定，乡试得中的举人们，要在第二年赴京城参加全国的会试（也称省试），再考中了就是进士及第，前七名进士就有资格参加直接由皇帝主持的殿试，如果再拔得头筹，就是状元了。

宋嘉祐八年（1063）春天，沈括踏上了去京城的行程。他走的是水路，沿隋朝大运河从苏州到润州（今镇江），过长江到扬州，再由扬州到泗水转入洪泽湖转到汴河。当时的汴河是一条人工河，由泗州向西北长达千里，直通东京汴梁。沈括走的正是当时南方物资进京的漕运路线，同行的人中也有不少是赴考的举子，正当早春二月，两岸柳绽新绿，菜花芬芳，河面上舟楫穿梭，碧波荡漾，船上一帮穿儒袍、戴儒巾的文人墨客摇动着纸扇，指点着岸边亭台楼榭、红男绿女，或吟诗，或怀古，纵横古今，自有一番情趣。沈括在这样的氛围中一路北上，胸襟也觉豁然开朗。

少年时期，沈括曾两次随父入京，但因为那时年纪尚小不解世情，并没有留下太深的印象。这一次故地重游，才觉得殿宇巍峨、市井繁华，豪门高官的行止气势，名士交往的文明风范，均非州县小城可比。

同行的有徽州、闽县的两个学子，三人相约一同住进一家客栈，此时才知道朝廷有旨，凡参加贡院考试的学子可以免费居住三天，自然高兴。到街上游览，只见茶楼、酒肆、市面商家，到处可以看见和他们打扮相似的儒生，一问，都是各地前来应试的学子，据说全国一共来了三千多人，按照惯例，最后能考中进士的最多只有四百人，也就是说，大约八个人中才能有一个人及第。举子们在彼此寒暄客气的言谈间，洋溢着掩饰不住的沉重感。

由学子们的口中打听到：此次"省试"的主考官，是翰林学士范缜、知制诰王安石和天章阁侍制司马光，他们当时都已经是名满天下的饱学之士，就水平威望说，众人是宾服的。这消息对学子们是个宽慰。

王安石按说是沈家旧交，但和学子的交谈中，沈括连认识他也不敢提到。宋代严禁考官与应考的学子有任何来往，沈括没有准备去拜访他，其实想拜访也见不上。当时的考官自上任就被关进贡院里不能出来，称作"锁院"，试卷也已经采用弥封誊抄的办法防止作弊，如果发现有夹带、暗通关节等舞弊行为，考官连考生都是要被判以重刑的。

事实上，朝廷也不给考生留这个"活动"的机会，在考生到齐的第二天，就把他们关到国子监贡院进行会考。北宋前期科考分四场，一诗赋，二论，三策，四经帖，连考整整三天。

考试以后，到发榜的三月二十二日甲子日，还有二十多天的时间，这就成为考生们最为难熬的日子。有的求神拜佛，有的打卦算命，都想有个什么办法能够提前锁定自己的命运。

沈括自己却是一身轻松，一则此时他已经三十二岁，在考生中算比较大的一个，又在实际的官场中扑打了几年，比较能扛得住事；二则以他的学术水平来说，这些考题他没有觉得难，自认为考中是肯定的，只是不清楚名次而已。所以他又想起了他的老爱好，利用这一段时间寻微探秘，把京城里一些感兴趣的地方再游览一遍。

和他在同一客栈寄宿的有个福建举子，名叫许将，字冲元，是和沈括同船来的，年岁比沈括小五岁。一路同行，沈括觉得这个人天赋很高，谈吐不凡，文笔雄健，是个很有才学的人，看到他考试下来气定神闲的样子，估计他也胸有成竹，就约他一起游览。许将略犹豫了一下，便答应和他一起去。

他们沿着御街南行，来到京城有名的大相国寺，两人在大殿里的一幅壁画前驻足。壁画是佛家常见的西方伎乐图，但运笔雄健，衣纹飘逸，开脸传神，气韵不凡。一问庙堂里的僧人，说是本朝初年名画家高益的手笔，更增添了兴趣，两人便俯身仔细观察。

许将看着画面忽然抿嘴一笑："这个画家画技可算高超，而对于乐律恐怕外行了。"

"哦？"沈括问，"冲元看出什么破绽了吗？"

许将一指画面上一群奏乐的乐工，说："你看那几个吹笛管筝笙的，手指都在按发'四'字的音，而你看这个弹琵琶的，'四'字音本来在上弦，而画的这个乐女，手指却按在下弦，岂不是荒谬吗？"

沈括一看画面，顺口说："冲元看得仔细，画上果然如此。不过……"他反复端详这幅画面，却又犯了疑，"如果高益果真像你说的不通乐理的话，那几个吹管乐的乐工手势，怎么都画对了呢？"

许将一笑："碰的吧？"

沈括仔细对比了两边的画面，仔细揣摩，忽觉恍然，说："我明白了，其实高益并没有画错。"

"怎么？"

"你想啊，那吹奏的乐器，都是一吹就响，而琵琶这类弹拨的乐器，是先弹拨了以后才能发音，如果画成正在弹拨的手指，那音还没有发出来，和吹奏的人就不同步了，琵琶弹拨后手自然归附下弦，看来高益不但懂乐理，还通晓各种乐器的演奏法呢！"

许将回头一想，也宾服："是这个道理，看来还是存中兄比我悟得透。"

后来，沈括还专门把这件事记下来，并且感叹道：一个好的画师匠心独具，会到这样精细的程度啊！

接着，他们来到了位于城东北角的开宝寺，这里有一座闻名遐迩的开宝寺宝塔。沈括早就听说过，这是本朝初著名匠人喻皓主持修建的，是一座八角十三层的木塔，据说是自上而下三百六十尺高，全部用榫卯衔接的，没有用一根钉子。喻皓曾著有《木经》三卷，对五代以来的房舍修造技术做了详细的总结，传说他在汴梁建好宝塔的时候，人们看着塔身不直，有些朝西北方向倾斜，来问喻皓，喻皓笑着说：京师平地无山，冬天有强烈的西北风，不过一百年，这塔就会被西北风吹正。沈括近年来才读到《木经》，听到这个传说，所以此番特邀许将一起来这里游览。

但是走进寺内，却没有看到高塔的踪影，一打听，原来那座宝塔早在庆历年间就因遭雷击失火而整个烧毁了，原址上只有一座塔基留着一些柱础，令人想象当时木塔的巍峨。当年木塔中供奉的吴越国进贡的阿育王佛舍利，现在盛在一座小金椁里，供奉在大殿旁边的福胜院内。听庙院住持说，年迈的喻皓已经奉旨重修这座塔，为防再遭雷击，改用琉璃砖瓦仿原结构重建。沈括想起刚才也看到塔基旁确实堆放着一些带有花纹的褐色琉璃瓦，看来是建新塔所用，这样的塔如果完工，那将会是另一番风景。①

在福胜院的禅房角落里，沈括看到一个穿灰色布袍的男人的背影，面对着一通断碑伫立了很久，不像是看碑文，倒像是在用手摸碑文。出于好奇，许将也凑上去细看，发现那碑文字迹古拙，漫漶不清，但上首几个字迹却立即吸引了他，不由读出来："开元……什么经？"

"是《开元占经》！"那个灰布袍男人回转身，答了他一句。沈括才看到，这人有一张清癯劲瘦的脸，看上去三十来岁，须发稀疏，眼球有些浑浊，想来视力不太好，这大概就是他以摸代读这块碑文的原因。

"唔？那请借个光……"沈括赶紧凑过去，那男人略往旁边闪了闪，沈括就俯身细看。

许将有些不以为然："存中兄，占星不过术士无稽之谈，看它何用？"

沈括说："占星之事固然荒诞，而《开元占经》却非一般的占卜术数书可比。此书是唐玄宗委派一个天竺学者瞿昙悉达编纂的，这个瞿昙悉达曾在睿宗时期主持修复唐宫司天监的浑仪，又用它进行了多年的天文观测，所以他的书中虽然也讲占星，但更多篇幅讲的是古代各派天文家讲述的星象、历法，与唐代实际观察的星图和历法之差异，一百二十卷皇皇巨制，乃习天文历法者必读之书。尤其是论及日蚀月蚀②的缘由和计算方法，在别的书中未曾提及。"

许将问："你这样一说，我好像也略有耳闻，怎么，这书存中兄读

---

① 开宝寺塔，即今开封西城的"铁塔"，是在原木塔的基础上修建的，但是究竟修复于哪个年代，史书上并无确切记载。现代考古专家在清理周边建筑遗址时，根据最新出土文物考证，开宝寺塔是在二十多年以后的熙宁年间才修复的，因为通体都是褐色琉璃砖瓦覆面，远看如同铁铸，后人称"铁塔"。

② 日蚀月蚀：现代汉语写作"日食月蚀"。

过吗？"

沈括说："此书编成后，皇帝认为此书涉及天命神机，怕有人用来散布妖言惑众，所以只限宫中管天文和历法的官员查阅，也只是因为朝廷更迭、战乱频发，坊间才传出几册，我也只看了部分章节，难窥全豹。"

"如此说，我也得看看这个稀罕物了！"许将也上前看那碑文，只可惜碑文磨损得过于严重，字句残缺不全，看不出太大的名堂来。

有些字句沈括有些印象，说："这好像是卷九之中的一段，专讲日月蚀之理，你看这里引汉刘向的话：日蚀者，月往蔽之。"

"这是什么意思？"

"这个不难理解：古来观天象的人预测日蚀，都是测量黄道和月道的交叉处，日行黄道，月行月道，二环相叠而小差。如果日月恰好运行在这里碰上并在一度之内必有蚀发生。按照此理来推想，日蚀就是日面被月影所遮挡。古人均是按这个道理来预测日蚀的。"

许将佩服地说："存中兄竟懂日月运行玄机，在下听得真是汗颜了。"

沈括说："这不是我的发现，推日月蚀，古人早有成法，但比较粗略而已，《春秋》上记载的三十六次日蚀，我曾试图用各种历书去验证，也只能符合二十六七次，只有唐代一行和尚的推算法，能符合二十九次。这大概就是最高明的推算法了吧！"

这时，那个一直站在旁边的灰布袍男人却忽然插了嘴："以我的办法推算，可符合三十五次。"

"啊？"沈括回头再次看那人，面皮粗糙，一脸疲惫辛劳，像个匠人，完全不像一个做学问识天文的人。沈括忙摇摇头，"这位先生可是有些大言不惭了，推日月蚀要是那么容易，历朝历代的大内天官历算之士就都是白吃饭的了。"

那人却微微一笑："愿当场一试。"

沈括看他说得轻巧，真想教训一下这个狂妄之徒，便对那人说："我手头没有《春秋》，却记得皇祐二年闰三月十五壬子日有过一次日蚀，以你的推算方法，算一下去年、前年哪个日子有日蚀？你用什么工具算？要用算筹吗？"

"不用。"那人说，接着便微微低头，手指时张时合作动着，口中念念有词好像在默诵着一些口诀，没多少时间，他抬起头来，"可以了，请拿笔来。"

沈括便向寺院住持讨了一副笔墨，还有一本朝廷新颁发的历书，然后把笔墨转交给那人。那人看来确实眼神不好，几乎是摸索着把纸笔接了过去，然后写上几个日期，包括他判定的发生时辰。当场，沈括就翻开历书来查对，结果叫他震惊，那人推出来的日子几乎和几年来已经发生的日蚀时间完全一致，连时辰都不差。

沈括和所有的小孩一样，从小就对天上闪烁的群星感兴趣，进而对所有异常的天文现象都十分留心，并且在摸索规律，古书上讲的日月蚀的推算方法他也学过，也尝试着推算过，不仅步骤十分繁复，而且必须以许多本历书的记录互相参照才能接近真相。万没有想到眼前这样一个其貌不扬的人，居然不要任何书本，只凭心算就可以测得这么准，不由得叫他对这个人刮目相看。

他急忙放下历书，向那人拱手施礼："失敬失敬，在下乃进京赶考的学子沈括，敢问先生高姓大名，何方人士？"

那人也还礼道："不敢，不才姓卫名朴，淮南布衣，在本寺中借宿而已。"

"先生在此作甚？何以对天文历算如此精通？"

"精通二字说不上，只是从小爱好此学，又慕唐代一行和尚一世作为，乃遍访天下天文方面的文物胜迹，民间高人，揣摩研习，此次来京是路过，目的是去访问嵩山脚下的周公测景台的。"

"适才先生用的推算方法，是自己独创的吗？"

"最初的口诀，乃是江湖术士所授，经过我对照上古历书，又依据数年坚持临台管窥星空的实际观察，做矫正修改而成，实际测算的结果，刚才已经献丑了。"

"先生绝技，在下十分敬佩，敢问平日如何能找到先生？今日不早了，以后愿多与交往，切磋天文之道。肯留个地址吗？"

那人说："适才听沈先生言《开元占经》事，便知先生也是道中人，不才也愿意多为交往切磋。在下孤身一人，自幼习道，平日在淮阳静海寺卖卜为业，京城我也常来，借住各寺，住持方丈都认识，书信可达，招之即来。"

说罢，两人各自写了联系方式留下，此时，已经是夕阳西照，寺院要关门，沈括和许将告辞而去。

回来的路上，沈括还向许将感慨："这里毕竟是京城文明繁华之地，民间不知潜藏着多少高人。"

许将说："看这人其貌不扬，却要研究这样高深玄妙的学问，有些不自量力了吧？"

沈括说："非凡之才多有乖戾之行。一行和尚就是个踽踽独行者，以一己之力，测了子午线之长，修大衍历。我看此人应该就是这类人物。"

他们回到客栈，正碰上同室的徽州考生戴蒙与他两个在京城供职的同乡在院子里品茶聊天，便向店家要了两碗面，也坐到一起凑兴说话。

不想，他们的话题也在感叹京城里高人不少，沈括忙问戴蒙遇上什么高人，戴蒙说是遇上了"活神仙"。

原来，戴蒙比沈括年轻十岁，初登考场，自觉没有把握，就想找个算卦的高手算一算结果如何。经过几个同乡介绍，找到一个叫"陈天眼"的"卦师"家里。那人与其他卦师不同，既不卜筮，又不问生辰八字，只要上下看你几眼，就开口说话，据说十分灵验。

戴蒙进去时，那人正在蒲团上打坐，两眼半睁半闭，似睡非睡。戴蒙将卦银奉上，那人连眼睛都没睁便问："欲问何事啊？"

戴蒙说："问这一次大考本人可否得中，以后前程如何。"

那卦师睁开眼打量了他一下，便说："恕我直言，足下日后前程是错不了的，但这一次科考嘛，我看是白忙活，中不了，及早准备打道回府吧！"

再细问，他就什么也不说了。

戴蒙只好出来，心里却十分不服气，怎么见得别人考得上，我就考不上？便找来介绍他去的这两位徽州同乡，诉说自己的不平。不料，这两个人都一致反劝他，说算卦不留情，留情不算卦。这个人之所以有"天眼"的美名，正在于直言不讳，日后事实证明他还是很灵验的。他们都举了自己的例子，一个说，当年自己觉得没有考好，去找他算，他一口咬定：放心，必中！结果果然中了，现在授国子博士待补。另一个说："当初是我们两人一起去的，说他中却说我中不了，我不相信，结果榜下来果然如此。我是到下一科才考上。你说神不神？"

他们这样一说，沈括的兴趣反倒被提起来了，说："明天我也去看看这个卦师，看看他怎么个灵法。"说着，却看见许将在旁边直撇嘴。

晚上回到屋里，许将就问沈括："存中兄，你真相信占卜有灵？"

沈括笑道："我根本就不信。那些占卜、算卦、相面、风水的书说起来玄而又玄，其实不过是些江湖术士蒙人混饭吃的玩意儿。我们白天所见的那个卫朴，虽然名为卖卜，其实是在钻研天文历算真学问，所以我尊敬。就说著名的《易经》号称群经之首，也是因为它的义理深迥，它的卜筮部分却很少为学家重视。荀子一句话'善易者不言卜'，算是把话说尽。"

"那你怎么还要去看那个卦师？"

"我不过是想知道，京城的卦师和外乡走江湖的算卦先生有什么不同，他究竟有什么高招能够取得这样的声名。就说是骗人，能骗得高明、不留痕迹那也是一种机智呀。明天你也和我一起去？"

"好吧。"

次日早饭后，沈括就收拾整齐准备出发，来约许将，许将说早上觉得身体有些不适，不去了。沈括便独自跟了戴蒙往那卦师家去。同一客栈里的举子们，大概昨天晚上都听到了戴蒙的宣传，听说今天有人要去，便一哄而起都跟着，总共有十二个人。

来到了"陈天眼"的住宅，那卦师放出话来，因语涉私密，这么多人只能一个一个进去，其他人只能在外面的小院子等着。因为沈括在举子中算年纪大点的，众人就叫他先进去。

沈括走进那间屋子，那个卦师果然依旧是在蒲团上打坐，高颧骨，瘦刮刮的脸，眼睛眯着，可是沈括敏感地注意到，那人在通过微眯的眼睫毛缝里打量着他。

"欲问何事啊？"

沈括直截了当地说："我问这次大考能不能中。"

那人抬眼看了看他说："你是一定中的。而且从此开始，你的官运财运和婚姻之事都要发生很大的改变。"

沈括问："谢大师吉言，但请问大师，您是根据什么做此判断的？是卦象、易数还是麻衣相法？"

那卦师微微一笑："道可道，非常道，真正的玄机，都不是可以言传的。请先生出去吧，请下一位进来。"

对方已经下了逐客令，沈括只好不太情愿地退出来。这样简单的对话，来不及品出味道就离开了，看来这卦师够滑头。就这样，不是白来了吗？

沈括不甘心地在那门口徘徊，他忽然发现，从这小院子的某个角度，能清清楚楚地听到里面的对话，甚至能依稀看到问卦人的半片脸，就停在那里，侧耳听着里面的动向。

来的举子们一个接一个地进去又出来，似乎每个人都是那么简单的几句问答，但结果却不相同：有的说必中，有的说不中，倒是一针见血，从不吞吞吐吐。可他为什么这样说？根据在哪里？开始沈括还真看不出什么破绽，难道他真是开了什么"天眼"看见的？

直到一大半的人都问过，只剩下最后三个人的时候，沈括却看出点名堂了。他发现，这个卦师的回答，其实和这个人的提问方式很有关系：如果问卦人单问这一次考试结果如何，他的回答肯定是"必中"，如果问卦人还要问将来自己的文运如何，他的回答肯定是"不中"。总的算下来，来的十二人中，有四人得到了"中"的答案，有八人得到了"不中"的答案。

在回客栈的路上，沈括反复地琢磨这个结果，忽然醒悟到了其中的道理：原来，这里面既有心理的因素，又有数学上概率的因素。学子们刚考试出来，开口就问"以后"的文运，多半是没考好，对这一次考试结果没信心，寄希望于以后，所以说他"不中"基本准确；相反只问这一次结果的人思想负担轻，显得底气足，说明考得不错，"中"的可能性就要大。再说，这次大考总的招收比例就大概是落榜七八成，占卜结果"中"与"不中"的人，基本符合这个比例就没有大错。难怪这个"陈天眼"在京城名气这么大，其实不过是心理学和数学规律在起作用。

沈括晚年特地把他这一段识破京城占卜"大师"手腕的事记录在《梦溪笔谈》里，归于"谬误"一栏，这说明沈括当时确实不相信什么占卜的所谓"灵验"之类，他的世界观是唯物的。

他们这一群人在御街上漫步时，经过一座高门大院，有人说是宰相欧阳修的府邸。门厅里正候着一些人，似乎是等着召见。戴蒙眼尖，一眼看见其中有个熟悉的身影，说："你们看，那人是不是许将？"

沈括随声望去，果然见许将正坐在门厅的长凳上，看来是等待着见宰相。他似乎也看见了他们，有意识地向旁边侧了一下身子，用手中的折扇挡住了半边脸。

旁边也有人认出是他，说："是许将，怎么？招呼他一下？"

戴蒙说："别呀！没看见人家把脸扭过去了？是不愿意叫咱们认出他来，咱们也别讨那个没趣啦！"

众人也转过脸，装作没发现他，互相搭讪着走过去。待到拐了弯，大家才哄然一笑。一个学子说："别说，论起来，咱们这都是在胡闹，倒是人家许冲元在办正事。本来大家对考试结果都悬着心，还不拜访名家贵客，通过关系打听点消息？"

另一举子说："拉倒吧，大宋律例，科考消息层层封锁，私自打探那是犯法的，别打不着狐狸反惹一身臊吧！"

"哎，你怎么知道许将就一定是打听消息去的？也许就是去拜师访友，拉拉关系而已。"

戴蒙说："我看人家比我们会干。自古晋身之道就不只科举一道，当初李白、白居易那些人在未成名之前，就是先进京城拜访名家，混个脸儿熟。哪像我们，从高门大户门前经过也不多瞟一眼，傻呀！"

"我等不谙世事，真乃朽木不可雕也。"

大家又笑起来。

沈括没有搭腔，心里想：进了京城，拜访些师长朋友，也是正常，不过，访客就访客，也不需要托病吧？反倒叫人觉得有鬼似的。

其实父亲沈周当年在京城供过职，上级下属中的熟人朋友也很多，但是沈括不准备去拜访他们，他明白，此时去拜访，有意无意就会叫人误解为科考的事托门子拉关系，对官家、士人都造成尴尬，不如不去。

当天晚上许将回来，欣喜之情掩饰不住，悄悄对沈括说，托朋友的情面，他见到了欧阳修，并且拿出了平时写的一篇赋文当面讨教。欧阳修看了，称赞不已，认为有当年王沂公的笔风。

沈括知道，王沂公是宋初名臣，文学大家。欧阳修给许将的赋如此评价，也该许将得意。这半个多月，许将也曾叫沈括读过他的一些诗赋文稿，确实写得文采飞扬，沈括相信此言不虚，也相信许将在这次科考中定会名列前茅。

转眼间二十多天过去，三月二十二日甲子日，大考的成绩榜文在国子监公布了。此番中榜者四百四十一名，其中赐进士及第一百二十七名，六十七名赐同进士出身；另取诸科及第一百四十七人，也赐同进士出身；又取了一百名特奏名文学、长史，也赐同进士出身。举子们争先恐后地去看了榜，有的哭，有的笑，不待细言。中了头榜头名状元的居然正是那位闽县人许将许冲元。

沈括也在头榜上有名，得赐进士出身。现存的任何文典，都没有记载沈括获得的具体是第几名，只知道他不在前七名。沈括后来在《梦溪笔谈》中自述面见皇帝的排队序列时说自己"别为一班，最在前列"，由此而断，他的成绩也应当是名列前茅的。

按照当时的规矩，得中进士的四百余人，要进宫接受皇帝的亲自接见，然后参加金明池边的琼林苑赐宴，这当然是极大的荣耀。但是在日后沈括自己的记述中，这次"面圣"的神圣感，被新科进士们缺乏教养的不守纪律行为大大地冲淡了。

那天一大早，新科进士们就被宫使召集到皇城前列队，然后由内官领着，从宣德门进宫，沿着御道，直到延和殿丹墀之下的平台，那里早有用黄色锦绳圈好的一片四方区域，进士们就被引进这个区域，排成八列纵队肃立，等待皇帝的接见。

沈括听说，按以前的科考规则，各省来的数千名举子，皇帝都要亲自接见，以示皇恩，这些举子有不少来自边远省份，不懂得宫廷里的礼法规矩，所以每到皇帝出来的时候，有的往前冲拥把前面的人碰倒踩踏了，有的互相抱持甚至叠罗汉以看"圣颜"，总之完全处于失控状态。因此后来就改了这规矩，干脆等发榜以后，得中进士的人才接见。宋代早年，每科进士及第的不过百人，后来逐年增加，到现在已经是四百多人，秩序也成了问题。

按照宫中的作息表，早已过了皇帝临朝问政的时间，接见应当在辰时（相当于现在的上午七点到九点）进行，但是因为皇帝宋仁宗赵祯，此时已经是主政四十一年，年老力衰，病入膏肓，所有的日程都只得推后，根据身体状况而定。于是，这些进士就在这绳框里等待了很长时间。

这些学子大多数年纪尚轻，又都是四体不勤的读书人，一连站一个时辰，从体力和耐性上都受不了，眼看快到午时，头顶的太阳渐渐开始灼人，原来的队形渐渐松散了，有的就坐下、蹲下，拿着袖子扇风，互相由小声到大声开始聊天，渐渐地三五成堆，乱哄哄一片。绳圈四面的卫兵、内官，开始还呵斥着维持秩序，后来也知道读书人都是懒散惯了的，以后又都是朝廷命官了，也不好硬惹，只好装聋作哑由他们去。

到了大概刚进午时的时候，忽然听见台阶上有击掌声，旁边站立的内官忽然叫了一声："列位，快起来。上面叫起了！"

学子们一听知道那要紧的时刻到了，急忙拂衣掸袖，站的站，跑的跑，却又忘了刚才的位置，一时乱作一团。

正在这个时候，两队穿黄衣、拿拂尘的内侍从大殿内走出，接着是宫女打着旗幡羽扇碎步跟随，看上去一片锦华缭乱，却一点声音也没有。一直走到丹墀前面停住了脚，四个侍女抬出一张舆床，放在台阶前，上面坐着一个穿黄袍的人，沈括想：这应该就是"当今圣上"了。

这时舆床旁有内官唱令："圣上驾到，新科进士觐见！"

沈括按照事先演习的礼节急忙撩起衣襟，下跪伏地，就听得身前身后，"咕咚""咕咚"响起一片膝盖着地的声音，随即学子们参差不齐地喊道："臣等拜见圣上，吾皇万岁万岁万万岁！"

内官念："平身！"

学子们这才又纷纷站起，脚步声、掸衣声和轻轻的喘气声交织一片。

也在这时，站在前排的沈括才得以比较清楚地看清了皇帝的面容，方面宽额，三绺胡须，但面色惨白，身架消瘦，一副疲惫衰弱之相，斜靠在舆床靠栏上，似不胜衣。他心中顿时生出几分担忧：看来皇上病得不轻呀，这样还能主持即将举行的殿试吗？

皇帝并没有讲话，只是做了个手势，便有内官站出来宣读圣旨，其实就是把各榜上的名单又重念了一下。一百二十七名念完，宣布皇帝赐上述人进士出身，接着又念赐同进士出身的，最后是特赐学士、长史的。随着他的宣读，学士们分别列队再次叩头谢恩，最后，内官宣布当晚酉时，赐宴金明池边的琼林苑，觐见就算结束。

沈括跪送侍者、宫女们簇拥着皇帝回宫后，回过头看自己的那些同年，这才发现，只有自己前面几排还保持着原来队形，后面的人早已经横七竖八挤成一团，现在正歪歪斜斜地从地上爬起来，有掉了鞋和帽子的，开了腰带的，还有扭了腰、崴了脚的，真叫不成体统。

后来沈括在《梦溪笔谈》里记述了这次觐见过程，说：当时宋廷大殿丹墀下，只有三样东西站立不讲规矩，一是外国不懂礼仪的番人；二是他们带的骆驼；再有，就是中榜等待觐见的举人。

沈括不祥的预感很快变成了现实，就在这次觐见结束后的第七天，宋仁宗赵祯因病去世，全国进入国丧期。

据记载，宋仁宗是这样去世的：三月二十七日这一日，白天他的饮食起居都还正常，晚上就寝在福宁殿，睡到午夜忽然坐起来，说难受，要药吃。侍者宫女们连忙熬药，并且赶紧把皇后叫来，到皇后来的时候，仁宗已经不能说话，只能用手指着胸口处。随即太医赶到，又是服丸药，又是用艾条灸，都没有效果，到三更天就断气了。

根据这些记载描述，宋仁宗应当是死于心肌梗死。

这个突然的变动，对沈括命运的影响是巨大的，原来的殿试无法再继续举行，这一届的科举考试就算到此为止了。本来，按照宋代的惯例，只要省试中了进士，就可以得到司簿尉官这个职务，等待有官缺时再任实职，但现在因为国丧，这个惯例也破除了。不几天，新科进士们接到了通知：本科除前七名留京"守选"外，其余人各自回家听命。

这种科考突然中断的事情，在平时是很反常的，可是在当时的政治环境下却顺理成章。宋仁宗的死，马上引发了围绕继承人问题的多方面的矛盾激化，在后宫的后妃和前廷的朝臣间都产生了动荡，在这种情况下，朝廷确实无暇顾及科考选拔人才的问题。

宋仁宗赵祯，原来是宋真宗赵恒和刘皇后的侍女李氏所生，刘皇后自己没有生育，就把孩子拿来冒充自己的儿子，李氏害怕她的权势，至死也不敢声张，后世的小说家根据这个素材演绎成了《狸猫换太子》的故事，赵祯就是故事中的冤主。他十二岁继位，开始做了十来年的傀儡皇帝，一切都由垂帘听政的刘皇后做主，直至刘皇后死去他才亲政，也才明白自己的身世。宋仁宗这种独特的经历，造就了他怯懦、软弱的性格，为政的风格也是仁厚、恭让有余，而果断、刚毅不足。外交方面对北方的辽国一再让步，将原来澶渊之盟定的"岁币"三十万两增加到五十万两，对内则平庸守旧，苟且维持，致使国势下滑，弊端丛生。到庆历年间，由范仲淹力倡的改革，他开始还支持，可是一碰到被改革触犯利益的贵族集团抵抗，他立即缩了回去，废除新政，贬谪为首的朝臣，维持政局表面上的平和。到了晚年，不仅激进的王安石上了万言书，就连趋向保守的苏轼、司马光都上书要求改革，却都被仁宗置之不理。

宋仁宗为政怯懦平庸，处理自己后宫的事情却颇有几分固执。他和曹皇后在年轻时候就感情不和，不和她同房，致使她终身不育。大约对女人来说，情感上的伤害是最大的，这个曹皇后也从此在后宫诸问题上一再和仁宗作对。仁宗和其他嫔妃生过三个儿子，但都年纪不大死去了，于是在曹皇后的力主下，收养了濮安懿王的第十三个儿子赵宗实做皇子，赐名赵曙。显然，这个结果是仁宗很不乐意的。于是他在晚年懒惰国事，沉湎后宫，目的只有一个，就是想亲生一个皇子继承大位。然而，不知是因为他年老体弱气血不足，还是宫中有皇后的势力从中作梗，他的这个愿望到死都没有实现。

现在仁宗死了，曹皇后成了这场夫妻大战的胜利者，王位的继承人只能是仁宗生前正式下诏承认过的养子赵宗实也就是赵曙。尽管宫里宫外的人都知道这样安排并非仁宗所情愿，但是按照制度，却是完全合法的。据史料记载，连赵宗实本人在听到这个消息时都害怕得要命，直怕自己成了宫廷斗争的牺牲品，翻身拔腿就跑，连连说："我不敢做这个事，我不敢做这个事。"还是内官朝臣们在后面追着他，把皇冠皇袍硬给他扣上、穿上，才把他抬到皇位上去的。

赵曙继位以后，史称宋英宗，改年号治平，尊曹皇后为皇太后，并且议请皇太后垂帘听政。须知，这个时候赵曙已经是三十一岁的大男人了，还要请太后垂帘，可见这个皇帝内心有多么虚弱。

赵曙以养子身份登基，麻烦马上就出来了。在这之前，他的亲生父亲濮安懿王刚刚去世，因为忙继承大位的事没有顾及，一直等到国丧期过去了，他才有机会给生父办丧事，这时候才发现，该用什么样的规格和称呼给父亲下葬成了问题。在廷议中与朝臣商量，朝臣形成了两派意见，一派是以司马光、王珪为代表，认为先论公而后论私，既然继承了大统，就只能认仁宗为皇父，濮安懿王只能称为"皇伯"；而以欧阳修为代表的另一派坚决反对，认为自古"孝道"只是以私论，不存在什么以"公"论的问题，没有把生身父亲称作"伯"的道理，还是应该称呼濮安懿王为"皇考"。欧阳修的意见，当场就遭到了曹太后的斥责："他称皇考，将大行皇帝置于何地？"

朝臣们争论了大半年，谁也没说服谁，最后还是英宗搞了一个折中，在墓碑和葬礼上，既不称"皇"也不称"伯"而称"亲"，此事才作罢。但在这场争论中触犯了太后权威的欧阳修为此付出了沉重代价，他被罢去宰相，贬去管理太庙，担任太尉行事。

可以想象，朝廷中发生了这么一场激烈的斗争，自然无人顾及贡院还有几百名新科进士等着要官，停顿下来也是正常的。

需要提一笔的就是在这种被贬谪的情况下，欧阳修仍没有忘记在科考过程中发现的人才许将，推荐他担任昭庆军判官，在许将婉言谢绝的情况下，又推荐他当明州通判。可见，当时士大夫的品格是高尚的。

当然，沈括不在前七名，没有这种荣幸，他已经回到故乡"候命"，世故一点的人都知道，那不过是官方的托词，实际就是叫进士们自寻出路的意思。在这种情况下，能不能做官，做什么样的官，就全凭各自的"关系"和"活动"能力了。

沈括生于旧官僚家庭，不管是父系还是母系，旧关系应该说还是不少，但是沈家历代的家风，都是苦读成才，靠真学识吃饭，并没有培养他们拉关系的本领。沈括回到苏州，在家里待了一个多月，"找工作"的事情还是没有着落。

想来想去，沈夫人觉得这种事还是找自己的亲属比较牢靠一些。她想到了大儿子沈披的岳父刁约，此人是沈家故交，也是个博学的人，曾在京城诸王府任过教授，也曾在史馆里任过校理，和范仲淹、苏轼、王安石这些人都是朋友，听说此时正在扬州担任知府，他或者可以帮上忙。

正好这个时候，沈披回来探望母亲，一听这事，说好啊，我的老泰山是个极爽朗豁达的人，这点忙他肯定愿意帮的。

几天后，沈括跟着沈披来到扬州，见到了刁约。刁约虽是文人，却长着一副武人相貌，动若风行，声若洪钟，气宇轩昂。他早从女婿口中听说沈括博学多才，又听说他刚考中了进士回来，见到他自然十分高兴，茗茶对坐，谈论了些文学史籍，觉得名不虚传。听说来意，满口应承，说："这找事做说难也难，说不难也不难，如今哪个衙门不缺真正办实事、有真才实学的人？怕的就是招来些仗着人情不干活，尸位素餐、滥竽充数之辈，以存中的才情，不愁没人用，就是要做好不怕辛苦的准备！"

过了半个月，果然收到来信，刁约已经将沈括举荐到淮阳路东转运司，担任扬州转运使司理参军。

第六章 转运使荐才文昭馆

这淮阳路东转运司是朝廷专设的负责运河物质运输的机构，扬州又是漕运线上重要的枢纽，事务繁忙，往来文书十分复杂，"司理参军"这个职务听起来像是军职，其实是文职官员，相当于现在的水运局秘书长，要处理这个部门的全盘杂务工作。

沈括有当主簿和县令的经验，能把许多杂乱无章的事情安排得井井有条。他到任后，处理了积累多年的漕运账目和文档，并且还办了许多实事，其中很重要的一项，就是主持修缮了残颓多年的平山堂、九曲池新亭等建筑，使漕运码头周边的环境大为改观。后来，沈括作《扬州重修平山堂记》和《扬州九曲池新亭记》两篇散文专门记录了这个过程。从文中可以看出，虽然他从未干过修建亭台楼榭的事，但他一丝不苟，勤于学习，所以干得十分出色。

沈括是那种干什么都能入迷的人，因为他兴趣太广泛，探索的欲望又极强，就总能从别人嫌烦的繁琐杂事中找到新的研究领域，而且深钻进去，自得其乐。

在转运码头，经常要计算运送粮食和其他物资的体积和重量，按照传统算术，计算堆积的粮袋、酒坛、货袋，一般用《九章算经》中的刍童法，沈括从实践中体会到，用这种方法计算是极不准确的，因为粮袋和酒坛都是不规则形状，堆积起来彼此之间要有空隙。为了准确计算，沈括尝试、参考了算术中的其他算法，如刍萌、方池、冥谷、堑堵、鳖臑、阳马等算法，都觉得不太合用，决心创造一种新的数学方法来代替它。经过在实践中反复摸索，沈括创造了一种新的计算方法，起了个名字叫隙积法，在实际工作中屡屡使用，感到方便、快捷而又准确。①

　　沈括的数学成果，很快引起了转运使张蒭的重视。张蒭本是个大忙人，掌管整个南方物资北上水路运输的业务，成天在运河、江淮等地奔忙。多年来他有一个很头痛的问题，就是漕运的费用居高不下，为此他没少挨上峰的批评，也有人指斥说下面各码头有贪污行为。这些年，张蒭为此费了不少力，有许多要紧的事都亲力亲为，但费用并没有减下多少。然而这段时间他发现，扬州这个转运大码头，近来的费用却大幅度降低，运货的效率也有提高，他便来扬州视察。

　　上司来到，沈括自然要全力接待，先领他去看了刚刚修复的平山堂和九曲亭。新修的水榭楼台，飞檐斗拱，绿瓦红柱，油漆一新，倒映在一泓碧水之中，又正值盛夏，水中荷花盛开，彩鲤游弋，风景宛然如画。张蒭随沈括走了一圈，终日繁忙的疲惫身躯顿时感觉清爽了许多。

　　"这些亭台水榭修得不错。"张蒭称赞道，"以前这码头周围水域，货物堆积，人员庞杂，正是肮脏杂乱、不堪入目之所。这样一收拾，货物分区，人员归路，有暇还可以在这里游玩小憩，心境也不一样了。"

　　沈括说："在下正是这样想的。"

　　"我记得给你拨的款项也不多呀，干了这么大一片工程，请的哪里的能工巧匠呀？"

　　"江南胜地，能工巧匠不是没有，可是要价太高了，为了能少花钱

---

① 沈括发明的隙积法，是中国数学史上很重要的一项贡献，开了垛积术计算研究的先河，包含了现代高阶等级数计算的观念。后来，南宋大数学家杨辉在它的基础上，完成了垛积术体积公式，标志着当时中国数学的最高水平，在世界数学史上也占有一席地位。

多办事，其中主要建筑的设计施工都是我领着河工们自己干的。"

"啊？存中，你家传有营造技艺？"

"没有，我家世代读书，哪里有这样人才？不过是依据古人《考工记》《木经》等书以心揣摩，照猫画虎而成。"

"这亭台楼阁的营造之法，最要见匠师功力，斗拱飞檐，钩心斗角，差一寸也不行，你居然无师自通！不简单，不简单！"

"也没什么，不过东施效颦、差强人意而已。"沈括摆摆手，"大人，江边风大，请回府中，我还要向大人呈报货运的账目诸事呢！"

张荛却一屁股坐在九曲池的木栏杆上说："府中晦暗，哪有这里风清气爽？有什么话你就在这里说吧！"

沈括便叫随从搬来椅子、小案、文匣，并茶壶茶碗，就在前面亭子中间摆开，一边给张荛泡茶喝，一边向他汇报漕运的事。

说到运输费用的时候，张荛打断他，问："我看了你们的报表，这一个月以来，你们扬州运粮的数量未减，而费用却减下来不少，这是什么原因啊？"

沈括答："这是在测算粮袋体积的时候，用了我的新计算方法所致。"

"什么新算法？"

"是隙积法。"

"以前粮官算粮都用刍童法，这我倒知道，却从来没听说过这个隙积法。"

沈括说："隙积法是我自己所创，是在原来刍童法的基础上改进而成，因为它考虑到了粮袋和酒坛等物堆积时的缝隙，所以比过去的方法要精确得多。我曾经做过实验，同样的一堆粮垛，最上面纵横各两袋，最下面纵横各十二袋，用刍童法求出三千八百九十四袋，用隙积法求得三千七百八十四袋，两者相差竟一百一十袋。大人想，一垛粮食就差这么多，司中一年要运六百万石粮食，要凭空少收多少粮袋？要多付出多少运费？由这一交接中会生出多少纠葛和官司？"

张荛当场用算筹也算了一遍，顿感震惊："是啊！百遗其三，这可是了不得的一笔糊涂账啊！可想而知，以前因此养肥了多少掮客，也给贪污、失职的人留了多少漏洞！我马上下令，各码头都来学习你的这种计算方法。你须给做个教头。"

沈括说："在下理当效力。"

张荔还要说什么，正在这时却有个随从匆匆来报："禀大人，上游洪泽湖有快马急报，说昨日申时湖面忽然刮起暴风，一艘运粮船被弄翻了。"

张荔一听，脸色大变："又翻船了？船上人怎么样？"

"船上人水性都好，幸无伤亡，只是一船粮食尽落水中。"

张荔跺脚道："唉！凭空又丢了几千斤稻米，叫我向上面怎么交代？"他马上敛衣束带，就要走，"赶快备马！我得赶紧去处理！"

沈括见发生了这样的事情，知道耽误不得，便赶紧安排扬州的下属，派车马带上救急的工具、物资随着张荔前去。临走，张荔对沈括叹着气说："唉！这水上行船，怕的就是这忽然刮起的大风，每年夏天，这种翻船伤人损货的事件几乎每月都要发生，既要赔钱，又要挨劾，整个转运司都跟着大伤元气。存中，看来你是个能人，也是个有心人，你能不能摸出个道道，能够摸住这江湖上风的脾气，叫这水线上不再发生这样的惨事？"

沈括说："这我试试看！"

转运使张荔去洪泽湖处理翻船事故走了以后，沈括立即投入对江湖上气候变化规律的研究。他走访了不少的老船工，也问询了不少多年在这一带水面上跑买卖的商人，又连着起了两个大早，实际观察江面、湖面上云气、波浪的变化，渐渐地摸出了一些规律。

这样，当张荔从上游处理完事情回来的时候，沈括已经有了详细的应对方案提交给他。沈括说："船工们都说，春秋两季和冬天的风虽然大，但是风向或起西北，或起东南，风向固定，起风也有个渐强的过程，行走于江湖的船能有个预判躲避的时间，所以出事较少。只有夏天，风起得十分突然，往往在顾盼之间突然就变得很大，而且风向不定，经常令船工防备不及，造成船毁人亡的灾难。"

张荔说："正是这样，这是什么道理呢？"

沈括说:"凡风之所起,皆是阴阳气理交汇鼓荡所致。季节变化所引起的风,是个南北冷暖交替渐行的过程,所以风向固定;而夏季雷电雨水交行,阴阳不谐,往往表现为上下交汇,所以风起得突然,风向也不定,有时还是旋风,难以防范。"

"你说得在理。这可该怎么对付呢?"

"夏季风尽管起得突然,也不是无规律可循的。我问了多年运货的商人,他们都说江湖上的疾风大浪多骤起于午后,我想是有道理的。一天之内阴阳气转换以午时为界,午时水汽蒸腾,下必有阴气补充,再加之周边地形的影响,旋流乱风极易形成。"

"这么说,夏天叫船只早起赶路,只到午后就停船休息便不会有罹难的了?"

"经我这一段的实地观察,也不全是午后起风,也有少量上午辰时、巳时起暴风的情况,但是这种情况,黎明时分必有云气盘桓于水面现出先兆。如果早上五更鸡鸣起来,看见天空星月明朗,四面水天相接明晰,并无云气,此日上午必无大风,放心出航就是了。如果四面有云气萦绕遮蔽,那便是上下气理不调的表现,仍然有遇到恶风的可能。所以我想,如果每个行船人,每天早起五更看天色,酌情而动,提早行船,到午后便停船休息,运输时间并没有减少,却可以基本保证行船的安全了。总结起来就是十个字:未晚先投宿,鸡鸣早看天。"

张荔听了连连称赞:"好!好!你这可是解决了困扰本司多少年的难题,我立即叫各码头来人,你给他们传授此法,把你这十个字的对联,也挂到沿河每一个客栈去,时刻提醒过路船只,看看效果如何。"

他当即召集了转运司各码头分管官吏开会,推广沈括发明的办法。执行了两个月,直到三伏过后,夏天算过去了,沿线再也没有发生疾风大浪吹倒船只的事故。"未晚先投宿,鸡鸣早看天"成为沿河来往船工和商家最脍炙人口的口头禅。也流传后世,成为江浙吴越一带船家客栈悬挂最多的楹联。

漕运水道上排除了事故,行船的效率自然节节攀升,也自然得到了上司的褒奖好评。张荔觉得脸上有光,从京城回来,特地嘉奖了沈括,还特地把他叫到自己家里倾谈。

张蒭的府邸就在扬州城内，妻儿老小都在这里生活。他毕竟是沈括的上司，他要不请，沈括还真没有机会来这里。跟着张蒭走进内宅，他还有些诚惶诚恐，不敢四下里仔细观看，只是觉得这宅院修建与装修的风格和自己的钱塘老宅有点像，简朴而素雅。唯独走过一座小院的时候，他发现这里面的色彩有些不同，窗格上蒙着绿纱，门上悬着红绣帘，还挂着香囊、荷包之类。沈括想着这可能是女子居住的地方，急忙要低头侧身闪过去，却听得珠帘一颤，环佩急响，从里面蹿出一个十六七岁的女孩来，风一样地卷过来，冲着张蒭就喊："爹，您可回来啦！我叫您捎的东西，您买回来了吗？"

因为沈括走在靠院子一边，被突然跳出来的她吓了一跳。急忙躲闪，定睛来看，见那女孩圆脸蛋，扎着双髻，红衣绿裙虽然有些过艳，但配着她那青春年纪倒也不刺眼，杏眼转盼，朱唇轻启，嗓音脆脆的，颇为生动。

"怜儿！你冲撞客人了。"张蒭斥道，"还不赔罪？"

那女孩回身冲着沈括一笑，行个蹲身礼："恕小女子唐突，客人万福！"

张蒭也说："这是我的三女儿惠心，小名怜儿，从小娇惯，礼数不周，存中不要见怪！"

沈括急忙还礼作揖："哪里！是我冲撞了小姐的雅兴，该我赔罪才是！"

他一本正经的神态倒把那女孩逗乐了："爹，您把我的底儿全抖搂给这位先生了，这位先生是何方贵客，您还没说呀。"

张蒭说："这是我的司理参军，沈括沈先生，可不是一般的人物，人们经常说的学富五车，才高八斗，就是他了。"

沈括说："大人过誉，晚生实不敢当。"

那女孩说道："我爹不经常夸人的，既然这样夸你，必是有两把刷子。不过我怕和你搭不上话，我从小一见书就头痛，你们谈你们的公事，我拿上我的东西就走，不打扰你们了。"说着向张蒭一伸手。

张荔会意，当即从袖袋里拿出红绸包着的一副玉镯子来给她，她在腕上比划了一下，莞尔一笑，翻身走回院子去。

张荔看她进去，这才摇摇头，说："走，存中，到我的书房聊去。"

他们一起来到书房，早有侍者备好座椅、泡好茶在那里候着。张荔叫侍者退下，然后就打开了话匣子。

张荔首先说到的当然是这次在京城，上司对转运司工作的嘉许，这其中，自然要推沈括的首功。说到当初刁约介绍他来，说是个才子，自己原以为就是个咬文嚼字的笔杆子，指望把旧日积累的旧账旧档整理一下就好了，不料来了以后才发现，原来不光有文才，还是个干才，修平山堂、算粮垛、避风灾，说起来也是第一次，可是拿起来就能干好，真是难得呀！

沈括说："谢大人抬爱过奖，实际我也还有许多东西不知不懂，不过是兴趣广泛，还记得古人的教训，不愿学'鲁叟谈五经，白发死章句。问以经济策，茫如坠烟雾'的腐儒，遇事敢去碰，敢去实干，坚信万物之变都有'理'管着，只要善于从书本上吸取前人的经验，又勤于在实际中检验、矫正、丰富，成功就是顺理成章的事了。"他讲到了自己当初在沭阳和宁国治水的经过，可以证明这一点。

张荔说："好学肯干，固然是成功的根本，本府从政二十余年，到现在已经过了知天命之年，这样的年轻人也见过不少，但多数只是在一方面有特长，像你这样广博的通才却没有见过。不是吗？文章、书法的名气不说了，在算学、水文、木工、地理、气象方面你全都懂，而且我亲眼见着出成绩了。听说你还懂得医术？听码头上的人说，你开的方子治好了好几个人的陈年痼疾。"

沈括说："那也不是我自己发明的方子，不过是从小体弱，吃药多，遇到有效果的民间验方就愿意记录下来。大人所夸通才也谈不上，只是小时候好看杂书，对什么新鲜事情都有兴趣，爱琢磨就是了。"

张荔说："你来转运司也近一年了，在这里看到什么特别新鲜的事吗？"

沈括说："那多了，就说扬州的桥吧，唐朝杜牧在扬州写诗说：

二十四桥明月夜，玉人何处教吹箫？可见唐代咱这里已经有二十四座桥了，可是现在的桥却不止二十四座。我来了以后，看桥砖、访老人、查文典，抽空把当时那二十四桥的位置一一都找出来了，发现这二十四桥里，并不包括从咱衙门口出去的那九座桥。这么大的桥怎么会被古人疏忽呢？我再三考察才知道：唐代的城址比现在靠东，那二十四桥底下都是水道，可以行船的，现在衙门口的九桥位置原来在西门以外，是本朝城墙扩建以后才修的。"

张耒说："你可真是有心人，我在扬州待了几十年时间，都没有注意这二十四桥里面还有这么多名堂。"

沈括又谈到，他陪同常州知州在宜兴县视察水道的时候，一个黄昏，忽然听到天上传来如同打雷一般的巨响，抬头一看，一颗比月亮还要亮的星星拖着火光，从东南向西南方划过，眼看着掉到一家许姓人家的菜园里，老远看见了火光映天。他们急忙跑过去看，发现这家菜园子的篱笆早被火烧着了，等火熄灭了，众人就提灯到园子里找那颗掉下来的星星，只见地上钻了一个口径只有茶杯大的深坑，从洞口望下去，发现坑底有一个亮莹莹的发光体，热气逼得人不能靠近。等了很久，那星体渐渐地暗淡下去，热气也散了，许家人用铁锹挖土，挖了三尺深，才把它挖出来，是大如拳头的一块圆石头，一头稍微尖一些，颜色像铁，也像铁块一般重，摸着还发烫。常州知州把这个东西收了去，用木匣子装起来，送到了润州金山寺供人观赏。你说这算不算新鲜事？

张耒啧啧称奇："这可是闻所未闻！人们都说，天上的日月星辰都是阴阳气精魄所化，不料掉下来竟然是石头，不怨人家说女娲炼彩石补天呢！这事你怎么看？"

沈括说："我也不能说清，只能设想那日为阳精，月为阴魄，也都是要凝为实体的，不然怎会有日月蚀的出现？星星当不例外。日月星辰周天运转，各有其轨道，历代天官均有记载。流星何以脱轨而行，坠落人间，我尚想不通其中道理，只是把它如实记录下来，再行探讨罢了。但所谓炼石补天、星坠象征死人之类，只是附会的传说，不可信的。"

接着，沈括又谈到了另一件奇事，说去年一个天长县的朋友告诉他，最近在夜间，他总在扬州附近的湖面上，看到有一颗闪亮的"浮珠"飘动着。先是出现在天长县的陂泽，后来又转到爱社湖、新开湖（今高邮湖），这一带来往的行人和住户都经常可以看到。这位朋友在湖边有一个书斋，沈括跟着他到那里看过这个"珠子"。那"珠子"出现的时候非常突然，开始像蚌壳一样，中间绽开一条缝，宛如金线，随即张开，有光从那缝隙中射出来，形成的光柱在水面、天际摇曳四射，随即那缝逐渐扩大，直到大如席片，耀眼的光芒叫人目不能直视，能够把周围十余里的树木都照出影子，远处的天空也被它映得一片赤红。沈括正想凝视光影分辨其中的细节，那"光珠"又忽然活动起来，在湖面行走如飞，很快就合拢光芒，消逝不见了，好像是落入水中。沈括的另两个朋友崔伯易和樊良镇，都和他一起看到过这个"珠子"，崔某还写了一篇《明珠赋》来描述这个奇观，樊良镇还约了更多的人，在河边等着看这景观。但是后来不知为什么，这个"珠子"不出现了。①

沈括和他的忘年交老上司就这样海阔天空地聊，聊了整整一天，其内容涉及他平素所感兴趣的一切，什么天文、地理、诗词、书画、历史、哲学、算学、术数、礼乐、古董、建筑、兵器，甚至服饰、风俗的变化，说起什么来他都津津有味，头头是道。直说得张蒭也兴趣盎然，忘了时间，忘了饥渴，到了中午也是简单地叫家人下了两碗面条继续说，有助手进来谈这一天原定的公务，他也推掉，就听沈括一个人说。直到日落西山，天色暗淡，屋里要掌灯了，谈话才结束。

送走了沈括回到内舍，妻子和女儿正等着他吃晚饭。张蒭进门就叹息道："常听说什么人上知天文、下知地理，博古通今，冠绝一时，一直不相信有这样的人，今天是真正见到了！"

夫人问："你说的是今天来的那个后生？"

"正是，扬州码头的司理参军沈括沈存中。我在外面闯荡这些年，

---

① 沈括向张蒭讲述的这两件事，后来都记入他的《梦溪笔谈》中，在后世的中外研究者中引起了极大反响。前者被认为是人类近距离接触到刚刚坠落的火流星陨石的最早记录；后者则被认为是人类首次观察到"飞碟"（又称 UFO，即不明飞行物）降落水面的珍贵记录。

有才华的人才也见过不少，可从来没有见过学问这么渊博、扎实的人。"

女儿惠心问："就是早上我在院门口遇见的那个人吗？看上去风度倒也一般呀！"

"丫头，你说的那风度，不过是从戏台上、小说里看到的所谓风流倜傥的翩翩公子，其实这样的人多是一些虚有其表的草包，实际上真人不露相，露相不真人。相信你爹这阅人无数的眼光，这位沈存中肚子里是有真学问的，更难得的是他办事又很实在，书本上的东西能学以致用，还能不断总结，推陈出新。又是新科进士出身，正所谓后生可畏，前途不可限量。"

惠心没有说话，但眼睛里分明闪过一丝光亮。

夫人问道："你说这个人是钱塘大户出身？"

"是啊！钱塘沈家是大家族，听说是出过两个尚书、四个进士的书香门第。他的母亲许家也是苏州大户。"

"你说他多大了？"

"是辛未年生人，今年当有三十四了。"

"可惜大了些！"

"你说这……什么意思？"

夫人说："这样好的人家，本人又那么有前程，我是想，咱怜儿要是将来能找这么个夫婿，也算是不枉此生。就是岁数差多了些！咱怜儿才十六。"

张荔埋怨："你看你，想到哪里去了？当着孩子……"

不料，旁边的惠心却一笑说："爹您急什么呀？这话又不是我说的，是俺娘说的。这人怎么样，我还真得再看看，我要是看对了，年龄大些我倒不在乎！"说着，一转身，掀起珠帘，到里屋去了。

张荔纳闷地对夫人低声地："听她这话音，她好像还真有这心思？"

夫人说："哪个少女不怀春？你又惯着她，叫她看那么多的闲书，更想入非非了。你就叫她去和那个后生多接触接触，若是她看中了，那倒真是一门很好的亲事。细想，年龄大点，知道疼人，咱怜儿从小娇惯着，也确实得找个知冷知热的人。"

张蒭想了想，说："你这么一说，我还真得当一件大事去考虑了。说实在的，我今天找他来，原来的意思是和他商量商量，怎么在转运司里提拔他一下。可和他一天谈下来，觉得这个人的学问，光放在我手下这个水司码头管杂事真是有些屈才了，这么博学，应该是进宫廷馆阁当学士的材料。别说，最近我还真收到了上级号召为朝廷举荐特殊人才的诏命，索性就上表文把沈括推荐上去。"

夫人说："好啊！这样顺水人情咱为什么不做？推荐上去，上面要用了，你是伯乐，他就是京官，咱闺女要跟了他去汴梁享现成的福。要是上面没用这个人，也顶多不过是回来继续当你的水官儿，咱什么也不亏。"

"你说的是！"张蒭连连点头，他想到女儿此时一定正在里屋关注着他二老的谈话，便抬高了声音说，"这进馆阁是要经过考试的。你们光听我说沈括的才学过人不算数，我这就推荐他到京城去应考，让馆阁里的大人来检验，看我的眼力怎么样。"

他的话音刚落，惠心马上就从里屋出来，说："爹，娘，他要是真能考上馆阁，我就嫁给他。"

张蒭笑了："你倒不傻，进京当官太太，谁不愿意呀？不过就算这一次考不上，沈存中也是个难得的人才，迟早是要发达的。"

第二天到了衙门，张蒭果然就给吏部写了一个折子，内容就是推荐沈括才华过人，学识渊博，堪任馆阁之职。

宋代，是一个注重以文治国的朝代，从建国之始，就在皇家宫廷里设有三所专门的学术研究部门，分别叫作昭文馆、史馆和集贤院，后来又增加了一个秘阁，人们习惯地将它们统称为"馆阁"。其中"秘阁"就是国家图书馆，专门收藏古往今来的书籍，昭文馆的人就负责管理、整理、校勘这些书，还要根据朝廷文化教育建设的需要编撰、出版一些新书，如《太平广记》《文苑英华》等一大批历史上著名的文化典籍都是宋代馆阁所编。同样，史馆的人员主要就是收藏、整理古代的史料，并且记录现代史实，撰写新的史书，司马光的《资治通鉴》就是在皇帝的授意下在史馆编撰成的。集贤院，顾名思义，就是专门贮存文化人才的场所，朝廷把全国有名气的各方面"贤人"聚集起来，在这里研究学问，担任国务咨询，朝廷凡重大的议政场合，都要叫"三馆"的人来参加。待有重要的职务和使命，朝廷也优先从"三馆"里选拔人才任命。实际上，"馆阁"就是宋朝文化精英的荟萃之地，也是个人才宝库。在馆阁里工作的人，统称为"学士"，工作有特殊成绩和贡献，朝廷还会加封为"大学士"。入阁是一件光宗耀祖的事情，有宋以来，担任高官的多数著名人物，如司马光、欧阳修、包拯、王安石、范缜等都有"馆阁"工作的经历。

当沈括知道上司张蒭上书推荐自己入"馆阁"，当然很高兴，但是并没有抱多大的希望，因为"馆阁"中的那些先辈、大人物名字如雷贯耳，是自己望尘莫及，难以比肩而论的。

当时入馆阁，要求有一定的基层工作经历，还要经过严格的考试。朝廷收到了张蒭的推荐，很快就通知沈括去接受考试，好在他的工作部门就在运河边，南来北往的船极多，他马上就搭着顺路船进京参加了馆阁的面试和笔试。

入京考试回来以后，沈括仍然在码头上下忙活，从事着他那琐碎无比的运输服务工作，只是这个时候，他受到了一种另类的干扰。这干扰来自张蒭的女儿张惠心。

原来，自从那天偷听到母亲和父亲在一起议论想与沈括攀亲的事以后，她的心再不能平静了。十六岁，是春心萌动的年华，也是幻想的年华，她和所有待字闺中的女子一样，对自己未来的爱情，自有一段浪漫美好的想象。开始，这种想象是绝没有和眼前这个大她十七岁，看来永远是一副疲惫劳顿神情的"木讷"男人联系在一起的，可是，自从她的父亲盛赞沈括的博学实干，并且预言他前途无量以后，她的心眼儿活动了。尤其是她的母亲，多次和她说到女人因夫而贵，在合适的年华碰到一个出类拔萃的男子不容易，多少好女子就是因为错过了机遇，后悔终身。古人说"郎才女貌"，男人的才能是大树，它可以扎根长叶荫庇一代或几代人，而女人的"貌"却是镜花水月，转瞬而逝，耽误不起的。

于是，张惠心就开始着意接近沈括了。某种程度上说，不是想叫沈括注意自己，而是想要自己更适应这个男人。转运司衙门和扬州码头其实相距不远，她就经常溜达过去，在沈括工作的现场徘徊、盘桓，有时候故意问沈括，这是什么？那是什么？是做什么用的？有时候也扯点闲话：今天天气好热呀，城隍庙会上卖一种冷水浸透的江米糕，你不想尝尝吗？那边新来了一个说书人叫谭快嘴，你有空带我去听一段吗？凡此种种。说着看着，渐渐地觉得沈括的长相也很耐看的，而且，那种认真、自信的气质还是很有些魅力的。

沈括平时做什么都专注，最不喜欢人在旁边打岔。可是眼前这位姑娘不一样，她是自己顶头上司的女儿，理当殷勤地对待，她问的问题都是小儿科，顺口搭讪就可以了，耽误不了什么事。开始，他只是出于礼貌应酬，但日子久了，却也觉得有几分愉悦，毕竟这是一个青春焕发的躯体，一张算不上艳丽却端正、生动的面庞，在他的身边晃动着、摇曳着，明澈的眼睛转盼着，润馥的嘴唇翕动着，对于妻子早逝、已经过了两年多鳏夫生活的沈括来说，不能不说是一种引诱。打了些交道后，沈括渐渐地也有些喜欢这丫头了。

又过了一个多月，大约是治平二年（1065）的九月二十五日，转运使张刍带来了好消息，已经收到了朝廷的任命书：任命沈括为昭文馆编校，在秘阁就职，负责编辑、勘校出版国家文典的工作，俗称"校书郎"。

这一消息震动了转运司衙门，人们都称赞沈括这才学真不是随便吹牛的，全国的能人才子有多少？他说"入阁"就"入阁"了。转运使大人也不简单，慧眼识人，思贤举才，让一个打杂的小小"参军"眨眼间成龙变虎，成了朝中"学士"，真是功德无量。

对于张刍一家来说，更是一个大震动，沈括不负所望，鲤鱼跃龙门成了"京官"，夫人的"筹谋"，女儿的"承诺"，都有了变为现实的前提。张刍把老朋友刁约请来做媒，说已经和女儿、家人都商量过了，惠心愿意嫁给沈括做继室，不知沈括意下如何。

刁约找到沈括，转达了张刍一家的意思，沈括这才知道这一段张惠心"打扰"的缘由。有了前段的接触，沈括对她已经产生了好感，便满口应承。但说明这只是自己个人的意思，不为确定，还需要亲自到老家跑一趟，求得母亲的同意。

"父母之命，媒妁之言"是当时婚姻的必要条件，刁约一转达，张蒭觉得这顺理成章，他马上送来了惠心的庚帖，叫沈括带着上路，并说，如果老妇人应允，也请将沈括的庚帖送回，届时，双方共商成婚大典事宜。

第二天，沈括就踏上了回钱塘老家的路程。自从他到扬州上任以后，母亲就又带着他的幼子博毅从苏州搬回了钱塘老家，在路上掐指一算，才想起自己的老母亲今年应该是八十岁了，要带着十岁的孙子，还要操持田产家务，她老人家受得了吗？身体怎么样啊？这才自责自己这些年又是忙于事务，很少照顾家里。想到这里，更加归心似箭了。

来到钱塘老宅，才发现随着沈家子弟官薪提升，家道逐渐恢复，家境也殷实了许多。旧日的家人也聘回了不少，招呼着家业，老母亲身体还健康，博毅的学业也进展得不错。

一家团圆，和母亲坐着聊天，才知道今年对沈家来说，是个大喜之年，沈括考入馆阁，只是其中的喜事之一，他的堂兄沈扶在这一年担任河北路的提点行狱，政绩经考核连着两次评为二等优胜，受到朝廷的专门嘉奖。七月，堂侄沈遘升任龙图阁直学士，权理开封知府。可以说是三喜临门。

沈括说了自己和张蒭的小女儿定亲的事，老夫人表示赞同，说自己虽然无病，但毕竟年事已高，照顾博毅有些吃力了，你这回要把他带进京，有个继母照料再好不过了。而且你自幼身体羸弱，也已进入中年，今后到京城为官更忙更累，你自己也需要有人来照顾，所以再婚续弦我全力赞成，只希望你们婚后举案齐眉、偕老终身，我也就放心啦。

就这样，沈括取得了老母亲的同意，和母亲、小博毅一起返回了扬州，办了一场热热闹闹的婚礼，将张惠心娶到家门。然后，带着老母、儿子和新婚的娇妻，一路北上，进京城赴任。

人们说到人生幸事的时候总说"洞房花烛夜，金榜题名时"，沈括在这一年可以说是全得到了。这一年是沈括人生命运的一个重大转折点，沈括从此结束了在基层的工作，到了京畿要地、皇帝身边去工作，毫无疑问，这将为他的仕途发展提供最有利的条件。

仔细分析起来，沈括受调入京，也有朝廷里政治上的原因：主政一年的宋英宗赵曙，虽然自身比较软弱，但是既然坐到了这把龙椅上，也立即感受到了财政空虚、弊端丛生的严酷现实，内心想有所改变，于是和垂帘听政的养母曹太后发生了矛盾。当时辅政的宰相是韩琦，曾经和范仲淹等人实行过庆历改革，一度受到贬斥，但他是个不计个人恩怨、忠诚勤勉的人，在皇帝、太后两人之间做了大量的协调工作，维持了朝政的稳定。在他的劝说下，治平二年（1065），曹太后终于发出手谕撤销了垂帘听政，还政给宋英宗。宋英宗在朝臣们的影响下，也想启动改革的步伐，下诏广招贤才，扩充馆阁，是他采取的一个重要步骤。沈括就是在这个形势下被选入馆的。

实际上，当时"三馆"里已经聚集了一批出色的人才，其中有名相文彦博和著名散文家曾巩，另一个大文学家苏轼也在这一年考进了馆阁，不过他是在史馆。昭文馆和史馆、集贤院都在皇宫内，三个馆离得很近。宋人笔记记载，沈括和文彦博、曾巩都有过比较密切的交往。沈括与苏轼也应该是熟识的，但是没什么深交，因为不到一年，苏轼的父亲苏洵病逝，苏轼就返回蜀地守制三年，等他回来的时候，沈括的母亲又去世了，沈括也回钱塘去"丁忧"守制，两人交集的机会不多。

遗憾的是，宋英宗的改革，并没有真正实行，这主要是他自己身体的原因，他青年时期曾得过脑溢血，落下癫痫病根，不时发作，头脑时而清醒，时而糊涂，一到犯病的时候，朝中事情还得由曹太后做主。开始时发病比较少，还能临朝部署一些事情，到后来几乎经常处于半昏迷状态，不能上朝视事，朝政依然不能摆脱思想保守的曹太后的控制。

宋朝的规制，决策权是绝对属于皇家的，韩琦等人一看这种局面，知道英宗在位已不可能有大的作为，也只有维持现状。

英宗赵曙在位连头带尾四年，从外交到内政都无所成就，等于是把矛盾和危机更多地积聚起来了。

但是对于沈括来说，这几年却是他一生相对平静、安逸的一段日子。他进京入宫，在昭文馆任编校，主要工作就是对秘阁里收藏的书籍文本进行校对、修复。相比以前那些庞杂、繁琐的基层工作，要单纯轻松得多。沈括从小就好学，爱书如命，少年虽然苦读，但毕竟家里藏书有限，来到这个地方，面对着"皇家图书馆"里最全、最珍贵的文典藏本，正如钻进了一座珍奇宝库，玩味不尽，乐而忘返。

沈括的家庭生活这一段也相对安逸，当了馆阁学士，待遇大大提高。新婚妻子张惠心虽然不善家务，脾气有些娇蛮，但毕竟是随着沈括进京享福，放眼看前途一片光明，这一段对沈括还是温和顺从的，就是有时候闹点小别扭，沈括把她当小孩子看待，哄着让着，全不和她计较。一起进京的沈老夫人勤劳智慧，宽宏大度，最能担待人，小媳妇做不到的家务替她做，照看孙子博毅的事也一手包揽，对小媳妇本人的吃穿冷暖也尽力照顾，总的来说，这个家还算温馨和谐其乐融融。

沈括是闲不住的人，既然家里事不用他操心，工作又不太忙，他就利用秘阁藏书资料全的好条件，加紧补充学习充实自己，深入那些还不太熟悉的领域，巩固那些以前学得不太扎实的专科知识。从现有文献判断，首先他依据大量的古代文献，对古代的礼仪制度、汉代以后道家兴起的术数理论以及军事上的阵法、战法、防御设施方法等进行了研究探索，还对照古本草药典，把以前搜集的药方做了整理、分析，对一些草药的药理进行了新的辨正，编撰了二十卷的《灵苑方》一书。可惜这部书后来失传，很难揣测其中的内容了。

在整理修复古书的过程中，沈括发现许多古书因为长蠹虫导致残破缺损，心痛得很，从古书上得知一种叫芸草的香草可以防治蠹虫，于是四处打听哪里有这种芸草，这种植物生长在什么样的环境里，是否可以种植。

有一次，他和以前集贤阁的大学士、现任枢密使的文彦博说起此事，文彦博说："芸草我知道，我们那里叫它'七里香'，是可以防蠹虫的。我家宅院里就有。"

沈括听了，马上就到文彦博府邸去看，只见那草有二尺高，一丛一丛地长着，嗅着却没有什么香气。叶子像豌豆叶，开黄花，时值秋天，那叶面好像蒙了一层白霜。

沈括有些怀疑："古书上说芸草夹在书中，可以数十年散发香气，所谓'书香'门第便缘于此。可这个芸草怎么不那么香呢？"

文彦博说："别看它生长着不怎么香，一旦采下干燥了就会散发出奇异的香气，而且越放越香，所以又称灵香草。"

沈括便从文府院中取了几丛芸草，移植到昭文馆秘阁的院子里，繁衍了一大片，并进行了长时间的观察研究。他发现这芸草果然能防蠹虫，把草采下，放在书架上，直至干朽，香味不断，不仅能够治蠹虫，如果放到炕席下，还可以驱杀虱子、臭虫之类。①

宋人笔记里曾记录了沈括在馆阁期间，和他的三个同僚一起谈论诗词的情况。这三个人分别叫王存、李常、吕惠卿，后来都做了高官，尤其是吕惠卿，后来成为王安石变法重用的人，曾强烈地影响到沈括的命运。但这个时候，他们都是馆阁中的小编校，进行的是一场纯粹艺术观点的争论。

他们谈到了唐代诗人的得失，沈括说："我觉得韩愈是在用写散文的方法来写诗，虽然词句也健美富赡，但终究达不到古人的高境界。"

吕惠卿说："我看未必，写诗健美富赡还不够吗？我认为要论诗的成就，古今没有人超过韩愈的。"

沈括说："不然。为诗为文，行文方法特点是不一样的。作散文侧重表述，精准练达为上；而诗词讲究比兴想象的余地，意境奇瑰，化为自然，最忌直露冗繁。你对比杜甫的'感时花溅泪，恨别鸟惊心'和韩愈的'舞镜鸾窥沼，行天马渡桥'两联，高下自知。前者炼句极精而宛若天成，后者就未免佶屈聱牙、堆积词句了。"

① 经现代人研究，中国古代药典中称为"芸草""芸香草"的药用植物，同名异物现象十分严重，起码有三种形态完全不同的植物叫这个名字，分别属于禾本科、芸香科和报春花科，有"七里香""九里香""灵香草""蕙草""黄柏草"等别名，都属于香料作物，都能入药，也都曾引古人以消灭蠹虫为典故说明其药性。1975年，浙江宁波天一阁的工作人员为了保存藏书，就实验恢复用芸草防蠹的千年传统，用的是禾本科芸草，又称灵香草。沈括所记录的芸草从形态上接近芸香科芸草，是否为正宗的防蠹香草，只能存疑待考。

吕惠卿说:"我看各有好处,看不出谁更高明。"

然后,王存和李常也加入了讨论,王同意沈括的意见,李赞同吕惠卿的意见,谁也说服不了谁。

他们的争论实际上反映了宋代文坛艺术时尚的变化。从中唐开始,韩愈和柳宗元倡导古文运动,为的是纠正六朝文坛玩弄辞藻忽视内容的浮华文风,这种变革到宋代欧阳修、苏轼、曾巩等人手里得以完成,形成所谓散文的"唐宋八大家",一时影响很大。于是有些文人尊崇韩、柳的文章,爱屋及乌,对韩愈的诗也倍加推崇。而另外一些文人,包括古文运动的几位领袖人物,倒是在诗风问题上更加推崇杜甫的诗,沈括就属于后者。[①]

在昭文馆与同僚的讨论中,还涉及这样几个与诗词有关的故事:

沈括有一个远亲叫朱适,在娶媳妇的那天晚上,夜里做梦,在梦里吟成两句诗"烧残红烛客未起,歌断一声尘绕梁",诗句清丽,被人传诵一时。沈括听了,认为文辞固然美,只是意境与新婚之夜的环境不合,有不祥的悲凉之音,不久,朱适果然暴卒。

在昭文馆工作中,沈括发现,以前校订的一版《文选》中,把陶渊明的诗"采菊东篱下,悠然见南山"改成了"采菊东篱下,悠然望南山",对此,沈括大不以为然,他认为虽然只改了一个字,诗意全丧失了。可见诗歌审美意趣的精妙,一字之差都容不得。

沈括还和同僚谈论过王安石改韩愈诗的一段佳话。韩愈曾经有两句写酒的诗,一句是"断送一生唯有酒",另一句是"破除万事无过酒",王安石把它们重新写过,变成:"酒,酒,破除万事无过,断送一生唯有。"一字不增,一字不减,只把词句顺序改了改,变得趣味倍增,从中可以看到王安石驾驭文字的高超功力。

经过在昭文馆这一段的学习和历练,沈括在文学审美上的修炼,也提升到了一个新的高度。

[①] 关于这个艺术问题,后世的文论家大部分支持了沈括的观点,"宋人以文为诗"造成了诗歌的衰退,似乎成了学术上的不刊之论。甚至影响到了二十世纪的诗人毛泽东,他在诠释自己创作的诗词时,也引述了与此类似的观点。

第七章

逢变法提举司天监

就在这些馆阁学士优哉游哉地谈论着诗词歌赋的时候，朝廷高层又发生了重大变化。

治平三年（1066）冬，宋英宗的病忽然加剧，躺在床上已经不能说话了，宰相韩琦跪请道："陛下很久没有上朝了，国内外的传言都很多，人心惶惶，请陛下早立皇太子以安天下人的心。"英宗点头，做手势叫侍者拿笔墨来，写了一行字，但是因为身体太虚弱了，手颤抖不已，写的字歪歪斜斜不可辨认。韩琦跪请再写一次，英宗重写一遍，这回看清了，只是大大的三个字："大大王"。虽然韩琦明白这是指他的大儿子赵顼，但这样的表述容易引起歧义，于是请在后面再批上姓名。英宗又喘着粗气费力地写了三个字"颖王顼"，皇位继承人的事就这样确定下来了。

韩琦立即把颖王赵顼叫来，叫他日夜不停地守护在英宗周围。同时发诏书通知诸朝臣，要在次年正月十九这一天举行册封皇太子的仪式（当时这样的仪式是要选良辰吉日的）。

然而没有等到正月十九，就在治平四年（1067）正月八日的早上，英宗离世了。众臣拥戴颖王赵顼即日登位，这就是历史上颇有名气的宋神宗，改年号熙宁，尊曹太后为太皇太后，时年赵顼刚满二十岁。

不知是因为宋英宗弥留之际向赵顼表达了自己的什么苦衷，还是赵顼在做颍王的时候就有一番筹谋，神宗一登位就表现出励精图治、革故鼎新的非凡魄力。首先在父亲的葬礼费用上，力排众议，主动削减了三分之一；接着又大刀阔斧地对自己的辅臣结构进行了甄别、调整。庆历改革时的中坚力量欧阳修、韩琦等人虽然壮心不已，但毕竟已经老迈了，神宗在谦恭地听取了他们的意见后，把他们礼送出京，欧阳修到亳州当知府，韩琦到相州（今河南安阳）当判官。

神宗送韩琦出城的时候，两眼含泪，问他：“你走了，谁可以托付国事？你看王安石如何？”韩琦才明白，这些人事上变动的真正原因，是皇帝想给年轻的改革人士腾位置。韩琦说：“王安石这个人，当个翰林学士有余，要管理国家怕不足。”宋神宗听了，默然不语。

事后，宋神宗果然召时任江宁知府的王安石回朝任翰林学士，但是并没有止于此，当年四月，破格地召他进宫问国策。王安石就把他关于改革的一套全面计划和盘托出，使神宗为之倾倒，于是惊动当时以及后世的史无前例的“王安石变法”由此开始。

后代的学者们追究宋神宗之所以迫不及待进行改革的缘由，很大程度上要归结于他面临的经济压力。就在此问策的前一个月，神宗曾和枢密使文彦博说：“当今理财最为急务，养兵备边，府库不可不丰。”

其实也不光是“备边”，当时内政所需的费用也捉襟见肘。经过了仁宗和英宗两代弱君近五十年的执政，宋廷开国时候的积累已经消耗殆尽，而由各种陈旧体制引发的弊端则越来越突出，新的收入又补充不上，国库空虚到连大行皇帝的丧葬费都要削减三分之一，可以想象其困窘。而王安石改革方案中很重要的一个特色，就是国家用金融手段调动社会产能，使国库能较迅速地充盈起来，所谓“无须增赋税而使库府盈”。应该正是这一点，深深打动了这位年轻而又雄心勃勃的皇帝。

王安石汲取范仲淹庆历改革失败的教训，只怕皇帝中途变卦，要求得到神宗始终不渝的支持，并且给予组织机构上的保证。于是这次谈话后，神宗力排众议，任命王安石为参知政事（宰相），并且允许王安石调集他所信任的人组成了"制置三司条例司"，负责起草和监督执行改革的政策法令，实际上成为凌驾于"三司"和中书省之上的决策机构。吕惠卿就是当年王安石赏识并且推荐入馆的人才，此时便把吕惠卿调到条例司当他的助手。

要说起改革，应当说是当时朝廷内正直朝臣们的共同呼声，但是，当他们了解到王安石的具体改革方案时，又有许多人都不理解。因为王安石主张采取金融借贷的手段促进生产，类似国家资本主义的管理方式，这个理念不仅在中国前无古人，在当时世界范围内也是十分超前的，所以一出台就受到了各方面的质疑。尤其是在试行的过程中，因为观念和体制的不适应，在基层引起了一些混乱。于是一些重臣从儒家治国准则的角度，对方案发起了猛烈抨击，其中包括刚刚向皇帝献上《资治通鉴》（当时还叫《通志》）前几章得到皇帝盛赞的司马光，和刚刚为父亲守制回来的苏轼。

王安石推行的青苗法实际上就是在青黄不接的时候，由官家向农户发出一部分贷款，帮助他们渡过难关，然后秋后再加上一定的利息偿还官家，可以折抵农民应交的赋税。因为当时富户大地主兼并土地，大多是利用青黄不接穷人困难的时候进行的，所以这种政策从总的方面来说，是促进生产、抑制兼并的。但是如同现代的贷款制度一样，也会出现贷款还不了的呆坏账问题。

苏轼在为父守制期间正在基层，大概亲眼看到了青苗法实行后一部分刁钻的农民不偿还债务的情况，认为这个政策是行不通的。还写了这样一首诗："仗藜裹饭去匆匆，过眼青钱转手空。赢得儿童语音好，一年强半在城中。"意思是这个办法把刁钻的农民惯坏了，就用那些青苗钱在城里苟且，只是学了一口城里人的时髦话，对生产是起不了什么促进作用的。

公正地说：王安石和苏轼的两种见解比较起来，优劣是很清楚的，王安石的政策办法是先进的，直到现在还为世界广泛使用；而苏轼的看法是以偏概全，呆坏账的问题确实存在，但应该说是非主流的问题，只要加强制度上的监督完善，是可以解决的。但是，因为苏轼的看法符合大多数士大夫的习惯思维，所以在当时还是颇有市场的。

苏轼的弟弟苏辙，开始也被王安石吸收进了他"三司条例司"的起草班子，可是因为他对变法试行的青苗法提出了异议，又被王安石清除了出去。

这些人物当时都是在朝野有影响力的，所以从一开始，王安石的改革就面对着一个强大的反对派。

好在皇帝本人是毫不动摇的，他坚定地否决了这些人的意见，下诏实行改革的一系列措施。

熙宁元年（1068）冬天，神宗准备举行他登基以后的第一次祭天大典。因为这个仪式要在南郊天坛举行，所以被称为"南郊式"。按照当时"天授君权"的理念，帝王的第一次祭天活动要办得格外隆重和庄严，才能表现出受命于天的神圣，尤其这也是神宗开始实行变法的一年，反对派又那么多，这次祭天活动的成败与否，也将体现变法是否顺乎天意，可谓是举足轻重。

王安石对沈括的情况是了解的，知道他的父亲曾经在太常寺主管祭祀礼仪，他本人又对历代礼仪制度有研究，所以就向神宗推荐了他。神宗把制定这次祭天仪式及"南郊式"的总体设计交给沈括，可以说是沈括主持的第一个国家级项目。

沈括在这种局面下受命，深深懂得神宗的用心，他知道这次祭祀既要办得排场庄重，叫参加这次活动的宫内宫外的人无可挑剔，又要尽量地降低开销，以应对现在国库空虚的现状，这并不是件容易的事。

于是，沈括这两年来在昭文馆研究的那些古代传统礼仪资料派上了用场。他提出的方案中，首先对祭祀仪式的每一个步骤、环节的出处进行了考证，指出哪些是出自远古、历代承续、有正宗渊源的、必要和重要的，而哪些是后来衍生的、繁琐的、不太必要的环节，据此，他对现行的祭祀程序进行了大胆的精简和调整。

沈括的方案言之有据，完全符合开源节流的改革精神，所以得到了皇帝的认可。

这年冬天，"南郊式"祭天活动在汴梁城南郊天坛如期举行，场面盛大庄严合乎章法，总的费用却比以前的祭天活动俭省了一万两白银。神宗十分满意，立即宣布提升沈括为昭文馆校勘（相当于编审），还兼任东宫太子中允兼中书省刑房检正。实际上，当时神宗才二十岁，还未立太子，所以后一个职务是个虚衔，不过是奖赏人才的意思。所谓检正，是为皇帝和宰相决策时提供资料和档案的，官级不高可是处于领导核心的周边，可见当时的当权者看中沈括的，还是其博学强记知识方面的特长。

沈括靠着自己的知识积累和严谨作风，成功地办好了"南郊式"，也算是在京城一炮打响，首次得到了皇帝的嘉奖。按说他本可以在变法中发挥更重要的作用，但是一个噩耗传来，他的母亲许太君突然病逝，他受准扶棺南下，把母亲安葬在钱塘老家，并在那里守制三年。

沈括的母亲是个精神高贵的人，她虽然出身豪门，但绝无富贵骄矜之气，一生勤勉谦和，有担当，有肚量，待人律己，为妻为母，都堪称模范，如今她逝去了，沈括非常悲痛，他请同僚曾巩为母亲作墓志铭，曾巩敬慕老夫人的为人，欣然从命。

沈括把母亲葬入钱塘太平山下的祖坟，并在这里为母亲守孝三年。

钱塘江的大潮在宋代就是很有名的，沈括在守制期间，没事就爱在钱塘江边散步，自然就注意到了钱塘江潮起潮落的规律。以前读过一些探讨潮水起因的文籍，看到唐代名士卢肇曾作文称：海潮是"日出没所激而成"，也就是说，是海水被太阳的能量激发产生的。沈括通过自己的观察，认为这种说法不成立。因为太阳每天升起的时间都差不多，而潮水却有早潮和晚潮之分，而且涨落的时间与日出日落时间相差很多。那么海潮到底是怎么生成的呢？

经过连续的观察，沈括发现，每个月的月正（即农历的初一、十五，又称朔、望日）子时和午时，潮水必然生成，而且浪潮必定是本月最高、最强的。望日午时生成的称为"潮"，子时生成的称为"汐"；朔日子时生成的称作"潮"，午时生成的称作"汐"。一般说来，望日潮大于朔日潮，"潮"又大于"汐"。这说明，潮汐本是一种东西，只是生成的时间不一样而已，由此沈括断定：潮水的形成与太阳活动无关，而与月亮的运动有直接的关系。[1]

沈括在守制期间，再一次见到了自己两位才华横溢的侄儿沈遘和沈辽。此时，沈遘由知制诰外放杭州做知府，"三沈"经常在一起谈诗论文，外出游冶。

沈遘字文通，不仅有文才，在行政管理方面也很有才能。当初沈括进昭文馆的同年，沈遘也升到开封府做知府，相当于直辖市市长，把诸多事务处理得井井有条、严丝合缝，京城的士大夫都纷纷称赞他的工作能力，公认他将来有大的前程。沈遘生性豪爽豁达，好结交各界朋友，当时他在学佛经，和一个叫文捷的南方来的和尚交往甚密。

沈括记得当初在京城的时候，有一次抽闲暇和沈遘一起去拜访这位文捷和尚，看到这禅房里摆满了书架、字画，知道这个和尚也是个讲学问的。那时沈括正研究术数学，看到他那里放着几本占筮的书，便有意识地和他谈论起算命、相面一类的事情。沈遘也来了兴趣，问文捷和尚："你也给人算卦吗？"

文捷笑道："占卜之事，古人视为天人感应之学，佛学中讲正精进，也要研究天人之大理，所以我也弄得这些书来看。但是说实话，我压根没有读通，也从不给香客打卦说命。要说预断未来之事，我师父倒传授有佛家之法，我试过，有的时候也确有所悟，有时也不得要领。"

沈遘问："道家占测不过六爻卦、推八字之类，佛家预测用什么方法？"

文捷说："也只是打坐入定观想，凭直感判断而已。"

沈遘笑道："今天我来了，你就入定，用直感给我判断一下，看你说得准不准！"

沈括也赞同："我们有兴趣，你就给我们演示一下，聊取一乐吧。"

---

[1] 按照现代天文理论，地球上的潮汐是受到太阳、月亮两者的万有引力共同作用而生成的，但是因为太阳离地球距离太远，因而潮汐主要受到月球的引力形成。在宋代，"万有引力"定律远没有被发现，日、地、月是彼此环绕运动的星球这个概念也没有形成，沈括仅凭着细致入微的观察，总结规律，就做出了基本正确的判断，说明他具有严密的科学思维方法，他得出的结论比欧洲人早了一个世纪，是超越时代的真知灼见。

于是文捷说："佛家讲究缘法，今天你们来，就给你们试着入定一下，看说出什么来，如有荒谬，你们也只当没说。"

说着，他便坐到屋脚早已摆好的蒲团上，面对面前案上一个尺把高的铜佛像，叫沈遘上了三炷香，然后闭目端坐，两手合十，口唇翕动，好像念着什么咒，少顷，便毫无声息，坐在那里好像入睡一般。沈括想，这大概就是"入定"了。

过了大约漏行一刻的时间，文捷忽地发问："施主欲问何事？"眼都没有睁。

沈遘对沈括一笑，有些戏谑地答："大师在上，俗家所问，也不过福、禄、寿三字，看我官运如何，能升至几品；寿运几何，能活多大岁数。"

文捷略一沉吟，现思索之相，眼仍未睁，但面容却似乎变得肃然起来："施主，依小僧所见，你近年内官运亨通，不出三年，必升到翰林学士，但寿运不长，怕只能活四十岁。"

沈括听了心里一惊。他知道占卜的人一般都不说绝话，这和尚有多少把握，敢说这样大凶的话？

而沈遘显然没有当回事，听了这话，蛮轻松地一撇嘴："这么说，我看来只有三两年的活头了，那就铆足了劲吃喝玩乐吧！既然官运亨通，翰林学士还显小点，要当个宰相将军什么的、吆五喝六、风风光光地过个三两年，那时候死也值了！"

文捷跳起来，连连堵他嘴："罪过罪过，佛前说这样的话，那是造口业！呸呸！赶紧呸出去！"

沈遘哈哈大笑，指着他说："你这老秃，想咒我死呀？还真以为我相信你胡咧咧呀？我现在没灾没病，能吃能睡，吞个铁疙瘩也能化了水，怎么就能三五年要了命？"

文捷也笑了："我姑妄言之，你姑妄听之，原说过这只是入定后的非非之想，不一定对的。"

三人遂一起大笑。

这是两年前的事情了，沈括当时看那气氛，似乎是朋友间开玩笑，也就没再当回事。去年七月，又看见朝中通报，沈遘真被封了翰林学士，也没有太在意，因为他想，侄儿的才学本来就出类拔萃，又在开封府出了名，得到这样的提擢，也是顺理成章，不一定要归结于和尚的话灵验。

这次沈括回来葬母，路上还想起过这件事，掐指一算，自己的年龄三十四，沈遘应该到四十岁了，那和尚预言的"大限"到了，也不知沈遘现在身体状况如何。待回到家，亲眼见到了这位侄儿，看他依然精神矍铄，面色红润，说话还是那么豪放诙谐，举止还是那么潇洒豁达，顿时放了心。沈括和他提起当年与文捷的对话，沈遘自己也笑着说："那不过是暇余笑谈而已！"

大约过了一个多月时间，忽然有个朋友告诉沈遘，有人在杭州的灵隐寺里看见了文捷和尚，说是为参加一尊大佛的开光仪式特地从京城赶来的。

沈遘一听，急忙叫上沈括一起骑马前往灵隐寺。

在灵隐寺的禅房里，他们果然见到了文捷和尚，不料，文捷和尚一见他们，大惊失色，说："文通兄，你忘了吗？你的大限快到了，不赶快安排后事，怎么还到处乱跑？"

一句话，把沈遘说愣了："我们是听说你来了，特来拜望朋友的，我现在浑身并无不爽之处，怎么见得就临大限不远了呢？"

文捷和尚说："按照我们佛家的观点，六道轮回，乃因缘驱使，生死不过是一瞬间的事情，并不一定要有先兆的。实话说，我那日入定观想的时候，看到的是你在地下阴司的形象，你在那里也和阳间一样是做官吏的，和你在一起共事的是已经故去的杨乐道侍制。"

沈遘一听，大为惊异，说："你这样一说，我忽然想起来了，前十来天我做梦，还真的梦到了杨乐道，他和我说，他受命和我做同事，非常快乐，请不要推辞。莫非他指的就是这个事情？"

文捷说："那就对了。"他低头掐指算了一下日期，说，"我看时间还来得及，赶快回家乡去安排后事吧。"

因为有这样的契合，沈遘看来也半信半疑了，害怕自己真的有什么万一，家人和子女都安置不好。他从灵隐寺回来立即赶到他的住处苏州，遍请亲友，安排嘱托好子女，亲朋好友都以为他在发酒疯说胡话。

但是在几个月之后，沈遘真的在一个早上无疾而终。此时，沈括已经结束守制回到了京城，听朋友说到了这个结局，觉得十分离奇。

沈括其实并不相信因缘前定的说法，他在《梦溪笔谈》中记录了这件奇闻，只因为这是他亲见发生在自己家里的事情，他解释不了，但他科学严谨的治学态度又叫他不能无视这件事情，所以如实地记录下来。《梦溪笔谈》中紧挨着这一篇记录的前面一篇，沈括就发表了一段旗帜鲜明的议论，他说：常听说有人能先知，几年几十年的事情能够预先知道，有时候说梦里看到的云云，我认为这种传闻是不可信的。预言未来，不论说什么，当时都无法检验，到能够检验结果的时候就已经是现在了。现在再来追述以前成功的预言，自然是"灵验"的。而那些预言不准的事情也许更多，但因为没有发生，人们就想不起来去追究，这个道理很简单。还有人说："我如果事先预知事情的不好结果，我就可以事先想办法规避。"这个更荒谬了，你如果去规避了，那事情就朝另外的方向发展，原来那个预见的结果是真是假，也就永远无从检验，所以说："事非前定，方其知时，即是今日。"

这样看来，沈括记录了这件事，却并不一定认为这文捷和尚能未卜先知，只不过后来事情的发展刚巧中了和尚的预言，觉得离奇，才记录下来。在这篇记录的前面，沈括还特别记下一笔说：事先，浙江就有很多人说沈遘恐寿命不长，所以他才向文捷问自己的寿命。文捷只不过是和别人持有相同的看法而已。至于他们为什么会有这种判断，那肯定有些挂在外表的异常征兆，比如现在肝脏病人的肝病掌、心脏病人的颊红脸、肺痨病人的咳血、癫痫病人的昏厥之类，如果有了这些症状，沈遘的猝死，就不是太意外了。

熙宁三年（1070），沈括结束了为母亲的守制，返回京城，仍然在昭文馆任校勘。同年九月，朝廷在中书省设五房检正制：孔目房、吏房、户房、兵礼房、刑房，各设一名检正官，其任务就是在各自分工的领域里清点、选定重要的文档奏表，为宰相和皇帝的决策提供依据。检正相当于现代的机要秘书，品级不高，但处于核心地位，一定是千挑万选十分信任的人才能担任。沈括被选定为刑房检正，应当是出于当时宰相王安石的推荐。刑房是负责执行法律的，沈括在这一段时间审阅了大量刑事案件文档，他也就法规、法律的相关问题进行了研究。

就当时的政治条件来说，已经发生了很大的变化：由于神宗皇帝的全力支持，王安石的变法已经全面铺开，他所制定的均输法、青苗法、农田水利法、置将法、保甲法、募役法先后出台，有些已经显现出效果，而原来竭力反对他的大臣，要么被贬斥，要么自行噤声。反对派领袖司马光在反对意见一再被否定以后，连上五书辞去朝中职务，躲到西京（西安）去专心继续编撰他的《资治通鉴》了。熙宁二年（1069），苏轼从家乡给父亲守制回来，上书引述他在基层看到的变法引起的混乱，再次提出自己的反对意见，引起了皇帝的不满，在熙宁四年（1071），苏轼被贬谪到杭州任通判。

有一天，沈括正在昭文馆校对一本关于浑天仪的书，昭文馆的一位上司来检查工作，问了他一些颇为刁钻的问题。史籍中没有提到这个上司的名字，我们也就直呼其"官长"吧。

官长说："天文书我也看了不少，实际的浑天仪我也用它来观测过天象，可是有些问题我一直没有弄太清楚，你能不能给我讲讲呢？"

沈括说："请讲，我尽我知道的和您切磋。"

官长问："天上的二十八宿，是排列在黄道上的，用浑天仪来观察，它们分布得为什么如此不匀呢？有的彼此相差仅一度，有的却长达三十三度，这是什么道理呢？"

沈括说："天上的星宿自然分布，本来是没有所谓刻度的，不过是观天文制历法的人，为了方便于度量其位置，研究其运行，才人为地划定了度数。太阳在天上绕行的轨道叫作黄道，绕行一圈为三百六十五天多一点点，一天为一度，就将黄道分作三百六十五度。若把天比作伞，那度数就是伞辐射状的缭条，要观测二十八个星宿的位置，只能测量某个星宿距离缭条的距离和角度，称作'距量度'。这样虽然它们分布的刻度不均匀，还是能够比较准确地确定它们的位置。"

官长又问："太阳和月亮看来都是圆的，它们的形状是像扁圆的一张饼呢，还是圆圆的一个弹丸？如果是像个弹丸，它们运行时相遇岂不会互相阻碍吗？"

沈括说："日、月都应该是弹丸形的，为什么这样说？从月亮的圆缺变化就可以说明。月亮本来不发光的，是靠太阳光的照耀才能被我们看到。望日，月亮运行到太阳的对面，向光的一面全对着我们，我们看到的就是满月；当它运行到我们的侧面，我们只能看到光照了半面，就是半月；到了初一，月亮和太阳同一个方向，月亮向光的一面全背我们，我们就看不见月亮。所以说日月都是弹丸形的，但它们又分别是阴阳气组成的，气体的东西有形而无质，所以能互相穿插，互不干扰。"

官长继续问："太阳和月亮的运动，每一天都要在空中交错分合一次，有的时候会发生日蚀或月蚀，有的时候却没有，这是为什么呢？"

沈括说："太阳沿黄道运行，月亮沿月道运行，它们的轨道如同两个环交叉重叠但又错开了一定的角度。日月如果在一度内相聚，日蚀就发生了；如果在一度内正相对，就会出现月蚀；如果它们相遇、相对，但角度错开一度以上，那也不会发生日蚀月蚀。就是在一度以内，日、月穿行的角度不一样，形成的日蚀月蚀程度也不一样，有时向东西南北偏向而遮掩，只能发生偏蚀，只有不偏不倚的遮掩，才会发生全蚀。在天球上，日月道相交的那个点，每个月会向西面退行一度多，经过二百四十九次相交，这个点才会完全回到原来的位置。由此规律，制定历法的人可以推断预测日、月蚀的时间。"[①]

官长听了沈括的回答，连连点头，说："天文运行的规律很多人都是似懂非懂，道理含糊不清，很少有人像你吃得这样透彻，讲得这样清

① 沈括这一次与昭文馆官长的对话，他后来如实地记录在《梦溪笔谈》中。这可以说是公元十一世纪中国最先进的天文学见解。虽然还没有摆脱"地心说"的束缚，他说的日月"有形无质"也是不对的，但其中关于日月是球形的论断在当时也足以振聋发聩。他的关于日月蚀成因的解释完全符合现代科学，尤其是他用黄道、月道的交叠点退行的方法预报日月蚀的周期，与现代精密的天文仪器测量的结果已经非常接近（现代测量数据为退行1度5分，周期为18.6年），被现代的西方科学家称赞为"超越时代的惊人发现"。

楚，实在难得啊！"

官长走了，沈括却有些纳闷。昭文馆是整理、修编图书的地方，并不是天文研究所，官长怎么会突然问起这方面问题来了呢？

其实，沈括不知道，这一段时间，围绕着变法问题的朝野斗争，正聚焦在一个偶然事件上，这件事与现行的天文历法有密切的关系。

自从神宗全力支持王安石变法深入以后，保守派阵营渐渐从台前转为幕后，在改革中被触犯了利益的皇族贵胄，自然不满意，又把翻盘的希望寄托在宫中的太皇太后曹氏的身上，他们知道，只有她的身份，能够挟制皇帝，她毕竟是神宗赵顼名义上的祖母呀！前面我们已经知道，曹氏在宫里，一直就是一个铁腕人物，你想要她完全不干政是做不到的。按照古老的孝悌大理，再蛮横的皇帝，在他的母亲、祖母面前也威风不起来。这就形成了一个现象：在后宫里，太皇太后对刚刚兴起的变法运动多有指斥，而神宗表面哼哼哈哈地应付，真正到了朝堂上却依然故我。日子久了，皇上和太皇太后之间的矛盾成为尽人皆知的秘密。

偏偏在这个时候，发生了一件没有料到的事情：按照历法预报应该发生日蚀的时间没有发生日蚀，而月蚀倒是按照历法的预报如期发生了。

这种事如果发生在别的时候或者别的国家，绝不会太大惊小怪，也不过是掌管天文历法的人受到责难，叫他们检讨工作设法纠正误差而已。但是这一次偏偏发生在变法的中国，中国人又有"天人合一""天人感应"的思维传统，很快就有人把"日"附会成皇帝，"月"附会于太皇太后，把该发生的日蚀没有发生，解释为上天对人世的警示，这是乱了"天道"，是"天怒人怨"的表现。看来这一回，皇上重用的人并没有真正合乎"天意"，而太皇太后代表的人反倒是体现了上天的意志。

当然，这些话保守派只能是在底下哄传，也不敢拿到朝堂上去说，但是一时谣言四起，人心惶惶，对变法的实行确实造成了思想上的混乱和舆论上的阻碍。执政的神宗和宰相王安石，立即认识到了这个问题的严重性，决心修正历法，扭转舆论，巩固变法成果。此事委托给什么人呢？要从馆阁储备的人才里选拔合适的人，昭文馆官长对沈括的询问，实际上就是对他的一次考核。

考核结果报到王安石那里，与王安石素常对沈括的了解是一致的，他就立即向神宗推荐了沈括。于是在熙宁五年（1072）五月，神宗召沈括入宫觐见。

一见面，神宗就面带忧色地问："爱卿，自从本朝开国以来，对天文历法很重视，已经几次调贤才修订历法，先是订了《崇天历》，后来又改订了《明天历》，怎么到了关键的时刻，还是经常不准呢？"

沈括说："陛下，修历的事情关系到百姓的耕耘稼穑、衣食起居，朝廷重视是应该的；修订历法的人都是当时的贤才，这个也毫无疑问；关键是修订的方法对不对。经我对比分析，本朝修订的《崇天历》《明天历》都是在旧历法的基础上，按照前人留下的计算方法加加减减推出的，如果原来的基础数据出了问题，那结果肯定就是错的。"

神宗说："据司天监说，这两次修历所依据的是唐代一行和尚制定的《大衍历》，那《大衍历》不是历代以来最准确的历法吗？"

沈括说："陛下，我所说的基础是实际的天文观察。任何历法都是根据天道的运行规律而制定的，而天道并不是按照精确的数据运行的，由观测而得的数据必有误差。一行和尚的《大衍历》正是在观测的基础上矫正了许多以前的旧历法，才被认为是最准确的，但是仍然存在误差，只不过小一些而已。从一行和尚到现在，已经过去了三百四十年，当时再小的误差也积少成多变得荒谬，这是可想而知的。臣在昭文馆看到的历书就和现在的农时节令有很大差异，要是颁发这样的历法下去，要耽误大事的呀！臣以为，要想得到适应于当前的历法，因循守旧、修修补补是不行的，应该对当前的天象进行全面准确的重新观察，在观察数据的基础上，对旧历进行大胆校正，才能够比较准确。"

神宗点点头："你说得很有道理，那么我就委派你去司天监负责修订新历法，你愿意吗？"

沈括拱手："臣谢陛下的信任，定当尽心竭力。"

"至于新历法的名字嘛，"神宗沉吟道，"就叫《奉元历》吧。"

沈括说："臣遵命。"他从皇帝对新历法的命名中强烈地感受到，皇帝是多么希望人们把他看作是"奉天承运"开辟新纪元的一代明君啊！

熙宁五年（1072），神宗下达诏书，任命沈括为司天监的提举官。所谓"提举"，就是皇帝直接委派到各个部门的特使，拥有全权处理有关事宜的权力，类似后世的"钦差大臣"。

沈括几乎是兴致勃勃地接受了这个任务。他从小喜欢观察天象，爱看天文的书，认为这是研究宇宙终极真理的领域，太神奇了，他也愿意像张衡、一行和尚那样，在这个领域做一番新探索。但是研究天文与别的学问不同，必须建立在天象观测的基础上，而在那个年代，只有皇家的司天监才能拥有大型的、有精度的观测仪器。现在，这样的机会终于来了。

他万万想不到，真的去了司天监以后，他却大失所望。

原来，中国封建王朝的司天监，并不同于现代的天文台和研究所，当时的天文学号称"绝学"，只有少数人能读通读懂。又按照"天人感应"的学说，天象一定要和人事挂钩，某种程度上说司天监是"天赋君权"的中介机构，一发生异常的天象，他们就是"天意"的解释者和代言人，所以单位虽然不大，权威性甚高，连皇帝都对这个部门怀着某种敬畏。可想而知，这里主事的角色，必是来头大、威望重、皇族信任的人，除了天文研究方面的专家，还有很多是当时所谓"术数"高手，他们研究的是阴阳五行、九宫八卦这一类的玄学，按照当时人的理解，他们是最能"通神明之德"，只有他们能从"象数"的玄理之中推演出"天意"之真谛。当然，司天监还有另外一些人，他们连这方面的知识也没有，不过是冲着这里工作轻省、待遇高，通过各种王族贵胄的关系介绍进来混饭吃的。别看这些人不学无术，但根子硬、气粗，不大把别的人放在眼里。

沈括当时四十一岁，在京城学界只算个名不见经传的后生小辈，听说他要来司天监管事，司天监的各色人等都不服，认定是王安石派亲信来"夺权"的，决定给他来个下马威。

司天监有两个年纪最大的成员，一个叫常洵，一个叫魏鼎之。前者是天文上的三朝元老，仁宗初年就参加过《明天历》的修订，现在已经七十岁。后者虽然只六十二岁，却已经是全国有名的术数家，号称是宋初易学家陈抟的弟子，著有易学和术数学的几本著作，被称为"魏神仙"。沈括来上任，司天监全体在大堂迎接以后，便由他们两个陪着在客厅说话。

茶桌边坐定，常洵说："提举大人此来，是奉了宰相大人之命来兴师问罪的吧？"

沈括问："老前辈何出此言呢？"

"这不是明摆的吗？老朽无能，按照老办法观测预报的日蚀出了差错，后脚就派提举大人来检点司天监的事情，看来沈大人在天文历算方面定是顶尖高手，又深得皇上和宰相的信任，从明天起，观测、预报方面就听沈大人的，老朽就不便多插手了。"

沈括听出这是在倚老卖老，给自己出难题，便说："老前辈说的哪里话！日蚀有错，本出历法，而历法之错本是日积月累误差所致，怎谈得上问罪于老前辈呢？圣上叫学生到此，不过是怕历法不准，会使稼穑失度，危及社稷民生，此圣上慈怀之心，并无问责之意。下官虽愧领此职，但一没有实际驾驭过浑仪圭表，二没有参加过实际的制历工作，今后的工作正要仰仗老前辈耳提面命，随时指正，老前辈不但不能撒手，还要做下官的主心骨、中流砥柱呢！皇命昭昭，想老前辈不至于推辞吧？"

"唔……这个这个，老朽岂敢？不过……"常洵故意大惊小怪地说，"闹了半天，提举大人从未参加过制历，也从未在浑仪上实际观察过一日天象？天文号称绝学，非旦夕之间可以通晓，那老朽就是愿意帮衬，也怕没有多少共同语言吧！"

沈括说："不听古人说吗，孔子之前，并无孔子，孔子之后，再无孔子。圣人也有第一次。学生虽没有上过司天监的观天台，但也在昭文殿细读了古今天文著作，也用自制轨仪看过天象，好在不论身份如何，看到的天总是一个，天理也当只有一个。尺有所短，寸有所长，我想只要老前辈不吝赐教，学生的愚见也或有可取，将来我们在观天台上共同切磋吧。"

见沈括把这个软钉子又软软地反钉了回来，常洵一时竟也无话再反驳。

旁边的魏鼎之看到这情况，便将将胡须说道："大人，恕老朽冒昧说一句，在这司天监，像您刚说的会用浑仪圭表、博览古今历算之书，都算是皮毛，都不是最重要的。"

沈括说："那依先辈所见，什么是更重要的呢？"

魏鼎之说："更重要的，是通晓太极运行、阴阳交割之大理，天地运行必有象，有象必有数，有数必有理，你的日月蚀虽然经过了浑仪圭表的观察，经过了算学的推演，为什么还会出错？那是因为还没有经过天地自然之大象、大数、大理的矫正。"

"唔？魏先生此论倒是闻所未闻，请知其详。"

"自伏羲画卦，乾坤定位，易立其中，就有太一、两仪、三才、四象、五行、六爻、七星、八卦、九宫之说，此天地自然之数，其中一、二、三、四为生数，六、七、八、九为成数，与五和十穿插交合，组成《河图》《洛书》，暗含天地万物变化分布之道。又有天数五、地数五，相加而成大衍之数五十，其用四十有九，故文王以蓍草四十九根演易而卜天下凶吉，四十九又为七七成方，暗喻东青龙、西白虎、南朱雀、北玄武四象二十八宿运行之道。要想预知天道的运行，不通晓这些数理怎么行呢？不知提举大人对这些数理通晓吗？"

沈括一听，便知这是一个术数家，要用他那一套术数的理论来唬自己。按沈括自己的观点，这种人是不应当安排在这里工作的，但当时的世俗观念就认为占星术是天文的重要部分，这是他无法改变的事实。

于是沈括笑了笑说："据下官所知，所谓天地自然之数，乃出于伏羲氏观天察地最初之感悟，太阳常圆而为太一，月亮常缺为两角，故奇数为阳数，偶数为阴数。天充阳气，地聚阴气，故奇数、偶数也称天数与地数，阴阳气交合鼓荡而形成世间万物，于是将十以内奇偶数相加，应得五十，便是所谓大衍之数，并无太多神秘。《易传》所称'大衍之数五十，其用四十有九'之说，所叙乃占蓍之法，所谓留一以象太极，分二以象天地，挂一以象三才，揲四以象四时，也不过是模拟自然之理推演而试图预知未来而已，并不能代替真正的天文观察。”

魏鼎之说：“那照提举大人的意思，古圣人周公、孔子都推崇的易学术数学是粗浅的无稽之谈，那么我们这些人在这里也是无用了？”

沈括说：“我没有这样说，易学术数学探索的是世界整体的本源哲理，学人不论学什么样的学科，要通晓其原理会大有益处。但那毕竟不能代替每一个具体领域的规律之探索，正如阴阳五行是国医本草辨证施治的理论基础，但懂得了五行生克的道理，不等于就可以号脉问诊，会开药方，这是两回事。再说，术数学既是古人最初的品悟，就难免有不完善之处，需要发展、改进，也不是不可逾越的。其实，魏先生刚才所说《河图》《洛书》上的数理，就是本朝陈抟、李子才、蔡元定等人所力倡阐发，秦汉以来的古籍上并没有记载。他们倡导所谓的‘无字之易，先天之学’，连八卦六十四的排列顺序都改变了，但因为立意深邃、推论精微，而为大家心服口服。当代又有邵康节专讲数理，术数学也因此而上升到一个新阶段。下官以为，以魏先生对术数学的精通，如果再辅以严密的天文观测和数学演算，思微见著、事理相通，更有利于完成圣上交予的制历任务。前辈以为如何呢？”

此时魏鼎之才感觉到沈括不是好“蒙”的，自己自鸣得意的那一套术数玄学，他居然全都知根知底，并且巧言善辩，分寸得体。魏鼎之无法再说什么，只好咽口唾沫作罢。

沈括舌战两个老资格，表现出了自己的学术功底，在司天监初步站住了脚跟，但是并没有真正地打开局面。

当天晚上风清月朗，他登上观天台，有生以来第一次操纵起国家级的观天仪器——浑天仪来观察星象。老常洵带着几个助手陪着他上来了，但他们只是在旁边看着，不伸手，也不动口，仿佛就是要看他沈括会不会操纵这仪器。好在沈括读书是细微的，古人那些观天时的细节记录，他都设身处地地构想过，所以此时并不怯场，立刻认清浑仪上哪个是赤道环，哪个是月道环，哪里是窥管。首先第一步，把窥管对准北极星，然后调整几个环的角度，使之和圭表上的时辰契合，再观察每一个星宿所处位置对应的刻度。①

　　老常洵这才说："看提举大人的动作，真不像是初学乍练的。"

　　沈括说："哪里，不过照猫画虎、东施效颦，叫老前辈见笑了。下面就请老前辈坐镇指挥，大家按照以往惯例进行观察和记录，只把我当个普通的下手就是了。"

　　常洵说："那好，我们就干着，请提举大人不时指正。"

　　经过参与司天监的几次观测活动，沈括觉察出了许多问题。首先是观天台上的观测仪器已经陈旧不堪，许多要害部件都已经损坏，要靠木架撑着、铁条箍着才勉强可以完成观测任务，用这种精度测出的数据，根本无法作为矫正历法的依据。再者就是司天监人员的组成，他发现，在自己还津津有味地观察星星的时候，其他几个年轻人在心不在焉地聊天甚至打瞌睡，和他们交谈，发现他们既不懂天文历算，也不懂术数学，回答问题牛头不对马嘴。常洵和几个年岁老一点的成员倒是懂得些业务，但仿佛对自己的到来颇为抵触，谁也不肯出力尽心，表面上是谦虚："这个事情在下不清楚，还请提举大人多多示下。"其实是消极怠工，

────────

① 中国古代司天监的观天象，与现代天文台的关注点不一样。首先，分外重视北极星周围的一片天域，认为那里是宇宙的中心，因为整个天球都是围绕它而旋转的。今天的大熊星座，也就是北斗七星，被认为是撬动这种旋转的"璇玑""玉衡"。而今天所称的小熊星座，称作紫微垣，其中的 β 星就称作紫微星，也叫帝星，是人间帝王在天界的化身，它的明亮与晦暗，周围是不是有云气遮挡，都是上天对时政的感应。另一项重要工作，就是要观察五大行星的位置，岁星（木星）、镇星（土星）、荧惑（火星）、长庚（金星）、辰星（水星）的位置每天都有变化，有时顺行，有时会逆行，有时会"凌日"，有时会"合月"，有时会隐没不见，也有时会结伴而出。这些变化都要记录下来，再由术数学家判读，解释为某种"天意"的展现。对二十八宿的观察，主要是看那些星座里有没有什么异常的变化，比如出现了彗星、流星，或者"客星"（现在叫新星、超新星），这种异常现象会被当作某种特殊事件的先兆，马上报告到皇帝那里，叫他警惕关注。比如在至和元年（1054），司天监就发现了一颗特别大的"客星"，光芒四射，连白昼都可以看到，一直亮了二十一天才隐没不见了。这事记录在当时的宫廷档案《宋会要》里面，当时的术数家判断：这是一个重要的客人要走的征兆。当代科学家认定，这是人类对银河系内超新星爆发的最早记录，这次爆发的遗迹现在还横在夜空中，就是著名的蟹状星云。可惜的是，这件事发生在十八年前，如果发生在沈括到司天监管事这一段时间内的话，那可能留下一篇十分详尽可贵的观测报告。

等着看自己笑话。沈括想：看来自己老当这谦谦君子不行，这个摊子要想动起来，得有点霹雳手段整顿一番，不然，皇上交给的任务，拖到猴年马月怕也完不成。

这天，沈括一大早就赶到了司天监，迎头碰上一个小伙子，叫崔琰，是沈括发现的为数不多的认真观测又真心在学习天文知识的年轻人之一。

沈括问："崔生，今天上奏的观测表出来了吗？"

崔琰说："早就誊写出来了，常洵总管说您昨天晚上观星熬了夜，今天恐怕早来不了，他就自己签了字，已经给宫里送去了。"

沈括一听，眉头一皱，心想：既然自己是提举，对司天监的事情全权负责，给宫里的奏表居然不经过自己就报上去了，其中要是有了差错谁负责？此风万不可长，就说："走，我们一起去把奏表追回来！"

于是，沈括就和崔琰一起骑上马，直奔皇宫里负责收奏文的执秉殿。谁知一问，那里的太监却说：没有收到司天监的奏表。

沈括纳闷了，问崔琰："你确定他们把奏表送出去了吗？"

"确定。我亲眼看见他们拿着公文袋出门的。"

"那怎么没有送来呢？就这么几步路？"

崔琰停顿了一下，嗫嚅着说："我……大概能猜到个去处，可是……请提举大人不要告诉他们是我说的。"

沈括听出里面有蹊跷，说："你说，我不会告诉别人。"

崔琰说："您到宫里天文院看看吧！"

沈括有昭文馆发的进宫腰牌，而崔琰没有。沈括只好叫他回去勿声张，自己匆匆入宫，到宫里的天文院去。

宋代皇帝为防官员欺上瞒下，在组织建制上往往设置重叠机构，以互相监督与制约，在宫中设立天文院，就是为了监督司天监。在内宫天文院里，也有一套小型的浑仪、圭表，主管太监也要在这里观察星象，做记录，上表章。按道理，司天监和天文院是不打交道的，彼此独立地上报结果，朝廷把双方做的表章互相对照、印证，这才能防止误报、错报天象，真正起到相互监督的作用。

沈括到了天文院，亮出他的身份，严词责问司天监的奏表所在，天文院的内官不敢怠慢，只好如实地把情况供述出来：原来，司天监和天文院的官员，为了怕双方观测结果有矛盾引起事端，影响了各自的仕途前程，就事先打了招呼，每一次奏表出来，先互相通气，改为一致，然后再上交执秉殿。多年来，已经形成一个惯例。

沈括一听，勃然大怒，说："这不是在明目张胆地欺瞒皇上吗？"

那内官却不以为然地一笑："也不必说得那么严重吧？宫里许多事情都是这么干的。外面的官能混到这份儿上不容易，要是为星星月亮的事情一时看走了眼就把乌纱帽丢了，也真怪可惜的。提举大人就睁一只眼闭一只眼算了呗！"

沈括知道，天文院里的内官属内务府管，再怎么自己也管不着。可是在司天监，他可不准备放过：串通起来瞒哄皇上，这可是欺君大罪啊！他作为提举，要过问整肃这个事情是名正言顺。当此关头，正好抓住这个事情层层追究，把这一潭死水搅活，打开工作局面。

沈括先把这件事情的来龙去脉写了上表，通过王安石报告了皇上。神宗果然大怒，立即发下诏命，叫沈括追查严处。这一下，不论常淘、魏鼎之这些老资格的官员，还是那些不学无术又趾高气扬的下属，全都傻了眼，一个个战战兢兢，赶紧撇清这件事和自己的关系，听候发落。沈括趁热打铁，借着问责此事，撤销了六个不学无术、敷衍塞责的官员，把崔琰这样有事业心、责任心的年轻人提拔上来，同时严明了纪律，健全了制度，司天监的局面焕然一新。

接着，沈括开始着手天文仪器的改造。他知道要获得准确的历法，不是在古历书上加加减减，而是要以直接的天文观测作为基础，如果观察星象得到的数据不准，奢谈历法修正，那是缘木求鱼。于是他先用木料做了一个小的模型，反复试验修改，然后提出了全面改良主要观测仪器——浑天仪的修改方案，得到朝廷批准后，他又前往铸造厂，亲自监督制造新的浑天仪。

当这个铜铸的庞然大物安装到司天监观天台的时候，连常淘这种在观天台上站了大半辈子的人都有些傻眼了，因为他发现这个浑天仪和以往的浑天仪大不相同。

常洵百思不得其解，问沈括："这个浑仪，怎么没有月道环呢？不是漏装了吧？"

沈括笑道："不是。我在设计的时候，就把月道环去掉了。"

"为什么？古往今来的浑仪，都是有月道环的呀！"

"这是因为这道环没有用。老前辈看了一辈子浑仪，难道没感觉到吗？以前的月道环，和月亮实际运行的轨道并不重合，它在观测中起的作用，用其他的赤道环、天常环、轨环都可以代替，在实际观测中，月道环还常常遮挡住窥管的视线，所以不如去掉。"

"说到窥管了，你这个窥管怎么这样大？你不是说要提高观测精度吗？这么大口径的窥管，怎么能保证精度呢？"

沈括说："以前的浑仪我在使用中发现，不管开始时怎么样把它对准北极星，只要不出两刻时间，北极星就偏出窥管外面去了。开始我以为是视线的误差，或者是有人动了仪器，后来才发现，问题不在那里。我画了二百多张纸的观测星图，经过对比发现：我们所认定的北极星其实并不在正北方，而是偏离了北极点三度，所以天球一旋转，就转出了窥管。要想以它做参照物，就得扩大窥管的口径。我扩大了七度，您今天晚上可以试一试，用它观天象，北极星始终在窥管里。"

常洵听他说得有道理，也就不再说什么，只是要求沈括在新浑天仪使用前写个教材，让大家能熟悉新仪器的性能，以免到时候手忙脚乱。

沈括满口答应："难得老前辈想得周到，我一定照办。"

过了几天，由沈括改进制作的另两件仪器——新的浮漏和景表，也安装到了司天监。

浮漏是古代的计时仪器，如同现代的格林威治天文钟，确定国家的标准时间，所以要安装在司天监。

古代的浮漏就是所谓铜壶滴漏，是利用在一定压力下滴水间隔时间恒定的原理，实行准确计时，相当于现在的天文钟。为了获得恒定的水压，浮漏要分为四层水壶，分别叫作求壶、复壶、废壶、建壶。求壶在最上面，是供水壶；复壶在第二层，是调节水压的，除了底下有口外，侧面也有一个口，高出固定水平面的水会从侧面的水口排出，进入废壶。废壶起到分水作用，所以也叫分水壶；建壶在底层，是接水壶，壶壁上面有根铜柱伸向外面，上面有时辰的刻度，通过铜柱与壶口交接面上的读数，就可以判定现在的时间了。由于复壶里的水平面始终保持一致，所以压力也恒定，从复壶里滴进建壶里的水滴也就间隔一致。这保证了测时间的准确性。

沈括以前的浮漏，漏水部分用的是铜铸的弯曲管子，由于铜嘴容易长锈、结水垢，弯曲的管子又不好疏通，所以计时常常不准。沈括把弯曲管子改成了直管，又把铜嘴改为玉石嘴，计时不准的问题就解决了。从宋代此时直到晚明西洋钟表进来，皇家的浮漏设备一直沿用着沈括这样的设计，由此可以见到它的简易和科学性。

所谓景表，就是大型的日晷，是通过测定日影的长度和偏转角度来确定一年节令与时间的仪器。上古时候，人们只把一根杆子立在那里，测量它的影子来确定时间，后来发展到修筑方圆不等的石阵建筑来测定夏至、冬至、春分、秋分的时辰。宋代司天监用的是铜质圭表，圭表柱平时可以放倒，到测量的时候把它竖立起来，从它的影子遮掩的刻度上就能判定当时的节令。

沈括在使用圭表观察日影的时候发现，大气里的尘埃、气流、云层都可能扰动日影在圭表上的刻度位置，造成误差，他称之为"蒙气差"。为了防止这种"蒙气差"影响到测算结果，他提出一次用三个圭表同时测量日影的办法，取刻度的平均值，来保证结果的准确性。

安装好新的浮漏和景表之后没多少日子，沈括将他给司天监进行专业训练的"课本"也写出来了，分别叫作《浑仪议》《浮漏议》和《景表议》。在这三篇文章中，不仅介绍了仪器的原理和使用方法，还对有关天文、地理的一些自古就含混不清的疑难问题提出了自己的观点。

中国古人一直认为，中国是处在大地的东南一隅。而沈括在《浑仪议》中指出：天下各国都规定日出的方向为东，日落的方向为西，中国的东南面都是大海，便误认为中国是在大地的东南角。其实这是错觉，海岸并不是大地的边缘，海的后面还可能有陆地，陆地后面还可能有海。西方夷国的人就是从海那边过来的，天地之广阔难以想象，任何坐井观天的见解都是错误的。

沈括在《浑仪议》里面对月亮的运行轨道提出了一个形象的比喻，他说我们相对于太阳的运动好像是一根弯成圆圈的软木杆，而月亮的运行轨迹就好像是缠在这根软木圈上的绳子。要知道，当时中国还是古老的"浑天说"统治着学术界，连大地是球形的概念都没有，更不可能有地球绕太阳转、月亮绕地球转这样的观念。可是沈括依据严密的观测结果做出的判断，却如此地接近现代的科学真理，他的感悟能力实在是超群的。

在《浮漏议》中，沈括大胆地提出了太阳的运动速度不均匀的观点，指出冬季和夏季一昼夜的长短并不相同。过去，人们用浮漏测计时间，也发现冬夏一昼夜时间不同，但不认为是事实，只认为是浮漏给人造成的错觉。人们认为冬天天冷，水性发涩，所以浮漏中的水就滴得慢；夏天天热，水发滑，浮漏中的水就滴得快。沈括经过用他改进后的浮漏反复检验，发现只要不结冰，冬夏水滴的速度并没有变化，结合对景表上日影的观察，他发现，冬天一昼夜的时间确实要比夏天一昼夜的时间长，冬至那一天，昼夜长度"百刻还有余"，而夏至一昼夜的长度"不足百刻"。

以现代科学的观点看，沈括在这里发现的是地球在近日点和远日点绕日运动速度不匀的现象，它是太阳周边不同的引力场引起的重力加速。沈括在当时靠简陋的仪器就能感悟到这一点，充分说明了他的科学敏感。

沈括在改进、测试、矫正旧的天文观测仪器的过程中，还有一个重要的额外发现，就是发现了地球磁场的磁偏角。沈括发现了北极星其实并不在天球的正北方。可以想象，要寻找准确的北极方向，他一定要借助磁针这个工具。通过对日月星辰在天球上运行轨迹的仔细观察，沈括发现，磁针所指示的北极点，与一昼夜间群星环绕运行的北极点依然不重合，也有五度的偏差。他在自己的笔记中忠实地记了这一点。这是一个了不起的发现，比西方发现磁偏角的航海家麦哲伦早了四百二十年。

待沈括的员工"培训"完成，都能熟练地掌握"三仪"之后，熙宁七年（1074），沈括带领司天监的所有成员，在汴京的迎阳门举行了盛大的演示仪式。

宋神宗带领着他的重要辅臣尽数参加了这场仪式，现场观看了他们的操作表演，还当场表彰了他的工作，提升沈括为右正官，司天秋官正。

有了比较精确的观测工具，沈括开始着手修正历法的工作。这时候他发现，司天监现有的人才太不够用了。这时候他想起了上次在开宝寺碰到的那个卫朴，觉得这样的人才正符合自己的需要。经过和开宝寺的方丈联系，知道卫朴已经离开那里回淮南去了，于是，沈括派出专人，飞马到淮阳静海寺去聘请卫朴。

当形容憔悴、衣衫褴褛、手持藜杖摸摸索索的淮南人出现在司天监大堂的时候，旁边那些穿锦衣的官员都禁不住掩口失笑。

老资格的常洵对沈括说："我原以为大人看重的人，一定是风度翩翩、才华横溢的人尖子，不料却是一个倚杖而行、眼睛半盲的半残之人。不是我以貌取人啊，这样的人连登高台看浑仪都很困难，怎么能担负司天之重任呢？"

魏鼎之也说："我已经问了，这人在淮南静海寺中，也不过是个民间问卜卖卦之人，提举大人既然对术数学多有针砭指斥，怎么又请这样的人来搅局，岂非笑话？"

沈括正色道："常言说人不可貌相，此人虽然卖卜，但只不过用来谋生，他所掌握的天文历学知识广博精湛，算学技能非常人可比，他虽然不能直接观察天象，但修历本身，还有大量的计算工作要完成，我们缺少的正是这样的人才，这我是考查过的。你两位如若不信，可当场测试。"

两位老资格互相交换个眼神，回头又看看卫朴的形象，似乎仍然看不上眼，常洵说："既然大人竭力推荐，此人必有非凡之处，我愿召集司天监的所有职守，来见识一下这位奇才的奇能绝技，大人不会反对吧？"

沈括当然看出了他们的心思，知道他们是要给卫朴出点难题，也当场给自己一点好看。不过，他毫不在意，一来他坚定地相信自己的眼光，卫朴不会当众丢丑；二来，与其叫卫朴受到众人私下的鄙夷和排斥，不如就借这一机会，给他大张旗鼓地撑腰鼓气，打打场子，以利于今后他的工作。

沈括说："可以呀！"接着又对卫朴说，"这里毕竟是司天监，对新来乍到的人，总要出些题目考核一下，你不必慌，该怎么做就怎么做。"

卫朴只平心静气地一笑："试试吧！"

很快，司天监的各部人员就被召集起来，聚集到平时会商的大堂，魏鼎之在中间放了一张长桌，上面摆放着一筒算筹，叫卫朴坐到桌边，宣布测试开始。

首先是测试他的计算能力。沈括叫在座的每一个人任意写出一个十万内的数字，位数不限，奇偶不限，抄在一张纸上，中间又任意加上加减乘除的符号，由一个人念给卫朴听，然后叫他计算结果。

只见卫朴把那一把算筹竹棍拿起来，一边听着考者念题目，手中飞快地在桌子上摆弄，一边摆弄，一边在口中念念有词，往往考试者念问题的声音刚落，他的答案就出来了，并且在桌面上用算筹摆好。后经常淘和魏鼎之等几个老人用了多几倍的时间验算，都准确无误。连着试了几次，都是如此。

在测试中，人们还发现了他超群的记忆力，考试者只要把一连串的数字念一遍，他就能完全记住。在念第二遍的时候，考试者有意念错了其中一两个数字，他马上就打断了考试者的话语，说错了！这里的数字应该是某某而不是某某，与纸上的记录分毫不差。

接着，常淘亲自出了个题目，要他用纯计算的方法推求本年春分节气的准确日期时辰。沈括知道常淘是内行，他出的题目其实是相当刁钻的。中国古代历法是以太阴历做基础，即是以直观月亮盈缺一周期二十九或三十日为一个月，这样一年三百六十五日就是十二个月多而十三个月又不够，于是就形成了"十九年置七闰"的极其复杂的置闰法则。二十四节气本来是和太阳运行轨道相对应的，现在偏要和太阴历的日期对应起来，而且要说出节气发生的准确时辰，计算就十分复杂，要用到许多的近似值和常数、公式。沈括暗暗为卫朴捏把汗。

但是看来这并没有难倒卫朴，他没有用笔在纸上做任何计录，甚至没有多看那纸一眼，只是靠心算和记忆，摸索着在桌上飞快地摆弄着算筹。这期间，魏鼎之故意为难他，趁他不注意，把他摆在桌面上的算筹搞乱了几根，不料马上被卫朴觉察到了，随手就把那几根算筹复原。不到浮漏的一刻钟，他的计算结果出来了，和当年"候簿"上记录的已经发生的春分时辰完全一致。

他的这番表演，立时震动了在场的所有人，常洵、魏鼎之等一帮老人不得不承认他是真的有本事，崔琰等几个年轻人不由得鼓起掌来。

沈括这才说："卫朴的这番表现，在座的哪位同僚可以做到？也可以当场来试一下？"众人面面相觑，都不做声。于是沈括宣布："我将请示上峰，任命卫朴为司天监编修，下一段修订《奉元历》的工作，就交给他来重点负责，崔琰做他的助手。其他同僚不论老少，都有义务为他提供所需的观测资料和数据，不得有误。"

众人应承下来。

新历法的修订工作自此开始了。每一个关键环节，沈括都亲自参与、布置，最初工作的进展十分顺利。

经过了三个月的观测和计算，他们提出了一个大胆的矫正旧历的方案，这个方案认为，要使新的历法准确，就必须修改《大衍历》的闰朔法，按照这个方法，就需要把熙宁十年（1077）正月初一的午时改为未时，将闰十二月改为闰正月，才能与天体的实际运行同步。

这个方案一提出，立即引起了轩然大波。首先是遭到司天监内常洵等守旧派的激烈反对，他们说："《大衍历》是历代以来最准确的历法，就算是有些误差，也只需要做一些小的调整。你们的新历法还不知道能不能搞成，就在时辰、闰月上搞这样大的变动，不是信口雌黄，太狂妄、太随意了吗？"

沈括正色说："历法调整的力度，不是我们想怎么样就怎么样，而是要根据实测的结果，我们经过实测，发现误差已经达到了这样严重的程度，不做这样大的变动，就不能矫正。这怎么能说是信口雌黄？难道我们发现了谬误不去改正才是正确的吗？"

守旧派把这消息有意识地传到了外面，也引起了一些朝臣的怀疑：毕竟要平白无故地把某年过大年的时间提前一个月，大年初一的时间还要缩短一个时辰，而且要过两个正月，这听起来确乎有些荒谬，不可思议。连王安石也听到了这些风声，托人带过话来，叫沈括在这个问题上谨慎一些。

看到这种情况，沈括知道，只靠自己和一些人斗嘴皮子恐怕不解决问题，必须用铁的事实来说话。

按照制历的法则，冬至以前的立冬那一天，和冬至以后的立春这一天，太阳在景表仪上的投影长度应该是一样的。沈括掐指一算，立春这一天快要到了，他马上就在司天监内宣布，在立春这一天，全体人员到景表台上参加日影测试。同时他还给朝中一些重要的朝臣发出邀请，请有兴趣的人也来参观这次测试。

立春这一天，天气还算晴朗，这意味着测试可以如期举行。沈括松了一口气，带着卫朴、崔琰几个人早早地就登上观天台，披着棉袍，在料峭的寒风中把景表仪上的圭表调整好，做好测试的准备工作。到巳时，司天监的人员全部到齐，一些朝臣也陆续赶到。沈括叫人给他们在向阳处安排了座椅，静候着午时的到来。

景表仪是一个大的日晷，正南方一个土台叫圭台，上面矗立着一根铜柱叫圭表，铜柱顶端有一个方孔叫景孔，正午的日光透过这个方孔投影在地面的刻度表上，形成一个亮点，一年四季这个亮点距离圭台基部的度数是不断变化的。观察者正是根据这些度数变化的规律定出二十四节气的时辰。

眼看进入了午时，太阳就要到达它的最高点。沈括站起来，向同僚和在座的朝臣拱手施礼道："各位，本官今天把大家召集到这里，是叫大家实际地见证一下《大衍历》与实际的天时运行是不是契合。按照《大衍历》，今天午时便是今年的立春时刻，如果正确，这个景表上的日光亮点，应该和去年的立冬是在同一个位置。"说着，他从卫朴手里接过一个文册，翻开一页，展示给大家，"这是我们去年天象观测做记录的"候簿"。在这一页上记录着去年立冬时景表上的刻度，这次观测记录，是常洵老前辈签过字的吧？"

常洵在一旁答应："是我。"

沈括说："好。按这上面记录，去年立冬的时刻，景表的日光投影亮点应该是在这个部位。"他手指着地面铜轨的一个刻度，"等到今天午时三刻（相当于现在的十二点），如果那日光的投影也到了这个位置，或者误差不超过三度，那就说明这个《大衍历》是准确的。如果投影超出了这个范围，那就证明是不准确的，是必须修改的。请大家拭目以待。崔琰，你来给大家报浮漏上标示的准确时间。"

崔琰说："是！"

一时，大家都盯着圭表上正在缓缓移动的景表柱长长的影子，和顶端那一个金色的亮点。

少顷，就听崔琰清脆的声音宣布："午时三刻到！"

大家低头看去，只见那光影与沈括标定的"立冬"点不但没有重合，还相差得很远。沈括叫崔琰实际量了一下，两者在铜轨上的差距，竟然有五十多度。

众人都不由得发出惊叹："差这么多？"

沈括说："大家看到了吧？这五十度的长度，说明了《大衍历》误差已经很大了，我们就是根据这样的观察结果来计算，必须把我们的计时推后一个时辰，才比较接近真实的天时，这个道理，大家应该懂得了吧！"

在座的几个朝臣纷纷点头，表示自己理解了。

常洵、魏鼎之等人在这样的事实面前，也觉得无话可说，互相看一看，神情有些沮丧。

到这里，沈括在司天监的工作才算是真正理顺。从此，修历的工作步伐大大加快了。

然而，正在这个时候，沈括又接到了三司的新任命，叫他马上抽出时间来，以"专提举"的身份测查汴河的疏通工作。

沈括想，一定是那里遇到了紧急情况，不然不会在这节骨眼上把自己抽出去。好在这一段，他亲自主持的修历工作已经进入了固定的程序，只要按照计划按部就班，应该能顺利地完成。于是，他就赶忙把卫朴和崔琰叫来，把自己能够想到的细节、可能出现的问题，都一一交代给他们，叮咛他们要细致谨慎，抓紧时间，修编好圣上指令完成的《奉元历》。

随即他就匆匆赶到了宫里。

第八章

修治汴渠督察两浙

到了宫中，直奔三司条例司，沈括见到了王安石，才知道确实是改革出现了新的情况，需要他这个专业人才执行一项紧急的任务。

原来，自从隋代开凿了运河，在以后的岁月里，逐步成为了沟通南北交通的大动脉，粮食和物资的漕运，在当时经济运作中所占的地位越来越重要。当时的运河，还不是元代以后直通南北的"京杭大运河"的概念，而是从淮南的泗州就拐向西北方，通过隋唐时的"东都"洛阳，称作"通济渠"。宋代建都汴梁以后，城市大大扩充，兴旺时居民达到一百五十万人，为当时世界上最大的城市，粮食、物资的供给压力相当大，所以，从建国开始，宋廷就调动人力财力将过去的"通济渠"拓宽、取直，成为一条由淮南泗州直通汴梁、延绵两千里的河渠，称作汴河。

以前，运河水主要是从周边的河流、湖泊汇入的，而在汴河拓宽以后，要跑漕运的大船，水量显然不够用，便开始从黄河引水进来。黄河水含沙量大，所以汴河从一开始运行就面临泥沙淤塞的问题。为了保证漕运航路畅通，要经常清除泥沙疏浚航道，还要不断地加高坝堰以防泛滥，因此，河道年年增高，汴河也成了像黄河一样的"地上河"。到了神宗这个时代，泥沙淤积，已经使汴河一年只有二百天能够通航，都城的供应经常因为运输问题而陷入紧张。

王安石变法既要解决积累的问题，解除汴河的这种困窘，自然也提到议事日程上来。早在两年前，朝廷就颁发了农田水利法，王安石最初采取的办法是利用汛期大洪水的力量，将汴河里的泥水引流到下游河边一些盐碱滩里沉淀淤田，这一方面可以减少河道中的泥沙，另一方面还可以造出新的土地来扩大生产，为此他还特地颁发了淤田法。但是平心而论，这是一个执行起来具有相当难度的治水方案，夏季的水情瞬息万变，引洪淤田的时间、强度很难把握，稍有失误就可能失控，令滔滔洪水冲毁民房或者现有的农田，反倒引出灾情。所以，这个办法执行以后，有的地方小有成功，有的地方却完全失败，反倒引发了一堆新麻烦。关于淤田法究竟利弊如何，朝野众说纷纭，莫衷一是。但有一条是肯定的，淤田法只能缓解而不能解决汴河泥沙含量问题，要想根治此问题，必须另想其他办法。

在这种情况下，王安石再次想到了沈括，知道他曾经在沭阳和万春圩有治水的成功经验，所以就再次向神宗推荐了沈括，建议把他临时抽调出来，先对汴河的水情进行详细考察，然后再提出一个根治的方案。

无疑，近在皇帝身边的汴河能否治理成功，这是关系到变法中农田水利法能否顺利施行天下的大问题，也是变法派和保守派新的一轮较量，绝对马虎不得。沈括从王安石那里领了命令，立即带人沿汴河而下，开始进行水情测量。

沈括首先对汴梁周边的汴河进行了视察，他发现存在的隐患是非常严重的。站在城西汴河引水口的坝堰上往下看，汴梁城附近的民居，就像是在十几丈深的山谷里，可想而知，万一堤坝溃塌，河水泄出，那里的人畜都没个跑处，更不要说良田庄稼了。

沈括忧心忡忡地对助手说："从本朝开始引黄入汴，到现在不过百年，这河堤已经垒了这么高，河面已经悬在人头顶十几丈高，这里的百姓随时都面临灭顶之灾，再照这个办法弄下去，怕是筑堤的土都没处取了。"

助手说："以前京城的百姓只是怕黄河决口淹了城，现在连汴河决口也害怕上了。"

沈括："泥沙问题不解决，等于是我们自己把水患引到了家门口。"

"那怎么办？用宰相说的办法：借洪水来把泥沙冲到下游淤田，行得通吗？"

沈括没有马上回答，他知道从水文上说，这是一个两难的问题：航道上的泥沙不疏浚不行，而疏浚后的土必然要堆在两边，形成"地上河"隐患，下游的淤田本来能解决一部分泥沙的出路问题，而掌握不好又极易冲毁农田，变成灾害。这就需要有极科学、分寸感极强的设计。

他对助手说："淤田是利还是害，不能笼统说，要因地制宜，看那一个河段洪水的冲刷力大小，河水的流速怎样，而河水的流速又和该区域水面的落差和河道的倾斜度有关。下一步我们就要仔细勘查这一点。"

接着，沈括就带着工部一些懂水利的年轻人，沿汴河而下，有时乘船，有时乘车，有时索性步行，亲自手把仪器做测量，把汴河各个分段的水文环境调查得清清楚楚，并且都画出了详尽的图。

二十多天后，他们来到了汴河入淮口——泗州（今江苏盱眙），沈括就在汴河的大堤上给随员们开了一个业务会，对这一路的测量结果进行了一个总结。

沈括说："咱们这一路测量下来，从汴京的上善门到这里，总的距离是八百四十里一百三十步。汴河的落差是二十丈六尺三寸。沿途分段的深浅、流速、流量，我们都有了详细的记录数据，这是大家辛苦努力测量的结果，我要为这个感谢大家。"

众人都说："不客气，提举大人，我们愿意跟您干活，长学问。这一下我们忙完了，下一步我们该返回汴梁了吧？"

沈括说："不忙。数据我们是有了，但是大多数还是粗略的，有一些关键数据，比如分段的落差，我们还得反复核实，重新验证一下。不然，将来依据它制定治理方案，就会出问题的。"

"啊？还要重新验证？"几个年轻人有些不大乐意，"大人，这落差，是这一路上您亲自领着我们用水平、望尺、干尺，一步步测量过来的，还会有错吗？"

沈括说："正是因为我们太相信这些仪器，才容易出偏差。根据我的经验，我们架设仪器的地形复杂，很多情况都会产生错觉，仪器测着是平的，其实误差很大。这样许多的误差积累起来，总数据就会变得很荒谬。"

"水平仪不可靠，那我们还相信什么呀？"年轻助手们面面相觑，"古往今来可都是这样测量的呀！"

沈括笑笑说："有许多土办法，实际效果不一定比仪器差。这一路我就琢磨，利用水平面自然取平的性质，我们可以不费太大力气，取得最准确的落差数据。"

"什么办法呀？"

沈括伸手指向坝堰旁边一条宽窄深浅不一的土沟渠："你们看这是做什么用的沟渠？"

下属顺着看去，纷纷说："这大概是当年修坝堰取土留下的坑、渠，并没有什么专门的用处。"

沈括笑道："没错。这一路我注意到了，从汴梁出来，这条沟渠就沿着河岸一直延续过来，现在我倒想把它利用起来，派一个大用场，就是精确地测量从汴梁到泗州汴河的精确落差，验证我们拿水平仪测量的是否准确。"

众下属面面相觑："这沟渠能用来测落差？怎么测？"

沈括说："我们可以调动一些民工，从泗水入淮口开始，堆土筑起一个小坝堰，把汴河水引进来，不必管那沟渠是否整齐规则，也不必管那坝能否持久，只要能拦住水流，上面必然会形成一个狭长的水面。我们找到这个水面在上游的尽头处，然后在那里再筑一道小坝堰，还是照样办理，再找到这个水面的最上端，再修小坝。这样一层层地溯流而上，那一个个的小坝堰的高度加起来，不就是整个汴河的精确落差了吗？"

大家猛醒道："好办法！利用了水面自然取平的特性，又利用了这取土沟渠，费不了多少工，太妙了！以前从来也没有听说过这种办法！"

沈括说："我考虑了，好处不光是它既准确又简单易行，更重要的是我们这样走一遍，依据各分段上小坝堰的高度和密度，可以反推出这一段河道的坡度和在洪峰到来时候的流速和冲击力，据此再结合周边的地理环境，就可以判断这里引流的河水是否宜于搞淤田。"

"对呀大人！这样一举多得，太直观了！"

"这比我们爬高上低搞测量有效率得多！"

"就这样做！我这就去找民工！"

众人口服心服，跃跃欲试。

原来，自从在沭阳、万春圩治水以来，任何一个水利工程，总是要遇到取水平测落差的问题。沈括发现传统的测量工具总有误差，原来是人的视平错觉和地形的复杂所造成的，于是他一直在琢磨用一种简易直观的办法来取代它。这一路上，这种感觉越来越强烈，而坝堰前的取土沟渠给了他启发，于是他决定大胆地抛弃旧测量仪器，尝试用这种筑坝分段测高法，取得最精确的数据。

沈括带领着下属，经过了实际操作，证明这个办法是切实可行的。在以后半个多月的时间里，他们用这个办法仔细核查了来路上测得的各项数据，果然发现了许多偏差和疏忽的地方。经过筑坝分段测高法测量，从汴梁上善门到泗水汴河入淮口，总的落差为十九丈四尺八寸六分。

在精密测量的基础之上，沈括对整个汴河的治理方案做出了总体规划，提出了几项重要的措施。

第一，改变汴河的进水方式：切断从黄河引水的水口，另筑人工水渠从泥沙含量少的泾河、洛河引水；

第二，定期疏浚河道，定点设立水闸和溢洪道，将过量的洪水及时排放到沟壑和洼地，使河道中的泥沙不再积累；

第三，在水文、地理条件适合的地方继续开展淤田，利用洪水，解决泥沙的最后出路问题。

由于沈括提出的方案都有严格的观测、计算数据和论证做根据，凡过目的人都觉得心悦诚服，最后送到宋神宗那里，皇帝本人也十分欣赏，只是对最后的一条"继续开展淤田"有些顾虑，特地把沈括叫来，向他进行进一步的咨询。

神宗说："爱卿，看了你的方案，觉得你确实是治水方面的行家，按说你提出的方法，也不外是排洪、疏浚、淤田等等，同样的方法，以前别人也提出过、实行过，但多数都失败了，但你说得就有理有据，叫人信服。你的方法听起来是严丝合缝的，但实行起来怎么样？能保证它成功吗？"

沈括说："圣上，自古治水，不过是疏堵二法，依照水文地理，该堵则堵，该疏则疏，治水就成功，反之则失败，这道理很简单。以往的官员并不是不愿治好汴河，只是不能深察其中的规律，只能头疼医头、脚痛医脚，或者凭着想当然瞎指挥，所以使隐患积重难返。臣这次的方案是进行了详细的实地观察与测量后做出的，虽不敢保证万无一失，但能保证没有大错，小的错误，在试行的过程中及时修正就是了。"

神宗点头："你的方案我总的来说是很赞同的，只是其中有关于淤田的一段，还有些忧虑。自从前年推行'淤田法'之后，各级官员都有上书，认为弊大于利，不少地方不但没有淤出田来，反而叫洪水冲了良田受了大灾。有的地方虽然也淤了点地，但土薄如饼，打不下什么粮食，白扔了种子。爱卿怎么看这个问题呢？"

沈括说："这其实也是时机和分寸的问题。引洪淤田这个办法从上古就有，如今我们看到的沟川大片良田，动则百亩千亩，要光靠人力填垫，是世代完不成的，都是靠筑坝拦洪借天力积淤泥土而成。所以说淤田这个方法并没有想象的那么可怕，相反，如果掌握得当，还可以扩地增产，借洪水中挟带的大量上游腐物，等于给土地上了肥料。关键在于选择的河段，泥沙量、冲击力甚至引洪入口的方向和大小，都要有适当的规划和管理，才能够避灾趋利。臣这一次提出的淤田区域，都是做了精确考察、模拟实验比较适于淤田的。至于说到新淤田土薄收成差，这是一个自然积累的过程，原不足怪。我们中原原来有许多盐碱地，虽然都在河边却几乎寸草难生，治理这种盐碱地只有一个办法，就是压沙排水，这正是淤田法可以解决的。臣亲眼所见，一片过去的盐碱河滩，在去年小麦就获得了丰收。总的来看，淤田法只要规划好，利大于弊是笃定的，这点请圣上明察。"

神宗听他这一说，顾虑全消，立即签发批准了沈括的修治汴河的方案。

经过了近七年的系统施工，沈括的科学规划全面实施，工程完成后，汴渠出现了流水清澈、倒映蓝天的百年未见的罕见景观，汴梁城的官民为之鸣炮点灯、一片欢呼。在实施工程以前，漕运的船只一年中只可以通行二百天，而工程完成后，汴河里可以四季通航。光汴京附近就因为实行淤田法而新增了土地九千多顷，多打了千万石粮食。

沈括因为治水成绩突出，又被升为集贤院的校理，至此，他在馆阁中三个部门都挂有职务了。

沈括在事业上成绩斐然，在朝野的影响力和威信大大提升了，但是在家庭生活中，却横生出了一些苦恼。

原来，自从母亲许夫人去世以后，家务的重担就落到了新夫人张惠心身上。张惠心从小娇生惯养，没有做过家务活，又不肯好好学习，经常是沈括下了朝回家，家里还是空锅冷灶，上学回来的小博毅在一旁空着肚子等着，她却不知踪影，一问，不是串门到别的妇人家聊天打纸牌，就是打扮得花枝招展到集市上瞎逛。好不容易等得回来，也是顺手从外边买回一些炊饼，随手做点简单的汤菜了事。那汤、菜做得缺滋少味，难以下咽，孩子不想吃，也不敢多问，一天天消瘦下来。孩子的衣服剐了口子、染了污渍，她也经常如看不见似的不闻不问。

沈括有时回去早了，自己动手给孩子做些饭菜，但毕竟天文、水利的事情都是要起早搭黑奔忙的，不能经常回家，动针线、做女红的事情更顾不上。日子久了，觉得实在看不下去，也不免埋怨她几句：不怕你交友消闲，但不管怎么，你也先得尽妇人之道呀！

不料，这张惠心虽读书不多，却长了一张伶牙俐齿的巧嘴，没等他话落音，就一撇嘴："承蒙学士教诲，我活了这么大，却不知道什么叫妇人之道。以我所知，也无非是伺候公婆，相夫教子而已，你娘活了八十多岁，到去世也没有说我一句不是，我还不够尽孝？你和你儿子回到家，伸手要穿，张口要吃，我也没有叫你们饿起肚子，光着身子，还不算尽责了！不孝有三，无后为大，郎中有判我现身怀有孕，为保顺产须多活动，因此我才出去走走，这不是最大的尽妇人之道吗？"

沈括说："怀孕之事，我当然知道，但只是胎气初动，郎中不是说了吗？少量行动不但无碍反有好处。你可以串门逛街到外边活动，怎么就不可以在家里把家务做好了？怎至于叫孩子经常等饭误了课，穿着脏损的衣裳出门？"

"孩子是你的孩子，又不是我生我养，我现在怀着孕，身子重着还给他伺候上就不错了，误课不过是一半顿，衣服不齐整也不是经常，倒给你那里告状去了？夜壁虎穿蟒袍，好大气程呀！要说我比他大不了几岁，现在又怀着你的种，你心疼他，就不心疼我？"

"咳，不管怎么说你是长辈嘛，博毅虽非你亲生，但要叫你妈，你也要尽母亲之责呀！"

"我怎么没尽责了？没叫他饿着肚子，也没叫他光着身子，要说穿得不光鲜，吃得不美味，那就不能赖我，要赖我爹妈你那老丈人丈母娘了。我在娘家时候就针头线脑没有拈过、锅碗瓢盆没有沾过，我给自己的爹妈也没做过饭，现在能给你们爷儿俩做吃饱了，就可以了，还要挑三拣四的？"

沈括苦笑道："这么说，你家务做不好倒有理了？又不是叫你描龙绣凤，很复杂的事，只要用点心，熟能生巧也就会了。常言说：孩子外面走，带着大人一双手。丢了脸面，那也不是我一个人的！"

妻子冷笑："你是朝里多大官，要讲这大脸面？我还真不怕这个，我张惠心从小当小姐，原本就不是伺候人的料，嫁人也不是准备做老妈子来的。你爷儿俩要嫌不舒坦，当初何不娶个厨娘裁缝婆回来？再说，你看现在京城里但有点身份的名媛贵妇，哪个还要自己下庖厨挽捣衣杵的？早有成群的用人随从抢着做了。只说你自己的能耐不够，还没混到那个份儿上罢了。"说罢肚子一挺，一摔门走进了内屋。

沈括被噎得喉头冒火，半晌说不出话来，转念想想，她比自己小那么多年纪，又确实怀了孕。圣人云唯小人与女子难养也，看在老丈人恩师的分儿上，实在没法和她一般见识。索性下个月就精打细算，从俸银里省出一些来，真雇了一个五十多岁的勤快婆子，打理做饭和缝纫的事，算把家里的事暂时平息。

该说这一举措还是对的。没过几个月，张惠心的肚子显现出来，行动迟缓，不干家务越发有了理由，而脾气也越发乖戾，动不动就摔盆跺碗发脾气，那个雇来的婆子竟还有些肚量，只说是少妇初孕，脾气改变是常有的，待孩子生下来就好了，依然很耐心地照护她。

到了那年年底，张惠心临盆，生了一个男孩。

中年又得一子，沈括自然是很高兴的，同僚们也纷纷来祝贺，沈括给自己的第二个儿子起名为达字清直。和博毅一样，从名字里我们可以感觉出沈括对士大夫理想品质的崇尚。

他没有料到的是，二儿子的诞生，会使自己这个已经不平静的家庭更横生波澜。

张惠心因为有了自己的孩子，那种妇人的狭隘心理更加暴露出来，对沈括前妻生的孩子博毅越发地看不上眼，经常莫名其妙地向博毅发难，动不动劈头盖脸地责骂、罚跪、不给吃饭，甚至动手打、下手拧。有一次，沈括无意中看见博毅的身上青一块、紫一块的，问孩子是怎么回事，博毅支支吾吾却不敢说。还是从用人那里，沈括才打听出真相，当即怒不可遏。当天晚上和张惠心理论，夫妻俩爆发了成婚以来最激烈的一次争吵，就差动手厮打了。闹腾了整整一夜，张惠心也不认错，反说沈括爷儿俩要欺负她，第二天就抱着小孩回娘家去，并扬言再不回来了，叫沈括和他那"阴魂不散的死鬼老婆还有他们的孽子"一起过吧！

沈括气得浑身发抖，但看她如此无理取闹，不可理喻，也便没有阻拦，就任她乘车雇船往扬州去了。

过了几天，他的老丈人张蒭特地找过来，怒气冲冲地问他怎么回事，为什么要给他的女儿气受。沈括把前后的缘由讲了一遍，张蒭这才消了气，说我偏听偏信了，这么看是我的怜儿错了。他便叫上沈括，一起南下，回到扬州，张蒭当面训斥女儿道："我不向着人，我向着理，为人妻母，就要尽职尽责，丈夫先妻之子，如同己出，不但不能歧视，反应更加照顾体贴，叫他没有生分之感，这才是大家闺秀、有教养、识大体的女人所为，岂能像你那样？分明是自己做错了事，还无理狡辩，一味蛮横，撒野弄泼，如同村妇，真正是有辱我门风。本应当家法严惩，好在你丈夫有担待，为你求情，你今天当面认一个错，事情就算过去，以后再不提这事，好好回去过日子。如若以后你不听教诲，依然放纵自己，甘做悍妇刁婆，就不要回来找我，我也不认你这个女儿了。"

张夫人也在一旁劝道："闺女，我说你真是有点傻，好日子不得好过，像沈学士这样才高德正的人，没缘分哪能碰得上？一过门就把你接到京城，穿绫罗戴金银，虽不算大富大贵，可也衣食无忧。眼看着他入院进阁，事业正在攀升，你本当兢兢业业，做个贤内助，叫他后顾无忧、建功立业，将来飞黄腾达，好日子还不是你们两个共享的？怎么能这样小肚鸡肠，生些无聊闲气干扰他呢？"

张惠心看见连自己的父母都不向着自己说话，觉得再闹也没有什么意思，就当父亲面低头勉强着向沈括行了个礼，算是道了歉。沈括也就把她扶起来，不再说什么。翁婿两人一起雇了船，把她们母子接回京城，一场风波才算过去。

自那以后，张惠心的脾气收敛了一些，家务上不管水平高低，算是按部就班做了，沈括的家庭生活平静了许多。

又过了几年，小清直也渐渐长大了，因为张惠心在照顾孩子的时候老指使博毅东跑西颠帮忙，博毅和清直兄弟两人的感情还是很好的。博毅孤闷，没事就读沈括的藏书，所以杂七杂八的知识懂了不少。小清直不懂的事就向哥哥请教，觉得他什么都懂，而且态度又和善，两人在一起总是玩得很愉快。

但就因为这个，张惠心又有些不高兴了，似乎觉得自己亲生的孩子，心应该完全属于自己，不应当向着旁人，于是又几次找茬和博毅闹别扭。

这一天，沈括在史馆查了些资料出来，却意外地看见博毅在宫门前徘徊着等自己出来，脸色阴沉。沈括猜想到，可能又是和后妈发生了矛盾，就把他拉到御街上的一个茶肆里，要他坐下，问他："你怎么找到这里来了？"

博毅说："爹，我不想回家吃饭了，想在这里和您一起吃。"

沈括问："为什么？"

"我妈说，我不认错就不叫我回去吃饭，可是我认为我根本没有错。"

"到底怎么回事呀？"

"是小清直跟我玩的时候给了我一块祥和斋的点心，我本来不要，可是他一定叫我吃，结果还没吃完就叫妈给看见了，非说我是偷吃小孩的东西，一阵数落，连讽刺带挖苦，说我少家失教，没有大人之才，清直怎么给我辩护都没有用。其实爹您也知道，这么多年，我在这家里，什么不是忍着让着？会为了一块破点心找她闹事吗？"

沈括眉头皱起来，马上就意识到这又是张惠心成心找茬，这些年她表面上不敢明目张胆排斥博毅，可是内心的狭隘刻薄丝毫未减，总要找"合理"的理由发泄出来，自己经常不在家，博毅在家里受的气是可想而知的。

他叹了一口气，把茶肆的小二叫来，要了两碗汤饼，还有两盘小菜，就当作爷儿俩的午饭。

一边吃，沈括一边问："博毅，你今年多大了？"

博毅说："您不是说我是皇祐四年生的吗？到今年满十八了！"

沈括点点头："博毅，你现在长大了，是个大人了，所以爹也能和你把许多事情摊开说了。这些年，爹知道，你在家里受着莫名其妙的气，受过各种各样的冤枉说不清楚，爹心里明白，可是回到家里，爹又不能替你撑腰长气，和你那妈讲理辨清是非，为什么？世界上并不是所有的人都能讲清道理的，天理昭昭，如大路青天，可有些人的心眼儿就针鼻儿大，眼光就几寸窄，你再大再好的道理，她肚子里容不下，你有什么办法？你跟她讲理，她只理解是成心和她过不去，死缠活闹，再不就寻死上吊，弄得大家都不愉快，日子还得照样过。你也知道，你爹我有今天，你姥爷是我的恩公，我就是为了他老人家的面子，也得维持这个家。"

博毅点头说："爹，您别说了，我明白您的难处。您放心，我也有肚量，不会和她计较，今天晚上回去，该怎么做就怎么做。"

"对呀孩子，男子汉应该想大事，立大志，不能计较那些鸡毛蒜皮的小恩小怨。"沈括捋须说道，"你也快到弱冠之年了，入科举，考功名，也都应该开始了。可我看你的学业，还差些火候。让你老待在这个家里，你心情不畅快，你妈还老抓你的差，学业怕也难精进。不如我领你拜个老师，叫你到外面求学深造去，你自己也该独立生活锻炼一下，如何？"

博毅高兴地说："好啊！我一定要学出个名堂，给咱沈家长脸。"

"你今天回去先什么也不要说，我把这事先写信告诉你姥爷，叫他提出来，估计你妈就没有什么可说的了！"

当天下午，沈括就把这信写好发出。果然几天后，张蒭回信表示赞同，并且建议，所拜的老师可以是老朋友刁约，此人现在已经辞了公职，隐居在润州，时间充裕，学问又精深，身边也确实需要有些年轻人跟随，博毅按亲戚说是他侄孙，性格又好，估计他是不会拒绝的。

沈括一想，刁约确实合适，于是当天晚上便和张氏说了这事，只是把这个主意说成是张蒭的提议。既然是父亲的提议，博毅离开家自己也少了一块心病，张惠心也就没有阻拦。

之后不多久，博毅带着沈括和张蒭的书信独自去找刁约，果然刁约收留了他。

沈括的家庭纠葛暂时告一段落。

沈括又得到一个新的任命，叫他担任浙江相度官，任务是两浙巡查、督办水利，并推行新法。所谓"相"，就是视察，所谓"度"，就是酌情处理。相度官就相当于后世的钦差大臣或皇家特使，在负责的专项事务中，有着很大的权力。

沈括当时并不知道，他得到这一任命，其实是有比较复杂的背景的。

这一年是熙宁六年（1073），沈括四十二岁。王安石变法经过几年的政策推行，初见成效，这一年政府的收入达到前所未有的高度，国库开始变得充盈了，但改革措施中的一些偏差、疏漏也在实践中暴露出来，所以朝野对改革的非议依旧很嘈杂。从神宗的角度看，国库有钱了就是成效的表现，遂在朝堂上力排众议，继续推动变法。而王安石个人的秉性又十分执拗，被称为"拗相公"，不注意团结人，把持不同意见的人一概当作变法的阻力来排斥，刚愎自用，用人唯亲，致使一些品质很坏的人打着拥护变法的旗号窃取高位，排斥异己。被王安石重用的吕惠卿就是其中一个。此人此时担任着副宰相，主持着改革决策的核心机构——三司条例司。

这一年，两浙和两淮地区发生水旱灾害，於潜县（今属浙江临安）县令郏亶上书朝廷，建议在两浙修筑大型水利设施，一则抵抗灾害，二则借此清查整顿土地，落实变法中的税收任务。郏亶是个水利方面的行家里手，他提出的方案里都有详细的实测资料和可行性论证，所以此建议立即得到中书省的支持，宰相王安石也看了这个报告。核查土地、杜绝大户人家的偷税漏税，本来是变法中一项重要的任务，所以他马上批准了这个建议。却不料，此工程一开始，江浙一带各级官员的奏表就像雪片一样飞来。其中要表达的意见，却是截然不同的，甚至可以说是针锋相对的。

一部分官员认为，这新修的工程是利国利民的重举，既有长远的意义，也符合救灾济民的眼前利益，应该扩大规模继续下去。这种意见得到了中书省的赞同，准备追加经费下去，并且要任命郏亶为司农丞，长期督办此事。

然而，更多的奏章则表达了相反的意见，认为本来此地已经遭了灾，人民生计不保，又要开这么大的工程"兴役扰民"，这种做法不过是郏亶等人为了个人的升迁徒立名目，欺世盗名而已，必然是劳民伤财，利小弊大。

原来，江浙地区，自古以来就是水网交织、草木繁茂的肥腴之地，但是土地的流动性也是最大的，水灾一来，常常是千万良田被淹，灾荒惨重，但是只要稍加修复整顺，搞点圩田，也能凭空增加出许多新土地出来，很快又能高产稳产。所以当地的豪门大户，往往借灾情兼并土地，扩展土地，而当地的赋税又是根据几十年前的旧底子征收，日积月累，这里的赋税下达和地主们的实际收益产生了极大的差距，绝大多数豪门富户都成为瞒报土地偷税漏税的好手。郏亶这个人在这里当了几年县令，对这情况了如指掌，所以就上书借着修水利工程这个机会，清查核实这些大地主的土地数量，要收回多年流失的赋税，当然就触犯了众怒，所以通过他们在各级政府的代理人上书，攻击、贬低郏亶的水利计划，其实是想保住自己的既得利益。

自古江浙读书人多，进入仕途做官的人也就多，这次又经过了策划组织，所以朝廷收到的反对意见也就特别多，相形之下，支持郏亶工程建议的人倒显得势单力薄了。面对这种情况，连皇帝也不由得疑惑，究竟是谁代表了真正的民意呢？

本来，王安石是支持郏亶的，因为清查土地追收逃税是他所推行的方田均税法政策的一部分，可是当他听到神宗也表达出了怀疑的意思，就只好推说情况还不太明朗，需要考察考察再做决定。然而刚从皇宫里出来，他又听到一个意外的消息：没有等他表态，他所任命的三司条例司负责人吕惠卿已经把中书省关于浙江水利的批件驳回了，也包括对郏亶"司农丞"的提拔任命，一并否决了。

按说，当时神宗在三司上面再设立这个条例司，是出于对王安石改革集团的特殊信任，由三司和中书省批准下达的政令文书，还要额外再经过条例司的批准，条例司如果认为它有损于变法措施的贯彻，是有权否决的。但是今天这个事，王安石却觉得吕惠卿做得太轻率了：毕竟中书省扶持郏亶搞水利清查土地，是有利于改革的呀，这样匆忙地处理，离他所希望看到的目标似乎更远。

王安石马上赶到了条例司，责问吕惠卿："你怎么这么匆忙就做决定，连个商量也没有？"

吕惠卿说："有那么多的奏表反对，说江浙已遭灾情，民不聊生，而那个小小县令还'兴役扰民'搞工程，沽名钓誉，连皇上都怀疑他动机不纯，中书省却还要扩大规模，破格提拔他。如果有误，那不等于是助纣为虐吗？我为慎重，只得先行驳回，为的就是有商量余地啊。"

王安石摊手叹息说："你驳回了，就等于我们条例司表明了态度，还商量什么？没用了！"

吕惠卿好像恍然大悟似的："真的？那……怎么办？"

王安石说："能怎么办？再等等，看看反应吧！"

吕惠卿松了一口气，心中暗喜。其实他抢先越俎代庖擅自做主，就是为了达到这个目的，他知道王安石内心是支持郑霞的，要真和王安石商量，就会损伤他自己家族的利益。吕惠卿是苏州人，他的家族就是当地有名的大地主，这些年在苏州就兼并、扩展了大量的土地，郑霞主张的土地清查，将直接损害到他家族的既得利益。在这方面，吕惠卿实际上在假公营私，背叛了改革的利益。

可这个问题拖下来不是办法，总得解决呀，王安石想来想去，向皇帝提出了建议：由朝廷派人去实地考察，根据当地实际的情况再做决定。

神宗想想也只有这个办法了，便问王安石派谁去合适，王安石说：沈括是浙江人，对那里情况比较熟悉，为人又谨慎，考虑问题比较细，对水利工程方面又很懂，我看找不出比他更合适的人选来了。

神宗刚刚见识了沈括修汴河的出色表现，对他这方面的特长印象很深，因此表示同意。

于是就有了对沈括的新任命。

明摆着，这一趟差事绝不轻松，看来好像是一次纯业务的考察，而实际却涉及朝廷内部最高行政机关和条例司之间的矛盾，也涉及变法派内部人际关系的矛盾，但凡滑头一点、世故一点的人都会避之不及，他们会想：浙江的水利修不修的不当紧，别把我自己弄到那风口浪尖上断了后路下不了台。但是对沈括这种人来说，好像天生就缺乏人际关系这根弦，对后面的背景什么的从来不关心，对其敏感和风险程度也浑然不觉，只是觉得这是圣命所托，利国利民，他便不说二话，欣然领命。

临行前，神宗特地召见了沈括，叮嘱他："你去实地视察一下，看那里的工程是不是很有必要，到底有多大的功效。如果发现於潜县县令说得不对，工程确实是劳民伤财，得不偿失，民怨又很大，你就有权叫他们及时停工。"

沈括说："臣遵命。"

神宗说："我这次叫你相度江浙，也不光是了解这一件事，还要视察那一片整个的灾情、民情，我们这些年颁发的新法逐项实施以后，产生了哪些功效，出现了什么问题，回来都告诉我，有什么说什么，不要报喜不报忧。"

"臣明白。"

正当沈括准备退下的时候，神宗忽然又似想起什么，再次把他叫住："对了爱卿，还有一件事我得叮嘱你几句。"

沈括再次伏地："圣上请讲。"

神宗说："苏轼现在正在杭州当通判，你去江浙必定要见到他，一定要善待他。"

沈括立即明白，神宗虽然为了消除变法阻力贬谪了苏轼，但还是看重苏轼的才华，爱惜这个人才的，忙答应："臣谨遵圣命。"

当年六月，沈括开始了自己的巡浙之行。首先自然是直奔於潜县，调查郏亶所主持的水利工程情况。去了以后他发现，郏亶所力主的工程，非常像当年自己在万春圩参与过的工程，对于长久的水患治理和当地生产的促进，是完全必要的。这些水利工程虽然调动了一些民工，但郏亶是用范仲淹当年首创的"以工代赈"的方式解决的，灾民避免了流离失所外流谋生，他们本身也很拥护，并不存在"兴役扰民"的问题。他发现，此时担任提举的郏亶，在水利上是个行家，工作态度也认真勤谨，一身泥一身水地在工地上奔忙。看到他的身影，沈括如同看到了当年在沭阳的自己，心里觉得许多奏章要给这样一个人物身上泼脏水，实在是别有用心。

郏亶告诉他，当地的一些豪门大户反对他，主要就是为了阻止他清查地亩落实税务的事，为此他们不仅上书告自己的刁状，还在本地制造谣言，煽动灾民罢工来闹救济款，是他很做了一番耐心的说服诱导工作才平息下来的。但是现在他却顾不上理他们的纠缠，因为水利工程都有个季节，自己检点着进度和质量已经精疲力竭，目前工程还进展顺利，但是大量民工的吃穿费用也开销很大，以前下拨的经费显然不够，如不在短期内补充，有可能功亏一篑。

沈括又深入走访了当地各个层面的群众，对郏亶的话进行了核实，在八月初向朝廷上了奏章，说明浙西一带的原有水利工程多年失修，河渠淤塞、防堤塌毁，郏亶建议修复的水利工程是符合当地实情的，也符合当地民心民意。为保水利工程的正常进行和"以工代赈"救济灾民的需要，要求司农部追加农贷拨款。这样，中书省当初驳回的文件再次生效颁发，郏亶重被任命为司农丞。

对于郏亶借水利工程清查土地、追讨税务的建议，沈括认为是关系变法中方田均税法措施的落实，表态坚决支持。

这样，浙西一带的土地清查工作，在新任司农丞的主持下全面展开了，位于苏州的吕惠卿家族的田产自然也包括在内。公允地说，兼并土地的豪门大户有的是，吕惠卿家族在此名册中可能并不显眼，而沈括一直受着儒家正统教育，受君之命，忠君之事，从没有想到要像后来《红楼梦》小说中所描写的贾雨村一样，在上任之始就要弄一张执法需要规避的"护官符"，所以大笔一挥，一视同仁，结果，吕惠卿的家族在这次清查中被追查出隐瞒土地不少，经济上也受了不少的损失。

没有任何资料证实，沈括在於潜县坐镇执法，是否在名册中发现过吕惠卿的名字，也许粗心压根儿就没看见，也许看见了，但他可能认为吕氏是自己学馆的同僚，又都是变法派的骨干，对清查土地坐实税务这样的事，是自己人都能理解，无须格外地打招呼，总之，沈括是不讲亲疏，依法办事。却没有想到这一下大大触怒了吕惠卿。在他看来，沈括走以前，明明知道他吕惠卿已经驳回了中书省支持的郏亶的意见，下去却又上书，重新肯定了中书省的意见，这不是成心驳我的面子吗？接着，又叫郏亶查我的田产，追缴我的税费，这样大的事情，居然事先一点招呼也不打，这不是目中没有我这个副宰相吗？赔钱且不说，这样做我吕家在家乡的声誉和颜面何在？沈括这样行事，不是存心和我过不去吗？

从此，吕惠卿这个沈括过去的学友、变法的同僚，出于一己之私，就坚决站到了他的对立面。后来，沈括一再被此人暗算中伤，他却在很长时间里对此事浑然不觉。

接着，沈括又北上南下，在润州、常州、苏州、秀州（今江苏嘉兴）、温州、台州（今浙江临海）、明州（今浙江宁波）等地，一路考察灾情，视察水文，在合适的地方推广於潜县的经验，兴修水利、清查土地。在苏州，他部署疏浚了湖泾浜，特别是从太湖到东海间的五汇四十二道湾；在沿海，他还组织灾民修筑堤岸，围滩造田。

在巡视的过程中，沈括发现一些地方官员对于清查出隐瞒土地的富户，有追讨过严过苛、乘机勒索的现象，致使富户联手抗拒，酿成事端，他及时做了疏导工作，说明土地变化多出于自然灾变，土地亩数失实也因为管理不力，不能全怪主家；对过去的旧账，他划定期限，既往不咎。鼓励自查自首，主动补税，对主动扩大耕地面积并且能按章交税的人还要表彰奖励。这样，江浙一带的土地清查工作进行得很顺利。

在宋朝，官家的赋税有钱粮还有丝帛，这些年与北方契丹的"贡交"增多，丝帛的需求量也就增多了。而丝绸绢帛的主产地就是江浙一带，沈括在这里视察发现，朝廷对江浙一带的丝绸业产量估计过大，每年要征收绢帛达九十八万匹之多，最近发运司又向这里下达了增收十二万匹绢帛的任务，远远超出了这里的养蚕业和织造业所能承担的范围，百姓为此苦不堪言。沈括便上书朝廷，将这十二万匹绢帛的任务免去，减轻了百姓的负担。

杭州是浙江的重地，又是沈括的家乡，沈括在巡视途中，自然也要视察杭州，也自然见到了杭州通判苏轼。

苏轼生于北宋景祐二年（1035），比沈括小四岁，后世和他的父亲苏洵、弟弟苏辙并称"三苏"，名闻天下。尤其是苏轼创作的大量脍炙人口的散文和诗词，影响更大。沈括也是个文学爱好者，对苏轼的诗词散文也很喜爱。如前所叙，因为各自父母的守制问题，两人以前在史馆、文昭馆失之交臂，没有深谈，现在可有了机会。应当说，沈括在文学上的水平没法与苏轼比，他的兴趣和特长主要是在科技方面，但是难得两人都有一个共同的爱好，就是对中医药学两人都有一定的研究，都好收集一些民间的验方。可以想象，在杭州期间，这方面的切磋讨论，应该是他们业余谈话的一个重要内容。后来流行于世的《苏沈良方》就是一个证明（从那以后，沈括和苏轼再没有机会这样长时间地相处）。

当然，沈括毕竟是以皇上的钦命大臣身份出现的，两人交往的主要因缘应当还是水利。初见面的时候，沈括一定会把神宗皇帝临行时表现出的对苏轼的关照转述给他，我们想象苏轼在听到原话的时候，也一定会感激涕零。不管自己得遇与否，宋朝知识分子的"忠君"思想是根深蒂固的。

接着，他们自然要谈到杭州一带的受灾情况，和杭州的水利设施问题。众所周知，现在的西湖中有一道横贯湖面的堤坝，叫作"苏堤"，据传就是苏轼在任杭州通判时，将疏浚湖面起出来的土堆积成的，按说就是在这个时间，只是没有资料说明，这个举动和沈括的巡视有什么关系。但是从他的施工方法和设计思想来看，和沈括当年在万春圩的做法如出一辙。有确凿史料记载，就是这个时期，苏轼曾经以相度的身份到润州、湖州、秀州等地去督办过水利工程。

按说，苏轼是杭州通判，润州、湖州等本不在他的职权范围，他为什么能去督办那里的水利工程呢？而且是以相度的身份。我们知道，这一次沈括巡浙，就是以相度的身份，这样看，事情似乎明了，因为沈括临走时皇上对他有"善待苏轼"的指示，沈括到来以后，就有意识地把自己视察时开拓的工程委派给苏轼来替他监督完成，或者自己带着苏轼一起去，目的很明显，就是叫苏轼能在这一场治水救灾中多建立一份功业，从而能得到皇帝更多的赏识。应该说，沈括的做法，的确是善待苏轼的最好形式。

总之，我们可以看到，在这一段时间内，沈括和苏轼之间关系比较融洽，建立了一定的友谊。

既然是朋友，有些话他们交流得也比较深入，其中有一个话题后来对沈括的命运影响比较大，这里必须有所交代。

王安石变法中颁发了一个募役法，也叫免役法，规定所有公民都有服徭役的义务，但当官的或者有条件的富户，可以用交钱的办法免服徭役。还有家里只有女人的、寺庙道观里的、单身独户的、未成年的等服徭役确实有困难的，也可以用交钱的办法免徭役，钱的数额按照贫富不等分成五个等级，官家可以用这些钱另外雇人代他们服役。按道理说，在此法公布之前，官家和王公贵胄世袭之家，是不服徭役的，此法打破了这种特权，应该说有进步意义。此法一公布，豪门富户交的免役钱一度充斥国库，一举改变了财政的紧张局面。此法颁布的时候，沈括正在司天监领导修历，并没有参与这个法的制定和讨论。这一次下来视察，才发现这个免役法在执行过程中，发生了一些新的问题。问题发生在评等定级上，因为它直接关系到各家各户的募款数额，执行的地方官有很大的机动权。有些富户通过贿赂或者人情关系，把自己的品级定得低，就可以少交钱，而有的穷人本来可以按规定少交或不交募役钱，地方官为了有利可图，有意把他们的品级定高，结果造成了江浙许多贫户的尴尬：照旧法服徭役，虽然有负担，但并不是每年都有，现在却每年都要交一笔免役钱。成为一个不小的负担。

还有青苗法的贯彻，本来原意是在青黄不接的时候，由政府贷款给农户，待收获之后加利归还政府，起到防止兼并、救济民生的作用。但是因为粮食市场被一些富户商家掌握，在青黄不接的时候抬高粮价，在收获时候又压低粮价，这样穷人因借贷取得的一些利润很快被物价冲销了，到秋天还不上贷款，形成官家的一些呆账坏账。

沈括在视察中发现了这些问题，自然和苏轼要交换看法，苏轼对新法本来就有看法，对这些现象自然是痛心疾首地声讨。沈括当然不同意是新法本身的问题，只认为是不完善和漏洞之处。但两人起码在一点上有共识，那就是这些问题是必须采取措施解决的。为此，沈括和地方官协商，在江浙设立了两个储粮的官仓，在收获时以高于市价的价格收粮，在青黄不接的时候以低于市价的价格卖粮，沈括认为采取这样平抑物价的措施后，青苗法执行过程中的这些弊端就可以避免了。

关于免役法施行中出现的问题，沈括严格监督地方官员照章定级之外，他专门上书要求免除第五等赤贫户的"助役款"。他在奏章中算了一笔账：全两浙路划为五等的户有一百万，即便都交了助役款，也不过五六万贯钱，官家的收入很小，而官家要用更多的钱雇人做徭役，仍然不外是这些人，等于是既赔了钱还落了个怨声载道，还不如干脆免除了他们的这项款。但这个奏章上去后，没有被批准，反而给沈括以后的仕途带来很大的麻烦，这是后话，暂且不提。

沈括在来往组织台州、温州、明州人围海造田的过程中，感到浙东地区自然、人文条件并不比浙西差，但经济却相对落后，原因是有浙江（即钱塘江）和杭州湾的阻隔，物资交流、人民往来、官员管理起来都很不方便。有的官员为官一任，一次都没有到浙东去过，只加强浙西富庶地区的治理来完成征税任务，造成了两端经济发展更加不平衡。沈括于是上书，建议将浙东和浙西分成两个"路"（相当于省）来管理，这个建议后来被采纳。

在温州期间，沈括一次骑马外出，经过一片平夷的高丘，丘间高树林立、流水湍急，粗看上去没有什么特别，但是沿河水进入了一个峡口，里面的景色顿时变了：奇峰耸立，怪石嶙峋，宛如仙人坐卧，天马奔腾，伴以飞瀑流泉，流云走雾，奇幻秀丽，美不胜收，宛如仙境。奇妙的是，所有这些景色从下面看壁立千仞，千姿百态，从上面看却是一片平夷，所有的峰顶都高不过环抱的高丘梁，好像上天要成心把这一番景致深藏在石盆之中似的。

沈括心里一阵赞叹：这是什么地方？真叫鬼斧神工，这样的好景致，怎么没有在县志图籍上看见过呢？正琢磨着，见前面一个高坡松树之下，一个道士模样的人正坐在一片大石上小憩，银发童颜，颇有几分仙风道骨。

沈括赶忙下马，上前施礼问道："敢问仙家，这里叫什么所在？"

那道士道："此处叫雁荡山，乃是因山顶有片湖，北雁南飞，到此而止，故名雁荡，山也因此而得名。"

沈括忽然觉得这名字耳熟，想到了两句唐诗，问："唐名僧贯休有两句诗说：雁荡经行云漠漠，龙湫宴坐雨濛濛。莫非正是指的此处？"

那老道说："前面不远山谷之中有两潭清水，正叫龙湫。旁边还有经行峡、宴坐峰，看来所说的就是此处了。"

沈括却犹豫道："那贯休是个和尚，他写的诗原名叫作《诺矩罗赞》，因佛经上所说阿罗汉诺矩罗居震旦东南大海际雁荡山芙蓉峰龙湫，于是信口吟句，未必是实见其山，我怀疑您所说的这些地名不过都是唐以后的文人见其景色相近，附会而已。否则，历代图籍书志怎么均无记载，连南朝的谢灵运在永嘉做过多年太守，名山大川记了不少，也没有提到此山。"

道士笑道："在下是道家，你说的佛家的事，贫道也讲不清楚，不过这山说是新发现的确有可能。贫道是山外太清宫的，据宫中的老前辈说，以前雁荡山并不出名，只是在真宗祥符年间，奉敕修造太清宫，进山伐木，才偶然发现此山，认为是天造祥瑞，以护道观，从此此地才有名起来。"

沈括说："道长既然对雁荡山的根底知道得如此清楚，在下能否请道长为我做个向导，带我到山间各个景点浏览一番呢？"

道士说："看大人谈吐不凡，贫道与君同游，自己也长见识。也罢，待贫道回观中稍作安排，便带官长进山。"

"如此多谢了。"沈括拱手施礼。此时他想急切弄明白的是：如此奇特的地貌奇观，究竟是怎么形成的呢？

少顷，那道士果然返回，还带了童子，拿了藜杖以助脚力，沈括便跟着他，把这雁荡山芙蓉峰、大小龙湫、初月谷、水帘等游了个遍，总体看完了之后，仔细揣摩，忽然悟出了其形成原理。他后来在《梦溪笔谈》中说："原其理，当是为谷中大水冲激，沙土尽去，唯巨石岿然挺立耳。"①

在视察任务即将完成的时候，沈括到润州去看望自己的恩公刁约，和在那里拜师寄学的儿子博毅。

自从把沈括推荐到转运司以后，不久刁约就辞去了扬州知府的职务，在润州这个地方买了一个园子，隐居下来。刁约字景纯，曾做过诸王宫教授，真宗时代王沂公当宰相，刁约曾就诸王迁官的问题上过一回

---

① 按照现代地质研究，沈括所见的北雁荡山，是由火山喷出的流纹岩构成，在五六千万年前地壳运动将其抬升为一千米高的平夷丘冈。在现代地貌学上，叫古夷平面。这种夷平面，在长期流水侵蚀和风化塌陷的共同作用下，松软的岩质被冲刷去，只留下坚硬的岩心，就会形成千奇百怪的岩峰。沈括仅凭肉眼的观察，就对雁荡山的形成做出了基本正确的判断，比英国人郝登1788年在《地球理论》一书中正式提出这样的理论早了七百多年，应当说是个很了不起的发现。

奏折，有一次在朝廷上，王沂公非常严肃地问刁约，上次那个帖子是谁写的？刁约看见他气色不对，不敢承认，只推说不知道，回去以后一琢磨不承认不太合适，又一次见到王沂公，便承认是自己写的，还问有什么不妥处吗？不料王沂公一笑说：没什么，只是觉得这篇奏章文笔很好，想认识一下笔者而已。须知，王沂公是当时的一代文豪，能景仰刁约的文笔，可见刁约的文才也是很高的。

沈括一路打听，来到刁约润州的住所，发现这是一个很大的园子，依山傍水，园内竹树繁茂，清流婉转，小桥上观游鱼，花栏间闻兰蕙，没有见到主人，已经意醉神迷，感觉是来到世外桃源一般。此园名叫藏春坞。

沈括在家人带领下，穿过通幽曲径、竹阁茅亭，才看到刁约青衣小帽，在花厅里喂笼鸟。

沈括忙施礼："晚辈参见恩公！"

刁约回身一看，爽朗地笑道："哦，是存中啊，起来起来，坐吧，我这里是草庐陋室，我也是世外闲翁，用不着那么多繁缛的礼数。"

沈括只好坐下："恩公身体安康？"

"挺好！挺好！在这里吃得香，睡得好，不劳挂念。怎么？我听说你在京城混得不错？观天察地，以效伏羲，疏河治水，以效大禹，现在又奉旨相度水利，又是效帝尧巡视潇湘之国了，正是春风得意马蹄疾呀！"

"老伯取笑了，我不过是干些卖力气的技术活儿而已，怎么能与尧舜并提？老伯居江湖之远，而对京城之事如此洞悉，可见忧君之心，令人佩服！"

刁约笑道："居江湖之远是真，忧君之心却未必有了。其实人家为君为臣的自有一套，未必就希望你来忧，六指儿挠痒，谁稀罕你多抓挠这一道儿？你不见当年在朝堂上拼死相谏的司马公，都躲到西京的老庙里钻故纸堆去了。"

沈括知道他说的是当初司马光和王安石在神宗面前的著名廷辩，这事自己也不便在此深谈，便把话题岔开："我听说，从王沂公、文彦博到后来的司马光、欧阳修，都是老伯的朋友？"

刁约说："朋友谈不上，交往是有一些。我这个人就是有这一好，甭管多大的官多大的名人，到我这儿都称兄道弟，有酒就喝，有话就拉呱，拉胳膊搭肩膀，没那么多礼法讲究，没事了拍屁股各走各的，也都互不在意。记得那年路过宋子京的府邸，因为没事，连马也没下，拍屁股就走。第二天退朝，偏偏就碰上了宋子京，他故意沉着脸问：我怎么得罪你了，骑马从家门口路过都不进来？我说我想见你，是马不想见你。说完我和他都哈哈大笑。李献臣正好在旁边看见此事，就模仿杜子美《赠郑广文》写了一首诗给我：景纯过官舍，走马不曾下。忽地退朝逢，便遭官长骂。还用小楷抄到竹帘纸上，宋子京又给加了个题目《效子美诮景纯》，欧阳公听说，还特地把它裱糊起来，悬挂在墙上，什么时候看到，大家彼此笑骂一回。"

沈括也笑了："仔细想想，那些繁缛礼节太讲究了没有意思，倒是放浪形骸，留些真性情的好。"

刁约说："是啊！当年为路过一个人家下马不下马，都闹这么一番故事，现在可好了，想走就走，想坐就坐，连躺在地上学驴打滚也没人管你。现在回想起当年在朝堂的高蹈扶膺，踊跃纷争，嘈杂哄闹，索然无味，回头再看庄子的逍遥游，老子的无为清静，方觉得这才是至高至善之理。最近我读了本朝陈希夷先生的一阕词，甚觉有趣。"

"是太祖三请不出的华山道士陈抟吗？"

"正是。他填了一首词给皇帝说：臣爱睡，臣爱睡，不卧毡，不盖被，片石枕头，蓑衣铺地，闲思张良，闷想范蠡，说甚孟德，休言刘备，二三君子，只是争此闲气。何如臣向白云端头，放开襟怀，解放肚皮，且一觉睡，哪管它月挂当头，红轮西坠！"

"果然洒脱！老伯一咏，也同此仙人胸襟了。"

随后，沈括跟着刁约去看了自己在这里寄学的儿子博毅，知道他在这里学习、生活很有条理，有这样博学、豁达的老前辈做指导，学业精进，心情也很舒畅。沈括再表千恩万谢，刁约说：孺子可教，这是他自己努力的结果。

从刁约那里出来，已经是夕阳晚照的时候了，沈括想想一天的感受，心情颇为复杂。作为一个怀着孔孟入世哲学刚踌躇满志要为社会多创业绩的中年人，要他完全接受刁约的观点，放弃朝议之争，从此消极避世，他是不甘心的，对于刁约说的无为清净的境界，也是不甚理解的。但是看到刁约这位才高八斗的贤人，将旧日的繁华尊贵一袖甩去，甘心粗衣陋食，自得其乐，这份超然、潇洒、拓落的襟怀，还是深深地感染了他。

沈括后来自述道：自从这次会面以后，他就经常在梦里见到一个花园，一个流泉环绕、竹树茂密、花香鸟语的胜境。这就是晚年他相中并购买"梦溪园"的初衷。从心理学的角度看来，这个梦中的花园，其实就是刁约这个藏春坞在他意识中的曲折反映，因为这次会面印象太深，那个花园也就永远地留在他的记忆中了。

熙宁七年（1074）初，沈括基本完成了巡视两浙的任务，即将返回京城复命去了，苏轼特地备了薄宴送沈括，临别，苏轼抄送了几首自己最近写的诗词送给他。在当时文人交往之间，这是一件很平常的事情。①

苏轼在这一时期是写过一些才情奔放的好诗的，最脍炙人口的是

---

① 说到苏轼这次赠给沈括的诗，涉及一个历史悬案，需要在这里予以澄清。

近年，著名学者余秋雨先生，在散文《苏东坡的突围》中说，沈括在视察两浙水利后，曾将苏东坡赠给他的诗，加了自己的"批注"送到皇帝那里，认为有"犯上之语"，由此引起了著名的"乌台诗案"文字狱，致使苏东坡被囚，由此判定沈括"人格低下"云云。此论在网络上流传甚广，使许多青年误以为真。然而，笔者在写作本书的过程中，查阅了大量历史资料，认为事实并非如此。

此事在宋代诸多正宗史料中一字无载，仅见于《文纂》中转引的一篇野史笔记《元祐补录》，作者叫王铚，全文不过寥寥数十字，曰："括至杭与苏论旧，求手录近诗一通，归即签帖以进，云词皆讪怼。其后李定、舒亶论轼诗置狱，实本于括云。"对于这条书录，后世许多治学严谨的史家早就指出其虚妄不实，理由如下：

一、时间不合。沈括视察两浙会见苏东坡是在熙宁六年（1073），而"乌台诗案"发生在元丰二年（1079），二者相差七年之久。就算沈括写了"诬告信"，皇帝放了七年后才治罪成狱，是说不通的。

二、当事人不对。关于"乌台诗案"的始作俑者，史料上记载非常清楚，正是李定、舒亶等人，所构陷的诗句、用的手法也记载得清楚，没有一句能证实与所谓沈括的"签批"有关。事实上这个时候，沈括自己也已经因坚持修改差役法获罪

两首：

饮湖上初晴后雨二首（其二）

水光潋滟晴方好，山色空蒙雨亦奇。

欲把西湖比西子，淡妆浓抹总相宜。

六月二十七日望湖楼醉书五绝（其一）

黑云翻墨未遮山，白雨跳珠乱入船。

卷地风来忽吹散，望湖楼下水如天。

    听了沈括对这一次巡视的汇报，神宗皇帝很满意，把他提升为太常丞，同修《起居注》，也就是要他在自己身边记录自己的饮食起居，这是对沈括极大的信任。

    但是，在改革派自己的小圈子里，情况就有些复杂了。前面已经说过，因为沈括在清查土地中触犯了吕惠卿的利益，吕惠卿对他怀恨在

被贬在宣州两年多了（见后文），此时他就是想向皇帝进言，皇帝也不会听他的。

三、情理不通。苏轼清楚地知道沈括是王安石重用的人，是变法派，他自己则因反对变法而被贬，即使要赠送沈括诗篇，也绝不会把针砭朝政的诗句给他，这无异于"背鼓寻槌"，自找倒霉，以苏轼的智商，不会干这样的事。从沈括方面也是这样，临走的时候，神宗再三嘱咐要"善待苏轼"，沈括与苏轼素无恩怨，没有任何理由要冒着"有悖圣意"的大罪去陷害一个旁不相干的人。

四、结果不符。沈括巡浙回朝以后，皇帝很快就给苏轼升了官，由杭州通判调往密州当了知州，又叫太守，这是升了一个品级，如果"签帖以进"的事确实发生了，就绝不会是这样的结果，而以苏轼的性格，他也绝不会放过这件事。现在遍览苏轼所有诗文著述中都没有对沈括贬斥一字，反而有二人合作的《苏沈良方》传世，恰恰从反面证实了沈括的清白。

由于上述明显的理由，古往今来的史论家从没有把王铚的这段笔记认真当回事。而余秋雨先生却不仅采信了这种说法，还说沈括陷害苏东坡是"不想叫苏东坡的文化地位高于自己"，这更是一种难以服众的臆测。文化史地位的问题，是后人才能评价的，当时无论沈括还是苏东坡本人都不会想到这个问题。何况苏轼注重于文学，沈括注重于科学，两人各有天地互不干扰。沈括后来写出不朽名作《梦溪笔谈》，他自己也只把它叫作《笔谈》，可见沈括的品格是谦虚、坦诚、磊落的，绝非余秋雨先生笔下的那种褊狭小人。

心，自然要在王安石的面前贬低沈括的作用。恰好在这次考察中，沈括发现了一些在青苗法、助役法执行过程中产生的弊端和漏洞，回来以后，自然要向负责改革事宜的条例司诸人汇报，以求在今后的执行中进行校正，或者采取补救的办法。吕惠卿认为机会来了。

在一次只有王安石和吕惠卿两人议事的时候，吕惠卿就说："现在外面反对变法的势头不减，这有圣上支持，我不怕，怕的是咱们自己的人现在也在怀疑动摇，散布不满论调，这真是有些吃里扒外了。"

王安石听了眉头一皱："自己人？谁？"

吕惠卿说："沈括呀！他这一回去巡视两浙，听说在杭州和苏轼打得火热，回来还保举苏轼升了官。"

王安石说："你说的这个我知道，这怨不得沈括，是皇上临走时叮咛他要善待苏轼，以示君王怀柔之意，他当然得照办。"

吕惠卿说："要是光这个就算了，更要紧的是他还和苏轼一唱一和，对我们推行的青苗法和助役法横挑鼻子竖挑眼，还公然要篡改其中的一些内容。"

王安石眉头皱起来："有这事？不会吧？"

吕惠卿拿出沈括巡视回来给条例司打的报告："你看，在这里，他白纸黑字写得清楚，说青苗法助长了懒人，造成了呆账坏账，说助役法实行后，贫穷户怨声载道，说实际负担加重了，还不如从前。我心想：这不就是当年司马光和苏轼攻击新法的那一套吗？"

"就是呀！那他要怎么办？"

"沈括提出要修改助役法的定级办法，要免去五等的助役款。"

"不改！一条也不能改！"王安石暴怒起来，"存中这是怎么搞的嘛！我叫他下去是推行新法的，他怎么下去一趟倒打起横炮来了？"

吕惠卿看到王安石这个样子暗自高兴，嘴上却又往回捣拨："我看存中倒不一定是恶意，不过是听了别人的挑唆。"

"对，他就是耳朵根子软，见了那有点才情的人给他一煽惑，他就迷糊了。殊不知自古有才情的人摇唇鼓舌起来危害更大。"王安石在前一段的朝廷辩论中，最头痛的就是对付司马光和苏轼，尤其是和苏轼兄弟的争斗闹到了伤感情、伤和气的地步，所以对他们都有成见。他摆着手说："把这个报告扣下，不要往上送了，咱们该怎么做还怎么做。"

就这样，由于吕惠卿的小动作，沈括出于负责对变法中出现的偏差进行校正而精心提出的建议被束之高阁。王安石没有引起足够的重视，反而对沈括产生了一些负面的看法，而沈括本人却对此浑然不觉。

实话说，从熙宁六年（1073）到熙宁七年（1074），是王安石政治生涯大起大落的一个转折年度。熙宁六年下半年，变法推行初见成效，国库充盈，粮仓殷实，宋军给养充沛，又在北方打了几个胜仗，收复了六个州的土地，神宗认为这是变法的成果，王安石是首功，在紫宸殿当着文武百官的面，解下自己腰间的玉带赐给王安石。王安石一再推辞不过，只好收下，百官为此欢呼祝贺，王安石的地位和荣誉可以说达到了他一生的顶峰。然而到了熙宁七年的上半年，形势急转直下，先是北方大旱，数十万庄稼下不了种，接着又是南方数省发大水。灾情一重，各种秩序陷入混乱，许多的改革红利被抵消，改革中出现的问题更加凸显出来，因此，朝野反对派的呼声又重新高涨起来。正在西京担任御史台的司马光再次上书，抨击新政的弊端"其大者有六"，也就是六大罪状。可想，在这种情况下，王安石认为，自己也面临范仲淹庆历改革那样半途而废的危险，要想成功，必须咬紧牙关，顶住上上下下的压力，坚持下去。因而，他对一切反对他的意见都是极其反感的，所以，他才会把沈括的"补台"意见看作是"拆台"，是对变法的怀疑动摇。

于是沈括的命运，也由此发生了变化。

第九章

巡视河北遭谗受诬

视察两浙后，沈括从中书省又提拔到太常寺，并且给皇帝记录起居，成为皇帝身边的近臣。他的职务叫作"右正言"，就是对下面上奏的奏章进行初选，选择那些有价值和事关重大的奏章，交给皇帝决策。皇帝有些情况不大熟悉，或者犹豫不定的问题，也会和正言商量。从这里看，皇帝把他放到这个位置上，看重的还是他博学多能的特长。

凭借着这个位置，沈括在这期间办了两件利民的大事。

一个是停征民间车辆的事情。

原来，神宗自从登基，就一直有个宏伟的志向，就是要积蓄力量，收复以前被契丹（一度称辽国）、西夏这些"番邦"占据的疆土，包括五代时期被石敬瑭割让给契丹的"燕云十六州"。他知道西北游牧民族的特长是马上作战，又听说这样的战法只有古代的车战能够战胜之，所以在国库稍微有了些储备的时候，就派出一些内官下到西部、北部的路道府衙，开始登记民间的车辆，准备随时征用来打仗。

这个举措立即引起了百姓的恐慌。西北边地的百姓以为马上就要打仗了，有的准备迁移，有的放弃耕耘，再加上派下去的内官乘机敲诈勒索，弄得鸡飞狗跳，人心惶惶。很快有一些秉直的地方官员纷纷上奏，说明这是完全没有必要的事情，要求皇帝撤销这个登记命令，撤回派出的人员。神宗看到这类奏折，认为这些人是鼠目寸光，不理解自己的宏图大略，所以一概驳回，不予理睬。

这些折子自然也要经过沈括的手，沈括也认为这个事情比较荒谬，但是他明白当今皇帝办事比较任性，喜欢一意孤行，要说服他需要等待恰当的时机和恰当的方式。

这一天，沈括见神宗情绪比较好，就把这一类的折子选了几篇简练明确的给皇帝看，皇帝看了往旁边一扔，叹道："这些庸官！为了国防大计，只征用几辆车，他们就絮絮叨叨说个没完，真是扫兴。"

沈括看到时机正好，就问："圣上，您登记这些民用车辆准备干什么用呢？"

神宗说："契丹兵善于骑射，作战以马战为主，我听人说过，只有古代的车战方式，能够对付番邦的马队阵列。所以我把老百姓的车子先登记起来，到战时随时调用，组成战阵，不对吗？"

沈括说："圣上居安思危、未雨绸缪是对的。但是圣上，据臣下所知，第一，对付狄夷的马队，古代的车战未必就完全有效，不然，赵武灵王就不会放弃车战去学胡服骑射；第二，就算车战有效，古人用的战车和现在老百姓用的车辆也完全不是一回事。"

"哦？"神宗纳闷了，"是吗？古代的战车是什么模样啊？"

沈括说："古代的战车是专门制作的轻车，轮子大而车身小，每辆车最多只可以站五个人，一人催马把握方向，两边各有两人站立，前执矛后执戈；车上的车斗也很高，这样两匹马驾起来奔跑如飞，人也不会掉下来，车上的矛戈配合可以组成凌厉的扇面攻势，不可阻挡，到驻扎时互相聚集起来停靠在一起，也可以组成防守的铜墙铁壁，确实有其长处。但是也有缺陷，那就是机动性差，冲击起来转弯比较困难，犬牙交错的时候容易倾覆，抵近作战也不方便，反不如骑兵穿插快速，进退灵活，所以秦汉以后车战逐渐被马战取代。"

神宗说："那照你说，车战现在不管用了？"

沈括说："臣下不是这个意思，车战如果运用得好，与步兵、马队组成联合战阵，还是大有用处的。但是需要吸取古战车的利弊，重新设计专用的战车，而现在西北老百姓的民用车辆，本来就是用来拉粮食、农具的，大多数是用牛拉，车帮子又浅又宽，无论结构还是速度，都不能用来作战，既不能翻越障碍，又不利隐蔽，一颠簸就散了，就是用来做运输给养都不大合适。臣下现在有从古书上抄下来的战车样式图，和臣下画的现在民间用车图，请圣上对比着看。"

神宗拿过那图，仔细看过，沉吟片刻，问："那么说，现在登记这种民用车辆毫无意义？"

沈括："臣下以为是这样。"

神宗听沈括说得头头是道，想一想说："好吧，这个登记令，就撤销了吧。不过战车我还是准备要用的，我看你对这方面很有研究，我就委派你调动内府的制作人员，做一辆真正的古代战车来给我看。"

沈括说："臣领旨。"

沈括劝谏的第二件事，是四川、云贵等边远地带的"盐禁"问题。

原来，王安石变法中有一个均输法，规定设立发运使制度，把一些关系国民生计的重要物资，由官家统一经营、购销，其中包括食盐。于是由三司条例司下达通令，禁止各地私人开采盐矿，经营盐井、盐田，私卖食盐，完全由官家在各地设立销售点，靠官车、官船运山西解州的池盐来供应全国人民的食用盐。

食盐是家家户户每日都离不开的东西，所以官卖盐很快就得到了很大的利润，得以充斥国库，对神宗皇帝筹集军费收复失地的理想大有帮助。所以，看到一篇要求在四川、贵州等地缓行官盐法的奏章，神宗十分反感，当即就把沈括叫来，问他："这个奏章分明是下面的庸官借故推诿的乱法之词，你怎么叫我看这个东西？"

沈括说："圣上，官盐法有利国家，当行天下，这毫无疑问，但臣下以为也应当因地制宜为好，四川及云贵地区，山大林深，又大都居住少数民族边民，与世隔绝，道路艰险，全靠盐贩子买卖才有盐吃。这已经形成了一套供销的固定渠道和体系。"

神宗问："那又怎么样呢？难道因为是边远地区就政令不行吗？"

沈括说："不是这个意思，臣下斗胆问圣上，我们推行官盐法的目的何在呢？"

"要收回漏掉的盐税，增加国库的收入啊！"

"圣上说得甚是，但是臣下私下算了一下账，在平原地区，人口密集用盐量大，交通也方便，实行官盐统一经销，国家在设点经营和运输所用的人力、物力成本，和实际获得的利润相比微不足道，当然应当实行。可是到了四川云贵等偏僻山区，人数本来就很少，道路又极其难走，官家在这里实行统一卖盐，设点用人经营和运输的成本都大大增加，而收回的利润却很少，可以说是入不敷出。硬要这样搞，地方官员必然能少建点就少建点，能不建点就不建点，时间长了，必然造成当地起码的民生所需不保，造成不安定因素。何况四川一带，本身就有许多盐井，如果实行盐禁，那些盐井就要关闭，反而需要官家千里迢迢从解州和海边运盐过去，这不是舍近求远，浪费人力财力，也浪费了自然资源吗？"

神宗听他说得有理，便沉吟着问："那你说这个问题怎么办呢？"

沈括说："依臣所见，不如对四川、云贵等边远地区实行特殊政策，开放盐禁，让那里的人民还按照古老的办法解决食盐问题。"

神宗点点头："你这样一说，这个奏章的意见倒是可以考虑的了。"

两天以后，神宗采纳了沈括的意见，下诏书撤销了西北部边疆登记民车的行动，并且宣布在四川、云贵边远地区撤销禁盐令。一时百姓称快。

通过这两件事，神宗觉得沈括考虑问题细致、缜密，政策性强，就加封他为知制诰，也就是叫他参与起草重要政策条文的工作。

沈括在皇帝面前受提拔重用，引起了副宰相吕惠卿的忌妒，他几次趁沈括不在的时候，对皇帝说："原来我们下达征车和禁盐的政令的时候，沈括也没有表示过反对呀，现在又在您面前提出这样的意见，分明是在圣上面前卖弄乖巧，说明他是一个反复无常、哗众取宠的小人。"

神宗此时头脑还算清醒，并没有轻信吕惠卿的恶意中伤，反而对王安石说："吕惠卿这个人毛病不少，怎么总爱在背后说人的坏话呢？"

王安石却说："吕惠卿有时行事为人过于严苛，但这个人还是忠于皇上您和我们的变法事业的，是一个可以信任的人物。"

实话说，王安石这个时候替吕惠卿辩解，是他的处境使然，还不能说他是有意偏袒，也不能说此时他对沈括已经产生了成见。

如前所述，熙宁七年（1074），气候失常，南涝北旱，农业遭受了严重自然灾害，相当程度上抵消了变法的成果，而改革措施中的一些漏洞和弊端，在灾年又分外地突显，所以，朝野反对变法的声音再次汹涌，其中包括对变法派几员主将的个人品质，也有人提出了质疑，甚至牵扯到了一贯号称廉洁不谋私利的王安石本人。

那一年，王安石的二女儿出嫁，嫁给了名臣之后蔡卞，蔡母曾被封为吴国夫人，王安石的女儿知书达理又喜好佛学，深得婆婆的喜欢，于是吴国夫人就拿出一匹粉色的锦缎给新媳妇做了一领床帐。这事居然很快就被人打小报告告到了神宗那里，意思是王安石得势后奢侈无度，连床帐都要锦缎来做。神宗为此在后殿专门向王安石问了这个事情，不满地说，"你也算是大儒了，何至于做帐子都用锦缎？"王安石对此事全然不知，这时候才知道自己中了暗箭。他赶忙叫自己的女儿把那个床帐捐献到开宝寺，给佛像做了佛帐，这才算平息了外人的口舌。

对于王安石最重用的吕惠卿，许多大臣也对他的人品提出了批评。据史载，几年来一直闭门修史的司马光，这一年向皇帝进谏说："吕惠卿憸巧非佳士，使安石负谤于中外者皆其所为。安石贤而愎，不闲世务，惠卿为之谋主，而安石力行之，故天下并指为奸邪，近者进擢不次，大不厌众心。"意思是说：吕惠卿这个人为人刻薄奸猾善于钻营，不是"佳士"（在特别看重知识分子人品的宋代，这个评价是相当严厉的），王安石本人的品德还不错，但刚愎自用，不听人劝，他自己又不过问那些闲杂事务，都交给吕惠卿办，结果是吕惠卿出个什么馊主意，王安石都执意推行，所以天下人把他们两个都看作奸邪之人。这样的人近来居然得到陛下的接连提升，太叫众人寒心了。

神宗说："吕惠卿这个人才思敏捷办法多，也算得上是个难得的人才吧？"

司马光说："他是有些才学，善于巧辩，但是心术不正，历史上的奸臣要没有一些本事，也不能闭塞视听迷惑君主啊！"

神宗听了不悦，默然不语。

当时，司马光还曾经给王安石写信说："你手下有些阿谀逢迎之徒，现在对你谦恭顺从，使你有舒适的快感，一旦你失势，必然会出卖你以求自己的晋身。"

司马光对变法的态度虽不可取，就在这年他还再次上书摆了变法的六大罪状，但是他看人却很准确。他认为王安石变法虽然是"胡闹"，但人品很好，而吕惠卿固然有才学和能力，但人品很差。

可惜，王安石看了这封信却并没有认可这一点，相反，他认为这是保守派的反扑，对吕惠卿的个人攻击不过是否定改革成就的借口，他下意识地为吕惠卿辩解，实际上是为自己辩解。

但是此时，他的辩解似乎晚了，保守派已经通过王公贵族把意见转达到了后宫，太皇太后曹氏这时要亲自出马干预变法的事情了。

熙宁七年（1074）四月的一天，太皇太后曹氏专门把神宗赵顼叫到自己的寝宫，对他说："我早就说过，祖宗的法是不能随便改动的，改动了必出乱子，现在事实已经证明了吧？一个青苗法，一个免役法，弄得民不聊生，怨声载道。"

神宗辩解说："青苗法、免役法都是利民的，怎么能把天灾引起的问题，归咎于王安石的变法呢？变法搞了五六年，国库越来越充盈，国力也越来越强大，这总是事实吧？"

太皇太后说："国库是存了些银子，但正如大臣们的奏章讲的，那是变着花样横征暴敛得来的，收了些钱，却引起了朝野纷扰，民心不稳，那是得不偿失的啊！"

"变法正是为了解决积重难返的问题，引起些争议和纷扰在所难免，王安石颁发的条令，没有一条是增加赋税的，怎么就说是横征暴敛呢？不增加赋税而能使国库充盈，这还不足以说明王安石的能力吗？"

"王安石不能不说是一个能干的人，但是树敌太多，太不得人心，难以服众。太子中允唐坰列了他六十多条罪状，看来，无论如何，这个人是不能再当宰相了。"

神宗说："孙儿却认为，要振兴我们大宋的江山，非他来做宰相不行。"

旁边站着神宗皇帝的弟弟岐王赵颢，这时候忍不住插嘴说："皇兄，太皇太后的话，对江山社稷是至关紧要的，你应该好好地考虑。"

神宗眼睛瞪着他发了怒："你认为是我把这个天下败坏了吗？不行你来干！"

赵颢赶紧伏地掉下泪来："我不过说了我的看法，何至于此？"

寝宫里一时气氛很紧张。

太皇太后看着兄弟都伤了感情，也不由得落下泪来："世人都说王安石乱国，独你执迷不悟。古人说兼听则明，偏听则暗，你听不进那些老臣的意见也罢了，连你弟弟和老祖母的意见你也不屑一顾，唉，你这孝悌两字是怎么履行的呢！"

在当时的社会里，孝悌是做人之本，神宗一听太皇太后这样的话，立时无言以对，也怀疑自己是不是话说得太过分了。

宫里的这场对话，立即由内官的议论传到了宫外，也传到了王安石的耳朵里，他知道，在帝国的运行秩序中，连皇帝也不能为所欲为，要受到儒家道德规范的束缚，太皇太后既然发表了明确的意见，神宗如果一味抗拒，那就难逃忤逆不孝的声誉，有损"圣君"的形象。于是他主动提出辞去宰相职务，避免使神宗左右为难。

在宫内外的压力下，神宗也只好表示同意。他把王安石叫来，明确地说，这只是一种权宜之计，在我的内心，对你的信任和对变法的支持没有任何改变，你虽然暂时从相位上离开了，但是你制定的那些国策，我还要继续执行下去。同时，在人事上，也会继续任用你推荐的人，咱们给他来个"换汤不换药"，等把这场风头顶过去，到合适的时机，我仍然把你调回来做我的辅弼，如何？

王安石听到神宗诚挚的表白，也完全理解他的苦衷，于是点点头，行大礼说："臣愿听从圣上的发落，至死报效圣上的知遇之恩。"

次日，神宗在早朝的时候宣布：免去王安石宰相之职，调他以吏部尚书、观文殿大学士的身份到江宁（今南京）任知府，同时任命韩绛和吕惠卿为左右相，辅佐朝政。吕惠卿无疑是王安石推荐的人选，到目前为止，他仍然认为这是自己最得力的助手；而韩绛，是一个老资格、有威望的忠厚老臣，是能够同时为各派力量都接受的人物。神宗做这样的人事安排，暂时平衡了朝堂上两派之间尖锐对立的关系。但总的政治倾向，众朝臣都是心知肚明的：皇上还是要支持变法、继续推行变法。所以有人开玩笑地把韩绛称作"传法沙门"，把吕惠卿称作"护法善神"。

王安石离开宰相位的时候，沈括并没有在京城，他奉命到河北去视察防务去了。当时的河北路，包括现在的河北省南部、山西省东南部的大片领域，是大宋国和西夏、契丹辽国的交界地区。

前面说过，神宗有一个宏大的志愿，要在自己在位期间，收复被外族侵占上百年的燕云十六州。现在国库因为变法而充盈了，他就认为实现这个理想的时机快要成熟了，所以开始着手做战争的准备，包括储备兵器和盔甲，整修边防的国防设施，储备给养车马和训练边民等措施。王安石作为变法的领袖，对皇帝的这一宏愿，自然是十分清楚的，所以前几年就颁发了保甲法、联防法等政策，并对边防工作做了一些部署，几年过去了，这些部署落实得怎么样？是否需要做什么补充和调整？需要一个人去视察一下情况。这时候，原来的河北西路检察使章惇回朝任三司使，吕惠卿就推荐沈括继任此职。

吕惠卿为什么要推荐沈括去视察军事，应当说是别有用心的，因为在这之前，沈括从来没有接触过军事事务，在天文、地理、水利等方面都显示出了超凡的才能，屡次得到朝廷的封赏，吕惠卿内心自然十分不平衡，想你不是有才吗？能干吗？偏要弄一个你最不熟悉的领域，边关上国防的事既复杂责任又大，那里的武将们相处起来又难，我就不信难不倒你。

这种异乎寻常的调度，连沈括的老婆听了都觉得有些不靠谱。

这天张惠心听说这个消息，满肚子的狐疑，对沈括说："姓吕的这么做，不是把你往炉火上架吧？你就算是懂得多，不过也就是书看得多，终究说是个文人，逼着文人去干武将的活儿，这不是要你的好看吗？"

沈括说："本朝为防武将拥兵自重，不论禁军、厢军、民军，都是文官协制。前些年，文彦博、范仲淹，还有现在的王荆公，不都亲自指挥过边关战事吗？"

"人家那都是当宰相了，一人之下，万人之上，就是有个差错，只要能交代了皇上，别人也不敢说什么。你现在算什么？充其量不过馆阁的学士、正言而已，下去就要对人家将军、宰相的部署安排评头论足，说对了也还罢了，说错了就落个笑柄。就算你说得有道理，常言说：秀才遇见兵，有理说不清，倒把你这些年创出的一世清名给抵消了。我看倒不如到王相爷那里跑两趟，说说你的苦衷，把这个事情推了，王安石不是你们沈家的故交吗？他会给你这个面子的。"

沈括说："唉，你不知道朝廷里的局面，王荆公自己也正被别人架在火上烧呢，我怎么能够为这么大点事给他添麻烦？再说，为人臣者，适宜去干什么事，那是皇帝考虑的问题，既然要在这个时候委你以重任，你却畏缩着不肯上前，非大丈夫所为。我看还是听其自然吧！"

妻子道："你倒自然，人家可不一定自然。我说你这个人读书有些读迂了，卖力干事情可以，在人情世故上可就缺根弦了。前一段巡视水利，临走也没有和吕惠卿打个招呼，去了就给人家削田增税，弄得他家的夫人，几次见了我和我甩脸子放冷话。早多几句话周旋一下，何至于如此？"

沈括正色道："你这真是妇人之见！为官者秉公执法为正理，我此行关系变法大计，他身为变法辅宰，自然应该明白其中利害，有什么可周旋的？"

张惠心道："你不要冲我来呀！我是你老婆，不过是怕你在官场上吃了亏，被人暗算，才提醒你一句。公事公办固然没有错，那人情交往也少不得。别人我不知道，那吕惠卿夫妻两人，往王相爷家里可没少跑。有没有用是眼见的：你们这主张变法的人也多了去了，可谁有吕惠卿在相爷那里那么受宠？"

沈括说："天地不言，造化罗张；桃李不言，下自成蹊。人生功罪，自有公论，原不需要做那么多人情功夫的，所谓君子无朋。"

张惠心冷笑道:"好啊!你清高,你是君子,不讲拉关系讲人情,那就随你去怎么做好了,算我多余!好心当作驴肝肺。"说罢转身欲走。

沈括上前拉住她:"你也不必动气,我知道你是为我操心,一番好意。其实现在吕惠卿只是将我推荐上去而已,上面是不是批准还两说。就算是批准了,我也不过是个察访使,走走看看,实情上报,又不是带兵打仗,真有许多风险在里头。自认为平生所学还是可以应付的,你就放心吧!"

应当说,沈括的这位续弦在许多问题上都不能给他分忧反而给他添乱,但是在这个问题上的劝诫,还是靠谱的。此时沈括与王安石这位恩师之间已经出现了一些误解和隔阂,如果沈括采纳了她的提议,真在上任前和王安石见个面,做一次坦诚的谈话,这些误解和隔阂也许会得到一定的化解,王安石对沈括的看法也不会在后来积累成很深的成见,直接影响了沈括的政治前途。

在人治的社会里,在人生附庸关系明显的封建官场中,沈括的确是书生气太重了,他以为自己对任何工作都好好出力,认真钻研,能够出成绩就可以了,不需要太关注人际关系,又按照他所崇信的孟子哲学,太重个人荣辱得失是一种耻辱,压根儿就没有意识到他所敬仰、跟随的王安石老师此时已经对他有了看法,也没有想到有交流的必要。

于是此后不久,他就受到了这种疏忽的惩罚。

神宗批准了吕惠卿对沈括的任命,因为前不久,他还和沈括在一起讨论过古代车战问题,认为他在军事知识上也是个行家。沈括被任命的正式名称是河北西路察访使,还奉命提举河北西路义勇保甲,兼判军器监。

所谓军器监,就是负责制造和保管兵器的机构,因此在巡视河北之前,沈括特地视察了国家的兵器仓库。他发现这里堆积着大量的劣质兵器,那些刀枪剑戟,有的已经锈蚀得粘成一块;有的看着好像锋利光洁,但是稍用力一戳,锋刃就卷了,或者是脆的,一掰就折;还有的所谓盔甲,竟然是用纸壳银箔做的,看着光鲜夺目,一支箭都能把它穿透。沈括看得连声叹气,说这样的兵器装备,怎么能够用来打仗呢?

他向军器监的老人询问，怎么会造成这种情况呢？老军头们说：这是以前征收兵器的方法有问题。朝廷下达任务、确定数目，指定各督府衙门如期造出兵器上缴国库，但是各地拥有的铜铁资源不一样，冶炼加工制作兵器的技术水准也不一样，有的地方根本就没有这个资源和工艺条件，为了完成任务，也只好勉为其难滥竽充数，只哄过收兵器人的眼皮就罢了。真正打起仗来，自然又是先拣好的武器用，时间一长，仓库里自然就剩下这些堆积如山的废物。

沈括说："他们敷衍塞责不要紧，国库的多少真金白银就这样白扔了！这样的兵器，就是拿出来摆样子，也会败坏士气。"

"那依大人应该如何办？"

"干脆回炉重新打造。兵器之精锐，关系到天下之兴亡，只有集中优势的资源和最精良的工艺，方能保战斗力提振国威。今后再不能用那样的办法来办军务了。"

"实话说大人，以前视察军器监的官员，也不是没有看到这些问题。可是一来，这样的政策是来自中书省和皇帝本人，想要改变怕被追究对变法的态度问题，所以不如不说；再则销毁大量废武器，必然引起库存兵器数字上的大幅下降，没人敢承当这个责任。"

"变法是为了富国强兵，搞这些虚招子等于自己骗自己。这个责任我来担，我一定要在任上解决这个问题。你只要告诉我：根据你们多年管库的经验，哪里的兵器钢火最好，刀剑制作得最锋利坚韧？"

老军说："河北磁州锻造铁器的技术天下闻名。"

沈括说："我这次察访，一定要去磁州看看，如果那里的冶炼锻造技术确实了得，我们的兵器改造就可以交给他们。"

所以，沈括的河北西路的察访，首先取道磁州。他来到磁州驿馆住下，当天就带着随从到街上找铁匠铺，了解这里的铁器成色。果然，他发现这里陈列的农具、厨具钢火都特别好，哪怕是一把切菜刀，都寒光闪闪、锋利无比。

他走进一家货色齐全的铺面，是前店后厂的格局，前面铺面上摆着、挂着铁锹、镢头、犁头、板锄、镰刀、扁担钩、炉盘、通条、火柱、火钩之类。后面大院里，有化铁炉的烟囱冒着青烟，还传来叮叮当当打铁的声音。沈括一行掀帘走进去，看到一个头发花白的老匠人正领着两个赤膊的后生打铁，他亲自用一个大铁钳夹着一个烧红的犁铧头在铁砧上左右扭转，两个后生挥舞着大铁锤，上下翻飞，轮流打锻着那铁器，一时，火花四溅，小伙子身上的汗珠滚滚，老匠人的口令铿锵，场面十分火热。

看到来了客人，而且身穿官衣，带着穿公服的衙役，知道不是一般的顾客，那老匠人急忙把手中的铁钳交给助手，自己拱手施礼，迎上前来："这位客官，光临敝店，恕小老儿失迎之罪。"

沈括说："哪里，我等不速之客，本来就是打扰了，店主不必客气。"

"客官有何见教？"

"见教谈不到，只是要为朝廷采办一些趁手的兵器，有些相关的问题请教老师傅。"

"谈请教二字，折煞小老儿了，有什么话客官请讲，小的尽知道的回禀就是。不过这工坊里龌龊，又聒噪得说不成话，请客官移步后堂如何？"

"便依老师傅。"

"伙计，快给客官前面领路，看茶！"

"有请，有请！"一个小伙计从前面店面回来，殷勤地把沈括一行引到了旁边一个小院，走进一所简朴但干净的堂屋里，请他们坐在上首，又沏上了几杯香茶，叫他们边喝边聊。

沈括首先拿出自己携带的那些不合格的矛头、刀剑样品给老匠人看，那老匠人看了微微一笑，说："大人，这铁工锻造一事，看起来简单，无非是用炉火将铁料融化，然后用大锤去捣，似乎哪一家铁匠都会干这个活计。其实不然，从用料到火候，从起锤落锤的角度力道，直到淬火定型，每一步都极有讲究学问，搞好了打出的是利器，所谓吹毛立断、削铁如泥，那都不是虚话，搞不好打出一块糟铁来，或者脆而不坚，或者柔弱无刚性，如同大人手里拿的这两件器物一样，功败垂成，实则都要看匠人的功夫造诣如何。"

　　沈括说："这磁州的铁器天下闻名，而从这一条街打问下来，正是老师傅的铁器钢火最好。下官奉上命为朝廷打造精良军器，所以特来讨教，这其中最关键的诀窍在哪里？老师傅如果说得出名堂，这一批大活计就委托给老师傅来办，如何？"

　　老匠人见有如此的大买卖上门，自然精神倍增，说："依小老儿多年的经验看，这铁器之优劣，全在掌握铁料的'刚性'和'柔性'的恰到好处上，铁中有刚性，好像面粉中有面筋，面条好吃不好吃，水分要适度，醒面的时间要适度，揉面的手法还要得当。打铁也是这样：锻打加的是柔性，炭火和淬火加的都是刚性，锻打过度就软了，成了所谓熟铁，锻打不足就淬火，就脆了，成了所谓生铁。只有锻打的分寸和时间都恰到好处，打出来的又坚又韧，才能叫'钢'。"

　　"有道理！怎么样才能打成足以杀敌的好兵刃呢？"

　　"这里面老辈人琢磨出的方法多了，先把熟铁丝铁条弯绕成盘状，然后把生铁块嵌在熟铁条、铁丝中间，放在炉中用泥封住进行烧炼；到烧红将熔未熔的时候夹出来，在铁砧上反复锻打，叫生铁和熟铁互相化合，结为一体，这叫作团钢。或者是先把生铁块熔化成铁汁，灌到熟铁的丝盘中间，再行锻打，这叫作灌钢。这两种方法都是利用了生熟铁的不同熔点，迅速交融，同时保住了铁的韧性和刚性，用来制作一般的兵器，就足够锋利了。"

　　"那还有比这更好的钢吗？"

　　"当然有，叫作'百锻钢'。不过工艺要更复杂一些，用料更精，要耗费的时间也要更多一些，一般是家藏的宝刀、宝剑之类的贵重武器，才值得下这样的功夫。"

　　"这'百锻钢'又是怎么炼出来的呢？"

　　"这也和要从面粉里提取到面筋一样，关键是把柔和的部分洗掉，还同时把筋气的部分加强。百锻钢的关键，就是炭火的火候把握得恰当，把熟铁放到木炭炉中加热，使炭慢慢渗透到熟铁中，经过上百次的反复烧炼和锻打，把其中的杂质锻打出去，锻打一次就在秤上称一次。开始的时候，锻打一回铁料的重量会减轻很多，那是铁料里的杂质和浮在表面的虚炭被敲打出去了；渐渐地，重量差会越来越小，说明其中的杂质和浮炭越来越少了；直到后来，不论你怎么锻打，那重量都不会再减轻了，说明料中的炭和铁结合得很紧密，比例恰到好处，成为了纯钢，颜色是黑黝黝的，但是打磨光洁以后，锋芒锐利闪亮，真的能够断铁如泥。这就叫'百锻钢'。"

沈括叹道："原来'百炼成钢'和'千锤百炼'这两个词，都不是虚拟的比喻，原来是真正的工艺过程！难怪你们磁州的铁器天下闻名，是有这样好的传统工艺支撑啊！"

后来沈括又考察了磁州多家铁厂，果断地把皇家仓库里的那些废旧铁器委托给这里的匠人，全部回炉重造，并且还定制了一些新的兵器。用了一年零九个月的时间，使军器监的精良武器增加了十几倍。[①]

从磁州出来，沈括带着随从从太行山的东麓上行，视察了太行山一带城镇乡村的国防设施和联防组织。太行山居高临下，是扼守河北平原交通要道的门户，在抗辽战斗中有重要的战略意义。

按照沈括的习惯，他走到哪里都要首先查看地理形势和人文设施，并且要绘制成图，自己看着直观方便，在与当地官员研究工作和向上级汇报的时候，也能一览无余，说得明晰清楚。以前，他一般只绘平面图，这在平原地区就足够了，但是上了太行山他发现了问题，山地的地形复杂，高低悬殊，平面图上表示不出来。于是他就和随从商量，用木屑、胶水创造了立体的"木制地形模型"，把高山、峡谷、水源、河流以及城堡、村镇，和依地势修建的军事设施都如实复制在"木图"上，及时地派专人转送宫中。首批"木图"送达宫中的时候，王安石还没有罢相，他和吕惠卿、神宗皇帝一起看了这批木图，神宗看了觉得这个办法太好了，很直观，也很实用，遂诏命天下，要求各地州府也参照这个

① 晚年，沈括在《梦溪笔谈》里详细地记录了"团钢"和"百锻钢"的制作工艺，成为我国钢铁冶炼技术发展史的宝贵资料，叫今天的人们很形象地理解到在没有平炉、电炉的时代，古人是如何得到优质钢铁的。在《梦溪笔谈》传入西方后，沈括所记述的锻钢办法，完全改写了世界金属冶炼的技术史，西方人知道在一千年前，中国人已经掌握了优质钢生产的技术关键，就是把握含炭量的多少和炭铁相互结合的方式，是非常先进的。

做出自己所辖地区的"木图",送进皇宫备案。王安石也觉得这个发明很新鲜有趣,觉得沈括是个有心人。吕惠卿则忌妒之情溢于言表,对王安石说:这是沈括在出怪招显示自己,向皇帝讨好邀功,而其实这样的木图制作麻烦、携带不便,大可不必。

而对沈括本人来说,献了木图就完了,压根对会引起什么反应毫不在意,他的兴趣已经转移到了别的方面。

沈括是江浙人,一直又在南方,从未见过北方的山,所以对太行山的独特风貌感到特别新鲜。南方的山灵秀妩媚,草木葱茏,水汽萦绕,像出浴的少女;而北方的山雄浑、粗犷、干旱,草木相对稀疏,小景致好像没有那么多姿,大景致却奇伟壮观,如同屹立的壮汉,别有一番风采。沈括注意到这里山岩的纹理多是横向的,仿佛是无数层沙土堆积、凝聚而成,每一个层次颜色、质地、厚度好像都不同,有时候很细密,如同"千层饼";有的时候单一的层次又很厚,形成数十丈高的绝壁;有时候又倾斜过来,形成断裂的峡谷。他在观赏之余琢磨:这些地貌又是怎么形成的呢?

有一天,他们走在一段盘山路上,他忽然看到一个奇观,他发现旁边的断壁岩石间夹杂着一层白色的堆积物,十分显眼,时断时续连绵了数里长。有的地方靠近路面,可以用手探到,沈括就凑近去触摸观察,这一看不由得大吃一惊,他发现,那一层都是海蚌、海螺的壳子,有的破碎了,而有的却保存得相当完整,形体很大,即使是现在的北方海滩,也很难找到这样大的蚌壳螺壳。

他不由得问随行的人:"这海里的东西,怎么会跑到这样高的岩石里来呢?"

随从说:"这是海里的东西吗?也许是古代哪片土地里的田螺、河蚌遗留在这里?"

沈括摇头:"不可能,河蚌田螺不是这样的形态,不可能长这样大,数量也不可能有这么多。你看这一层,这么厚,又连绵了这么长,只有近海的海床底下,潮起潮落,海蚌海螺生生灭灭,才能堆积这样多的壳子。"

随从说："天哪！海底的东西，怎么能弄到这么高的山上来？除非是有神仙了。"

沈括没有马上回答，他站在路边，对比着岩壁，仔细环视、揣摩着周围的山势地貌，渐渐地若有所悟。他说："不用有神仙，我看有岁月的沧桑就足够了。简单说，就是这一片山地，在千万年之前，曾经就是海滨、海滩。"

"这里是海边？这怎么可能？"

"怎么不可能？古人早就说'沧海桑田'，传说中的仙女麻姑，曾经见过大海和桑田彼此转换了七八次了。你看夹着蚌壳螺壳的那些岩石，不过就是当年海滨、海滩上的砂石泥土，它们一层层堆积起来都化成岩石了，可以想象经过了多么漫长的日月。"

"这可真是难以置信，现在的海边离太行山有一千多里，那么这么广阔的一大片平原沃野，那么多土，是从哪里掉下来的呢？"

沈括说："天下万物的变化，只要合乎物理，都是可能的，积土成丘、潜移默化，不过是不被人短暂的一生所觉察而已，积累起来的变化却是惊人的。这样看来，远古的海要比现在深，我们脚下的这山、这路都曾经埋在淼淼的碧波里，后来，被黄河、桑干河、滹沱河、漳河等河流从西北高原冲下来的泥沙慢慢填埋堆积，将海面渐渐地推向东去，直到现在的地方。"

随从说："这么说，我们这些天走过的河北这样广阔厚实的平原大地，都是河水里的泥沙一点点冲积而来的？"

沈括说："应当是这样的了。古人传说中的'精卫填海'，原来实有其事，不过填海的不是一只神鸟，而是大自然的力量和岁月的积累而已。"①

---

① 现代地质学研究，太行山主要是由海相的沉积岩构成，除了大陆板块对冲和地幔岩浆对流引起的地壳提升而外，沈括所推断的地质变化过程完全符合现代地质理论，尤其是其中关于华北平原是河流的冲积扇形成的判断，是世界上第一次对冲积平原成因的科学解释，比西方文艺复兴时的巨匠达·芬奇对亚平宁山地发现的蚌壳螺壳的同样解释早了四百余年。

随从们望着高山峻岭，云烟渺渺，唏嘘感叹。

沈括在太行山一带考察了一个多月，这里干燥、多风沙的气候，也带给他不适应的反应：他少年时代的痼疾眼病复发了，眼睑干涩，眼球充血，眼皮红肿，叫他很不舒服。他不得不在鞍马上用头巾护着眼睛，每到一个地方就首先用手巾浸热水对眼睛进行热敷，但成效甚微。

这一天，他们一行来到了真定府（今河北定州），知府孙固把他们迎进了驿馆。

孙固字和父，比沈括年纪大十五岁，是属于守旧派的老臣，熙宁初年曾经力谏神宗，不要用王安石做宰相，还专门上书论述青苗法的弊病，所以遭到了皇帝的冷落，贬到北部边界来做些具体工作。他对变法派的人有一个固定成见，认为王安石重用的一帮人都是一些偏执、桀骜不驯、自以为是的狂妄之徒。他初次见到沈括，正是在城门口大风呼啸的日子，看到他接见地方官员还用头巾遮了眼睛，几乎没有正眼看自己，迎到驿馆里，没说几句话下人就找来热水帮他敷眼睛，便以为他很傲慢，目中无人，心里很不自在，边随便搭讪了几句就告辞出来了，心想和这样的无知小儿讨论什么边防问题？真是笑话。

他没有想到，第二天一早，自己还没有上衙，沈括就青衣小帽，急匆匆地求见。见了面不由分说，先躬身施礼道歉，说："府台大人，昨天因为一路风尘太大，眼疾复发，所以昨天欢迎会上，多有失礼，唐突了前辈，今天特来府上赔礼致歉，万请海涵。"

他这么一说，孙固倒觉得过意不去了，看看沈括的眼泡，依然红肿着，想来所叙具是实情，也急忙回礼："言重了，沈大人是钦差巡察使，是奉旨来检查工作的，要说唐突，是我们慢待大人了才是，怎么能反叫大人致歉，倒叫我诚惶诚恐了。"

沈括说："孙府台是前辈，正有许多事情要向您请教，您一口一个大人，叫沈括实在有些不自在。望府台不要这样客气，还是叫我存中就好。"

孙固说："好！看来你还真是个爽快人，既如此，咱们就都不要客套，都直呼其名，说正事好吧！"

沈括说："好，那……和父兄请了！"

"存中老弟请了！"

两人随即哈哈大笑，就在二堂上坐下，叫衙役上茶，说起此行的公务来。沈括先交代自己此番的目的，主要就是视察边防备战的情况，检查保甲法、保马法的落实情况等等。

孙固点头说："当今圣上矢志富国强兵，收复被西夏和契丹占领的北方领土，这无疑是宏图大略，臣等理当尽心竭力。我们定州地面，又夹在二敌国之间，他们要入侵，定州肯定是首当其冲。所以此地的防务，不得不分外小心。下官自到任以来，也就此地的防守之策做了一番筹谋。具体我先不说什么，先请存中在鄙府用点早餐，我们一同去看个地方，然后再做详谈，如何？"

"便依和父兄。"

沈括便在孙固家中吃了个简餐，孙固请他吃的是当地特色小吃：驴肉火烧加小米粥，沈括一贯是南方口味，倒也觉得新鲜。

饭后，沈括和孙固就骑了两匹快马，带了四个随从，出定州城北门，直向西北方太行山麓去。走了不到半个时辰，来到一片高丘之上，拐了一道弯，前面忽然出现了好大一片水面，碧波粼粼，浩浩荡荡。

沈括问："这是一片什么湖泊？北方这样的湖水还真是不多见。"

孙固说："你这才是看了个头，其实这一片山区里水洼甚多，池连池、塘套塘，都是蓄得太行山流下的河水而成，古书上所谓镇阳'池苑之胜，冠于中山'，乃五代后梁时赵王王镕的封地，靠西边不远，就是先秦古中山国旧地，故有此语。说明自古以来，这一带就有水泊连绵，当时称为'海子'。"

到了湖边一所亭台楼阁，虽显破旧，倒也完整巍峨，沈括问："这大概就是王镕时候的旧物了？"

孙固说："正是。你我登楼絮话。"

他们便下了马，走上那座阁楼，凭栏远望，更觉烟波浩渺，蔚为壮观。

沈括说："这景致倒使我想起了范文正公的《岳阳楼记》，和父兄带我来这个地方，真是叫人心胸为之一阔。"

孙固说："我可不是单带阁下来看湖光水色的。我要告诉提举大人的是，这片水面我是动过大工程的。"

"唔？"

"这里原来是几个相连的塘泊，我把这边的堤岸加固，加高了一丈有余，这样不仅这几个泊塘连成了一片，还和原来上游的中山国几个古池苑也连接了起来。"

沈括是水利方面的内行，顺着孙固的手势看看地形，便点点头："府台在这里动这样大的工程，是为了城郊的万亩良田的灌溉问题？"

"不仅如此，这也是下官筹划的一个边防设施。"

"这是边防设施？"沈括疑惑地问，"请和父兄指教。"

孙固欲言又止："存中，你是叫我和你说真话呢还是假话？"

沈括说："当然是说真话。"

孙固答道："如果说真话，我就放开顾忌，难免对你们新法中人有些褒贬之处，还请你担待了。"

"哪里哪里，我早知道府台对新法有些看法，但我也知道孙大人忠君报国有赤城之心，既如此，我们的目标是一致的，不妨直言不讳来讨论。古人说，兼听则明、偏听则暗，真能补新法之疏漏、利国利民，存中要感谢府台呢！"

孙固说："那我就直说了。"

"在下洗耳恭听。"

"存中，说到今年来推行的边防之法，也就是王荆公向圣上推荐的那一套办法，在边关修城植树，移民屯田，也包括所谓的'保甲法''保马法'等，不能不说是用心良苦，也不能不说是行之有效。在宫廷里闭门造车能想出这诸多办法来，确实是不容易了。但是以下官在真定府上任职的这些年看，也有些不切实际和不得要领之处。"

"请讲。"

"自古备战，都是想办法扬己之长，克敌之短，如果反之，必受其乱。这辽国和西夏都是草原民族，跃马骑射是他们的长项，而我们的长项是坚城利炮，强弓劲弩。打起仗来，就要避免和他们野战、马战，而要和他们打城垒之战。从这点看，王荆公采取的办法就未必有效。比如他倡导在边界栽桑种树，这本来是想有利于屯田耕种，巩固边民。殊不知在我们城郊平原地区，一片树林恰恰成为敌人的骑兵埋伏隐蔽之所，我们的弓箭抛石恰恰被树荫遮掩，难尽功效。再比如说'保马法'，本来是鼓励边民养马，以备战时调用，同时也节约官家养马的费用。但是实际执行下来，却发现边民领了官家保马的银子，却并没有全用在养马上，相反倒是把马做耕畜使用，更别说进行军事训练了。这样的马不但在攻坚战中很少使用，即使上了战场也不能和对方游牧族训练出来的战马抗衡，我看这笔银子是白花了。"

沈括听了不由得点点头，有道理啊！

孙固继续说："我到了真定以后，也在考虑万一敌军打来，我们该如何御敌护民的问题。我发现这里的大量水塘池苑，在军事上大可利用。这些水池大都在太行山脚下，水量充足，水位大大地高于平川，也高于真定城。敌人的入侵，多是马队长驱直入，攻城夺地。我们只要在适当的时机，把敌军引入河沟和洼地，决堤放水，那敌军的人马必成水中鱼鳖，被冲溃、淹死，即使有不死的，也必陷落在泥泞之中跋涉难行。此时，我们的军队再乘机杀入，战无不克，而城围自解矣！"

沈括听他一边解说，一边指点着远处依稀可见的真定县城，觉得这确实是一个破敌的好办法。

孙固说："兵法上云：因地制宜，山川草木，俱可为兵。我以为，起码就我们真定一州来说，借水为兵是个好办法。于是我就一方面修筑城墙，一方面扩大水塘，并且修筑了完善的引水渠道，直通城下，凡靠近城垣附近的高大树林，我索性命人砍了。这样一方面开阔了视线，消除了敌军伏兵的隐患，另则疏通了水道沟堑，平时可以排水放水，浇溉农田，待打仗的时候，就是水淹七军的通道。不管别的地方怎样，对于真定府，我认为这个办法是适用的。"

听了孙固的这个部署，沈括立即意识到，这是非常好的御敌新思路。河北西路沿太行山东麓沿线，散布着邢州、卫州、大名、河间等一系列州府重镇，大部分都靠近从太行山流下来的大河流，如果都修筑一些像镇阳一带的池苑水塘，平时可以用于农耕，战时的确也可作为歼敌利器。

接下来连续十几天，沈括叫人带着他到太行山麓几个重要的重镇附近，仔细察看了周边环境，发现几乎都有可以利用的水源。证明大修塘坝御敌的办法应该是切实可行的。

沈括接着又视察了几个重镇的修城工程。他发现许多县镇的官员，多是在旧城垣的基础上修修补补，许多地方的旧城垣并不利实战，因此，沈括专门召集了工匠开会，亲自画了图纸，还撰写了《修城法式条约》，命令他们照章返工。

县镇的官员们又提出了修城的费用问题。既然要扩大工程，从哪里去弄钱呢？沈括发现他们都是在用官钱雇工人修城，立即提出建议，将这些人辞退，改用当年范仲淹使用的"以工代赈"的办法，雇佣灾区的灾民来办这个事情，既解决了灾民的安置问题，又节省了大量的经费。

在细微视察和精密思考的基础上，沈括向朝廷连续上了三十二道条陈，系统地提出了自己在改进河北防务的意见和建议，概括起来最主要的有四条：

第一，修塘坝。针对辽国军队以骑兵为主的特性，宋将一般都依赖坚固的城垒固守反击，沈括建议充分利用太行山上的水源，多筑塘泊，在辽兵围城的时候放水冲淹。无疑，这正是推广孙固在真定所创造的经验；

第二，砍伐一些树木。以前的屯田法、植桑法鼓励在边境大量植树，原意是阻挡骑兵，沈括根据自己的实地考察结果，认为应因地制宜，在一些军事要地，尤其是城垣的周边地区，应该砍掉一些树木，以免成为敌人骑兵隐蔽和挡箭之所，这也是部分地采纳了孙固的意见；

第三，现在推行的保马法要求边户养马以备战用，沈括认为马战是敌人的长项，而并非我们的长项，我们的长项是坚固的堡垒和强弓硬弩的技术，应多发展这方面的装备；

第四，边界不宜开采银矿，开矿容易引起辽兵的觊觎，引起争夺的战事，而炼银之术又关系到国家的金融大局，不能外泄。建议停止太行山一带银矿勘探工作。

关于沈括提出的这四点建议是否正确，古今研究者各有褒贬，尤其是砍伐树木这一项，似乎不太符合现代的生态保护观念。但是要知道，当时对于宋朝来说，北方边界的安全关系国家的存亡，为了边防是不惜一切代价的，何况沈括指的是有关军事关键地方的树木，不是所有的树木。但不管这四条意见正确与否，沈括都确实是在调查研究的基础上，进行了严谨认真的科学探讨而提出来的，绝对是出于公心，没有带官场上派别的偏见。

孙固看到了这些奏章，感觉沈括这个人确实是讲实际、从善如流的，是个有肚量也有水平的人，所以早把戒备之心抛开，认他做忘年交，进一步向他敞开襟怀。

这一天，孙固在自己的府邸，拿出一本线装书来给沈括看，说："实话说，圣上想酬北征壮志，叫各地官员学习武备，这个用心是好的，但是可惜朝中无人，竟然下发了这样的东西叫我们参读，真是有些贻笑大方了。"

沈括接过书来一看，只见封面上印着四个大字："九军阵法"，下面是四个小字："郭固注释"，便问："这部书名我倒是听说过，是古代一部讲兵法的书，可是据说已经失传多年。这郭固是个什么人？他怎么能得到这本书，并且还能注释？这也奇了。"

孙固道："据说这个版本是馆阁从民间搜集上来的，圣上觉得将来用兵也许用得上，就把它翻印出来请人注释。这个郭固，据说是兵部一位侍郎，自以为通晓古今战列方阵，所以作了注释详解此书。圣上看了，觉得字面上讲得头头是道，便把它批发各州府衙门，叫各地厢军将帅们阅读。"

"反应如何呢？"

孙固苦笑道："将帅们看了都引作一个笑话，认为是望文生义，信口雌黄，在实际作战中毫无用处，朝廷下发这样纸上谈兵的东西叫大家学习，也太叫人失望了。"

沈括简直不敢相信："真的如此不堪？"

孙固说："我说不算数，我看存中你倒是个肯钻研、有头脑的人，你把这本书带回去看看，自会明白怎么回事。"

沈括果然将这书本带回寓所，当夜挑灯读了一遍，也不觉哑然失笑。

沈括发现这位郭固先生的确是以一种闭门造车、书寓式的手法来注释这部军事著作的，他显然没有参考实际的战例，也没有找具有作战经验的军事人员认真磋商过，甚至连起码的模拟推演实验也没有做，仅仅是凭着字义的考证和训诂就妄加评论，所以许多细节方面的阐述明显地脱离实际，有些甚至弄到了很荒谬的地步。

比如郭固认为，所谓"九军阵法"是指九个军共同组成一个方阵，外面用一个军的力量环绕，"军中容军，队中容队，则十万人之阵，占地方十余里"。按照他的描述，士兵在阵列中，经常是面对面站着，侧身面对着敌人。

这显然是行不通的。沈括知道：古代所谓"阵法"，其实就是迎敌时的战斗队形。队形排列得法，在进攻和防守时，就可以照应得当，穿插有度，不致被敌人冲散、击溃，而反过来可以机动灵活地打击敌人。在战斗阵列里，士兵都要面对敌人，彼此面对面有害无益。所谓"军中容军，队中容队"更是会自己人互相碾压，挤成一锅粥，是十分滑稽可笑的。九支军队外面有一支军队环绕，好比九个人披着一张人皮，行动起来只能互相牵扯，一动就得死。何况，天下哪能到处都有十里大的空旷地面，没有山丘、沟壑、田地、丛林，叫你去从容铺排十万人的队列？

在鄙夷之余，沈括又冷静下来，他知道光嘲笑对方的无知、荒谬是不够的。要说服人，必须弄清"九军阵法"的真正含义，要说清楚对古书中记载的那些字句应该怎么理解才正确。

沈括沉下心来，把灯芯拨亮，再次把这本书的原文仔细研究，反复琢磨，整整研究了一个通宵，终于觉得悟出了其中的真谛。

第二天一早，沈括就把自己一些新的领悟讲给孙固听，孙固立时觉得是真知灼见，说："你这么一讲，九军阵法可真是有些眉目了。"

按说，沈括本人也没有带兵打仗的经验，他虽然看过一些兵书，但也谈不到精深，但是他有一套科学思维的方法，和求真务实联系实际的治学方法，所以总能见人之所未见，使自己的认识比较符合客观存在的规律。

沈括认为有必要就《九军阵法》的问题认真给皇帝写一封上书，这不仅关系到对一本书的评价，而是关系到朝廷在提倡一种什么样的治学态度，在军事问题上讲虚的、空的，到头来危害的只能是国家安全。

沈括在上书中详细讲述了自己对古代"九军阵法"的理解，他说："所谓九军阵法的概念，最早应当是源于古代的'九宫'图式，即所谓《洛书》。《洛书》中提出一个数字排列方式，叫作'戴一履九，左三右七，二四为肩，六八为足'，这种排列有一个特点，就是无论从哪一方向看去它们的和都等于十五，作为战争中的战斗队形，最理想的队形莫过于没有薄弱环节，敌人从哪面进攻都能遇到几乎相同的兵力，于是《洛书》中的这个思想，很快被运用到军事上来，军事家们试图在排兵布阵中运用这种模式。古往今来所谓的'八阵图''八卦阵'，大多与《洛书》有关，这一本《九军阵法》也是缘于这样一个主导思想。原文中所谓的'背背相承、面面相向'不是说士兵的站立应该背靠背、面对面，而是指九军各自为战的同时，不要忘记互为依托，互相穿插配合之间也不要失去总体力量的协调平衡，就像九宫格里的'井'字形格局，不管地形怎么复杂，形势怎么变化，阵脚什么时候都应该是清晰的、有章法的，这样就不会给敌人留下漏洞，如此而已。"

沈括的这份上书送达朝廷以后，他的真知灼见马上得到了神宗的重视，他由衷地信服《九军阵法》的真谛真应该是这样的，于是下令收回了郭固的那本《九军阵法》详解，同时责成沈括编写一部《边州阵法》的书，将他对于古阵法的研究结果收入，给各地驻军印发下去。

沈括在河北西路的巡察持续了半年多，在那里度过了北方寒冷的冬天。在这期间，他和孙固交成了很好的朋友，孙固把自己保存多年并有所改进的治疗眼病的药方"透水丹"交给沈括。在这之前，先任巡察使章惇也曾建议他用"四生散"治眼病，这四生散就是：白附子、沙苑蒺藜、羌活、黄芪四味药等量碾末，每服二钱，盐酒空腹送下，如果能放到猪肾中煨熟后再服效果更好。沈括用这两种药自服，终于治好了折磨了自己四十多天的红眼病。感激之余，沈括很欣喜地把这两个药方记录下来，后来收入自己的医学著作《苏沈良方》。在这个记录中，他特别强调了只有患者在眼疼的同时，耳朵里也感到发痒，说明是肾中风，才可以用这两个药。从这个细节我们也可以感受到沈括治学的严谨。

这年冬天，沈括跟孙固再次到镇阳"海子"视察，看到原本浩浩汤汤的湖面上结了厚厚一层冰，一些大人领着小孩，坐着"凌车"在冰面上滑冰嬉戏。沈括是南方人，从来没有见过这么厚的冰，也没有见过"凌车"，也就是现在说的"冰车""爬犁"这一类冰上运动的器械，觉得很稀奇，尤其对"凌车"这个名字感到震惊。因为当时刑法中有一种最残酷的刑法叫作"凌迟"，就是俗话说的"零刀碎剐"，行刑时就要把犯人绑在一个木制支架上受刑，这个支架就叫"凌车"，也叫"凌床"或"木驴"，不想在这里，人们把这种欢乐的游乐玩具也叫作凌车，这实在是有些过于残酷的幽默了。沈括在后来的《梦溪笔谈》里很详细地记录了"凌车"一事。

沈括在遥远的北方雪地里看冰车，他万万没有想到，此时在汴梁城内，因他上奏的改进边防的那四点建议，正被小人添油加醋地加以发挥，对他的人格进行着恶语中伤。

当时，王安石已经遭贬到江宁做太守，朝中主持条例司继续推行变法的是他亲选的代理人吕惠卿。吕惠卿此时的身份是右宰相，沈括上奏的条程，自然要先经过他的手。

吕惠卿看到了沈括的这几项建议，马上觉得有机可乘，他作为一个学士出身的官员，自然会看出沈括的意见是有水平的，完全是从科学、讲求实效的角度提出的，但是显然与王安石原来对北部边疆的军事部署和"新法"不尽相符。吕惠卿出于私利，早就想把沈括在变法派的圈子里搞臭，一时找不到把柄，现在好，他自己把把柄送上门来了。

于是，吕惠卿专门为此给身在江宁的王安石写了一封信，煞有介事地说：以前，一直觉得沈括总爱对新法的贯彻发表异议，以为他不过是书生气过于较真，对变法本身还是坚定的，可是自从你离职走后，他的言行越来越放肆了，这不是吗？到河北还不到三个月，就和章惇、孙固等一些反对变法的著名人士打得火热，对他们言听计从，全盘否定了你原来在河北部署的防务措施：保马法也不符合实际了，边界植树屯田也错了，都不如他和孙固建议的修塘坝蓄水管用。他还嘲笑你在任期间下发的《九军阵法》，说那是闹了一个大笑话，还自作聪明地另外编了一本《边州阵法》，到皇上面前邀宠。去了一个冬天，上了三十二道条陈，每一次都长篇大论、言之凿凿，似乎满朝文武只有他一个人懂军事。这样地卖力，这样地积极，为什么在你执政的时候没有表现出来呢？这样看来，沈括绝不是一个不谙世事的书呆子，分明是十分有心计、见风使舵、落井下石的投机者。接着，吕惠卿断章取义地引述了沈括奏章中的一些原话原文，说明他的这番看法绝对是有根据的。

没有资料显示，王安石在看到吕惠卿的信后是什么样的反应，但是从王安石后来在与人对话中涉及对沈括的评价时的表现来看，当时他肯定是暴跳如雷。正处在逆境中的王安石，对朝中一切细小的变化都分外敏感，由此把沈括列为新法的叛逆，真认作是见风转舵、落井下石的"壬人"（奸佞小人），这种评价在以前是绝没有过的。

事实上我们知道，沈括在巡视河北中上的奏章，完全是为了维护新法的贯彻，矫正一些执行中的偏差，补充一些以前忽略的细节，根本没有全盘否定以前、为自己邀宠的心理。事实上，任何一种新法的贯彻，都需要在实践中不断地补充完善，才有更强的生命力，沈括的种种建议出于他的科学精神，与王安石是否在位没有任何关系。

但是王安石却不是这样看的，史料记载王安石这个人不谋私利，不拘小节，思想很激进，在看人的问题上"以派划线"的倾向十分严重。拥护我提出的改革思想的，那就是好人；而批评我的改革思想的，那就是阻力，就是坏人，我是绝对要排斥的。你哪怕对我的改革方案表示一点点的怀疑和改动，那都是动摇派、骑墙派，我都要和你斗争。他的这种固执和绝对化的思维，使他失去了许多真诚的朋友，也给许多投机分子留下了可乘之机。

因此，他在逆境中失去了冷静，从此认定沈括是改革派的"叛徒"，是个见风转舵、在危难时刻变节依附了保守派的小人。

而从沈括当时和后来留下的文字看，他对此事毫无觉察，他此时对于王安石依旧十分崇敬，并终生视为自己的老师和知己，自此以后，他在一切场合依然对王安石和他推行的新法赞赏有加。

第十章

出使辽国有功反贬

熙宁八年（1075）二月，沈括结束了巡视河北西路的工作，回到汴京。同月，神宗把王安石又调回京城，重新任命他为宰相。沈括自然去拜会了王安石，并由衷地表示祝贺，可是在王安石的眼里，这是他"见风使舵"的又一次表现，不冷不热地应酬了几句。对此，沈括又是浑然不觉。

以后，沈括又兴致勃勃地投入了两件事情：一是按照皇帝的要求，依据古代资料记载，复原制作了一辆古战车；二是在军器监带领众下属，精心研究制作了一种威力巨大的"神臂弓"，据说这种弓捆在专门的战车上，弓弦张开可达三米，发射力可以让一根胳膊粗的长矛弹射飞行三百尺远。沈括认为用它来对付敌国的骑兵会非常得力。

有一天下差的时候，经过宫门口，忽然一个穿朝服的中年人和他打招呼："存中兄，别来无恙啊？"

他仔细一看，发现这个人十分面善，忽然想起来，这不是当年和他同科赴考、高中状元的福建才子许将许冲元吗？他现在还是那么一副恃才傲物、踌躇满志的样子，只是下巴变得肥厚，肚腩也稍显隆起，有些过早地发福了。

在这里遇到故人，沈括也很高兴，一把拉住他："是冲元兄啊，多少年不见了，走走走！咱们得找个地方坐坐，好好聊聊啊！"

说着两人便并肩走出宫门，在御街一座茶楼找了一个清净的雅座，两人要了些青素小菜、一壶烧酒，随斟随饮，漫谈起来。

沈括问："我们自嘉祐八年分别，大约有十二年没见了吧？冲元兄这些年在哪里高就啊？"

许将道："我比不得存中兄，这些年总活动在天子左右，观天察地，为君王肱股之臣，我不过是在边远小地，聊尽绵薄之力而已。"

"哪里，我搞的不过是些纯技术性的事务，决策的大事与我无干，哪里称得上是君王肱股？我听说当年欧阳公临受贬依然走马荐诸葛，保举足下为明州通判，后来当今皇上即位，爱惜老弟的才华，曾三天内提升三级，当时满朝文武都对老弟钦羡不已，而那时我还在修汴河，还暗自感叹老弟才有所用呢！"

"那又怎样？天下人都知道，后来皇上一心依靠的是王相爷麾下的新法人员，像老兄这样王相爷一手拔擢的人才前途无量，像我们这些没有根底的人就相形见绌了。"

关于这一点，沈括倒是有所耳闻的：据说神宗曾经直截了当地问过许将对新法的态度，可是许将当时却态度暧昧。作为同科学子，沈括明白许将有着左右逢源的圆滑性格，既不愿意得罪王安石这批新宠，又不愿意得罪司马光、苏轼这些名儒大家，所以就宁愿模棱两可做个太平官。沈括知道他的这种态度，在自己所崇仰的孟子的士大夫精神来看，这属于没有原则和品格的行为。不过，多年学友第一次见面，沈括又不便直接评论这个事情，便有意识地转开了话题，说："哪里，这不是在天子脚下也遇到老弟了吗？看老弟的打扮，是要有重任委派，不知是何高位呀？"

许将摇头说："是个苦差事，叫我到北方契丹国和他们谈判边界问题。"

沈括说："哦？巧了，我也刚从河北边关视察回来，怎么？最近边界上又起争端了吗？"

许将叹道："唉，蛮夷得寸进尺，寻衅闹事呗。"呷了一口茶，便说起了当前的边界危机。

原来，辽国自"澶渊之盟"以后，国力日强，其疆域扩展到了库页岛和阿尔泰山，面积已经大于北宋，不过多数是荒漠、贫瘠之地，于是野心进一步扩张，不满足既得利益，不断地蚕食宋朝的土地，仁宗时代一味退让，"贡银"一增加就是二十万两银帛，使得契丹人觉得宋朝皇帝软弱可欺，就不断地以各种名目寻衅闹事。

神宗是有富国强兵壮志的，但是在没有取得充足的战略储备之前不愿意轻起边衅；王安石为了有时间充分展开他的变法计划，也对辽国采取安抚让步的策略。所以边界上的争端，就搞成了长期的拉锯战，拖而不决。最近这一次，辽国忽然以二十万兵力的军队陈兵代州，要挟宋廷，提出要以分水岭为界重新划定一片疆域，这样能把疆土向南扩展三十里。于是朝廷不得不派去代表与之谈判，这代表的人选就选中了许将。

许将说："此事关系国家大局，非同小可，以前历届辽宋两国的谈判资料我必须熟悉，才能保证在谈判中不吃亏。这几天我每日在枢密院中查阅旧档，所以在宫门前遇到老兄。"

沈括点头道："有备无患，以冲元兄的学识、口才，只要准备充分，定能喝退蛮夷、不负使命。今天我也借这一杯薄酒为冲元兄饯行，祝君一路顺风。"

许将说："谢老兄吉言，但愿如此吧！"

许将和沈括这一次见面之后，很快就带了一个使团赴代州与辽国进行交涉，在一个叫作"大黄平"的地方双方进行了接触。

史料记载，许将在这一次谈判中的表现也算是可圈可点的。据说他刚进入辽国占领的区域，他不平凡的身份已经不胫而走，县镇里的契丹百姓都奔走相告，说走啊！去看南国的状元！人们纷纷在街道两边和门窗里外，驻足探头，来看他"状元"的风采。许将自然也就挺胸凸肚、不卑不亢地展示了大国使节的气度。到了驿馆，契丹人在欢迎宴席间摆下箭垛子，不和他这状元比试文才，而是要比赛射箭。许将也不含糊，欣然从命，弯弓搭箭，居然第一个射中了箭靶子，真正地展示了一把大国英才文武全能的形象。

到真正谈判的时候，对方出难题了。本来契丹就是要豪夺地盘，并无解决问题的诚意，谈判的时间推了又推，谈判的代表也久不确定，与此同时，北方却传来急报：契丹一万兵越境焚烧了宋边民的房屋，双方弓箭对射，死伤百人。许将知道，这显然是要为谈判增加筹码，随即提出抗议，并以退出谈判、回朝搬兵迎战相要挟，对方这才同意谈判立即开始。

谈判决定在大黄平的军帐中进行，一进门，许将却发现又出了新的幺蛾子：辽国的代表坐了正面的主位，叫大宋的代表坐在两边的从属位置。许将再一次严词拒绝，一定要叫对方重新摆列桌椅，使双方座位品级对等方肯入座。

谈判开始，许将首先就辽兵的犯境提出抗议，而辽方拒绝承认是犯境，反说是宋长期占据了辽的土地，他们这是驱逐收复。于是谈判马上就进入了这片土地的归属问题。许将引以往的历次谈判结果为例，说明这些土地不存在疑义，早就经双方共同认定为大宋疆域；而辽方咬定，以前的条约只是初步划了个范围，并没有具体地指示这片区域的归属，按照各国间划界的惯例，应该以分水岭为界，按照这个原则，蔚州、应州、朔州的这一片疆域都应该是属于辽国的。

这一下实际上触及了许将的短板，他虽然才高博学，却只是在文史经学方面，对于地理方面的知识一窍不通，对于何谓分水岭，分水岭应当如何判断划界更是说不清。所以他只能回避这个问题，咬定条约既定，就要双方维持现状，一方不能随意更改。

辽国方面见他回避分水岭问题，越发咬住这个不放：现状是什么？我们现在出二十万兵占了代州，你承认不承认这也是现状？划界的问题不解决，谁打谁都是一笔糊涂账，所以我们这一次要求以分水岭为界把边界重新划定，以免以后再生事端。

许将则还是咬定以往的条约不能更改，闭口不谈分水岭问题。辽使则坚持：不谈分水岭问题就解决不了争端，难道各国划界的规矩，宋朝就不遵守吗？对此，许将只好闭口不答。

辽方有一个性情和长相都很凶悍的重臣叫萧禧的，拍着桌子叫道："你怎么不说话？边界的事你到底做了主做不了主？做不了主，就滚开，我到你们汴京和你们皇帝说去！"

许将却沉住气说："我大宋朝是有规矩的，和你们这些蛮夷小国的边界问题，用不着皇帝亲自发话，大臣受皇帝的亲派，自然代表得了皇帝，有什么话和我说吧！"

"那你倒是说呀！分水岭的问题你到底同意不同意？"

"下官受命是讨论遵守旧约的问题。你们要胡搅蛮缠说什么别的问题，我自然不予理睬。"

许将的这种态度，可以说是维护了大国尊严，但是问题并没有解决。于是谈判就这样僵持住了，一直拖了一个多月，没有任何结果。

辽国见达不到目的，索性就派萧禧携带国书来到汴京，直接向神宗皇帝提出分水岭方案，并提出领土要求。萧禧在京城表现得十分蛮横，上朝时拒绝按照惯例，在礼部学习觐见时候的礼节，在大殿上拒不下跪。按照惯例，外交使者在对方国都居住不能超过十天，而萧禧就是赖在汴京二十天也不走，扬言如果得不到明确的答复，绝不离开。

在这种情况下，边界谈判已经没有意义，朝廷只好把许将召回，重新研究应酬之策。

此时王安石已经重新回到了宰相的位置，神宗和他来研究这个问题，两人看法是一致的：显然，辽国这一次是有意挑衅，并且做好了战争准备，而我们却没有做好战争准备，现在匆忙迎战只会导致更大的损失。所以此番应酬，只有忍辱负重，暂时做出让步，求得表面的和平，以腾出更多的时间为将来的决战做准备。这一点上没有异议，关键在于要做到什么程度的让步，在哪些问题上让步，能平息这一场危机？

就在这个时候，神宗收到了沈括的一封奏疏。

原来，许将从北国谈判回来以后，把谈判情况和双方胶着的问题都告诉了沈括，他的原意本来是想炫耀自己出国谈判的不易，彰显了国威，却引起了沈括对争议涉及的地理问题的兴趣。对于"分水岭"问题的界定，沈括当然是清楚的，于是他在馆阁里查旧档、对照研究地图，忽然发现了一些问题，于是就上书皇帝，想为解决这次危机出一点力。

沈括在奏疏中说：根据过去双方议定的边界条约，实际上已经基本符合辽邦一再咬定的"按分水岭划分"的条件了，而辽邦现在提出领土要求的黄嵬山一带，恰恰并不符合这个标准，而且两次提出的边界前后矛盾，要相差三十多里。看来，辽邦和咱们的大臣双方都没有实际弄清楚分水岭分界的真正含义，就在那里盲目地争执，实际上，如果真的按分水岭划分，双方都互有得失，总体算下来，我们大宋未必吃亏。既然这样，不妨我们就同意他们这个条件，免得他们再得寸进尺，再寻事端。

随着奏疏，沈括还画了按照分水岭原则我们可能失去与获得的疆土的详细地图，神宗看了如梦初醒，叹息道："大臣们不懂地理，又不肯审察细究，几乎误了国事。"

神宗特地把沈括的奏章和绘制的地图，批转到中书省和枢密院，并且加了批文，对以前参与过边界谈判无功而返的大臣们不求甚解的态度提出了斥责，其中自然包括许将等人以及这一段在主持边界谈判的吕惠卿在内。这一下沈括无意中又得罪了包括许将在内的一些朝臣，在他们心目中，沈括等于是卖弄自己的才学，告了他们一状，所以也结怨于沈括，而沈括对此毫无意识。

随即，神宗就派人通知赖着不走的辽国使者萧禧，说宋廷经过研究，同意你们所提出的按分水岭划界的要求，你可以回去了。萧禧听了这个消息，觉得自己已经取得了外交上的大胜利，占了大便宜，便要求宋廷开具这种承诺的书面诏文，一口答应返回辽国。

神宗当然知道，这是因为萧禧头脑也不够清醒，他也没有意识到按照分水岭划界对辽邦真正意味着什么，不过，这样正好，我们正可以派使节去"以其人之道还治其人之身"，维护大宋的利益。

不用说，这个特使的人选非沈括莫属，神宗知道只有他能够运用娴熟的地理知识，把这个问题说清楚。为了"迷惑"辽国，神宗把这一次任务的官衔定为"回谢辽国使"，仿佛是大宋也感谢这个原则确定了多年悬而未决的边界争端，要对辽国表示感谢一般。

确定沈括为这一人选，神宗也是和王安石商量了的。此时的王安石，由于吕惠卿的挑唆和谗言，已经对沈括产生了偏见，也认为沈括上这封奏疏是在卖弄自己的才学，哗众取宠。以王安石的观点看，既然要准备对辽国妥协让步，求个暂时的安定，就不妨吃点亏，没有必要在几十里的具体疆域上纠缠不休。他认为沈括的提议价值不大，而且他认为契丹是虎狼之国，并不讲什么信义承诺，一旦弄清楚"按分水岭分界"他们也占不了多少便宜，肯定会变卦改口。这一趟"回谢"的差使其实很棘手。但是，他看到神宗皇帝这样重视沈括的意见，自己也不便表示反对，再说在他的潜意识里，也想教训一下沈括：叫你卖弄！你自己揽下这烫手的山芋，你自己去摆弄吧。所以他也表示了同意。

按说，叫一个从无外交经验的"技术干部"，承担这么举足轻重的国事大任，立功不容易，待罪却很容易，这本身是不太公平的，但凡滑头一点的人，是不会接这个差事的。

但是沈括以诚待人，认为是承担了国之重任，以他从小崇仰的孟子"以天下为己任"的士大夫精神看，既然君王信任自己，自己就应当尽心竭力地完成这个任务。

临行的时候，神宗特意打开天章门，在资政殿专门接见了沈括。

神宗也知道他这一次的使命不轻松，问他："你这一次是要直接北上面谒北国首领耶律洪基，去了肯定还有一场围绕边界问题的恶争，契丹反复无常，一旦弄清真相，喜怒难测，假如他们要不计后果，危害使者，你怎么办？"

沈括大义凛然地说："臣以死任之。"

神宗点头，扶着他的肩膀叮咛道："你的忠心固然好，但也要灵活处置，相宜行事。因为你此去身系国家安危，你安则边界安，一味和他们斗虚气并无补于国，以解决问题为目的，切勿逞匹夫之勇，把事情弄僵。"

"臣明白。"

"对虎狼之国，完全以理服人恐怕是不行的，还得诱之以利，必要的时候也可让一步，行韬晦之计，让些疆土也可以。当然，不能伤筋动骨，要害之地是不能让的。"

"臣遵旨。"

神宗说："朕了解爱卿精通地理，又颇有城府，所以委此重任。此行宜以智谋方略胜其要挟威迫，以绵里藏针对其狡诈凶险，朕相信你会胜任的。"

沈括几乎是哽咽着说："臣定不负圣恩，肝脑涂地！"

临别，神宗赏赐了他白银一千两，以示鼓励。

从宫里出来，沈括觉得心里沉甸甸的，他领悟皇上的意思，是以求安定为目的，既要不丢面子，又不能损失太多的利益，这个要求并不低。

熙宁八年（1075）四月，沈括以"回谢辽国使"的身份带着一支马队离开汴京，踏上了出使辽国的行程。

他们是取道雄州（今河北雄县）进辽国疆域的，刚到边境，就遇上麻烦：辽国拒绝他们入境，理由是他们的名分不对："回谢使"，回谢说明什么？说明双方疆域已经称为既定事实了，才存在回谢不回谢的问题，而辽邦认为边界还没有定，大有讨价还价的余地，所以拒绝接纳他们入境。

沈括一再解释无效，只好退回到雄州城内等待双方高层交涉。

这也巧了，恰好沈括的哥哥沈披这一段正好在雄州城内做官，担任安抚副使，负责处理州一级行政地区的军民事务。亲兄弟多年未见，相逢自然是十分亲密，说不完的话。得知弟弟此次担负的任务详情，沈披也为他捏了一把汗。

沈披说："我刚听到回谢使这个名称，以为你这回担负的是趟闲差，却不料里面埋藏着另一番玄机。这辽国可不是礼仪之邦，说得恼怒了，什么事情都做得出来，弄不好扣留你们，你们成了当代的张骞、苏武也未可知，你可得有所准备啊！"

沈括说："外交的事吉凶难测，我是做了最坏打算的。不过据我所知，辽邦为了自己的发展，也在学习咱们的礼仪规制，还重用了一批汉族文人给他做幕僚、高官，大国的信义他也还是要讲的。我来之前，已经叫我的一行人马将以往的条约文书，背得滚瓜烂熟，只要我言必有理有据，话说得智慧，他们就是想翻脸也找不到由头。"

沈披叹道："他要真想对你下手，还管什么由头不由头？不过，有一点倒是你说得对：对付他们，要多用智谋。契丹人在凶悍、尚武方面是我们汉人所不及，而智谋、韬晦方面却不如我们。这使我想起仁宗时候，我们雄州的李允则智斗辽兵的事来了。"

"唔？那是个什么故事？"

"仁宗时候，我们雄州曾驻守着一位兵马都监叫李允则，他看到雄州紧邻边境，须加强城防，想要扩展北城，却又怕辽国借此寻衅闹事。"

"他担心得有道理：我们有些边城只是在城墙上加修了箭楼，辽国就向汴京发去了抗议，说我们欲备战进犯他们。那李允则又是采取什么办法呢？"

"李允则先用银子做了一个大香炉，放到北门内的大庙里，不加看守，不久，那个银香炉就被人偷去了，李允则就大张旗鼓地贴告示捉拿盗匪，结果毫无所得。李允则于是声言要防盗必须修筑北城，不多日子果然扩展修筑了北城，辽人见了，也不足为怪。"

"好啊！这可以称为是巧施香炉计，建得雄州城！"

沈披叮咛道："你到那边谈判，也需要向李都监一样，多动些脑筋。"

沈括深深点头。

沈括一行在雄州城一直待了二十天。在这期间，沈括反复带领使团诸人揣摩辽邦可能的阴谋手段，可找的借口理由，反复做了模拟应酬的训练。即使这样，沈括仍然觉得也要有最坏的打算：万一谈崩了，辽人翻了脸，真把自己像苏武和张骞那样扣留、发配，甚至杀掉了，自己还得有所交代。

这样想着，沈括专门写了一篇奏疏，叫哥哥转奏朝廷，说明万一自己回不来，建议朝廷做的事情。他写道："臣此去万一不能南还，便以死效命。臣死于国事无憾，但怕的是导致国土沦丧、生灵涂炭，臣想这次谈判万一失败，辽邦必定借此由头举国来犯。制敌之策，只有在定武县聚集西山兵马，守卫磁州、赵州，黎阳一带河道狭窄容易突破，可以调动澶州、大名两地的兵马扼守白马津，怀州、卫州应坚壁自守，断敌通道。辽兵不得西进，只有走中路直趋河桥，我们可以掘开沿途塘坝，放水灌之，辽兵纵然铁骑千万，也只能化为鱼鳖了。唐河是从太行山上流下来的河流，落差甚大，可以先用土袋将其壅塞，待敌军北撤的时候，移开土袋，放水断敌退路。再令镇州、定州的兵一路追杀，辽军的这一次进犯就彻底被粉碎了。"

沈括在这里提出了一个完整的作战计划，这应该是经过他在河北西路的视察，对情况了如指掌，提出的科学对策。从这里我们可以看出，沈括虽没有打过仗，但确实已经具有了运筹帷幄的能力。他提出的军事应急战略可以简单概括为"做好口袋，水淹三军"，欲使宋军在兵力不足的情况下也能战胜敌人，应当说是煞费苦心的。也体现了沈括在面临国家生死危机时不顾个人安危的崇高的士大夫境界。

但是据宋廷宫廷记载，沈括这篇赤胆忠心又充满军事天才的奏文，神宗皇帝并没有看到，研究者们探究，是被当时的宰相王安石在吕惠卿的挑唆下扣压。吕惠卿以前在主持边界谈判的过程中屡有蒙蔽皇上的行为，被沈括的上一篇奏文批评，他就怀恨于心，这一次继续蛊惑王安石，说沈括这一次出差本来没多大危险，故意写这么一篇煞有介事的"遗嘱"，分明是为了"卖忠取宠，实实可笑"。王安石还真信了这个话，竟然愚蠢地在奏文上面批了一张条子，写了九个大字："勿使上知，勿使齐年知"，意思是不要叫皇帝知道，也不要告诉另一个宰相吴充（吴充和王安石生于同年，故称"齐年"）知道，这篇奏文就这样无声无息地被扣留在条例司。王安石当时也没有想到，他对沈括奏文批的这个条子，不仅埋没了一个忠臣的赤子之情，而且给他自己的命运也带来致命的危害，这是后话。

二十天后，由于萧禧返回辽都，向辽廷说明了情况，辽国允许宋使入境了，沈括便重新打点行装，义无反顾地进入辽国。

一进辽国，周围的景色顿时发生了变化，按说此地也属于河北大片平原，但因为辽人以放牧为生，不事农桑，所以一望无际的阔野上都生长着牧草。时正仲春，百草萌动，野花竞放，真有"天苍苍，野茫茫，风吹草低见牛羊"的感觉，一时叫人心旷神怡。

沈括知道，自己已经进入"燕云十六州"的区域了，想到五代石敬瑭卖国求荣，认贼作父，把这么一大片肥腴富庶的土地割给了异族。如果没有此事，这一片沃野将养育多少中原人民丰衣足食！真是千古罪人啊！

想到这里，他又想到了发下宏愿要收复燕云十六州的当今皇上，一洗汉家旧耻，也算得是一代明君。自己既然有机会经过这里，就有责任为君王完成这一宏愿做点实在的贡献。于是他叫自己的下属沿途观察地形地貌、山川河流、道路水井、动物植物、天文气象、民情民俗，一并绘制成地图，并附了文字说明，他想，这些图带回朝廷，对将来征辽复国的战争肯定是大有用处的。

当时辽国有东西南北中五个京城，其"南京"的位置大致相当于我们现在的北京，但并不是现在的北京城区，而是偏南面的天津蓟县一带，沈括在经过这里的时候，记录了叶展大如轮盘的大蓟草，并且判断当地是因这草而得名。

契丹辽国的真正首都在上京，位置大约在现在的内蒙古自治区巴林左旗，大兴安岭东麓。沈括是从现在的蓟县翻越燕山来到这里一个叫永安山远亭子的地方，这是契丹皇族的夏都，契丹皇帝耶律洪基此时正住在这里，派了琳雅、耶律寿、梁颖三个高官，将他迎接到了皇家驿馆。其时是熙宁八年（1075）五月二十三日。

辽国契丹族保持着游牧民族的习俗，喜欢择水草丰茂的水边居住，因此沈括看到，他们的王廷、驿馆全都是帐篷式的。

沈括一行首先拜见了辽道宗耶律洪基，向他递交了国书。辽道宗也设宴款待了他们。

从五月二十五日开始，到六月初五，十天里，沈括与辽方进行了六次实质性的会谈，商定两国边界的问题，谈判从一开始就进行得很艰难。

代表辽方与宋使会谈的是辽国枢密使杨益戒和学士梁颖。一开始，他们就对沈括的身份和实名提出质疑。

梁颖说："我们南北双方还有许多边界问题没有解决，近来又因为代州纠纷久拖不决，可是贵使节前来，却说是回谢，这是何意？"

沈括说："两国的划界问题早有定论，有以前历届会谈的文档为证，只是最近贵方忽然又提出要以分水岭重新划界的新主张，并在代州、黄嵬山等地挑起了事端。我方为了两国邦交的大局，经过慎重的研究同意贵方按分水岭划界的主张，并且立即知会了你们的使者萧禧，这样，你们说的边界问题迎刃而解，我们当然要回谢。"

杨益戒狡诈地笑笑说："这么说，你们南国认可那些争端的地域都属于我们北国了？"

沈括说："我没有这样说，我奉旨回谢的是：双方已经在总的原则上有了共识，有了这个既定的原则，那些具体地域的问题就好解决了。我们根据分水岭的原则，绘制了一张争论地区的地图，已经交给萧禧使者，他也接受了，想来你们已经过目。"

梁颖看了看杨益戒，故意问："有吗？"

杨益戒"哼"了一声："那个图我看到了，基本上就是过去几年谈判时绘制的旧图，拿这样的图来磋商，南朝是有意戏弄、羞辱我们吗？"说着横眉立目，把桌子一拍。

这是沈括早已预料到的，所以他非常镇静地笑笑，说："杨相言重了，您可能没有仔细看，新旧图细节的地方还是有很多差别的，只是因为我们发现，双方以前的谈判划界问题也基本遵循了分水岭的原则，所以贵方感觉大格局上似乎变动不大而已。"

梁颖说："这可是睁着眼睛说瞎话了，要是旧的划界就符合分水岭原则，我们和你们还闹什么闹？"

沈括说："是谁在睁着眼睛说瞎话，我们也不必先急着互相攻击，我这里有一份留底的图，悬挂起来我们具体地分析。"

说着沈括做了个手势，他的助手李坪就把随身携带的一份争议地区的大地图打开，悬挂在大帐内。沈括指着图说："你们看，我这里用红色标定的就是这一带分水岭的位置，而蓝色的线条就是我们以前划定的边界，你看两者是不是大致重合呢？"

辽方凑近了看图，梁颖立即指出了他们提出的黄嵬山一带区域："你这个图错了，这一带从来就在我们北国境内。"

"请你拿出它属于北国的文字证据。"

"那你也得拿出属于南国的文字证据。"

沈括再做个手势，李坪拿出了几个文件存档给对方看，说："我们绘这个图是有根据的，以前这些谈判文档里表述得十分清楚。由圆盘岭到鸿和尔山（黄嵬山在辽国的称谓）山脊，不就是这一条线吗？"

杨益戒说："不对！这只是提了一个范围，并没有说清楚具体的界限，所以我们才提出以分水岭划界，你们在这张图中有意地漏画了鸿和尔山本身也是分水岭，就是为了侵吞这块地方。"

梁颖立即抬高了声音叫道："这样欲盖弥彰，你们南国的诚意何在？"

气氛一下子紧张起来。

沈括有意停顿了一段时间，然后"呵呵"地笑起来。

梁颖问："你笑什么？"

沈括说："我听说杨相爷和梁学士都是汉学大家，遍览群书，博古通今，不至于连什么地形可以叫作分水岭都界定不清楚吧？"

梁颖说："怎么不清楚？分水岭，就是分开流水的山岭嘛！"

沈括一笑："不对，错了一个字，不是分开流水的山岭，而是分开水系的山岭。否则，只要是有山有水的地方，有山必分水，有岭必隔流，岂不是说每一座山都叫分水岭了不成？山岭隔开的水流流向不同的方向，进入不同的水系，这才能叫分水岭。你们看！你们说的鸿和尔山，山麓两边流下的水转了几道湾都汇入一条大河里去了，这怎么能叫分水岭呢？"

梁颖语塞了，眼光瞥向杨益戒，仿佛求助。

杨益戒说："……就算这不是真正的分水岭，我们要求以鸿和尔山划界，不行吗？"

沈括说："按分水岭划界，是你们提出来，我们朝廷同意了的，现在又随便改变这一个原则，恐怕是贵方失信了吧？再说，以分水岭划界，是皇帝交代的底线，是此次谈判的前提，擅自离开这个原则，恐怕我也负不起这个责任！”

说罢，他态度严肃地昂首挺立。

对方的代表也只好宣布暂时休会，待请示他们的上司后再做道理。

第二天，谈判继续进行。辽方一开会就提出，以分水岭划界的原则没有变，分水岭以分割水系做判断他们也同意，但是，他们认为水系指的是小水系，而不是百川合流的大水系。梁颖反问道：“如果要看大水系的话，北方几乎所有的河流最后都要汇入黄河，岂不是不存在分水岭了吗？”所以他们只要河流的名称不同，就可以认定是水系不同，这样，分割两条不同河流的山岭就可以称作分水岭，这样，黄嵬山自然就被划为分水岭的辽方一侧。

沈括听了他们的辩白，淡然一笑说：“你们确定要这样来认定分水岭吗？”

梁颖说：“确定。”

沈括说：“那么好吧！按照你们说的这个标准，那么西至岢岚军，东至澶州、顺州这一片，都请划进我们宋朝的疆土吧。”

“那怎么可以？”

“那怎么不可以？”沈括指着地图说，“以你们说的这个原则，这条牛脊岭正好分开两条不同名字的小水系，也可以认作是分水岭，我这样划分边界错了吗？”

“这个不行！”梁颖叫道，“这样我们北朝吃大亏了。”

沈括笑道：“原来大人也知道这样划分不行啊？”

杨益戒插嘴说：“我们今天讨论的是有争议的区域，你说的那两片地方不存在争议，我们今天不讨论。”

沈括义正词严地说：“分水岭的概念本来是清楚的，是你们提出要重新界定分水岭的意义，结果造成了标准上的混乱，非但这一片区域的问题解决不了，又在别的区域造成了更多的问题。我们认为，不管怎样，判断事情的标准必须是统一的，从维护两国的友好关系出发，我们都应该守信用守承诺，彼此都不要搞这种混淆是非打马虎眼的小动作。”

第二个回合又以沈括的据理力争而告结束。

辽方此时才感觉到，此番遇到的宋朝谈判代表是不好对付的：看起来笑眯眯的不张扬言辞不激烈，但思路清晰，说话逻辑分明，绵里藏针，句句点在节骨眼儿上，有一种内在的力量。

眼看着就要进行第三轮谈判做定论了，辽方还没有找到进一步讨价还价的突破口，辽道宗自己都有些着急了。

五月二十九日这一天，辽方突然说他们的"太师"和"小太尉"要到宋使居住地来慰问他们，沈括等人连忙出来迎接，看到除了平时谈判见过的几个熟悉的官员外，另有两张陌生面孔：一老一少，神态矜持，身材魁伟，面貌有些相像。他猜想这应该就是所谓的"太师"和"小太尉"了。但从杨益戒和梁颖等人毕恭毕敬的态度和这两个人言行的气度上看，沈括判断这很可能就是耶律洪基和他的皇子本人来微服探访，想摸摸他们的底。

沈括叫下属用从宋朝带来的特色食材，做了一桌丰盛的宴席来款待他们。

酒席间，沈括举酒敬"太师"说："太师，小臣闻听当今贵国天子天纵英明，恢宏大度，并不单以武力取胜，而是明礼仪、讲德信，所以宾服北国万众，开疆扩土以致空前，想来是当年太师教导辅弼之功啊！"

"太师"说："哪里，拿你们中原的话来说，是奉天承运而已。就诗书礼仪来说，你们南国是源远流长，我——哦，是我们陛下从你们那里学了不少。"

沈括说："钟灵毓秀、诗书礼乐，固然是我们南国胜处，而金戈铁马、大漠雄风，却是北国精神。古人讲阴阳和谐、天地安泰，我两国君臣理应取长补短，友好相处，互补共济，而神州太平，苍民安乐矣！岂不快哉！"

"太师"说："你我双方正在进行的磋商，正为化干戈为玉帛，达到这样的目的，还请回谢使在谈判中且行礼让二三，方是大国姿态。"

沈括说："太师说得是，大国之交，先礼而后兵，用兵乃不得已。我猜想贵国君主的胸襟也和我们圣上是一样的，在外交中秉承诚信礼让为先，礼让二字，诚信二字，这两条立住，其他的问题才好商量，您说对吗？"

"太师"说："对，对，怎么？回谢使认为我方在会谈中诚信、礼让方面有欠缺吗？"

沈括说："没有没有，这几日我和杨相爷、梁学士之间，都注重信义，遵守承诺，所以谈判进行得很顺利，我刚才所说不过是感慨和体会而已。杨相爷，梁学士，二位说是不是？"

杨、梁二人只好说："是，是。"

沈括说："我当着太师的面，在这里也代转我们圣上向贵国皇帝的话：只要理顺，我们是愿意礼让的，过去北朝和我们理会五处地方，我们已经让了三处，这还不是礼让吗？这一次为了双方的和睦相处，我们仍愿意在合理守信的基础上再行礼让。"

杨益戒马上抓住沈括的话："回谢使，这可是你说的，你们在谈判要让我们！可别明天又不认账。"

沈括说："我说话算话，只要合乎礼法信用，我们可以让。为此，我提议为两国的友善，为长久的和平干杯！太师、小太尉先请，我们大家陪上！"

"好，好好！"

当天双方的"探底"，就以这样的氛围结束。

六月初三，宋辽双方进行了最后一轮谈判，不知道后来辽国君臣间进行了怎样的磋商，沈括感到后来的谈判氛围明显地改善了，对方不再咄咄逼人地随意改变原则，承认要在恪守"分水岭划界"的基础上重新划界，按照临来时神宗的指示精神，沈括在一些不太重要的小片区域也做了一些退让，最后矛盾又集中到了黄嵬山地区。辽方不再坚持说它是"分水岭"，但却说，按照总格局分水岭的原则，辽国的边境线应该划到鸿和尔山的山脚下。

沈括却久久没有表态。

梁颖有些不耐烦地说："山脚下山脊上，这么点距离，能差多少？你们都不肯给个痛快话，还说什么礼让？"

沈括却仍然没有说话，对着那张地图，久久地揣摩。

实话说，在经过边境的时候，因为路线问题，沈括并没有时间对争议地区进行实地考察，这实在叫他有些心中无数，眼前的地图又是没有比例尺的，其实只标个大致格局，根本看不出实际距离，如果真是差别不大，按照神宗给的退让原则，让步也可以。但是他有一种直觉：对方似乎正想利用这一点打马虎眼。

他顿了顿，说："我已经说过了，礼让，理字当先，不管让的是三里五里，还是三十里五十里，关键是要合理、有说法有依据。刚才我方让了你们那么多地方，我不是没有犹豫吗？"

梁颖说："你的意思说，这个地方我们要求得不合理？"

沈括说："是有点。既然是以分水岭划界，那界限的位置，就应该是以此山岭的中脊线划界。你们以前也说过，鸿和尔山脚下是条河，如果把界划在山脚下，那就是以河为界，而不是以分水岭为界了吗？"

杨益戒说："使节大人也太吹毛求疵了吧？把矛盾商量着解决了就行，究竟是界山，还是界河，不都一样吗？"

"不，不，那不一样。凡事讲名正则言顺，理由充分，你我回去也好向各自的上司交代啊。"

梁颖急躁地说："这真是啰唆了。鸿和尔山的事，我们已经连续退让几次了，就最后这点要求，大人就不能满足一下？九十九拜都拜了，何在于最后这一哆嗦？"

他们越这样回避问题实质，沈括越觉得这里面有问题，就索性不慌不忙坐下来，说："不忙，杨相爷，梁学士，问题好商量，我们先休息一下，喝点茶，接着再说。"

于是，沈括就叫助手们摆上了汴梁带来的好茶，和他们闲聊，聊到了南方的茶、酒，苏杭的风景，又聊到了北方的草原风俗，沈括盛赞北方的短衣短衫之优越，说难怪赵武灵王要学胡服骑射。讲到这里，梁颖也得意了，说别看你我都是读书人，那风格大不一样，你们南国文人只会摇着纸扇，摇头晃脑吟风叹月，我们辽国的读书人同时又精通骑射，以狩猎为常事，大块吃肉大碗喝酒自有一番风采。听到这里，沈括就追问了他一句：你狩猎骑着马去吗？你的马可以上山吗？梁颖说：这里的山不仅马可以上，骑着都可以飞跑。

梁颖的这一句话，猛地提醒了沈括，他忽然联想到了这里的山形。自从穿越燕山进入辽境以后，他和随从对沿途的地理环境进行过细致的观察，他注意到关外的山一般坡度都比较平缓，很少有峭壁独峰，因此由山脚到山脊距离十分遥远。沈括意识到自己的那种直觉是对的，于是借故如厕回到自己的帐房，把那幅地图对照别的图又揣摩了一遍，醒悟到：黄嵬山的地形由山脚划界和由山脊划界，两者差别巨大，距离差着三十里，再延续几十里的河滩，那就是方圆几百平方里的面积，难怪他们要一争再争呢。

沈括明白了这一点，回去不动声色，依然天南地北地聊，直到日近西山已经没有周旋时间了以后，才回归正题说："看来，今天我们没有时间了，只有下次再谈论这个问题了，你们回去也好和贵方上官商量一下，我方的意见还是明确的，既然按分水岭划界是双方商定的基本原则，那么黄嵬山一带的划界也只能按山脊线划分，我们双方都恪守信义，不要偏离这条原则为好。"

杨益戒和梁颖互相看了看，也只好有保留地说："那就下次再说吧。"

他们一走，沈括把刚才的领悟一说，众随从都捏了一把汗：好险，差点叫人装到口袋里去！沈括说："沉住气，下次不管对方怎么说，我们把握这个口径不放松。"

他们没有预料到的是，这以后，对方再没有来纠缠这件事，直到六月初五，接到对方通知，辽道宗准备设宴送他们回去了。沈括悬着的心才放下，明白自己的这次谈判算是告一段落了。

这次谈判形成的文件还只是意向条约，没有正式签署，但起码表明已经达成了基本的共识。根据这个新的划界方案，宋方至少从辽方手里争回了六百多里疆土，辽方原定的疆土普遍向南方平均扩展三十里的计划几乎完全落空。这样的结果，甚至都出乎沈括自己的意料。

回顾这次谈判的过程我们可以看出，之所以得到这样的结果，应归结于沈括丰富的地理知识和执着的精神，同时在策略、分寸的把握上也恰到好处。能通过自己的努力为宋朝保卫了领土和主权，沈括自己也感到很欣慰。

临离开辽都的前一天下午，沈括领着自己的下属们心情放松地到帐前的一片草地上散步。正是雨后初晴，草原上如茵的绿草上还挂着雨水，身着长袍大袖的宋朝使者们没走多远，衣衫就都被打湿了，但大家兴致不减，挽起袖口，端起袍襟，依然在草地上徜徉。回看旁边不远处打草、放牧的辽国人，短衣短袖似乎根本没有沾上水，干起活来十分利索。沈括就近观察他们的衣服，觉得有许多设计方面的优点，感叹辽国人也有很多好的发明，可以供本朝人借鉴。

帐篷城前面不远有一道深涧，下面有一股水量不小的河流，是黑水河的一个支流。这时忽然听得有人在深涧那边呐喊："看啊！那边有龙吸水了！"沈括循声望去，不由得心中一动：只见那个方向，天空豁然现出了一道彩虹，赤橙黄绿青蓝紫，虹桥两端落入深涧里。按照当时民间传说，彩虹就是龙的幻象，它一般是出现在深涧瀑布旁边，目的是吸水，所以才有人这样喊。

对于彩虹是龙吸水，沈括是不相信的。他觉得龙本身就是个虚无缥缈的东西，要是天上有龙，它吃什么喝什么在什么地方休憩？这都是不可思议的事情。他宁肯把虹看作一个神奇、美丽的自然现象，起码观赏起来是赏心悦目的。所以他也朝那个深涧旁跑，想去仔细地看一看。

经常跟随他的副手王坪，也跟着他一起跑。他跑着跑着，忽然产生了一个新奇的想法，便向王坪建议道："都说彩虹是龙吸水，咱们干脆分开跑，我在深涧这边，你往深涧对面跑，从两个方向看，不是更清楚？"

王坪说："好啊！只是要快点，别叫那龙吸饱了水跑了。"

他比沈括年轻，手脚更麻利，在沈括跑到深涧旁边的时候，他已经跨过了一座便桥，跑到了对面。

沈括来到涧边的土沿上，只见涧下的水流很急，波涛汹涌，水珠飞溅，大约是上游洪水下来的缘故。向上张望，看到那彩虹依然五光十色，绚丽无比，它的两端垂下，渐渐淡化，好像真的是伸向涧水里面去的，隔着彩虹看对面的王坪，好像他披着彩色锦缎似的，宛若仙人。沈括想，在这边看他都这样漂亮，他在彩虹的旁边，一定看得更加绚丽。就隔着深涧向他喊话："王坪，你那边看得清楚吗？很好看吧？"

不料，那边却传来王坪失望的喊声："大人，不知道怎么搞的，在路上还看得清清楚楚，可是往这里一站，却什么也看不见。"

"你稍微移开一个角度，再看呢？"

对方摆摆手喊："不行啊！还是什么也看不见！"

沈括有些纳闷：看着虹在那里，到跟前却看不见，难道真是"龙"在搞"隐身"？他想想，喊道："你等等别动！我也到你那边去！"

他有了研究的兴趣，立时觉得身体也来劲了，便箭步灵腰地一溜小跑，也来到了深涧对面。回头一看：奇怪，那条绚丽的彩虹真的无影无踪了。

这是什么道理呢？沈括带着王坪和几个随团服务的小伙子，跑上跑下，换了很多角度和高度，沈括终于摸清了彩虹的一些规律：自西望东看，都能看清，而自东往西看，却什么也看不见。沈括注意到：此时正是夕阳西照的时候，彩虹的明晰程度，与观察者和太阳、深涧组成的角度有很大的关系。

沈括此时忽然想起了同时代的一个学者孙彦先的论断，说"虹乃雨中日影也，日照雨即有之"，而现在已经不下雨了，虹却依然出现了，看来他说得不全面，今天日照的就不是雨水，而是飞波激浪飘荡在深涧上空的水珠和下雨后在天空中残留的水雾，看来，只要是空气中有水滴雾滴，在日光的反射下，都可以产生绚丽的彩虹。

老来，沈括把这一段见闻记录在他的《梦溪笔谈》里，对彩虹的形成原因做了探讨，比十三世纪英国人培根提出类似的看法早二百多年。

在他们兴致勃勃看完了彩虹回帐房的路上，一个相随的年轻人又叫起来了："大人你看！那是什么？"

沈括循声望去，看到一个小动物的身影，在夕阳中一蹦一跳地跑过草地。实际上，在他们来的路上，沈括就看见过这种动物的身影并且问过当地的牧人，牧人说它叫"跳兔"，长相、食性都像野兔，但是前脚奇短，后腿却极长，奔跑时就只靠后腿的力量跳跃着前进。

沈括说："这是个稀罕东西，抓住它，带回中原去！"

"好啊！"今天大家一身轻，兴致都很高，于是分头把口，从四面包围，嘻嘻哈哈奔忙了半天，终于把那只跳兔抓住了。沈括在黄昏的光线里就近观察，发现它是圆耳朵，尖尖嘴，与其说像只兔，不如说像只田鼠，但个头要大得多，前腿只有一寸多，而后腿伸开却有一尺多长，走起来完全不用前足，只用后脚支撑着跳，一跳可以跳出五六尺远，确实见所未见。

沈括当晚就叫人做了一只木笼子，把跳兔装进去。沈括准备把它和沿途绘制的地图一起献给皇帝，相信皇帝会感兴趣的。

沈括谈判获得成功，兴致勃勃地返回京城，回来的沿途，沈括和他的随从继续完善了去的时候绘制的辽国疆域地图，由沈括途中亲自汇总编订，题名为《使契丹图钞》，回来后敬献给了皇上。

这本《使契丹图钞》，真实地记录了当时契丹国的山川道路、城池乡镇、风土人情，是一部全面系统的考察报告。它后来一直收藏在宋代宫廷里，到清代被收入《四库全书》，虽然其中的图已经散失殆尽，但遗留的文字，至今仍然是现代学者们研究契丹历史的珍贵资料。

按说，沈括此番是凯旋，他遵照神宗的意图没有和辽国闹"虚气"，又驳回了辽国的无理要求，保卫了宋朝的疆土，还带回了"军事情报"，是超额完成了任务，在大宋近年外交史上也是少有的胜利，按常理，皇帝应该安排盛宴庆祝，百官出迎，给他们加官晋爵才对。

但是非常意外，当沈括一行在七月初返回京城的时候，感觉到的却是异常的冷漠。使团默默无声地进城，他和两个副使默默无声进宫"面圣"，汇报了工作情况，上交了资料和"图钞"，神宗皇帝只简单地点了点头，说了一句"知道了"，随即宣布：赐沈括一个"长兴县开国男"的空头爵号，紧接着又给他派了另一个苦差使：担任淮南、两浙灾伤体量安抚使，限期离开京城南下慰问灾区。

本来，沈括是准备好在今天的觐见中，向皇帝敬献那个从内蒙古草原上捕捉来的跳兔的，但是这样的事情，需要有一个君臣间其乐融融的良好气氛才好开口，不然会很尴尬很无趣。沈括看到皇帝见他并没有太多的嘉许，反而一直沉着一张脸，只好三缄其口，领旨退下。

其实沈括不知道，就在他在辽营与对手艰难周旋的时候，宋廷发生过一场对沈括人格评价和对他未来前途起到决定作用的君臣对话，这场对话发生在神宗和右相王安石之间，并且被史籍记录在案。

当时，兵部判官马玞、顾临离职，神宗认为：沈括和曾孝宽两个人具有军事才能，可以接任这两个职位，来和王安石商量。王安石说："沈括是个壬人，对这样的人授与兵权是不适合的。"

神宗诧异地问："沈括学识广博，对军阵方面的事情也颇有研究，你怎么这样说他呢？"

王安石说："沈括是有些才学，但是人格不好，在政见上摇摆不定，见风使舵，以前一再向我表白赞同新法，我也一再提携他担负要任，但是从南下视察水利起，他就屡屡对新法提出异议，吕惠卿对我说，我还认为他并非有意。不料我一罢相离京，他就原形毕露，视察河北一路，和那些守旧派沆瀣一气，全盘诋毁新法，我们以前的'保甲''保马'部署被他搅得乱七八糟。"

神宗迟疑地说："他提的意见固有偏颇之处，但并不一定是针对新法。这一次与辽邦交涉，不是全凭他的一篇奏文挽回了主动权？"

王安石说："契丹的事，陛下早与我有共同的看法，先安抚而后图之，在未完备之前，需让步则让步，完全无必要为这十里二十里的土地争短论长，徒增紧张。本来没有沈括的事，他偏要插这一杠子，恐怕不无卖弄取宠之意，他眼里的利害和陛下心中的利害恐怕不是一回事。皇上要亲近这样的人，不危险吗？"①

---

① 这一段记载是余秋雨先生做出沈括"人格低下"的另一个依据：连变法派领袖、大政治家王安石都说沈括是"壬人"，看来沈括的人品确实不好。但是我们如果仔细品味事情的前后经过就会发现，这个是非完全颠倒了。沈括在这几件事上的行为符合他所一贯信奉的士大夫精神，磊落光明，勇于承担，完全是出于公心，向君王和国家负责，并没有从私利出发，政治态度也是始终如一赞同变法的。他提出要对一些条文进行修改正是为了补遗拾漏，更好地完善新法。相反倒是王安石心胸狭隘，在吕惠卿的挑唆下把问题看偏了，把人看颠倒了，而且他自己也很快为这种偏见付出了更加惨重的代价。

神宗听了他的议论，没有再说什么，在任命名单上只留下了曾孝宽的名字，划去了沈括的名字。

让我们回到当时的情境中，沈括满怀热诚地出使辽邦，近乎完美地完成任务回到京城，却迎头被浇了一盆冷水。他完全不知道这一切是他终生崇仰的恩师在背后推了他一把，但是皇帝本人的脸色，他还是看得出来的。他莫名其妙地从朝堂上退下来，内心确实感到失望和沮丧。他并不是嫌得到的封赏少，也不怕出京巡视的辛劳，原本自己冒险出使，就不是为了想要捞取功名，但是毕竟按照以往朝堂上的惯例，限时出京，是带着贬谪色彩的。他想，我就算无功也没有罪啊，这究竟是为什么呢？

沈括立了大功，反而受贬出京，这使朝中的一些老臣都觉得不公平。其中包括老好人左丞相韩绛，甚至王安石的儿女亲家中书省的首辅吴充，也觉得说不过去，从后来史籍记载的他们的回述中，表现出他们对这种处置很有意见。但是在当时，朝堂里已经习惯了神宗对王安石的专宠，众人也就都装聋作哑，但人人心里都明白，这背后肯定和吕惠卿、王安石有关。尽管如此，在他们的心目中，沈括毕竟和他们属于同一派，长期以来变法派和其他朝臣形成的隔阂，使他们不便参与进来，把这事情向沈括点明。于是造成很荒谬的局面：似乎朝堂上大家都心照不宣，独瞒着沈括一个人。

如果说，封赏、任免的事情只是使沈括觉得沮丧的话，而随后发生的事情，真是令沈括感到愤怒了。

是年七月，辽国使臣又来到宋朝，正式签署协议，再次提出黄嵬山一带的国界问题，神宗派出了由韩缜主持的使团和他们谈判。按说已经有了沈括达成的草约，只要坚持既定原则，就能保住既得的成果。却不料，宋朝一方一味退让，居然又退了回去，真的按照辽国所说的按分水岭的山脚划界，这样，不仅原来沈括争取到的成果全部丧失，宋朝又丢失了七百里的疆土。

与沈括归来形成鲜明对照的是：这样的谈判结果，韩缜居然得到了赐袭衣金带、做枢密都承旨、升龙图阁学士的封赏。

这真是叫沈括欲哭无泪。

当时，苏轼的弟弟苏辙正在这一带做官，他在给皇帝的奏章中详细描述了重新划界以后，百姓痛哭着搬迁、流离失所的场面，令读到这篇奏章的大臣们暗自感慨唏嘘。

生平第一次，沈括把自己关在屋里，像热锅蚂蚁似的毫无目的地踱步，心里像憋了一团火无处发泄。踱步中无意碰到了小茶桌，一个龙泉瓷的茶碗滑出桌面摔在地上碎了，他一看，桌上的茶具只剩了一个茶壶、三个茶碗，配不成一套了，懊恼地一抬脚，索性把那个茶桌踢倒，桌上的茶壶、茶盘全部落在砖地上，摔了个粉碎，发出很凄厉的响声。

妻子张惠心闻声从里屋跑出来，见状抢白他："你好大的气性呀，在朝廷上气不顺，去踢那丹墀玉栏、金瓜罗伞呀！就知道窝里横，在家里摔盆踩碗要威风！这不是钱买的呀？"

沈括气恼地说："你妇道人家懂什么？大丈夫忧愤，不为一己之私。"

张惠心冷笑："我是妇道人家没见识，你是大丈夫有见识，忧国忧民，一片忠心。可人家赵官家认吗？人家在大殿上金杯玉盏款款地喝茶，我的茶盘茶碗跟着粉身碎骨？"

"去去！和你说不清楚。让我安静些！"沈括摆摆手，扶住自己的额头。

张惠心一撇嘴，收拾起碗碴子走了。

但妻子的那句"你一片忠心，赵官家认吗？"却深深刺痛了沈括的心，他的脑海里忽然涌上了隐居在润州的刁约和他说的话：你居江湖之远则忧其君，可人家君要你忧吗？人家有人家的一套，哪用得着咱们这些人六指儿挠痒痒，多余抓这一道子？

仔细想想赴辽谈判这件事，沈括也不由得想发这样的感慨：自己劳思竭虑、千里奔波争得的领土，皇帝居然眼皮眨也不眨，就轻易地放弃了，自己这不也属于"六指挠痒痒"吗？自己做错了什么？临行时皇帝赐金勉励，热切叮咛，自己都办到了，回来却又遭冷落。韩缜他们丧土失仪，反而受到嘉奖，加官晋爵，难道当今圣上真成了朝秦暮楚、赏罚不明的昏君吗？

多少年来，沈括第一次对"忠君"的思想产生了困惑，按照他从小就崇仰的孟子学说，任何对君主的怀疑都是大逆不道的。他忽然品味到了当年先辈范仲淹在沈宅老屋里的感慨：要在任何情况下恪守士大夫的"淡泊""宁静"，这精神境界真是不容易达到的。

沈括强迫自己冷静下来，翻翻书，想使自己暂时忘掉这件事。读了几页，才发现这是一本《道德经》，其中有"大智若愚，大巧若拙""信言不美，美言不信"等句，忽然觉得很有些深刻：自己是不是有点太执着、太投入、太认真了，所以内心才会如此动荡、失衡？常言说：伴君如伴虎，君王的善变、失策或者也是常态？自己或者应该超脱一点，冷淡一点，采取作壁上观、无为而治的态度，让时间和规律来自然地澄清、证明事情的功罪是非不是更好？

他忽然觉得以前所不注重的黄老道家的著作里，有一些新鲜的东西，值得仔细地去玩味。

从此以后，沈括开始系统地阅读道家的著作，看着看着，对朝廷中的纷争越来越看淡了，与契丹边界的事更是不闻不问，想自己为朝臣已经尽到了自己的力量，将来怎么样由你们去吧！

沈括受到南巡任命并没有马上成行，因为他奉诏仿制的古代战车还没有最后完工。皇帝已经下令叫这辆古代战车参加即将举行的大阅兵，这场阅兵是以皇帝给太皇太后曹氏庆祝六十大寿的名义举行的。

八月初三，这次盛大阅兵如期在汴梁的大校场内举行，校场四周旌旗猎猎，战鼓隆隆，参演的禁军队列整齐，盔明甲亮，号令喊得震天动地。先是演练阵法，包括沈括校正过的"九阵法"和他考证和推行过的"风后阵"和"六花阵"。但是此时，他并无自豪和荣耀之感，倒是表现出一种超然，仿佛这些都与己无关似的。

在检阅队列之后，由沈括呕心沥血复制的战车也出现在队列中，这是沈括按照古书上的记载，精心打造的一个复古的战车、士兵的联合队列。但是夹在前后骑兵和步兵浩荡的阵列中，显得有些孤单而稀疏，显现不出所谓"车战"的气势和优越性，也没有引起太多的注意。这也叫沈括有些寒心。

队列式之后，是武器装备的展示，在传统的弓弩手、盾牌手、指南车、登云梯、抛石器、铁甲滑车经过检阅台之后，开来了宋军新建的"火器营"。队列中的士兵展示了长短各种火铳的对天击发，紧接着士兵向一片空场上抛掷了火雷，战车上还连续发射了靠火药喷炸推进的火箭，直穿云空，一时间，场上爆炸声、呼啸声此起彼伏，火光、烟雾动心骇目。

神宗下决心举行这次大阅兵，实际上是想向太皇太后宣示自己准备收复西夏燕云十六州的决心，他希望这盛大庄严的场面能激发起太皇太后的神圣感，从此支持他变法图强、富国强兵的事业。

为此，神宗皇帝还特地叫人给自己制作了纯金锻造的头盔和甲胄。在检阅完了最精彩的火器营表演之后，他便穿着这身金光灿灿的铠甲头盔去拜见曹氏，施礼之后，他问："太皇，孙儿穿这样的铠甲好看吗？"

他没想到，曹氏却无动于衷地说："好看，可是你要老穿这样的衣服，天下的百姓受得了吗？"

神宗还不甘心，说："太皇，百姓看到我大宋军队这样威武雄壮的军威，不也会感到振奋吗？"

曹氏冷笑说："可能我的见识短浅，我看这样的演习，如同儿戏，我只知道穷兵黩武、轻起边衅，非圣君所为。"

神宗彻底地失望了，以前他以为，太皇太后对新法的反感，不过是维护旧贵族的利益，对自己富国强兵、开拓疆土的举措她是会支持的。今天才知道，太皇太后从根本上就是主张苟安反对开战的，自己费这样大的劲儿，全然是徒劳。

阅兵就这样悄无声息地过去了，沈括精心复制的那辆古战车，也只是在行进式中从检阅台前过了一下，就被收入了仓库，再无人理会。

随即，沈括本人也踏上了南下两淮两浙救灾的行程。以前，沈括每一次就任，都要兴致勃勃地把自己在任期中的所见所思所想，都详尽地记录下来，可是这一次，他却有些异乎寻常：在后来的《梦溪笔谈》中，关于两淮两浙救灾工作中的事他几乎一字未记，只是记录了他在途中看见的几件古董文物，如在咸平县（今河南通许）看到的"佛牙"，在谯亳（今安徽亳州）看到的特殊的古铜镜——夹镜，在寿州（今安徽凤台）古战场上拾得的"印子金"，在淮南见到的唐代史思明铸造的铜钱"得一"币，等等，还有就是他发现有官员利用运河上漕运船的船底夹带走私货物的黑幕。

第十一章 任三司使巧理财经

　　沈括在江南巡视灾情不到三个月，又被皇帝召回，原因是财政供给方面出现了一些问题，并且南方交趾那边边界紧张，急需要加强这方面的工作，偏偏原来的三司使又遭人弹劾离任，神宗又想起了沈括，他毕竟是一个知识广博又善于干实事的人。

　　三司是宋代最高财政机构，由原来的盐铁、度支、户部合并而成，主管全国的税务、金融、仓储等经济各方面的工作，三司的最高长官三司使，被称为"计相"，可见其在国家机器运行中的重要地位。

　　但是，沈括毕竟还是资历浅些，又是初次涉猎财务工作，所以得到的是三司中比较低等的官职，叫作"权发遣三司使"，相当于财政部代理副部长。按品级说，较之他以前的安抚使是提升了，而实际工作量也大大地增多，工作具体而繁琐。

　　须知，虽然他新担了三司的工作，以前他在司天监、汴水漕运和军器监等部门担任的职务并没有撤销，这意味着他在繁忙的财务工作间隙还要关注原来自己担负工作的动态。尤其是在这时，神宗皇帝又交给他一项组织绘制《天下州县图》（又称《守令图》）的任务。这使他这几年实际搞的工作非常广泛，"上管天，下管地，中管水，外管外交，内管财政"，正所谓"能者多劳"了。

王安石变法中有一个重要内容，就是要重新整顿行政区划，精简政府机构，因而要废除一些州县、合并一些州县。到熙宁九年（1076），这种政权区划的改动基本完成，因此需要重新绘制一套《天下州县图》，供各级政府应对工作需要。神宗皇帝大概想起沈括是制作地图的一把好手，就把这个任务交给了他。所以，他在繁忙的财政工作之余，查资料，翻旧档，再召集各州县的地理人才办制图训练班，部署他们实地测量，绘制局部地图，然后再层层汇总，做出总图。这期间，他根据自己在水利勘查和边界测量中的经验和教训，总结了以往传统制图方法中的弊端和失误，推广了一套新的相当科学的制图方法，使得《天下州县图》的编绘，成为当时世界上最先进的地图编绘系统工程。他把这种方法，称为"飞鸟法"。

所谓"飞鸟法"，就是模拟从在天空飞翔的飞鸟的视野，从高空俯视的角度测定地面目标的精确位置和距离。在当时的物质条件下，要绘制出一幅有比例尺收放率的精确地图，是相当困难的事情。从春秋战国的时候起，诸侯国为了作战的需要，中国的军事家手中就有了地图，但直至秦汉，这些地图都只是一些根据直接经验简单测绘的地形示意图。魏晋时，裴秀创立了我国最早的制图理论《制图六体》，即分率（比例尺）、准望（方位）、道里（距离）、高下（地势起伏）、方邪（倾斜角度）、迂直（河流、道路的曲直）。沈括继承了裴秀的理论，结合自己的实测经验，提出了一套由实测数据到平面距离的精确坐标转换方法，他自己记述，是"以二寸折百里为分率，又立准望、牙融、傍验、高下、方斜、迂直之法，以取飞鸟之数。图成，得方隅远近之实，始可施此法。分四至、八到，为二十四至。……使后世图虽亡，得予此书，按二十四至以布郡县，立可成图，毫发无差矣！"无疑，这种方法在当时世界范围内都属于最先进的水平。《天下州县图》的编制工程量甚大，要许多年持续不断的努力才能完成，事实上，沈括也用了六年的时间，才最后完成。

当然，身在其位，他当时最主要的精力和时间还是放在"三司"的具体事务上，像以前他从事前所未及的事业时一样，沈括干一行爱一行，也钻一行。他认真研究旧档，从历代前人的管理方法、成败得失中吸取营养，摸索规律。如盐政税务、茶政税务，还有京城的供米、朝廷的铸钱、官员的俸禄发放等情况，他都进行了深入探讨，随即对此方面的现状进行了全面的了解和细致深入的分析，揣摩改进、解决的办法。

由于这种科学审慎的态度，沈括很快成为财经方面的内行，并且在一些问题上还有精辟独到的见解，并立即进行了改革。不管他采取的这些经济措施是否完全有效，他对业务是兢兢业业、不辞劳苦的，也确实解决了当时一些棘手的问题。

史籍中详细记载了神宗就两个问题质询沈括的情况。

一个是改革陕西盐钞法的问题。

自古以来，国家就对一些关系国计民生的重要物质实行专卖制度，食盐就是其中之一。汉代有著名的《盐铁论》专门阐述其重要性，于是以后历代政府都有措施管控食盐生产和买卖。宋代在立国之后，一直面临北方西夏和契丹的边界威胁，所以国有的食盐买卖也成为筹集军饷的一种办法。在仁宗皇帝的时代，曾经在陕西对西夏用兵，为了快速筹集军队的给养，采取了一个新办法，就是所谓盐钞法，即官方印制发行一批叫作"盐钞"的特殊证券，作为经销食盐的凭证，而且规定，盐商必须到陕西去用现金换取盐钞，然后再到河东的解州盐池去支取食盐。这样，不但国家增加了盐利，而且解决了前线军费的燃眉之急。这在当时不能不说是个好办法。

但是到仁宗后期，盐钞法被破坏了，原因是各种积弊使得国家财政紧张，入不敷出，不得不大量印制盐钞，换取盐商的现金，以满足一时之需，结果使得盐商大量囤积食盐卖不出去，也就无人再用现金去换取盐钞，国家的盐利也就与日俱减，成为财务上的一大损失。

神宗质询沈括这个问题该如何解决。沈括在经过一番调查研究之后，做出了答复，他说："食盐是百姓生活的必需品，但其数量是基本稳定的，每年总用量不过三十五万袋，折合成现金也就二百一十多万贯铜钱。可是这些年来，每年政府印发的盐钞大大高于这个数字，这就使得市场上的食盐供大于求，盐商经销无利可图，自然就不愿再购买盐钞，国家的盐利也就谈不上了。"

神宗问："那以后应该怎么办呢？"

沈括说："以前的做法等于把近年的盐利提前征收了，现在自然从国家到盐商都无利可图。但是好在食盐是民生必不可少的消耗品，随着时间的推移，这个危机会逐步缓解。今后政府应该吸取这个教训，每年的盐钞发行量必须小于需求量，以每年二百万贯为顶点，供小于求，盐商见囤积的盐能够卖出去，有利可图，自然就会再行认购盐钞。"

在这里，沈括第一次论述到有价证券与商品储备的对应依存关系，并且提出用有价证券的紧缩和宽松来调控市场，与现代的国家货币调控政策理念完全吻合，不能不说是个天才的论断，又早于西方的类似经济理论几百年。

果然，沈括调整了陕西盐钞的发行量后，盐商经销食盐的积极性逐步增长，盐钞再次走热，西部的军费筹措问题也逐步得到解决。

在当时的京城市面上，一度出现流通的钱币紧张，商家交易不得不大量赊欠和以物易物，造成许多不便，市井间怨声载道，也一定程度影响了京城物资的供应。

一次，神宗直接问沈括："这种现象是什么原因造成的呢？又该如何解决呢？"

关于这个问题，沈括也已经做过了细致的调查研究，所以他回答得非常从容。沈括说："现在市面上造成货币枯竭的现象，背景很复杂，是多方面因素造成的：第一，人口自然增长，人们消费的领域在逐渐扩展，商品贸易规模扩大了，货币就不够用，这应当说是正常的现象；第二，钱币在各种灾害中丢失消融，在流通中锈蚀磨损，致使数量减少，这也应当是正常的现象。这两条解决的办法就是政府应当随着经济规模的扩大，有计划地向市场注入新的钱币，补充货币在流通中的消耗，这是不可避免的；另外还有五条，则是可以人为控制和必须加以人为控制的因素。"

神宗问："哪五条？"

沈括说："一个是民间用铜钱直接铸造铜器，消耗了大量的铜钱。

在经济发展初期，人们生活贫穷，是不会这样做的，那时候人要用铜钱解决衣食问题，铜器使用量很少，没有人舍得用铜钱来铸造铜器。可是人们逐渐富足到一定程度，餐具、乐器用具等开始讲究起来，铜器的价格加上工艺一旦高于等量铜钱的价值，用铜钱直接铸造铜器的作坊就有利可图。这样天长日久，市场上流通的铜钱不止是减少的问题，甚至会一个不剩。所以必须加以控制，方法就是实行铜禁，禁止民间铸造铜器，私自熔炼铜钱也应该视为犯法而明令禁止，如此这种风气才可煞住。"

"对。还有呢？"

"第二，这些年盐钞一类的有价证券过量发行，失去信用，以前储存盐钞等证券的商家改为储存铜钱现金，这样市场上流通的铜钱自然大量减少。本来，盐钞等有价证券票额大、体积小，是很方便保存的，商家都愿意保存它们，只要政府采取措施恢复这些证券的信用度，这个问题就能够解决。

"第三，金、银本来是作为铜钱的辅助货币，参与市场流通的，市场也有较固定的金银与铜钱的兑率，铜钱不够，人们可以用等量的金银代替，但是现在富足人家讲究排场奢侈，大量制作金器、银器和金银首饰，加剧了市面上货币的紧缺；应当在这方面加以监督和限制，使金银重新参与市场流通。

"第四，官家的库存铜钱太多了。变法以后，各级政府收入增多，各级政府的仓库里储存了大量铜钱，连小县城的县衙里都存有万贯以上的铜钱，流通到市场上的铜币自然就少了。其实钱币是要用来流通的，流通中间才能升值，就比如有十户人家各有一万贯钱，如果集中到一个人手里保管，再过十年那还是十万贯，如果分开给十个人来经营，很可能早就变成了一百万贯。所以，官家的钱应该通过借贷、投资等各种方式，叫它活动起来。必要的储存也可以用等值的金银代换，将大量铜钱还归于市场，市场上缺现币的情况就会改变。

"最后一条，是边境贸易中我们进口别国的货物，外流了大量铜钱，据我了解，每年我们光从北方羌人那里购买牛羊，以供内地的肉食皮毛之需，数量相当巨大。这本来是件好事，羌人善牧，我们善农，可以互通有无，但因此而影响了我们的市场流通就不合算了。我看可以加强边贸管理，规定在对羌人的外贸中使用铁币交易，他们境内本来就是使用铁币，愿意接受，而我们这边铁币也比较过剩，还顺便增加一些税务收入，以补充那里驻军、边防的费用。"

神宗听了这一番鞭辟入里的分析，连连点头，说："你对于理财方面的事情，真是洞若观火。"

根据上述见解，我们不得不承认，沈括的确是王安石变法中中流砥柱式的人物，他透彻地理解那用金融手段来调控经济的做法，并且有自己的发挥：他抓住了货币的本质是要流通这个根本思想，提出的主张中，包含了"银根紧缩"和"量化宽松"、国家信贷制度、边贸关税、外币使用等现代市场调控手段的萌芽。在中国经济发展史上，他的货币思想是当时最系统也最先进的。类似的货币管理思想，欧洲直到六百年后的十七世纪才出现。

沈括绝不是一个只关在书斋里面研究空头理论的人，事实上，在三司工作的这段时间，他的大量精力用在了繁杂的事务性工作中。他上任不到一个月，南方交趾地区发生叛乱，节度使李乾德自立大越国，攻陷了广西邕州、钦州、廉州，宋廷当即派兵平叛，大军需要的大批粮草军备给养，都由三司组织汇总、运输。沈括就担负着这样重要的后勤保障工作。

在此期间，沈括认真研究前人在征粮方面的先进经验。他从资料上看到唐代户部侍郎刘晏实行过一种高效率的购粮法，利用各地市场之间的粮价差异，采取各郡县一定多年的分等级收购制，结果引得各地的粮商为了挣得差价而自动往来运粮，使得政府可以省去大量运输、筛选、加工的费用，以少量的支出快速得到更多高品质的粮食。沈括觉得这个办法很科学，便在这次军饷筹集中推广了这个办法，效果奇好，非常完美地完成了支前任务。

由于他的出色表现，神宗提升了他的职务，由原来的权发遣三司使，提升为三司使，也就是人们说的"计相"，大致相当于现在的财政部长、发改委主任。这是沈括一生获得的最高职务了。

从《梦溪笔谈》中大量有关财经税务方面的研究性记录来看，沈括是完全胜任这项工作的。他不仅总结了从熙宁元年（1068）到此时八年变法以来财经管理方面的经验教训，还总结了汉唐以来前人在财经管理方面的规律，并且在自己的亲身实践中加以运用并改进。由于他对陌生事物一贯采取严谨、细致、科学的探索精神，使得这些记录本身就具有很高的文献价值，成为后世研究宋代科学技术、生产规模、工艺水准、财经制度的珍贵资料。比如在《官政一》谈到盐时，他把当时市场上的食用盐分为四类：末盐（即海盐）、颗盐（即池盐）、井盐、崖盐（即岩盐），与现代资源分类学的划分完全一致；再如谈到茶税时，记录了宋代茶的品种、产地，宋朝立国以来四代君主对茶税的改革办法，以及打击贪官与奸商勾结偷税漏税的情况。在国家设置的税目、朝廷铸钱、官员的俸禄发放、京师的供米等方面，他都做了详细的记录。

就在沈括夜以继日地为三司的事情操劳的时候，熙宁九年（1076）到了，谁也没有想到，这一年，会是王安石变法由盛而衰的大转折的一年，也是沈括个人命运由盛而衰发生逆转的一年。

刚进正月，沈括就受到当头一棒。

原来，在前一年的八月，司天监将沈括开始时一直主持制定的《奉元历》编完了，神宗皇帝当时就下令，从今年，也就是熙宁九年正月初一开始，全国正式颁发施行这个新历法。

按照这个历法，正月十五上元之夜，将发生月蚀，结果这个预言没有兑现，月蚀没有发生。神宗颁发新历，并且命名为"奉元历"，原本就是要奉天承运开启新纪元的意思，不料，颁发新历的第一个月就发生这样的错误，真是叫他在文武百官面前颜面尽扫。回想起当初，就是因为日月蚀预报不准，引起对新法推行不符天意的种种流言蜚语，他才接受王安石的推荐，叫沈括主持修编新历，怎么修了这么多年，还是预报不准！

他决定要追究责任：作为当时的司天监提举沈括难辞其咎。

其实严格说，这个追责是不大公平的。沈括的确一手了主持《奉元历》编修工作的开始阶段，但是随即，他就被皇帝派去修治汴河、视察水利、出使辽国、救灾、管财经等，根本没有时间和精力再去管司天监的事。而修编一部历法是需要许多人用几年持之以恒的努力才能完成的工作，每一步的疏忽都可能造成失误。这后面一段的工作状况，沈括是无法左右也无法负责的。

但是，在皇权社会里，没有人听你的解释，皇帝的好恶就是结论。神宗想：当初我交给你这项工作是对你的信任，你没有给我做好，那就有罪。

于是这一天，他在资政殿上怒气冲冲地对一个侍臣说："你，到三司衙门，马上传沈括前来问话。"

"是。"那个侍臣走了，而神宗还在来回踱步，不能释怀。

这时候，旁边只有一个陈姓老侍臣，为他捧上一杯茶，劝他："皇上，您消消气，坐下喝口水吧！"

神宗回头一看，老侍臣端了一个象牙托盘，里面是一个天青色的钧瓷六棱小茶碗，一团雾气带着淡淡的绿茶香味，正从茶碗盖的小孔里溢出来。神宗立时觉得有点渴，便在龙椅上坐下来，呷了几口茶，心情渐渐舒缓下来。

他说："唉，这些天几乎事事不顺心，连这天都不作美，早得冒烟，京郊都有塘报说：土干得连庄稼都下不了种了。"

那老侍臣却说："陛下，我可听说，今天晌午就会下雨。"

神宗看看外面阳光艳艳的天，笑道："听说？你这是听谁说的？"

侍臣说："就是听您刚才提到的沈大人说的。"

"沈括？他什么时候说的？"

"昨天，就是他来给陛下奏报南下运军饷的事情以后，在外面的走廊上和我说的。"

神宗再看一下外面依然晴朗的天，撇一撇嘴说："那是一个爱炫耀自己博学多才的人，话不一定可靠，这不，已经都过晌午半个时辰了，他说的雨在哪里呢？"

谁知神宗的话刚刚落音，就听得外面轰隆隆响起了一阵滚雷，好像远处什么地方有一支擂着战鼓的军队，呼啦啦地逼近着，眼看着外面的天色忽然晦暗下来。

神宗诧异地和陈侍臣交换了一下眼色：真变天了？不会吧？

没等他们把话说出来，几个小宦官急匆匆从外面拿进两身蓑衣来，前面的那个进来纳头就拜："陛下，从东头忽然涌上一大片黑云来，拉幕布似的黑压压盖了半个天，总管说不好，大概要下大雨了，叫我们赶紧把蓑衣送过来，以免您要出去，一时没个抓挠。"

"好好！放这里吧！"陈侍臣接过蓑衣，说，"陛下，看来这沈大人上知天文、下知地理，是有点真本事的！"

神宗没有说话，但刚才对沈括的那种愤懑之情已经消解了一大半，看来沈括在天文气象上还真是有些道行，自己派他到司天监应该说是没有错，莫非历法失误的事真不怨他？

神宗在呷着茶继续盘算这件事的时候，一声霹雳，外面下起了瓢泼大雨。明堂前的房檐下，急速地落下了水柱，哗哗的雨声喧哗，暂时掩盖了一切。

又待了大约一刻时间，雨小了许多，只见沈括戴着斗笠、穿着蓑衣，下半身几乎全被打湿，颇有几分狼狈地出现在丹墀前。

沈括看到神宗，远远地就喊："臣沈括见驾来迟，万乞恕罪！"说着撩起袍袖，就要跪在雨地里。

"慢！慢！"神宗急忙喝住他，叫那两个小宦官，"你们还不快把沈大人扶进来说话！"

沈括被两太监揽着进了资政殿，依然要下跪，神宗说："平身，看座！"直看到沈括在下首坐下，这才话头一转，问沈括，"听说，这场雨你昨天就预测到了？"

沈括说："前些日子密云不雨，说明空中的湿气是有的，昨天起了西南风，形成上下对流，阴阳鼓荡，春天的急雨多因此而生，故臣下斗胆和陈公公冒言今天午后下雨，不想真的误打误中，其实我并没有那通晓天道的大本事。"

神宗说："你既然在天文事上确有非凡本事，却在新历法初颁之时发生预报失误，叫朕在天下人面前失了颜面。是不够用心吗？"

沈括跪倒："臣知罪！这样的错误，确实不应当发生。"

"朕知道，司天监的事，开始你是尽了责任，后来朕又派你去干别的公务，你没能贯彻始终。但是既然你没有卸职，就应该检点要害，是你制定的计划出了纰漏，还是你用的人出了问题？我听人说，你走以前，把主持修历的事情托付给了一个瞎子？事关天机的事，睁俩大眼睛还看不明白，一个瞎子哪能胜任？你这不是玩忽职守吗？"

沈括说："圣上有所不知，这个人姓卫名朴，并不是瞎子，只是少年患病视力受损严重而已。此人虽自学成才，但天文历算烂熟于心，万人不及，是臣下在民间发现的一行和尚一流的人物。臣下当初敢把圣上交给的任务托付给他，正是因为臣知道他的才华足以胜任。"

"那现在怎么样？事实不是证明你看错了他吗？"

"陛下，说实话，刚知道月蚀预报失误，我也感到震惊，觉得以卫朴的水平能力，不至于犯如此错误。所以臣这几日回到司天监对此事进行了明察暗访，才知道此事另有隐情。"

"什么隐情？"

"陛下知道，臣刚到司天监的时候，见人浮于事、弊端百出，曾下重力整顿，清除了几个不称职的官员，提拔了卫朴和几个有真才实学的年轻人挑重担，免不了引起旁人嫉妒和那些老资格的人排斥，臣在亲自坐镇主持工作的那一段，有圣上的圣谕管着，他们不敢造次。可是后来臣一走，这些人就抱成一团，时时抵触，处处为难、排斥、干扰卫朴等的工作。修历本来是件群体合作的事，卫朴身份原本就低贱，在京城又无靠山，眼看事情搞不成，只好辞退工作还乡，剩下的年轻人群龙无首，也就请调的请调，服软的服软，由那些老资格的油条们继续按旧路子来，勉强凑成了这部新历，陛下您想能不出问题吗？"

神宗听了将信将疑："他们多大的胆子，敢如此怠慢敷衍朕的钦命？你该不是听了少数人的狡辩，为出了问题而推卸责任吧？"

沈括说："臣是进行了深入了解的。我这里有一个最有力的证据，就是他们为了刁难卫朴修历，竟然拒绝交出五年的候簿，借口说几次司天监搬家，他们不慎弄丢了。"

"什么叫候簿？"

"就是每天在观天台上观察星象的数据记录。陛下，不论谁修编历法，都要以实际天文观察的数据变化作为基础，所以拿到几年的候簿是必要的前提条件。我这次给卫朴他们交代的原则，也是必须以观测数据为依据，才能修改、矫正旧历的误差，做出比《大衍历》更精确的历法。卫朴在得不到候簿的情况下也只能辞职。"

"这么说，他们这次拿出的所谓'新历'，居然连候簿都没有动用？"

"是啊陛下，这样敷衍出来的新历，怎么能做到准确呢？怎么能配得上《奉元历》这个名称呢？"

神宗听了倒抽一口气："那依你说，这件事应该怎么补救呢？"

沈括说："是臣下没有完成好圣上交给的圣命，理应由臣下来补救。臣下请圣上再下一道严令：所有司天监的成员必须配合修历工作，交出候簿和必需的文件，不得有误。在这个基础上，我再把卫朴请回来，我们一起对新历进行一次重新校订，我想会把《奉元历》修好的。"

神宗说："好！我就按照你的意见，下令他们交出候簿和有关文件，由你亲自主持修改《奉元历》，如果还出现那样的大差错，我是要严咎你的责任的！"

沈括下跪："如果这样还修不好新历，臣甘愿伏法！"

自此，沈括就专门用了一段时间，亲自主持修改新历。首先，他要把被保守派排斥走的卫朴再请回来，协助他一起工作。

差役带着"圣命"将卫朴从淮南又宣召回来，沈括一见，不禁大吃一惊：眼前的卫朴身形枯槁、面容憔悴，几乎像换了一个人。他走进屋来摸摸索索地拜倒，居然拜错方向，沈括走过去扶他起来一试，才发现他的眼睛已经全盲了。

沈括扶着他入座，叹息道："这才不到三年，卫编修怎么就衰弱如此？"

卫朴摇手说："细节就不必说了吧，人都说人情冷漠、仕途凶险，以前还不尽信，提举大人这一走，我是深深体会到了。小的是真的一心想要完成大人的嘱托，不惜劳神竭虑、肝脑涂地，可是……"

沈括："情况我都知道了，修历的事情不尽如人意，确实责任不在足下。可知自古以来，有大才学的人并不一定都能有大作为，非不尽力，而情势不容也。个中甘苦，非亲历者体会不到。这些都不说了吧！反正是当今圣上还算圣明，不咎既往，允许我们重新修订新历，所以我把你请回来。"

"只要沈大人亲自坐镇，我就是拼掉这个残病之身，也是愿意的。"

沈括说："不忙，我先给你配几服大补元气之药，你且将养几日，有了些体力，我们便行修历之事。"

"小的遵命。"

自此以后，沈括就和卫朴一起，一丝不苟地进行了《奉元历》的修订工作，经过数月的努力，终于纠正了其中的错误，得以重新颁布天下。

《奉元历》是当时与天文现象契合最严密的一部历法，它的具体内容是什么，《宋史》中没有记载，只留下沈括和卫朴测定的两个关键数据：一个回归年的实际周期（当时称为"岁实"），用现行阿拉伯数字表达为 365.243585 日，一个月的朔望周期（当时称为"朔策"）为 29.530591 日。现代天文学测定的数值是：一个回归年 365.2422 日，一个朔望月 29.530589 日。须知，当时沈括手中没有任何光学仪器，仅凭着肉眼和青铜仪器，就能将天文数据测试到如此精密的程度，难怪被现代西方的科学家说成是"不可思议"的成果。

更值得注意的是：沈括在他实际观测和修历法的过程中，敏感地领悟到，传统历法之所以需要经常修正还会发生误差，正在于"以月置闰"这种古老的做法不对。也就是说以月亮的一个朔望为一个月，因为这个周期与一回归年的周期不相吻合，所以就出现了自古以来隔两三年就要来一次的加闰月的方法。这方法计算非常繁琐复杂不说，而且使历法与农时二十四节气以及日月蚀、星象变化等全部脱节，作为一种历法来说使用很不方便。于是沈括突破传统方法，大胆提出了一个"十二气历"的方案，不以月亮的一个朔望为一个月，而是以二十四节气中的一个"气"为一个月，比如"立春"日为岁首元月一日，"惊蛰"为二月一日，大月三十一天，小月三十天。这样，再无需要置"闰月"，每四年只在岁末减一天，就百代轮回也不出差错，而且和百姓的农业操作完全对应起来了。可想而知，沈括的"十二气历"实际上就是现代全世界推行的公历，从规则性和对应农时上说，它甚至比现代的公历更优越，充分体现了沈括天才的悟性和思想的超前。根据现有历史资料，我们无法判断当初沈括和卫朴编订的《奉元历》是不是就是"十二气历"，我们只知道，《奉元历》只在北宋推行了十八年就被废止了。也许正因为它太超前、太反传统，不为老百姓所接受的缘故吧。

就在沈括和卫朴醉心于他们的天文事业的时候，朝廷中发生了一件大事，那就是"王、吕交恶"，王安石和他最宠爱、最信任的干将吕惠卿闹翻了。

如前所述，吕惠卿是个品格卑俗又充满野心的小人，他其实并不关心什么变法改革、王朝中兴、造福百姓，他关心的只是如何依附宠臣取得高位。因此，多年来他对王安石一味奉迎、屡表忠心，靠自己的一点小聪明生发演绎、出谋划策，并且以超激进的姿态，不断抨击政敌、贬低同事，成功地扮演了一个最坚定的变法派的形象，以至王安石一直把他看作自己最可靠的助手和变法的中流砥柱，一直提携他担任仅次于自己的最重要角色。前一段，王安石在太皇太后的干预下被迫辞职，蛰伏江宁，临行还不忘向神宗推荐吕惠卿做右宰相，代理自己继续推行变法主张。

却不料，真应了一句后世的俗语："子系中山狼，得志便猖狂。"对于吕惠卿来说，这个推荐使他平步青云，不费吹灰之力就登上了"一人之下、万人之上"的地位，他没有诚惶诚恐谨言慎行，没有感恩，却膨胀起更大的野心，想占据这个位置不下去了。为此，他不惜对自己的恩人反咬一口。

就在王安石离开朝廷不到一个月的时候，他就建议神宗：王安石复官的时候，可以叫他到边疆地区去当一个地区的节度使。他的提议连神宗也感到意外，反问他："王安石并不是因罪过调离京师的，怎么能够参照处理罪臣的办法，把他远发边关呢？"他一听话茬不对，只好作罢。

后来，又有一个四川人李士宁涉嫌参与了反叛朝廷的活动。这个李士宁，自称精通道家导气养生之术，曾经在京城备受推崇，经常出入于一些权贵名流之家。王安石对道家的气功颇有点兴趣，曾经和这个李士宁有过一些来往接触，后来李某参与谋反事发，住进了刑部大狱。吕惠卿觉得这是个可乘之机，就寻根究底，暗中搜罗此人供词，想要抓到一些口实，把王安石也株连到这个案子当中，将王安石彻底搬倒。但是他没想到，确切口供还没有拿到，神宗已经下旨重新启用王安石，而且是恢复相位。吕惠卿暗中后悔晚了一步，只好把宰相位置乖乖地给王安石腾出来。

两次陷害都没得逞，吕惠卿并不甘心，只是碍于神宗对王安石的重新信任，自己还是潜伏爪牙、另求时机为好，于是继续伪装为好助手、好跟班，又在条例司混了一年多。

这年九月，皇帝忽然收到御史蔡承禧上来的一封奏疏，内容是揭发吕惠卿的兄弟强霸田产的事。

原来，吕惠卿当宰相的时候，他的弟弟趁势向浙江华亭县富民强借款项五百万钱购买土地，县令张若济鉴于吕惠卿的背景不但不敢拒绝，还和他搭伙共同买地牟利分一杯羹。这事后来被人告发了，形成一个诉讼案。吕惠卿的党羽又暗中调动州府衙门关系，按住案子不处理。王安石的儿子王雱听说这件事，出于义愤，与虔州知府邓绾、漳州军事判官练亨甫联合，报知御史台，催促州府赶紧处理此案。

吕惠卿得知这个事情，他认为这是王安石指使儿子，要抓自己的把柄，置自己于死地。于是先下手为强，上书给皇帝，控告王安石有"五大罪状"。史料记载，奏疏中原词是这样的："安石尽弃素学，而隆尚纵横之末数以为奇术，以至僭恣挟持，蔽贤奸党，移忿行狠，方命矫令，罔上恶君。凡此数恶，力行于年岁之间，莫不备具，虽古之失志倒行而逆施者，殆不如此。"意思是：王安石把平生所学道德文章全抛弃了，反而开始相信那些胡诌八扯的术数以为奇术，以至越过了应有的束缚和规范，被坏人所挟持利用，远离贤才而结交奸党，离开了忠恕的原则而行事狠毒，按照自己的意愿随意篡改上面的命令，还有欺君冈上的行为。以上的种种行为，他在一年之中就全做了，即使是古来那些因为不得志而倒行逆施的人，大概也不会做得这样绝！

这是一篇处心积虑炮制的奇文！从中完全可以看到一个小人忘恩负义反咬一口的无耻嘴脸：吕惠卿深知神宗以前对王安石的宠信是真心的，所以不敢说王安石原来就不好，只说他是因为崇信妖人的异端邪说而蜕变了，这无疑是想延续他一年前未完成的诬陷，把王安石打入结交"反臣"的行列。吕惠卿叹息道，因此啊，他不惜远离我这样的"贤才"，结交邓绾、练亨甫这样的"奸党"，还竟然不惜随便篡改您的圣命，犯下了欺君冈上的罪行。这是何等可恶啊，即使古代那些倒行逆施的失意政客，都比不了啊！

吕惠卿这横空一脚，可以说恰恰踢中了王安石的软肋，尤其是其中"冈上恶君"一句，几乎是致命的一击。在封建王朝，轻慢皇权是至大罪过，尤其是对顶着各种压力、全然信任王安石的神宗皇帝来说，忽然有人告诉他：你受骗了，王安石瞒着你结党营私，做了见不得人的事情！这不啻是当头一棒。在这方面，吕惠卿胸有成竹，须知，他多少年一直充当着王安石"机要秘书"这个角色，掌握着王安石许多机密的批条和文件，也听他说过许多犯忌的"私房话"。在神宗的追问下，吕惠卿终于打出了杀手锏：王安石在几个文件上白纸黑字的批示"无使上知"，其中应该也有当年沈括上书说助役法时的那个批件："无使上知，无使齐年知。"

多年和王安石打交道，神宗一眼就认出了王安石的字迹：吕惠卿没有诬告，这的确是王安石的批示！这些年来，我对他如此信任，言听计从，为此得罪了无数朝臣甚至后宫的亲人，他却敢公然隐瞒这么多情况不叫我知道，这不是蒙蔽君上吗？他要干什么？神宗的脸色骤然变了。

盛怒之下，神宗马上就宣王安石进宫，一见面，二话不说，就把吕惠卿提供的这些"炮弹"全部摆在他面前，质问他："这是怎么回事？"

史料中没有记载王安石在看到这些材料时候做何反应，可想而知，应该是五雷轰顶，全蒙了！儿子王雱联手御史台追究吕惠卿弟弟的事，他根本就不知道，说他和邓绾、练亨甫等结党营私，更是子虚乌有。如果说这些还可以通过辩白说清楚的话，那"无使上知"的批条，则叫他长一万张嘴也说不清楚了。他只有在心里无数次地咒骂吕惠卿："小人！小人！没想到，我无数次地引为知己、全力提携、无话不说的朋友，会骤然翻脸，给我下刀子！"

在做了几句无力的辩白之后，王安石几乎是懵懵懂懂地走出了大殿。回到家中，立即叫来儿子询问，这才明白了事情原委，立时勃然大怒，指着儿子破口大骂，没想到只因为你一时行事不慎，叫我在皇帝面前彻底失信，且不说我个人的福祸荣辱，这十几年呕心沥血的变法奋斗，很可能功亏一篑，就此废掉了，你是千古罪人了你知道吗？

可想而知，王安石对儿子的指责，实际上是对突如其来的受惊、受辱、受冤枉的内心愤懑的反馈，是把在神宗那里看吕惠卿奏疏受到的气，发泄到了儿子身上，所以说，许多的指责是不公平的，是完全情绪化的。

王安石有两女一子，他们的性格都和脾气执拗、强悍、感情外露的父亲不一样，都属于温和、内敛型的，因此，两个女儿出嫁后都表现得雍容贤惠，很得婆家的欢心。儿子从小就学业踏实、品格端庄，得到了进士出身，平时王安石是很喜欢、器重他，现在刚满三十二岁，正是前程似锦的时候。这些年，儿子在业余时间帮助他编撰《三经新义》，是十分得力的助手。

可是今天因为这个特殊的变故，王安石冲儿子大大发了一通火。他发泄完没事了，却没想到，对于儿子这种性格的人来说却形成了沉重的思想负担。儿子本来就患有严重的气鼓病①，因为受到父亲的申斥，也感觉到后果严重，因此忧思积郁、肝气不舒，竟然在短短几天内病情突然加重，不治身亡了。

---

① 气鼓病有两种说法，一种认为就是现代医学的肺气肿，另一种认为是肝总管堵塞引起的水肿，皆为难治的痼疾。

王安石绝没有想到，自己的一顿发火，竟然会引出这样的结果。老来丧子，本来就是人生一大不幸，更何况是亲身酿成悲剧，王安石又悲伤又内疚，追悔莫及，顿生心灰意冷之感，于是上了奏疏，再次请求辞去宰相职务。

他又没有想到的是：这一次在皇帝心目中，他的形象已经和上次辞相截然不同了。神宗这一次是真动怒了，认为他的行为真正是"欺君冈上"，是触动了皇权的底线，不可再容忍了。神宗当即批准了他的辞呈，改任他为镇南军节度使、同平章事、江宁通判。这一回，是真正按"罪臣"的规格处分了他，而且自此之后，再没有就军国大事召见过他。王安石轰轰烈烈的政治生涯，实际上已经到此终止了。

王安石和吕惠卿的这场争斗，论正邪，是王安石正，吕惠卿邪；论胜败，却是王安石败，吕惠卿胜。王安石为了变法图强操劳九年，最后却遭人构陷还痛失爱子，固然是皇权体制的悲剧，但从个人的内因来讲，也是王安石本人不善识人、偏听偏信的必然结果。

吕惠卿弹劾倒了王安石，却也没有完全达到自己的目的，他兄弟强借公款霸田牟利的罪名仍然成立，他自己也难逃擅权营私、干预执法的罪名，被贬去当县令，从此再没有回到中枢部门。可见神宗总体上还是识人的。

无论从哪个意义上讲，王、吕之争，两败俱伤，在当时的宋廷朝野，影响都是巨大的。保守派认为是变法派的内讧，有些幸灾乐祸，希望这事能叫皇帝从此改弦易辙；变法派则担心从此失势，有些投机心理重的人已在窥测方向，看还有没有升迁的可乘之机。

沈括在熙宁九年（1076）年底完成了繁重的《奉元历》的修订工作，思想刚从"天上"回到"人间"，就从前来拜访的同年学友许将那里听说了这一切变故。

对于王、吕之争的是非曲直，沈括直截了当地表示他完全倾向于王安石，对其道德文章和变法实践，他从来都是敬重有加；而对吕惠卿在秉政期间表现出的自私、嫉妒，极为不齿。

这时候，许将才吞吞吐吐地说："你对王荆公始终如一地景仰和忠诚，在下十分感佩，可惜你们的那些同僚，恐怕未必同心同德。各怀鬼胎、假公营私之流，怕未必只有吕惠卿一个。"

沈括说："弱水三千，自有清浊，我只管矢志如一，坚守我的信念便是了。"

许将叹口气说："恐怕王荆公本人，也未必识得你这份赤子之心。"

沈括一愣："许兄何出此言？"

许将压低声音说："据我官内友人所言，你在出使辽国以后受到的不公正待遇，恐不能归咎于吕惠卿，大概就是王安石本人所主。据说，圣上本欲厚赏阁下，是王本人屡次相阻，才有那样的结果。"

沈括显然被震动一下，但随即就自己找回平和："当时吕某日夜在王荆公左右，王荆公受其蛊惑，偶有不公，也属难免。我生气的不是有功未赏，而是后来的谈判不进反退，坐失江山。圣上难道连这个是非都分不清吗？"

许将这才迟迟疑疑地说："在下有句话，不知当讲不当讲。"

"学兄但讲无妨。"

"现在王安石辞相、吕惠卿下调，右相位暂且空缺。他们两人又都在圣上那里进过学兄的谗言，现在圣上对他们两个伤了心，自然就会对学兄另眼相看，恰恰学兄前一段在三司工作也颇有建树，如果学兄抓住这个大好时机，上一篇长表，对王、吕执政时的弊端做一番评论，再提出自己的一套主张，那么圣上很可能就会考虑将学兄提入相位，到时候，我再串通几个同年好友上书策应，这事就可能坐实了。我相信，以老兄的才学能力，足以胜任辅弼朝廷大任，学兄一展鹏鲲壮志，我等也可乘此东风，各有成就，不亦乐乎？"

沈括到这个时候，才明白眼前这位同年学友前来造访的真实意图。原来，是想与他合伙，乘虚而入，火中取栗，谋仕途的捷径啊！

明白了许将的意图，沈括的第一反应是反感，想马上驳斥回去，但转念一想，做官谋进取，在国家需要用人时候跃跃欲试，也是人之常情，何况先把自己推到前面，也不能不说是一番好意。于是呷了一口茶，略作停顿，才缓缓地说："承蒙学兄看重，实是感动，但是存中自省自度，办实业搞技术可以，缺乏宏观政治之谋略，实非宰相之才。即使坐上那位置也是尸位素餐，误国误民，何况王、吕二人都是我多年知近，刚一失势我便上书信口褒贬，难免有落井下石、挟私报复之嫌，所以此事万做不得。倒是学兄是人中翘楚，才高功著，又与此事毫无关碍，学兄如果有意，存中倒愿意上书推荐，如何？"

许将一听这话，反觉不好意思，他也知道自己非宰相之才，沈括这样说不过是客气而已，于是脸上一阵红一阵白的，随便支吾了几句，便告辞出门。

从此，许将再也未登沈括的门，所谓"不是一路人，不进一家门"，此之谓也。

熙宁九年（1076）十月，王安石夫妇两人，从汴梁渡口上船，前往江宁赴任。时已初冬，料峭的寒风，吹拂着老夫妇的银须白发，颇有几分苍凉感。

这一年，王安石不过五十五岁，并不是很老，但是因为他从年轻时就患有严重的气喘病，从事变法事业以后，他执拗的性格又缺乏能撑船的肚量，加之终日劳思竭虑，不断地与反对派争论生气，损伤身心，所以过早地衰老了。沈括在《梦溪笔谈》曾记载：为了治愈他的气喘病，需要一种紫团山人参，多少年找不到，名臣薛向从河东回来，刚好弄到一些紫团人参，便赠给王安石二两。王安石认为此物金贵，坚辞不受。有人劝他说：你的病没有这种药不行的，他反驳道："我没有用这个药，不是也活到这么大吗？"

尽管多年位极人臣，从为官清廉上讲，王安石是无可指摘的。所以，老夫妻今天离开京城的时候，船舱里带的不过是些简陋的衣物，称得起是两袖清风。因为是犯了"欺君罔上"的罪名，王安石有意地悄然上船，没有通知任何人，免得给上下的官员造成难堪：到底是送还是不送？不如自己悄悄地走了清净。天刚微明，王安石就叫船家开船，眼看着橹摇船动，波影绰绰，两岸的景物在晨曦里晃动，王安石的心中不免悲怆：他不留恋这京都的繁华富丽，担忧的只是自己八年来开创的变法事业，会不会因为自己的离职就此而终？

忽然，夫人在旁边捅了捅他，说："介甫，你看。前面那钓鱼台上有人，朝咱们这里招手呢！好像还喊着话。"

王安石循声看去，果然见前面河边突起的一个平台上，有一个人影朝这里招手，这时天已经明了，可是那平台正在东面，背着日光，人的面貌看不大清，身形略有点熟悉，但又一时想不起是谁。只听得那个人的声音在晨风里断断续续：

"恩——公，弟子……为您送——行——"

船渐渐地行近了，那人的面孔也渐渐清晰，王安石不由得一愣，那人正是沈括，他的声音也听得清楚起来："恩公，存中闻听您今日离京，特来相送，刚到御街码头，就听说您早走了，只好快马赶到这里，遥送一程。愿恩公一路顺风，身体康健，弟子这厢有礼了！"

便看着沈括在钓台上下跪，朝这边连磕了三个头。

王安石顿时觉得眼热了，他没有想到，自己以前错听了吕惠卿的谗言，对沈括产生了那么多的误解，自己也在皇帝面前说过他的坏话，这些材料已经在纷争中公开，沈括大概已经全知晓了，可是在这个时刻，那么多变法派平素号称弟子、学生的人没有来，偏偏是他不避嫌疑来送自己。唉，诚所谓"疾风知劲草，患难见真心"，我这个做"恩公"的，也只有惭愧了。

这样想着，王安石既没有应声，也没有招手，只是伫立在船头，向沈括久久地凝望。

钓鱼台上，沈括在高声咏念他为送王安石刚刚作的一首诗：①

① 这首名叫"钓台"的诗，沈括作于熙宁九年前后，虽没有标明是为送王安石而作，但是从第六句和第八句看，只有王安石这样的人能引起沈括这样的感慨。很明显，在这首诗里，沈括借钓台实际暗喻着官场——不少人的沽名钓誉之台，起首就说这不是好干的活儿，多少人的期许和等待都在这里埋没了，连姓名也没有留下。许多人求太平是不做官的，只有那些和您一起奋斗过的朋友故交不会忘记这一段情分。有七里的山林泉水足可自得其乐，相比起来，那些位列三公的荣耀富贵倒是轻如鸿毛。您现在的一片船帆飘摇在湍流、礁石之间，可先生您留下的品格精神却依然会受到无数人的景仰。

渔钓非良业，相期遁姓名。

太平虽不仕，故旧岂无情？

七里林泉好，三公位貌轻。

片飒湍石下，谁不仰先生！

行船上，王安石的泪水，终于涌出了眼眶。

这首诗看似闲适，实则沉重，隐晦地表现出了沈括对皇权的失望。在他看来，当今这位圣上对恩师的处理是极不公允的，只因为小人的一点挑唆，看到“无使上知”几个字就勃然大怒，其实从这八九年的君臣合作，圣上还感受不到王安石对大宋朝的忠心和坦诚吗？可是，这道理没法说，皇帝永远是对的，只能把这些哀怨之情付诸行云流水，一句“非良业”，说出了沈括心中的无奈。

沈括自己也没有想到，一年以后，就因为他胸中存在的那几分隐隐的愤懑之情，使他本人也招致和王安石一样的命运：被误解，被贬谪。

王安石被罢相以后，神宗提拔了吴充取代宰相的位置。吴充，字冲卿，与王安石同岁，而且是王安石的儿女亲家，王安石的大女儿就嫁给他的儿子。但是从政治观点上讲，吴充却并不赞同王安石的主张，曾经在神宗面前多次讲过新法的不便。但是，既然神宗力主变法，他作为主持枢密院工作的首辅，多年来还是忠实贯彻了许多变法的措施。因此，神宗认为此人比较忠厚而不偏颇，所以才把吴充重用起来。

王安石退位以后，神宗并不准备改变他的变法主张，因为他的富国强兵、收复唐地的宏愿还没有实现。因此，王安石当年制定的一系列政策他没有改变，王安石执政时重用的一些人他也还在继续使用。和以往不同的，是他表现出更多的独断专行，对下面臣僚们的信任感大打折扣，尤其对他们隐瞒自己另搞一套的行为分外敏感。

皇帝的这种心态，给一些品质恶劣、有野心的人造成了可乘之机，他们借此机会专拣皇帝敏感之处进谗言，把身居高位的人打下去，自己乘虚而入。

沈括就是中了小人的这一招。

其实，从仕途上讲，熙宁九年（1076）的沈括在当时还是很顺的，大概因为吕惠卿当年在神宗面前经常贬低沈括的缘故，神宗在"王、吕事件"之后，给沈括加官晋爵，加"知制诰"，拜为翰林学士。

在宋代，朝廷封臣子为翰林学士，是个很荣耀的事情。诏书要用白绫大字书写，用法锦褾大牙轴色带装裱，皇帝还要专门派乐队奏乐送达。这表现了宋代对学人的景仰，而其他官员，即使是当了宰相，也没有这个礼节。在过去，还要请教坊的女优来载歌载舞地庆贺，到了本朝陈绎任开封知府的时候才把这个制度改了，不再请女优助阵，改由官家乐队奏"雅乐"相贺。

然而沈括的荣耀却并没有维持很久，总有人对他看不顺眼。

熙宁十年（1077）八月的一天，沈括应诏到吴充的府邸去汇报三司的工作，吴充是丞相，沈括作为三司使是不能不去的。在谈完了三司财政方面的事以后，吴充就顺便地问了一句："新法中的助役法，在发布以后一直引起人们的争论，褒贬不一，赞誉者称它是富国之精要，诋毁者认为它是祸民之大患。存中，你在南北方都巡视过多回，你认为真正的民意是怎样的呢？"

沈括说："助役法是新法中一项很重要的内容，认为不好的，无非是两部分人，一部分世家、富户过去从来就不交赋税，现在要交助役钱，当然不高兴，这部分人的议论可以不必理他。另一部分是最穷苦的五等户，他们过去只出劳役，不出税钱的，现在也一样要出助役钱，虽然数额很少，但是因为他们穷，家里余钱本来就少，所以也成为一项不小的负担，他们表示不满，应当说是有一定道理的。"

吴充问："那依你的看法，应当如何解决这个问题呢？"

沈括说："几年前我在巡行两浙的时候，就给朝廷上文算过这个账：把浙江的五等户都算上，收足了助役钱才不过五万贯钱，而用钱雇佣劳力来服徭役，开支远远地超过这数量，而真正服徭役挣这些钱的还离不开这些五等户。政府实际上是贴钱雇用了这些人干活，还要受埋怨，两头不落好。与其这样，还不如五等户的助役钱干脆免掉，到时候还是叫他们照以前那样义务出徭役就对了。富户的助役钱还是照常出，'有钱的出钱，没钱的出力'，这个道理到哪里都能说得过去。和以前相比，政府其实是多落了钱，而最贫苦的五等户还会为此感恩戴德，这不是两全其美吗？"

吴充点头说："都说你这个人考虑事情细腻、严谨，我看还真是这样。助役法的事，我看就应该这样办。"

第二天，吴充便安排中书省，对助役法中的有关条款做了调整修订，免除了五等户的助役钱，依然按原来的规定服徭役。此法立即受到了最贫困百姓的欢迎，助役法自此也被称为免役法。

我们客观地来看，沈括能够提出这样的意见，是和他的科学务实精神分不开的。从他对贵族、富家提出反对意见的不屑态度看出，他对助役法的总体精神是支持的，提出免除微户的助役钱，是对原有方案中考虑不周的部分进行微调，是对新法的巩固和完善，是补台而不是拆台。另一方面，从沈括个人的经历来讲，他深受孟子民本思想的影响，深知"水可载舟，亦可覆舟"的道理，他刚出仕就在沭阳看到过民变的危机，他希望通过政策的调整来消弭民怨，这完全是对宋室王朝忠诚的表现。在视察两浙的时候，他就上书朝廷想做这个改变，结果被吕惠卿扣下了。现在王、吕不在了，新任的宰相赞同他的看法，实行了这种改革，应当是合理合法的。

他万万没有想到，就是这样一个合理合法的举动，却给小人带来口实。

十月，神宗收到了御史杂知事蔡确的奏疏，说："沈括用一个白条子报门，到了宰相吴充的府中，擅自改变了新法，这里面有很大的问题啊！沈括以前曾视察南方北方多次，上书说过要减微户的助役钱，并没有说要免役，也没有说恢复徭役，所以条例司当时没有批准。这一次又突然提出恢复徭役，要全免微户助役钱，如此前后不一，说明他完全是身无定见、随风转舵，见什么人说什么话的反复小人。助役法实行多年，沈括既然认为不合理，为什么当时在任上不说，现在不在任上了才说。而且，他本来是朝廷的近臣，有什么意见为什么不直接找圣上说，而是要递白条子，找到执政的门上'阴献其说'，这只能说是想要依附于大臣、另有图谋。臣希望圣上明察，问沈括的罪。"

蔡确的这一篇弹劾沈括的奏疏，也是一篇小人进谗言"欲加之罪何患无辞"的典型文章。他只字不提问题的要害：沈括的意见对还是不对；而是一口咬定沈括"前后不一"，是"反复小人"。其实，对微户的免役，于总体就是减役，二者并不矛盾，所谓恢复徭役是相应的措施，应是不言而喻的。此文强调沈括"任上不说，任下乱说"，其实是有意混淆了这个"任"是什么"任"。如果说是作为该法的决策者之"任"，沈括从来没有在过"任上"，没有那个权力，所以才只能提建议；若说这个"任"是执行者的"任"，沈括当巡察使，当时就上书提出了微户免役的建议，只是被吕、王扣下没有采纳而已。

此文最为恶毒的是最后的挑唆之语，说沈括既为近臣，有意见不对皇帝直接说，而要递一张白条子到丞相府上"阴献其说"，分明是想"依附大臣、另有图谋"。须知，沈括到吴充府上是吴充叫去谈工作的，是谈完其他的事，吴充顺便问起助役法的事，沈括才说出自己的意见。此时，吴充的身份是丞相，沈括的身份是权三司使，他们是有权利也有义务就这个问题交换意见的。说这就是另有图谋，纯属污蔑造谣。

然而，恰恰就是蔡确的最后这几行挑唆之语，打中了神宗的要害，马上引起了他的警觉。

原来，自从王安石被揭发出有"无使上知"的僭越行为，神宗最忌讳的就是自己的臣僚瞒着自己拉帮结伙搞什么小动作，现在居然一贯低调干实事的沈括也有这个嫌疑，这还了得？于是他马上就召见沈括。

沈括还以为皇帝找他又是要和他质询什么财政方面的事情，急忙带上了最近的一些财政方面的塘报和资料走进资政殿。

没有想到，他刚刚行大礼参见完毕，神宗皇帝劈头就把一份奏疏递到他的面前，神色威严地说："你看看这份奏疏！说一说，有没有这回事？"

沈括莫名其妙地接过那奏疏，在那一瞬间，他看见神宗的目光是冷冷的，甚至是阴森的。他尽力压下心境，把那奏疏拿过来，急匆匆地看了一遍，顿时如同当头挨了一闷棍，蒙在那里了。他做梦也没有想到，自己在丞相府无意间说的一些话，居然被作为"依附大臣、另有图谋"的罪证，被生发演绎到这样十恶不赦的地步！这太荒谬离奇了，他简直反应不过来，一时不知该说什么。

神宗却两眼瞪着他，逼问："你说，有没有这个事？"

沈括说："……这，在丞相府上讨论助役法，这事确实有，可是……"

"可是什么？"

"说什么递白条子，密献其谋，纯系子虚乌有，我和丞相不过是无意中顺口提到……"

"顺口提到？"神宗冷笑道，"助役法这么重要的事，你们只是无意中顺口提到？那你主要是干什么去了？沈括，朕一向对你不薄吧？有什么事情你不能和朕直接说，非要到丞相府里找人密谈？"

"我……没有密谈，我们说的都是财政上堂而皇之的事。"

"堂而皇之的事为什么不到我这大殿朝堂上正大光明地说，要到私人宅邸去商量于密室？"

话说到这种程度，沈括已经是千万张嘴也解释不清楚了，只觉得胸口有一团火腾腾按捺不住，要喷发又找不到出口，在肚子里翻过来滚过去，咽喉里居然一个字也蹦不出来。

此刻，沈括心里是清楚的，皇上是受了小人蛊惑，分不清主次是非，思维逻辑完全被搞混乱了。其实，助役法的弊端，我过去正经的奏疏也写过，当面也和您讲过，只是您和王安石没有重视而已。我和吴充在私邸里又一次谈到它，这不是士大夫忧国忧民的表现吗？怎么也成罪过了呢？助役法的修改，分明受到了天下苍民的拥护，是安定了民心，有利于新政，这您看不到吗？这一篇奏疏分明是一篇颠倒黑白、信口雌黄的谗言，您还偏顺着他的思路来逼问我，难道非要我说出我们在结党营私、扰乱朝纲您才称心吗？

想到这里，他内心深处对皇权的那一丝愤懑、无奈的哀怨之情再次涌上心头，脸上泛起了凄楚的苦笑，说："圣上一定要这样认为，那……臣也只好待罪了。"

神宗听了沈括的这句话，居然也愣住了。

其实，神宗和自古以来所有的帝王一样，对臣子是恩威并施，既希望臣子能干，又害怕他不听使唤，希望给他戴上笼头，时不时能鞭挞、驾驭他。宋代的君主，把这种御臣之术制度化，建立了庞大的御史机构，豢养了一批人专门挑臣子的毛病，抓住他们的把柄交到帝王手里，叫臣子乖乖听使唤。对蔡确的这一篇弹劾奏疏，神宗其实并不全信，他把它拿给沈括看，只是希望沈括服个软、认个错，诚惶诚恐地把这个拉帮结派的问题说清楚、撇清了，他还是准备好好用沈括的。没想到沈括却犯了书生气，他不会察言观色，越想越觉得自己没什么错，清是清浊是浊，让日后的时间来证明，今天就随你处置吧！便来了那么一句神宗很不愿意听到的话。

神宗追问了一句："你说什么？"

沈括说："臣……待罪！"

这是什么意思？为什么你不辩解？难道你承认你有罪了？你真的和吴充搞拉帮结派了？神宗真的生了气，他把手一摆："好！那你就下去吧，回去待罪去吧！"说着，就自己向帷幕后面走去。

太监们见况，便喊道："圣上退殿，外臣回避！"

沈括看看殿上已无人，也只好退下殿去。

其实，沈括不知道，他的这个不明智的朝对，正是中了人家的激将法，那个上书的小人蔡确，希望的正是这个结果。

这蔡确，字持正，名字叫得好听，听说人相貌也长得秀伟，但其实并不持正，倒是为人狡诈、心眼歪斜。他和吕惠卿是同乡，都是福建泉州人，以前私交甚好。他当御史，还是王安石推荐的，按说是有恩于他，但是，现在王安石既然已经在神宗面前失宠，他也就张口闭口贬低王安石、吕惠卿和其他变法派的人，以图打击别人抬高自己，来填补王、吕走后的权力真空。他诬陷沈括的举动，是不是事先和吕惠卿商量过，要行报复，这都很可怀疑。

因为多年与吕惠卿交善，蔡确从吕惠卿嘴里听到过沈括的不少事情，在他看来沈括是个只知道做事卖力的书呆子，好对付，所谓"君子可以欺其方"，只要略施小计，激怒沈括，沈括就会因"犯上"而失宠。

这一次，他的目的达到了，沈括真的上了当，神宗真的认定他与吴充有结党营私的行为了。

次日一大早，神宗就当朝颁发了一道诏书，对沈括加以严厉批评，说自己多年来对沈括多方提擢，不离左右，赋予要任，但是他辜负了自己的信任和提拔，"挟持浮说，进退希旨，反覆异言"，现贬谪他离开京城，到宣州去当知府，叫他自己反省。

这件事充分说明了沈括只重做学问的书生气，在官场的应对上还欠火候。也证明在人治的条件下，正人君子什么时候都斗不过奸佞小人。

与他相比，更加悲惨的是吴充，他直人快性，在丞相位置上只坐了不到两年，就被各种各样的诬陷和诋毁搞下台，没出一个月就死了，死时才六十岁。

这件事对沈括的打击很大。在此之前，沈括干了那么多领域的事情，几乎是干一行爱一行专一行，朝廷需要他到哪里，他就出现在哪里，还都能干得出类拔萃，所以他在朝廷里，从来是受嘉奖和表扬的。现在忽然受到了皇帝的通报批评，而且是涉及人格品行上的不公正的批评，起因竟然是一段莫须有的污蔑不实之词。这对沈括，不啻是当头一棒，实在是无法承受的。

熙宁十年（1077）的年底，天寒地冻，北风呼啸，沈括踏上了南下宣州的贬谪之路。与几个月前王安石被谪一样，他没有告知多少人，起了个大早，带着几个仆人和几匹驮行李的骡马，就出城了。

所不同的是，有几位偶然得知这情况的朋友还是来送了他一程，其中包括他的同年学友许将。

此时汴河已经封冻，不能行船，沈括是走旱路离京的，但是旱路也有一段与河道重合。看着初雪覆盖的汴河大堤，沈括忽而想起当年带着万众民工修汴河的场景，如今却是一片寂静，空无人迹。他不禁吟起柳宗元在贬去永州时写的诗：

千山鸟飞绝，万径人踪灭。
孤舟蓑笠翁，独钓寒江雪。

许将在旁边劝道："存中兄，虽然你这一去直堪叹息，但也不必过于沮丧。我想以老兄的才学实干，圣上迟早还是会起用老兄的。"

沈括淡然一笑说："就算从此再不起用，又当如何？人生荣辱，正如草木衰旺，各有天时管着，这点我是看得开的。我感慨的是：君臣间真是难以相知啊！几天前在三司说起钱币的事，皇上还说要大用我呢！不料今日就如此，正所谓朝秦而暮楚。"

许将叹口气："唉，有句话我身为朋友，多年没说如骨鲠在喉，今天也和你直说吧。存中兄，你这人钻研学问、关注天道之精深，我等都自愧不如，可在研究人情世故、处世之道方面，实有欠缺。你不懂人什么时间爱听什么、想干什么，直肠子认死理，那怎么行？常言说：世事洞明皆学问，人情练达即文章。没有这个修炼，怕是你事情比别人做得多做得好，处境却往往反不如别人。"

沈括沉吟道："你说得不无道理，不瞒你说，我的内人昨天也这样埋怨我，说我做事不看眼色，被人卖了还帮人数钱，我还和她吵了一通。说实在的，我也想慎言慎行，防微杜渐，可是……"

许将说："这可不光是谨慎的问题，要长心眼，要察言观色，因人因时而异，有的时候借题发挥神吹海哨几天都没关系，有的时候连多说一个字都不行……"

沈括听得又皱起了眉头："这么高深？"

旁边另几个朋友笑道："冲元兄，你和他说这些没有用，他要开了这一窍，那就不是存中了。"

几个人相视笑了一下。

到了长亭，沈括就劝他们留步，众人便对沈括作揖道："送君千里终有一别，就此告退了，愿存中兄保重身体，卧虎盘龙，我等在京中就一切机会保荐推举，但愿不久就有机会再聚朝堂，共谋大业。"

"谢谢了！"沈括作别朋友上马，走入旷野的寒风中。

许将等望着他远去的背影，互相看看，一个朋友说："存中也算是旷世之才，只可惜官场这本经念不通。"

许将苦笑道："我等就念通了吗？不过不像他那么迂而已。昨天我下朝时候碰到韩缜，韩缜还说，皇上和他说过，沈括有三件事误国：历法问题、地界问题、役法问题。可见沈括出了那么大力气，在皇上那里居然是见过不见功，误解之深可见一斑。看来存中在宣州，一时半会儿也是回不来了。"

"唉，看到此，我等也不禁寒心啊！"朋友们又唏嘘了一回，方才散去。

事实上，在离开京城不久，严寒加上精神郁闷，就把沈括的身体压垮了。他还没有赶到宣州，在路途中就生了病，而且病得十分严重，据他后来记载，症状是"头目眩困，胸中痰逆，精神懵冒，眠中惊魇"，一度使他站都站不起来。多亏他懂得一些医术，一路上自己给自己抓药熬药，紧着调养，才坚持到了目的地。

宣州对沈括来说并不陌生，当年他曾在宣州外围的宁国县帮助哥哥沈披设计、监造万春圩，成为他人生的第一段辉煌。转眼间，这已经是十八年前的事情了。物去人非，现在重回到宣州，可说是举目无亲，孑然一身。新官上任的一切繁忙和凌乱，他都得支撑病体强打精神去打点，其中的辛苦，只有他自己知道。

可以想象，在那些严寒的日子里，每一天公事喧嚣之后，他孤独一人在知府衙门的深宅大院里，面对着残灯如豆、案牍如山，还要一碗一碗地吞咽着苦药汤子，那份辛酸是可以想象的。

他在这一阶段写过一首诗《十松亭》：

欢然相对默终日，意得那须言强多？
我身未得从心老，嗟尔系此成蹉跎。

诗中流露的是濒于崩溃的伤感和颓丧心情，与十八年前他在宁国县石门山作的那一首踌躇满志的诗形成了鲜明的对照。

沈括的病经过将近一年的治疗和调养才渐渐痊愈。

许将等朋友们的估计没有错，皇帝这一次生大气了，套用现代的概念，就是要沈括到基层好好下放劳动几年，反躬自省，改造思想。这样，从熙宁十年到元丰三年（1077—1080），沈括在宣州一直待了近四年时间。这可以说是沈括一生最低谷的时期。

其实，在沈括被贬一年后的元丰元年（1078）八月，神宗曾一度想起了沈括，下旨要恢复沈括的知制诰，同时调他去潭州做知府。这时，又是那个御史蔡确上书反对，说沈括反省自躬未久，不宜过早召回。神宗居然又一次听了他的意见，收回成命，让沈括继续在宣州待着。

因为沈括这几年多看了一些老庄道家的书，又经过这样的一场人生转折，多少接受了一些宿命论观点，认为自己的命运有时并不掌握在自己手里，君子要知足常乐，懂得随遇而安。宣州是个和他杭州老家在气候、环境上都很接近的地方，他很喜欢，倒不急于离开这个地方去追名逐利。

在病体康复以后，沈括又开始干一行爱一行，勤勉地思考起当地百姓的致富问题。宣州盛产茶叶，沈括就开始总结和推广种茶的技术，扩大本地茶园的规模，还写了此方面的专著《茶论》。并且特别推崇一种胜过"雀舌"的嫩茶，说它"新芽一发，便长寸余，其细如针，惟芽长为上品"，口感极美。沈括还专门写了一首《品茶诗》来描述这种茶：

> 谁把嫩香名雀舌？定知北客未曾尝。
> 不知灵草天然异，一夜风吹一寸长。

从诗中流露的情绪看，沈括又恢复了他那种对什么事情都兴致勃勃的习惯。

在帮助茶农规划茶园的过程中，沈括又遇到了一个他所感兴趣的数学问题。因为做规划，必须核实茶园的地块面积，而南方的山地，大量地存在着呈圆弧形的梯田，求它的面积和边长，就成为一个经常遇到的问题。拿现代的数学名词来说，就是只知弦的长度，求圆弧的长度，或者反过来，只知道弧长，求弦的长度面积，这在当时的中国，是一个很棘手的数学难题。

在古代的数学典籍中，遇上这种情形，只有用割圆法来进行近似的计算。沈括根据自己实验，认定这种方法和计算的结果与实际测量的尺寸，误差最多时能达三倍之多，显然是不能用的。经过摸索和实验，他自己创造了一种"拆会"的计算公式，可以比较准确地解决这个问题，沈括命名它为"会圆术"，运用这种方法计算圆弧形的土地，既快速又准确。①

对于干练、聪颖又在宋廷核心部门待过很长时间的沈括来说，宣州衙门里的那点工作是形不成负担的，所以沈括在宣州的空闲时间比较多，他把这些时间用来研究他所喜爱的艺术、医学以及搜集古董、进行考证等等。

从这一段沈括留下的文字看，他对于朝廷的大事基本是不闻不问的，与他无关的不问，与他有关的也不问，正是"去留无意，宠辱不惊"，随便你们怎么处理吧！这恐怕与他哲学上由尊崇积极入世的孟子转入超凡脱俗的道家学说有关，据他老来自述：在宣州时期，他开始经常做一个同样的梦，总是梦见自己来到一个山水明丽、房宇清幽的大园子里，在竹林和嘉木之间，流淌着一道清澈的小溪，他穿行在草木之间，听着溪水叮咚，看着蜂飞蝶舞，觉得悠然自得，心旷神怡。这就是后来"梦溪"的出处。

---

① 沈括创造的"会圆术"公式，在中国数学史上留下了重要的一笔，所解决的是已知弓形的直径和矢高，求弧长度的问题，在圆心角不超过45°的时候，它的误差可以小于2%，在当时的精度是相当高的。后来元代天文学家王恂和郭子敬等人编制《授时历》中的"弧矢割圆术"，运用的就是这个公式。

第十二章 经略延州克敌制胜

宋元丰二年（1079），本来是一个寻常的年份，但是在神宗眼里，却是一个重要的转折点：这年，他名义上的祖母、太皇太后曹氏忽染重病，神宗连着十几天衣不解带在病床边伺候，并且派辅臣祭祀天地、宗庙和社稷坛，还大赦天下，死囚重罪者刑减一等，但就这样也没有挽救得了曹太后的病，终于在十月去世，享年六十四岁。

曹太后当年一手将他的父亲扶上皇位，因而奠定了神宗得以承继大统、一展雄图的基础，所以神宗一直视她为再造恩人加以敬重，虽然生前她站在保守力量一边，对神宗变法的进程一再阻滞与干涉，神宗却能够宽容她、理解她，并尽力尊重她的意愿，不惜做出妥协和让步。神宗对于她临终前的种种关怀、孝敬的举动，应当说是发自内心的。

但是当繁琐的宫廷丧葬仪式举办完，皇族从由衷或不由衷的悲痛气氛中解脱出来，神宗却油然产生了一种轻松感，觉得自己虽力主进行了十来年的改革变法，而直到现在才真正地放开了手脚：宫廷内强有力的反对派消失了，变法和开战的阻碍没有了。神宗立即叫人摸查国库里的储备，发现经过十来年变法，成果已经显现出来，国库已积累了大量资金。据此，神宗认为彻底清除北方边患、实现本朝几代帝王"灭西夏，复唐界"伟大理想的时机已经成熟了。

于是，神宗立即着手在朝廷中进行了一系列人事和制度的大调整，总的目的只有一个，就是要独断朝纲，加强自己对军队和政权的直接控制，以适应开战的需要。

在这次大调整之前，当年中伤沈括的蔡确已经由原来的御史中丞提升成为参知政事，相当于丞相。此人没有做过任何实事，全靠弹劾别的官员、说人坏话一路升官；当年接替沈括与辽国谈判丧权失地的韩缜，已经接替吴充主持枢密院的工作。论功劳和实绩，他们两人都远不如沈括，但是混得好，可见其混迹官场的手段之高明。有这两个人物在要害部门干扰，对沈括重新被起用是不利的。

在这次重大人事调整过程中，神宗并没有忘记沈括，史料记载：元丰二年（1079）七月，朝廷曾下令恢复了沈括的龙图待制，好像是要起用的意思，但是接着却没了下文。元丰三年（1080）五月间，朝廷曾要调沈括到审官院任职，又遭到御史满中行上书阻止，认为不合适，其中有没有蔡确的干预，不得而知。接着，朝廷又下诏改任沈括为青州知府，沈括还没有成行，就又接到诏书命暂缓，这背后不知道又发生了什么名堂。好在沈括此时已经学了道家，对这些升迁荣辱的事情看淡了许多，倒也听之任之，不动声色。

毕竟神宗还有识人之能，实干的人任何时候都是需要的。元丰三年六月，沈括又收到诏命，改派他为延州（今陕西延安市）知府，兼鄜延路经略安抚使。实话说，这和上两次的任命相比是大大提升了一格，按照宋制，知府只管民事，而经略使也管军队、军事。很明显，神宗此举就是要调他上前线，充当他伟大北征计划的马前卒。沈括接替的是谁的班？说来也是熟人，正是那个奸佞小人吕惠卿，他因为母亲去世要回乡守丧，所以沈括接替了这个岗位。

从宣州到延州一路有几千里，上任自然先要经过汴京，神宗还特地在资政殿接见了沈括。这一次，君臣之间进行了比较好的沟通，沈括自然要对以前自己的失误做"检讨"，皇帝也自然要表现出他的宽宏大度，说过去的事情就不提了吧，这一次，我可是把北部边关重镇交给了你，并且在北征大业中，寄予很高的希望啊！沈括当然要信誓旦旦，表示自己一定尽心竭力，肝脑涂地，决不辜负圣上的器重。

史载，沈括去了延州以后的十八个月中，他和神宗的往来书信就达二百七十三封，平均每两天就有一封，这一方面说明神宗对他此次使命的重视，另一方面也看出沈括经过仕途凶险以后变得谨慎了，事事请示汇报，学乖了。

沈括踏上了上任延州的路程。

对于封建王朝的士大夫来说，能和皇帝推心置腹地交流，并被委以重任，是精神上第一可欣慰的事情，所以沈括这一路，与三年前到宣州时的心境截然相反，觉得轻松、敞亮，一路上兴致勃勃地观察着周边自然面貌和风土人情。

沈括此番选择的路径，是由汴梁而洛阳、入潼关至京兆（今陕西西安），再北上韩城、宜川而到延州。可想而知，很快就踏上了今天我们说的黄土高原。沈括是南方人，这些年巡查南北，见了不少山川奇景，却从来没有见过这种黄土溶蚀地貌，动辄横亘百里、连绵不绝的土梁、土峁、土塬，被突兀撕裂成百丈深沟，交接面上，耸立着光怪陆离的土柱、土墩、土岗、土崖，形貌或如犬马、怪兽，或如城堡、高塔，叫人看了惊心骇目。这些土梁上干旱得像要冒烟，长不出高大的树木，梯田里的庄稼也长得稀疏、蔫软，深沟里没有流水，有的地方几乎寸草不生。仿佛大地在这一刻被人扒光了衣服，裸露出他苍老的肌肤，又被粗暴地撕裂出许多口子。沈括怀疑：这样的地方，怎么能够养活得了人？

但是，眼前的景象告诉他，这里也有百姓生生不息。百姓在崖壁上掏个洞，多少用木头、土坯垒住洞口，里面就可以住。他们用古老的辘轳，从几十丈的深井里打水，赶着毛驴车，拉着粗陋的犁耙，尘土飞扬地耕种，也能生活得怡然自得。沈括叹道："正所谓'生于忧患、死于安乐'，文明亦然！也许正因为生活得艰难，才令人去求索、思考，改造工具、创造技术，才有了诸多发明。"

感叹之余，沈括也不禁想要探究，这种奇异的地貌是怎么形成的呢？后来，他在晚年著作的《梦溪笔谈》中写出了他自己的看法，他认为黄土高原的地貌和浙东的雁荡山一样，是千百年的雨水河流的冲蚀造成的，不过一个是石质，一个是土质而已。[①]

途中路过的京兆，旧称长安，是唐代的都城，文物古迹甚多，自然是历代读书人神往的地方，沈括也不例外。虽然朝廷对到任时间有期限，时间紧促了一些，沈括还是紧着走访了一些胜迹。沈括在后来的笔记中，特地记述了他看到"肺石"的情景。

沈括记载：唐代故宫的阙门前，悬挂着一块"肺石"，其颜色青灰，石质好像一般寺院里陈列的"响石"——一种可以敲响的空心石头，只不过特别巨大，有八九尺方圆，形状像人的肺，据说它的作用是供民间来申诉冤情的，类似后世的击鼓喊冤。这块"肺石"上原来刻有许多唐人的题咏字迹，因为年代久远，人们摩挲得多了，已经不可辨认。但是根据其形状位置，不难理解其中含义：因为五脏中肺主出气，主发声，所以当权者特地在宫门前悬挂这块天然生成的肺形巨石，来伸张民意，表达民情。遥想当年，各地有徇私枉法、鱼肉百姓的事，百姓胸中有怨气，就来到京城重地，一边敲击"肺石"，一边向来往的士人诉说自己的冤枉，京城里的舆论必当鹊起。宫门里的监察官员听到这百姓的呼声，便会派人彻查，整肃纲纪。唐代专设有这样一个设施，说明当时政治的清明、吏治的严谨。沈括游览唐故宫那么多的胜迹，专门挑选"肺石"做了记载，还是基于他士大夫的责任感，说明在沈括的心目中，民声民意依然十分重要，含糊不得。

大约是在元丰三年（1080）八月，沈括到达了延州，便是今天的延

[①] 黄土高原的地貌，是地球上黄河流域特有的地形地貌，其成因问题在现代地质学中，也是中外学者们一直争论不休的问题，主要观点有两种，即"风成说"和"水成说"。直到二十世纪八十年代因中科院院士刘东生的深入研究才彻底解决了这个玄谜。刘院士用无可辩驳的崖层标本说明：自六十五万年前始，因季风不断将西北荒漠的风沙卷起，形成沙尘暴东行，被秦岭和太行山阻隔形成涡流，沙尘坠落在秦晋之地，逐步沉积，形成了黄土高原的雏形，后又经流水的不断侵袭溶蚀，形成了现在的独特地貌。刘东生的学说获得国家科技最高奖，实际上是综合了"风成说"和"水成说"的合理部分。沈括的解释，基本属于"水成说"，符合现代理论的后半部分。在没有任何地质仪器测量和地质理论的指导下，仅凭目测就得出这样的结论，沈括的洞察力依然是惊人的。

安。现代人所熟悉的延安的革命标志物宝塔山，当年已经存在了。宝塔山的塔，修自唐代，当时叫丰林塔，本来是山顶丰林寺的寺塔，后来在五代的动乱中，寺院塌毁，只留下了这座塔，因此人们把这座山也称作丰林山。到了本朝，这里成为西夏和宋朝的边界重镇。仁宗时代，范仲淹镇守此地的时候，为取吉利，把这座山改名为嘉岭山。

范仲淹本与沈括父辈有通家之好，他又是沈括在品德和学问上崇拜的偶像，于是上任的第二天，沈括就登上了嘉岭山，拜谒当年范仲淹镇守延州时的遗迹。在山顶上，他看到了范仲淹下令修筑的望寇台、烽火台，看到他为驻兵修筑的防御工事。在半山腰，他看到了范公当年为开启民智修筑的嘉岭书院。在山下，他看到了当年为了驻军饮水方便而开凿的"范公井"。在山前一块巨大的石壁上，还镌刻着范仲淹亲手用隶书题写的"嘉岭山"三个字，每个字都有一丈见方，笔力雄健，气势宏伟。不远处又有无名氏刻写的大字"胸中自有数万甲兵"，是歌颂范公用兵如神，叫人看了，真有荡气回肠、热血澎湃的感觉。

当年，范仲淹被任命为陕西经略安抚副使，在延州他只待了不到一年，却留下了足以名垂后世的诸多功业。想到这个，沈括觉得自己此行正是步范公之后尘，真是任重而道远，不胜感慨。

站在嘉岭山上，延州全貌尽收眼底，再往西北眺望，雾霭茫茫之中，只见高陵连绵、沙尘漫漫。沈括知道，从这里往西北方不足二百里，就是宋朝与西夏国交界处，从那里再向西北一百里，就是被西夏人夺去原属宋朝的灵州（今宁夏灵武），神宗这次北伐计划的首要战略目标，就是收复灵州。在这个时候，神宗把沈括派到了这个地方，的确是用心良苦。沈括感到了自己的责任重大，某种意义上更胜于范仲淹。当时范公只是组织防守边塞，而今天自己却要组织一场主动的进攻，他必须在尽量短的时间内，把这里的一切都搞到临战状态，以响应皇帝征伐异邦的宏伟大业。

出征要依靠军队，首要的工作就是整顿这里的军队。来这里之前，沈括就已经了解到，这里的镇军首领种谔，字子正，是仁宗时候的名将种世衡的二儿子，其哥哥种诂和弟弟种诊都在边关领军多年，号称"边镇三种"。

宋朝的军队有禁军、厢军和镇军之分，禁军相当于现在的卫戍部队近卫军，主要驻扎在京畿要害部门；厢军相当于野战军，根据需要在全国流动驻扎；镇军相当于地方部队"人武部"，一般是就地招募，负责地方治安。为了防止将领拥兵自重，三种军队的将领都由中央统一分配而且经常变动互换，因此，宋代兵不识将、将不识兵的现象极为普遍，一支部队的素质往往更依赖于某一任将领的个人智慧和统军能力。相比较而言，种世衡在镇边将领中属于足智多谋的，沈括在赴任的路上，就听人讲过他的一个故事。

据说当年种世衡在镇守西夏边界的时候，曾交了一个好朋友，本是当地紫山寺的一个和尚，名叫法崧。这位和尚性格刚烈、义气，好打抱不平，又好酒豪赌，行为不合常规，种世衡和他成了朋友，经常一起喝酒聊天，出入衙门，颇遭人们的背后非议。有一天，种世衡忽然叫人抓了法崧，关进衙门里严加刑讯，打得皮开肉绽，怒斥他说："我一向对你不薄，谁料你竟私通盗贼，真是负义小人。"法崧连叫冤枉，说："种帅，你可以把我打死，可不能玷污我的名誉，我法崧不守寺规、行为不端是真，但做事磊落光明，绝对与盗匪无染。"种世衡这才屏退左右，招之密室，摆酒菜为他赔礼说："我这样作为，原是为了派你到敌国去做间谍，此举关乎国家安危，我不得不先考验一下你的忠诚。看来你是名不虚传的铮铮铁汉，堪当此任。我这次抓你虐待，出去以后投奔北国寺院，对方必不生疑，你以和尚身份结交北国各方人士，探访军情，及时报回来，我为你向朝廷请赏。"法崧说："封赏我不在乎，就凭你种帅一向对我的看重，我法崧甘愿冒死效命！"临行时，种世衡特地把自己的一件裘皮袍赠送给他，说："北国气候寒冷，此袍可以御寒。"法崧泣泪而别，果然奔赴西夏，充当了多年间谍，提供了许多对边防有用的情报。后来，在一次战役中，敌国觉察消息走漏，查到他的身上，他已经化装返回了宋朝，只有种世衡送他的那件皮袍遗留下来，西夏人仔细检审那皮袍，发现皮袍衣襟里竟然藏有种世衡写给西夏的副宰相遇乞的一封信，言辞极为亲密。这遇乞本是汉人，本名于琪，明经典、通兵法，投奔西夏后颇受重用，对宋军是心腹大患。因为有了这个发现，遇乞被怀疑，从此不再受重用。原来，连法崧也不知道皮袍中藏有这个秘密，这是种世衡用间谍和离间二重连环之计，如果法崧此去不暴露，他就可以充当间谍；如果被怀疑暴露了，敌人必定要搜查他的衣物，发现这封密信，就会对敌人的朝臣起到离间的作用。后来，法崧得到朝廷的重用，改姓王，担任过右侍禁、诸司使等职，时人称作"王和尚"。

由这个故事，沈括看到了名将种世衡谋略过人、思维缜密，由此对种氏一家的将领陡生好感，所以一到延州，就想见镇军首领种谔，想和他做一长谈，讨论此次备战的事。

但是他没有想到的是，自从到任的欢迎会上匆匆露了一下面，以后几次召开议事会，种谔都称病告假，沈括甚至连他长什么样子也没有看清楚。正在这时，有一个副将报告，说昨天看见种谔带着人进山打猎，沈括不由得有些生气了。莫非种谔是在装病？这不是要有意贻误军机大事吗？眉头不由得皱起来。

"大人，种谔此举，明显是藐视上官，轻慢皇命，罪不可赦！"那个告发的官员说。

沈括看了看那个白净面皮留着小胡子的人，不动声色地问："你认为，种将军为什么要这样做呢？"

那人冷笑道："大人您高抬他了，什么将军，论官职，不过是马步军副总管而已。只是因为他自诩名将之后，又戍边多年，党羽颇多，骄横跋扈，目中无人，先经略安抚使吕大人任上，他就和吕大人闹了许多纠葛。"

"吕惠卿？"沈括心中不由得一紧，"种谔和他闹什么纠葛？据你看，他们的分歧主要是什么？"

那人说："我看无非是吕大人治军严明，要求军纪甚严，而种谔散漫惯了，不服管束。记得有一次吕大人视察军营，发现一名偏将正和下属在军帐中酣酒饮乐，吕大人要效周亚夫、孙武子，将他正法严明军令，而种谔偏袒之，认为这是小题大做，挟私泄愤，竟在都司大堂上公然与吕大人顶撞争吵。吕大人说要将镇军懈怠一事禀报朝廷问罪，种谔竟说：头砍下来碗大的疤，随你便吧！这才是前两个月的事情，吕大人临调走还指着他说：我治不了你，朝廷马上派人，有能治了你的。大人想，能逼着堂堂钦命大人说出这种话来，可见种谔气焰嚣张到了何等地步！"

听到这一番讲述，沈括反倒警觉起来，吕惠卿的促狭、尖刻、自私，他是早有领教的，听他转述的情景，倒真像是吕氏的办事风格。原来，自己还没到任，吕氏就在镇军中造下舆论，说自己是要来整治他们的，难怪种谔刚一露面，就显出退避三舍、听任发落的姿态。

想到这里，他没有接那告发人的话茬，反过来问道："你如此知情，是在哪里供职？尊姓大名啊？"

那人道："不才肖仁，字进鹏，是种谔麾下一名副将，是对这事情看不下去才特来禀明的。"

沈括又问："在种谔与吕大人闹是非的时候，你在做什么？"

"那时候，哪能轮得上小的说话？小的只能暗中和吕大人过话……"

"我明白了，你先回去吧！"沈括立即明白了此人的角色。多年的官场生涯，沈括虽不敏感，也知道有这样一批人，自己没有什么本事才学，却善于乘隙钻营，一旦发现上司之间有了矛盾，便左右传话挑唆，以火中取栗，为自己求个晋身之阶。幸亏自己早年与吕惠卿有过交集，知道他是何等货色，不然，今天还真可能被他煽动，从一开始就陷入是非窝里不能自拔。

当天夜里，沈括就到都司衙门，把吕惠卿留下的纪事文书、奏表备份仔细阅读了一遍，心中渐渐有了些底数。

次日一早，沈括就穿着青衣小帽，只领了两个随从，捧了一个礼盒一个香盒，骑了一匹马到种谔居住的府苑中来。

在宋代，讲究公事公办，官员之间是很少访问私宅的。今天，沈括作为朝廷一品大员，微服造访地方部队的副官长，自然更加稀罕。种谔一听门卫报告，顿觉惊异，急忙放下饭碗便迎了出来，纳头便拜："不知大人驾到，种谔有失远迎，罪过罪过！"

沈括急忙把他扶起："哪里，种将军身染病恙，早该来探望。"他一摆手，随从把礼盒送上，"这点小礼，不成敬意，请将军笑纳！"

种谔连说："不敢，小将些许小病，竟得大帅挂念，不胜惶恐之至！"

"将军，今日造访还另有一事。"

"大人请讲。"

"请问，令尊灵位何在？"

"就在左堂供奉。"

"令尊种世衡一代名将，威猛智慧，卫国保民，功劳卓著。下官既来贵府，理该祭祀先辈灵位，表尊崇之情。"

"那……大人请！"种谔诚惶诚恐地把沈括迎进庭院左边祖祠堂，那里陈列着种家历代祖先的牌位及画像，中间正是种世衡牌位。沈括进了祠堂，先叫随从摆好香火供品，然后正冠敛衣，毕恭毕敬向牌位行了三拜之礼。

随即，沈括向灵位念道："先将军种仲平（种世衡字）先生神灵在上，受钱塘晚生沈括一拜。将军护国安民威震边陲，名垂千古，晚生奉为榜样。此番晚生身负皇命，将与令郎种谔将军一道，驱逐外虏，收复疆土，千斤重任，万死不辞。望先将军在天之灵，庇佑我等旗开得胜、不负圣命。维伏尚飨，晚生沈括顿首再顿首。"

说罢，沈括再次虔诚地深深一拜。

这番举动，早已深深感动了种谔。吕惠卿临走的时候，曾给他放过狠话，说要在皇上面前上奏他治军的"懈怠"，要派个厉害的人来治他。所以，他整个人的思想准备，就是破罐破摔，任由发落，大不了是丢官调走，再没必要去敷衍应酬，因此告病拖懒。不料，沈括一来，对自己的借口丝毫没有怀疑，还亲自登门抚慰，进香祭祖，表现出对他和整个种氏家族的尊重，这倒叫他感到一些愧疚和不安。

待祭祀牌位完毕，种谔连忙招呼家人，把沈括请到后堂坐下，敬上香茶、果品，自己在旁边坐了，首先道歉："大人，这几日小将误听奸人谗言，对大人多有抵触轻慢，望大人海涵。"

沈括笑道："实话说，关于将军，我也确实听到些许谗言，但我未敢轻信。古人云：兼听则明，偏听则暗。所以今天特来府上，想听一听种将军自己是如何说的，再做道理。"

"但不知别人是怎么向大人讲述我的？"

"也无非说将军仗着祖上名威、地方稔熟，骄横跋扈，不听管束等等……"说着，沈括就把那个肖进鹏给他讲的"犯上"的事情，换一种婉转的口气坦诚地讲出来，问他真相究竟是怎么一回事。

种谔听了，不由得叹一口气，说："说起来，这个事情倒确是有的，先任安抚使吕某，到我军营暗察，确也发现了我的下属在帐中饮酒的事，为此事吕某勃然大怒，当下就要把我的下属斩首问罪，以正军法。但我不同意，提出此人为一员猛将，在边关屡建功劳，偶有失误，杖责可以，绝不能杀，卑职愿意以身作保，刀下留人。却不料那个姓吕的，大概为了显示他的威风，固执己见，还连我们镇军上下的防务、操练、军风军纪，一并骂上了。我听了实在不服，这才拍案而起，予以顶撞。我下属众将群声附和，那吕氏怕犯众怒，才收回成命，但从此就处处挑我的毛病。"

沈括说："我听说那吕大人还举出周亚夫、孙武子的故事来说明杀一儆百的重要？"

种谔撇撇嘴道："是说过，但末将以为，那不过是纸上谈兵的无知之论。想那吕氏一介书生，读了几本书就在那里夸夸其谈，他哪知道真正的带兵之道是怎么回事。效死忠君报国、守土保民，只是你我这样为将为帅之人的心境，而真正上战场出生入死的普通士兵、官长，当兵带兵不过是为了养家糊口或求取功名前程，光讲那些大道理顶什么用？故真正带兵的人于下属，必须恩威并施，不光要严明军纪，杀一儆百，更要懂得在平时联络感情，关心其生计痛痒，帮助其解决具体困难，不说有恩，起码有朋友的义气在，人家才会在短兵相接的生死瞬间舍身拼命。所以，在军中上下级之间饮酒叙谈，结交友谊，不仅难以避免，而且是十分必要的，不过是要把握时间地点，不能耽误正事罢了。说实话，我自己和我的几个副将就经常喝酒叙情。如果因为这个就要杀人，我头一个该杀。但杀我也不服，军队上阵，打的是士气、人气，胡乱杀人，岂不是自绝恩义、自断臂膀？没有了感情和义气凝聚的队伍，如何上得战场？"

沈括听了连连点头："你说得有道理！除了将军这样的军伍世家，怕悟不出这样的真谛。"

种谔这时才仿佛意识到面前的沈括也是一介书生，忙说："大人，我唐突了，我说的只是吕惠卿其人褊狭，并不指所有的文官督军都有此偏颇。"

沈括说："将军不必过虑，在下虽然也是一介文人，也未带过兵，但我谨记圣人所训：三人行必有我师焉。既奉圣命，筹措兵事，像种将军这样带兵有方的世代忠良，是头一个要请教学习的。"

种谔道："大人过谦了，我读过大人所作《边州阵法》，对行伍中事，也是了如指掌。"

沈括说："你我都不必客气了吧！尺有所短、寸有所长，关键我们要同心协力，完成好当今圣上交给我们的任务。你也知道，此番圣命，与以往不同，以往只是守卫现有疆土，保证边民安居乐业，就为胜利；而这一回却不同，要在今冬数月之内，完成战前的训练、粮草、兵源、补给诸方面准备，在明春的恰当时机，发起对西夏党项人的征伐，收复唐代以来被夷狄霸占的疆土，这是我朝历代先皇梦寐以求的千秋伟业。在此伟业中，你为将，我为帅，我们做得好，便是功垂后世，青史留名；我们做得不好，那也会遗恨千古。种将军，我们是重任在肩，一定要精诚合作，尽心竭力，不可大意呀！"

种谔说："只要安抚使大人看得起我，我种谔保证肝脑涂地，以效皇命。"

心结打通，误解全消，沈括觉得心里一阵放松，这时才有心情仔细端详起眼前这位种谔将军的外貌来：他方盘脸、络腮胡，虽然身量只是中等，不算特别魁梧，但是举止言谈干脆果断，明显流露出英武果决的军人气质，眉宇之间的神情酷似刚才在画像上看到的其父种世衡将军。沈括凭直觉感到，这是一个豪爽憨直、敢作敢为的人，自己与他的合作会很愉快。

此后连着几天，沈括都留在镇军营中视察士兵们的操练、演阵以及武器储备、后勤补给情况，觉得种谔真不愧是将门世家，对军中事宜安排得有条不紊，号令森严，心中感到安慰，不由得感叹道："种将军，看了你的军营，真觉得名将之后名不虚传，想来当初被刘邦赞叹的周亚夫细柳营，也不过如此吧！"

种谔说："大人过奖。名将不敢比及，军机大事不可一刻懈怠与马虎，这个道理小将懂得！"

"说实话，未亲眼看到之前，我还真有些担心，因为原任安抚使吕惠卿之前确曾向朝廷上过一疏，说延州之兵素质低劣，不堪调用，有如同无。"

"恶人先告状。那皇上听了是什么反应？"

"圣上当时就做了反驳：照你这样说，岂不是延州早就应该放弃不成？本来派你去就是督师，作此言语，意欲何为？"

"真要感谢皇上圣明！这吕某气量狭小，心术不正，稍有点权力就要坑害别人，不想露了自己马脚，作法自毙。"

"吕某毕竟是我的先任，我也不想随意褒贬他的为人，可令人不能容忍的是，为些许的个人意气，就拿国家的攻防大事做儿戏，太过分了！"

沈括一生中，从不说别人的坏话，洋洋数万字的《梦溪笔谈》，从未指责任何一个当代官员的品行、作为，哪怕是他的政敌，也没有褒贬一个字。但是这一次对吕惠卿，他却真的动了气，这不仅因为以前吕氏恶语中伤过自己以及对变法首领、自己恩师王安石的背叛，吕氏本来已经受到皇帝的贬斥，可到了边远地方仍然干这种小人勾当，真是叫江山易改、本性难移了。

在视察了种谔训练的马步营之后，沈括称赞了将士们骑射武艺的精湛，随即也提出了自己的遗憾，说："将军，西夏人善于骑射，我们真要与之交战，这马步营肯定是首当其冲。以前，我们打的是防御战，这支马兵也许够用，但是这一次圣上是要出征讨伐，那么突击、进攻的力量就需要加强，这样看，你的马步营目前的力量就不够用了。"

种谔点头："大人说得是，我也知道冲击、突击方面确显薄弱，但培养这样的人才确实不容易。敌人方面，百姓本身就是靠放牧、狩猎为生，出生、成长全在马背上，要找一个骑马射箭的好手很容易。而我们汉民，都是以农业为生，牲口都是用来耕地拉车的，马首先不适合战斗，人要在马上训练成持枪射箭的好手更不容易，花费时间财力也很大，所以我的马步营一直扩大不了规模。"

"你说的确实是个问题。大战在即，现在从汉民中抽出马匹和人员进行训练，恐怕时间不允许了。"

"临上轿现扎耳朵眼，哪来得及？"

沈括忽然想到："将军，你们这个地方不是也有游牧的羌人部落吗？他们那里是不是有可用的人才？"

种谔说："想来有，而且这一代的羌人部落与我们多年打交道，关系也处得不错。但是因为这是边界地区，羌人和西夏党项人本为一族，怕他们将来在军机上失密、反水，朝廷多年来不任羌人做将领，而羌人又特别抱团，没有他们的首领，也就不来随附当兵，所以镇军中一直很少有羌人。"

沈括听了连连摇头，说："这不是因噎废食吗？真正到了战时，汉人中也不免出现叛逆之将，羌人也不见得就愿意敌国打进来破坏了他们现有的家业。连西夏人都敢于用个汉人做宰相，我们倒轻易地以种族论亲疏，自断臂膀，岂不荒谬绝伦？"

种谔说："大人说得是，我也如此看法，前几年我就提过这样的建议，被吕某驳回，他说：难道我要扶植另一个安禄山吗？"

"一派胡言！当年安史之乱，问题不在用胡人为将，而在朝政麻痹懈怠，令藩镇割据，坐大一方。当今圣上吸取先朝之教训，实行军权一统，早绝此弊端。如你我这样的边关将帅，只有大胆、谨慎，宽严有度地团结各族邦友，方能安边定国。将军，无须多虑，我们就这样做了，就从和我们关系好的羌人部落里招募一批马兵好手，朝廷要为此怪罪下来我负责。"

"好！"种谔来了精神，"我在购买战马时和几个羌人部落交情不错，我这就和他们说。不过，关于招募的方法，我还有个建议。"

"将军请讲。"

"大人，您大约也听说过我父亲当年向西夏派耳目的事情。"

"久有耳闻，钦佩之至。"

"大人，其实这几十年过去了，我们和西夏对峙，互相派间谍、耳目早已经成惯例，就是现在，延州有多少西夏的暗探，我们也查不清楚。这一回皇上既然要准备主动出击，此目的应该越晚暴露越好。我们这次如果公开招兵，难免会立时泄露过去，造成对方的警惕。同时羌人部落好互相攀比，我们代表官府近此疏彼也不合适。这不快年底了吗？我看这样，按照羌人习惯，每年腊月，羌人要在草原上举行'巴郎节'祭祀白石神，同时举行赛马、射箭、摔跤等娱乐、贸易活动，各部落都要参加。大人何不以'与民同乐，汉羌和睦'为名号，参加此次活动，借此发现、褒奖骑射人才以资军用，有奸细报过去，也不过是娱乐，不至于太张扬。"

沈括说："将军考虑得周全！如此甚好，就这么办！"

半月以后，果然在延州西北的一片草场上，羌族举行了一年一度的"巴郎节"大会，它类似现在蒙古族的"那达慕"，是一种连祭祀带娱乐、贸易一体的风俗活动，周边十几个县的羌族百姓，都赶着自己的牲畜，带着自己的农牧产品，穿着盛装来参加。

他们来了以后立即就发现，这一次"巴郎节"与过去不同，朝廷派来的封疆大吏安抚使沈大人自始至终参加了大会，并且给各部落的首领都赠送了丰厚的礼品，在赛马、射箭、摔跤等比赛中，获得优胜的选手，安抚使大人都要亲自上前为之披红挂彩，授奖表彰。羌人本来就有游牧民族争强好胜的习性，现在有政府褒奖鼓励，口口相传，各部落骑射精英纷纷亮相，比赛状况精彩纷呈、新人迭出，会场也分外热闹。

看到这种情况，沈括暗暗高兴，和种谔商量，将其中表现好的羌族汉子名字、地址都记下，然后派人私底下和他们联系，许以比较优厚的待遇，动员他们从军，组成也由羌人为首领的骑兵别动队。沈括估计得没有错，在内地的羌族百姓，只要做好安抚和团结的工作，都是愿意和汉族军队一起为保护疆土而奋斗的。很快，镇军马步营招募到了一千余名骑射好手，扩充到战斗队列中来。

沈括把这件事原原本本地上报了朝廷，立即得到了神宗皇帝的赞扬，专门下诏说：安抚使上任不过两月，就拉起一支征战的有生力量，是一项政绩，辛劳可嘉，须再接再厉，早日完成备战事宜。

有了足够的兵马，还需要有一块足够大而相对隐蔽的训练场所，进行系统的攻防训练。从随从嘴里，沈括得知延州远郊有一个叫"黑脸城"的废墟，听名字有些荒谬，既叫"城"，又有什么白脸黑脸之分，但他想，进攻西夏，少不了攻城略地，也许这片故城废墟正堪利用，就叫上种谔，一起骑马去视察。

出了延州城一路打问，向西南行至一片土石混合的山区，足足走了一个时辰，才远远望见一处高崖之上露出一些断壁残垣，想来就是那"黑脸城"了。他们沿着山路蜿蜒转上去，却发现除了一些缺口之外，那城垣保存相当完好，面积并不算大，而城门、堞楼、城墙、转角构造齐全，气象森严，筑墙的方法完全是就地取材夯土而成，坚硬如石，寸草不生，因此远处看上去像红土崖壁。沈括诧异：这"黑脸城"的名字从何而来呢？

正好，这时候，他看见在这废墟旁边的一片坡地里，有两个四十多岁的农夫正在用钉耙搂草搭苫子，就上前讨教这个问题。沈括问："你们是当地住户吧？知道这个旧城是什么年代的？它看上去并不黑，为什么叫成个黑脸城呢？"

一个农夫说："年代嘛，说不上来，反正是有些年头了，听老人们传说是在五胡乱华时候，有过一个黑脸天子，他修了这个城，所以叫黑脸城。"

种谔笑道："鬼扯筋吧，查遍史书，哪朝哪代曾经有过个黑脸天子？"

另一个农夫看来比前面那个农夫有点见识，说："我等鄙陋，叫大人们见笑了。先祖父曾经在县里做过几天差役，据他说：此城在旧县志中有载，说是在两晋时候一个胡人修的，那个人叫个什么古怪名字我没记住，好像有什么波波两个字？"

沈括一听，忽然心中一动，问："可是叫赫连勃勃？"

那农夫拍腿："对！好像就是这个名字。"

沈括释然地说："这就对了。赫连勃勃本是匈奴人，彪勇善战，为当时的后秦所用，封为大将。后来拥兵自重，又背叛后秦，杀入长安，自立为帝，国号大夏，可是没过几年就被后起的北魏打败，亡国殒命，所以说他是天子也不为过。这个城有可能是他据守西北的时候修建的。"

种谔说："哦，我算是明白了，这个城原来应该就叫'赫连城'，是后人口口相传传差了，又有方言，才把它叫成了'黑脸城'。"

随从一起笑了，先头那农夫说道："还是大人博学，不然我们叫一辈子还是黑脸城。"

沈括问："东晋到现在已经六百多年，这城虽是夯土筑的，却历经风雨而不毁，这是为什么？"

农夫说："我也是听老人传说，说这黑脸天子是很凶狠的，为了筑这城，是用黏米熬汁和泥土，每起一寸城墙必夯够千锤，打得土地坚硬如铁，刀斧砍上去都冒火花才罢手，用工极其严苛，百姓稍有懈怠，立马就遭活埋。这样修起的城墙怎么能不结实？"

另一农夫说："传说那个什么勃勃虽然凶残，却也是得了天命，招惹不得的。据说他抓捕民工的时候，酸枣刺挂住了他的战袍，他顺手一捋，把酸枣树都捋直了。大人你看，我们这一带的酸枣树和别处的不一样，都是直的，并且长的刺很少。"

沈括和种谔俯身仔细看了看旁边土崖边上的酸枣刺，种谔说："怪了，还真是这样。"

沈括笑笑："天下之大，无奇不有。我看这倒不一定是赫连勃勃的什么神力，大约是这一方水土养就的酸枣品种不同吧。"

通过这一番介绍，将帅二人对这个旧城垣的兴趣更浓了，他们告别了两个农夫，立即登上那城垣遗址，从各个角度仔细地观察起来，倒要看一看，这个匈奴翘楚主持修建的城到底有什么奥妙。

沈括发现，和内地的城墙比较起来，赫连勃勃修造的城墙在设计格局上有一个很大的不同，就是城墙上突起的"马面"特别多，而且又深又长。这不仅使整个城墙很不美观，显得支离破碎，而且要耗费几乎多一倍的土石材料，施工起来也比较困难。他们当初为什么要这样设计呢？

坐在城墙垛上，沈括和种谔反复讨论着这个问题，百思不得其解。

但有一条两人的结论是一致的：作为训练基地，这个地方太理想了。我方即将发动的战争，是一场收复失地的战斗，进退之间，攻城守城应该是常有的事，保存完好的赫连城，正是突击队练习城市攻防战的模拟战场。这里距离延州很远，又隐蔽在深山中，在这里集结、训练军队，不易为敌方觉察，何况赫连勃勃也属于西北游牧民族，他修造的城，也许能反映北方城防工事的特点，这对于即将北行的宋军将士，也有很大的参考意义。

沈括当即下令：马上秘密调集物资，即日起对赫连城进行修缮、恢复，然后以此为基地，分期分批对镇军士兵进行模拟作战训练。参加训练的官兵，要分成两部，分别做攻方和守方，一切按实战的要求，军官施展自己的智慧和战术，士兵则施展自己的武艺。经过这样的训练，官兵的素质都有大幅度的提高。

正是在这种模拟训练中，沈括和种谔感悟到了赫连勃勃当初修城时候的良苦用心，为什么要修造那样稠密而深长的"马面"。原来，对于守城的士兵来说，从城墙垛里准确射杀进攻的敌人，是需要有一定距离和角度的，一旦敌人攻到城墙底下，因为视角太狭窄，守城人除了盲目地向下投滚木、礌石以外，是无法用弓箭射杀敌人的，这样，敌人就很容易寻找间隙，用云梯登城。而如果在城墙上加修很多的"马面"，情况就不一样了，守城士兵可以从突起的"马面"上寻找角度，自由地张弓搭箭射杀隐蔽在城墙根的敌人，城墙失陷的可能性因此而大大地减少了。

明白了这些奥妙，沈括感慨地对种谔说："看来，历史上任何一个称雄一时的人物，总有他的非凡之处。赫连勃勃是匈奴人，深通骑射之术，才会对城墙形制做如此改动。而我们汉人往往自诩博大，墨守成规，抱残守缺，这往往就是我们汉人败于夷狄的原因啊！"

后来，沈括在所有关于城垣建设的论述中，反复地讲述了"马面"在军事上的重要作用，还把这一发现写入《梦溪笔谈》中。在冷兵器时代，这无疑是城防理论上的一个重要总结，对后世军事设施的建设有重大的借鉴意义。

有一天，沈括带着随从从赫连城回来，路过延河的一条支流，发现这里冰冻的水面上堆积着一些冰块，不像别的地方是雪白的，而是掺杂着一些黑色条纹，这些条纹黑中带点绿，摸上去还略带些黏性。

他问随从："这些黑绿色的东西是什么呀？"

那个随从是本地人，只是瞟了那冰块一眼，不介意地说："大人，这是本地产的一种'脂水'，也就是一种漂在河面上的黑绿色的油污。"

沈括感到好奇："水上怎么会漂油污？是从哪里流出来的呀？"

随从说："西边山里呗！延水只有西边少数的支流里含有这种油污，大部分支流没有，就算有，也叫上游的百姓捞走了。现在因为是冬天结冰，打捞起来不方便，所以有些就遗漏下来，才冻结在冰块里。"

"那……百姓捞这些油污干什么呢？"

"用处还不少呢！将那些油污搜集起来，或者点灯引火，或者涂墙防水，浇一些到车轴上可以润滑，柴火上浇一些更耐烧，就是烧起来烟比较大，把墙熏得黑乎乎的。"

沈括立刻很有兴趣："咱延州还产这种东西，我以前怎么没听说过？"

随从说："大人是南方人，自然不熟悉本地地理，其实咱这里的这种出产，自古就有，汉代、唐代的野史、杂记中就有记载，不过一般人只认为是奇闻异事，不被重视而已。"

当天晚上，沈括回到衙门，叫那随从找来有"脂水"记载的书给他看。那随从就找来几本县志，又从书柜里找出一本唐代段成式的手抄本《酉阳杂俎》，翻开一页，递给沈括。

沈括一看，上面《卷十·物异》条下果然记着一段话："石漆，高奴县石脂水，水腻，浮上如漆，采以膏车及燃灯，极明。"

他放下书，说："明天午后练完兵，你领我去这产石脂水的地方看看。"

　　第二天下午又路过那地方，那个随从果然领着沈括骑马向西面拐，沿着延水向山里走去，《汉书》中记载的高奴县就在那个区域。走出有三十里左右，果然看到延河边上堆砌着的冰块里，有黑绿色油污的越来越多了。

　　沈括下了马，小心翼翼地踩着冰就近观察，发现那些堆砌的冰块，其实是粘连在一起的，冻得坚硬如铁。几个随从上去拿出带来的铁棍钢钎，又砸又撬，才鼓捣下几小块，沈括要带走做样品。

　　昨天那个随从说："大人，太费力了，其实用不着，前面有破冰捞脂水的百姓，问他们要一些就是了。"

　　他们就逆河而上，又走了三里多地来到一个河湾，果然看到前面一处河面上的冰已经被人砸开，现出有三间房大的一片水面，一些人正站在两边，水面上还有几个羊皮筏子，里面坐着人，他们手里都拿着长长的野鸡翎子，也有带长杆铁勺的，正从水里捞着一些油腻的污物，倒进各自携带的水桶、木盆里。野鸡翎子见油渍就吸附，见水又能化解，所以用起来更加方便。

　　看到一帮穿着官服的人走过来，他们便都停下手脚，诚惶诚恐地看着沈括等人。

　　沈括亲切地问："这里脂水多吗？吃得住你们这么些人来捞？"

　　一个老者说："回大人，时多时少，倒是源源不断从上游漂下来，时下正是农闲，也没有什么做的，撇一点油花总有些用处。"

　　"你们捞它做什么用呢？"

　　"车轴上抹一些这种油膏，轮子转动立马就轻快；还可以涂顶板防雨水；如果不嫌烟大也可以点灯，有时候柴火湿了点不着，浇点这个油立刻就发火；也有商家专门收买这个的，他们做什么用我们就说不来了。"

　　"河这么长，你们为什么偏选中这个地方？这个地方分外多吗？"

　　"这地方是个河湾，水流缓慢，漂浮的油迹容易聚集在这里罢了。"

　　"你们往上游去探过源头吗？是不是越往上游这油迹越多？"

"也不是，上游分汊多，有的支流有，有的支流点滴都没有，有的支流有一段有，有一段没有，零零散散，路又难走，反而不如这里好捞。"

沈括说："好，那就不打扰你们了，你们继续忙吧！"回头对随从说，"我们走，继续往源头上找找！"

他们离开河湾，追根溯源，不久就登上了一座石山，果然在沟汊里发现不少的支流，确实如那位老者所说：有的溪流上漂着些许脂水，有的纯粹没有。沈括注意到，但凡是有脂水的山沟，山石纹理多有断裂，峭壁上多有一种浅红色砂砾堆砌的松软层。据此他推测：在远古时候，这里可能有沙漠。再追寻了几处水塘，他发现，那些脂水有可能是从断崖的岩层、石缝里面溢出，渗透到泉水里面去的。山势险峻，眼看太阳已经偏西，随从们也走得疲惫不堪，只好寻路下山。

回到府衙中天已大黑，吃饭后就寝，沈括头脑中依然回荡着连绵起伏的山峦和山间出现脂水的情景，低头再看一看取到的"样品"，觉得兴犹未已。以前只知道石头里有铁有煤有铜，可怎么也会出油呢？他睡不着，翻身起床，再翻出几本手头的旧地理书来看，试图寻找到更多一些资料来求证这个事。他发现，在《汉书·地理志》中就有"高奴县出脂水"的记载。他想，从汉而唐再到如今，已经是近千年，如果说这脂水能从岩层石缝中溢出，连绵千年而不止，说明埋藏在那岩层深处的脂水极其丰厚，可以说取之不竭。而地面上的树木、柴草却都是有限的，尤其在这草木稀少的北方黄土塬子上，现在都草木稀少，松柏等成材的树木更是少见，如果能大量采取这些脂水制墨、点灯、做燃料，其利将无穷尽。

想到这里，他马上在灯下摊开纸，兴奋地写下这样一段文字："鄜延境内有石油，旧说'高奴县出脂水'，即此也。生于水际，沙石与泉水相杂，惘惘而出。土人以雉尾裹之，乃采入缶中。颇似淳漆，燃之如麻，但烟甚浓，所沾帷幕皆黑。……此物后必大行于世，自予始为之。

盖石油至多，生于地中无穷……"①

　　沈括不仅发现、命名了石油，在他任上，就亲自主持扩大了石油开采和运用的规模。首先他主办了官办的制墨厂，生产优质墨锭行销全国，墨锭上镌有"延州石液"四字作为商标，很受文人墨客的欢迎。另外，沈括马上把石油运用到军事防务上，把它当作火油蘸在弓箭和车弩前端，发射过去，如同现代的凝固汽油弹，在日后与西夏的战斗中发挥了重要的威慑作用。

　　到了年底，朝廷派出的野战部队厢军陆续来到了延州，为了迷惑敌方，这些部队是以宿卫换防的名义调动的，实际上调走的只是不适应作战的老弱残病之兵，调来的却是精兵强将。

　　厢军的首领名叫高永亨，出自身经百战的军人世家，因为他治军有方，名字也叫得吉利，所以在军中颇有威望，认为跟着他会打胜仗，有俗语说："跟了高将军，不踩脚后跟。"意思是一路前进，绝不退败。沈括、种谔与他一接触，就感到他也是一个性格豪爽、敢作敢为的义气人，三杯酒落肚，就敞开襟怀，说得很投机。

　　在欢迎的酒宴上，高永亨喝得略有些多，身子有些沉重。酒后，种谔对沈括说："大人，您先回府衙，我就替您尽东道主之谊，送高将军

---

① 沈括这一段笔记，收入他的《梦溪笔谈》中，被世界学术界称为关于石油的最早文献记录。首先，他首创了"石油"这个词，显然比原来的"脂水"更加形象而准确，因此被沿用至今。同时他敏锐地预见到，此物将来有广泛的运用前景。他还天才地推断，说石油在中国地下分布很多，这更是被后来的时间所证明。中国一度曾被认为是贫油国，因为现代的地理理论认定，石油是远古的海洋生物遗体在特定的温湿度条件下所形成，石油储藏于一种海底岩层凹槽结构，中国西北不属于海相地貌，不大可能有大油田，更不大可能发生石油自然溢出地面的现象，据此也有西方的学者怀疑沈括记载的可靠性，认为可能是对某种水面污染的误记。但是，在二十世纪中叶，以中国地质学家李四光为代表的新学派认为，在"陆相地貌"中也可能有大油田。他们指出：由于印度洋板块向欧亚大陆板块下俯冲，造成第四纪喜马拉雅造山运动，致使我国西北部地层发生激烈挤压、抬升，使得原有的海相石油构造带发生大规模的扭曲、破碎，但依然是可以开采的。以此理论为基础，中国连续在新疆沙漠、东北湿地发现大量油田，一举改变了中国贫油的面貌。沈括当年视察的地块，位于陕西、甘肃交界的沙漠边缘地带，这里的地质断层，导致石油局部外溢混入地下水是完全可能的。沈括的发现，再一次获得国际学术界的肯定。

回营房。"说罢,就带着一个副将扶着高永亨上了马车,向厢军驻扎的羊马城驰去。

沈括送他们走了,回到府衙中,刚叫仆从端水洗了脚,坐在床沿上,翻看着几本闲书准备休息的时候,忽然见种谔又急匆匆地返回了府衙,也没有通报就闯进了沈括住房,一屁股坐在太师椅上喘粗气。灯光下,看不清他的神色、表情,只觉得他的举止有些粗鲁。

沈括问:"怎么样?送高将军过去了吗?"

种谔没有回答他的问题,却"哼"了一声说:"安抚使大人,现在官家的亲信部队来了,以后,关于什么联防、训练方面的事,你就和那姓高的商量吧,我们这些边关士兵,就不再掺和了吧!"

说罢,他起座翻身便走,直出府门,头也不回,只留下噔噔噔的脚步声。

沈括听着话茬不对,同时感受到种谔转身那一刻瞥过来的眼光,不像平时那样热切,反倒有阴冷的感觉,立即意识到可能出了新情况,刚想细问,种谔已经踏出门去,呼之不及了。

沈括只好返回房内,仔细回味刚才种谔的话,似乎是对新来的厢军有点意见。大战在即,中央军和地方军闹不团结,这可不是小问题。沈括越想越觉得严重,顿时困意全无,连忙问仆从:"刚才跟着种将军去送高将军的是谁?"

仆从答:"是马步营副将曲珍。"

沈括说:"你马上把曲珍找来,我有话问他。"

"是!"衙中仆从急忙叫了个人,一起打着灯笼出去,不一会儿,副将曲珍气喘吁吁地赶了过来。

曲珍纳头便拜:"大人,有何指教?"

沈括说:"我问你,你刚才和种将军一起去羊马城送高将军,路上到底发生了什么事情?令种将军生了那么大的气?"

曲珍说:"其实也没有什么,主要是我和种将军赶到官军军营,看到他们正在给将士发犒赏,每个兵一百钱,说是朝廷发的过年奖赏,是随着车马辎重一起运过来的。种将军随即就叫我到押辎重的军官处去问，朝廷这奖赏有没有我们镇军的份儿，那军官说：我们是按人头分配，一个萝卜一个坑，并无长余，没有听说还有给别人的。种将军一听就火了，凶着脸，回来的路上再不说一句话。"

沈括一听，明白了：原来如此！现在年关将至，厢军调防边关，枢密院想到发额外奖赏给官兵，鼓舞士气，不能不说是善举，但是只发给厢军，不发给镇军，这就考虑得太不周全了，毕竟厢军是新来乍到，而镇军将士在这里风餐露宿，已经辛劳了好长时间，以往镇守边关的许多功业都是他们建立的。现在无功的人受奖赏，有功的人反受冷落，也难怪种将军要心中愤愤不平、发此牢骚了。

想到这里，沈括对曲珍摆摆手："明白了，你回去休息吧，此事再不要向任何人提起。"

第二天早上，沈括先做了一番布置安排，然后就叫人把种谔请到府衙来。

种谔姗姗来迟，还带着一脸的情绪："安抚使大人，我不是说了吗？朝廷的大军来了，有什么军务，还是和他们商量去吧！"

沈括笑着起身迎接他："这事还非得劳动种将军不可。"

"什么事？"

"好事，领奖赏呀！年关马上到了，朝廷知道我们边关将士辛苦不容易，特发下一笔奖赏费，请将军来领，怎么，将军能推托吗？"

种谔一愣："哦？那奖赏……也有我们的份儿？沈大人，您昨天在酒席宴上也……没说呀！"

沈括说："昨天我也不知道，是今天早上官军的辎重官才告诉我的，他们已经把钱搬到府衙后院，你立马带人去领，每个士兵有一百钱，官长依品次还要多些。"

种谔听到数额和厢军那边一样，这才长长舒了一口气："这还差不多。"

沈括说："放心吧，将军，你们在边关辛劳吃苦，朝廷是不会忘记的。"

种谔眼看着情绪重新振奋起来："我这就去安排下面去领赏。大人，今天我们干什么？"

沈括说："今天我要安排保甲方面的一些事，官军的高将军新来乍到，对咱们延州的军事设施、布防情况不熟悉，就烦请将军领他到各处转转，教他心中有个数。"

"好！这事交给我，您放心吧！"

以后连着两天，种谔陪同高永亨视察辖区内各营寨布防和操演情况，都井井有条、常备不懈。高永亨作为带兵内行，也不得不佩服沈括和种谔的备战工作扎实可靠、无懈可击。尤其参观了他们在赫连勃勃城进行的攻防训练，高永亨对每一个预案细节、步骤都预想得如此精微、细致赞赏不已。

从赫连城回来的路上，种谔和高永亨并马而行，高永亨说："种将军到底将门虎子，军法森严，我看你的操练，不亚于京城禁军，佩服佩服。"

种谔说："哪里哪里，高将军太抬举我了，日后还请多指教。"

高永亨忽然想起什么，说："有一件事我还想请种将军担待！"

"客气了，请讲。"

"那天我在府衙中喝多了酒，蒙将军送我回营，我听说是因为朝廷嘉奖的事叫将军不痛快了？我当时睡得一塌糊涂，不知就里，醒来后查问过此事，确实觉得这次奖赏安排得有些不妥，我已经向上司反映，先向你道歉。"

种谔豪爽地一摆手："哪里，那是我一时武断，闹了误会，以为是一样士兵，两样对待。到第二天早上，安抚使沈大人已经向我说明了情况，并一样领了赏钱，和高将军有何干系？客气了。"

"你是说，第二天早上你们也领到了赏钱？"

"是啊！和你们一样，也是每个兵一百钱。"

高永亨停顿了一下，说："种将军，我问过了，这次奖赏确实疏漏了镇军弟兄，我已经写了奏报，要求补上。但京城遥远，驿马来回至少也要五天，不可能马上补发过来，你领到的钱，可能是安抚使大人给你另外抽调的。"

种谔心中一动："啊？几千将士人人有赏，这可不是个小数目。沈大人未经允许，就擅自给将士发嘉奖银，这责任可大了。"

高永亨说："我想，沈大人可能和我一样，也补写奏章上去了。"

种谔说："先斩后奏，本身就犯了大忌，如果奏章批准了倒也罢了，万一不批准，那叫欺君之罪，沈大人怎么担得起！"

高永亨："你说得是。看来，沈大人为了镇军士气军心，是冒了大险，把自己的身家安危都赌进去了。你们将帅之间如此知心，我就不难理解，你们的备战事宜会搞得如此天衣无缝了。"

种谔听了，大为感动，再没有说什么，与高永亨回城告别，马都没有下，直接就奔了军司衙门，见了沈括，下马纳头就拜。

沈括急忙把他扶起："种将军这是何意？下官吃罪不起。"

种谔说："大人为我镇军请赏，先斩后奏，冒了身家性命之险，叫种谔感激涕零。"

沈括说："将军说哪里话来。我敢这样做，是因为这是合情合理的要求，当今圣上如此圣明，不会不批准的。"

种谔说："要万一不批呢？大人岂不因种谔犯了大罪？"

沈括一笑："纵然不成，不过是丢官另任罢了，为士兵争得点利益，能积极御寇杀敌，也不枉我心了。"

种谔再次稽首道："大人如此义气，我种谔敬重的就是这样的人，我发誓今后一定与大人肝胆相照、同甘共苦，一起报国立业！"

过了三天，朝廷的回音到了，赞同沈括的处置，所需银两从地方税务中扣除。从这件事后，沈括和种谔的关系更加融洽，和新来的高永亨关系也处得不错，有了"人和"，延州的备战工作搞得更加扎实。

沈括不仅在物资、训练上加紧部队的作战准备，在鼓舞士气的"宣传工作"上也很重视，他特地重修了延州嘉岭上的英烈王庙，并且在元丰四年（1081）的春天，率领众将士进行了盛大的祭拜仪式，张扬保家卫国的英烈精神。神宗皇帝为此特地拿出了内库的香烛礼器，叫人连夜快马送过来，大大提高了祭祀活动的规格。

过年期间，沈括专程到兵营和主要将官的家中轮番慰问，送去春联和简单的慰问品。在与士兵同饮共欢的篝火大会中，士兵们演唱了由沈括改编、创作并且教会士兵们唱的几首军歌，现在还留存在《梦溪笔谈》里：

先取山西十二州，别分子将打衙头。
回看秦寨低如马，渐见黄河直北流。

天威卷地过黄河，万里羌人尽汉歌。
莫堰横山倒流水，从教西去作恩波。

这样的军歌，沈括当时曾作了十首，《梦溪笔谈》中记录了他想得起来的五首。可以想象，在当时的兵营里，战士们举着酒杯，用西北人粗犷的嗓音唱着这些豪气冲天的歌曲，歌声在旷野回荡，篝火映红了他们的脸庞，那场面是何等壮观。

在拜访慰问主要将领的家的路上，沈括发现一个奇怪的现象：当地许多的人家，大门前除了挂春联、门神以外，还把一个干螃蟹悬挂在门楣上，不知何意。他就问随行的副将曲珍："门前挂个螃蟹，这是什么意思啊？"

曲珍说："这是我们当地的风俗，门前挂螃蟹可以辟邪。"

"什么？挂螃蟹可以辟邪？"沈括笑道，"什么道理呀？"

曲珍说："由来我也说不大来，大概是看见这个东西八个爪，张牙舞爪的，像个圣物，所以用来辟邪。"

沈括笑道："长八个爪就是圣物，那龙虾有十个爪，蜈蚣还有几十个爪，岂不更是圣物？我古往今来风俗书看了不少，从没看到有记载把螃蟹当圣物的。"

曲珍说："咱这地方很少见这东西，所谓少见多怪吧！"

沈括说："这里本来缺水又好闹干旱，所以少见这东西。要到我们南方，门前就是水沟、池塘，石头缝里污泥里，伸手一摸就能摸着螃蟹；海滩上退潮的时候，小海螃蟹像潮水一样在沙滩上爬，算什么圣物？把这样的东西当神物供起来，别说人不认识，恐怕鬼也不认识，能镇什么邪？"

"大人这一说，我明白了，螃蟹就是个家常俗物，没有什么灵性，是当地人孤陋寡闻弄错了，我回去就把我家门上这些东西拆了。"

沈括说："该拆，该拆！此风俗只会贻笑大方，显得延州这地方人土气、闭塞，没见过世面。"

由此，延州人挂螃蟹"辟邪"的风俗从军人家开始，渐渐地稀少乃至消失了。

元丰四年（1081）四月的一天下午，种谔领着一个穿商人服装的人急匆匆来找沈括，要求屏退左右，有重要军机大事报告。

沈括将他们引进密室，种谔这才介绍说："此人是我们派往西夏内部的细作，他打听到，最近西夏宫廷内发生了内乱。"

沈括一听，觉得此事太重要了，问："到底怎么回事？"

那细作便详细道来。

原来，西夏的少年皇帝秉常，从小读书习礼，对汉族文化十分景仰，因此在亲政以后，便下令改制，废党项的旧礼仪而推行汉族的礼仪制度，在对外政策上准备和宋朝修好，罢兵求和，结果受到梁太后和党项皇族的一致抵制，双方多次争议于朝堂，矛盾越演越烈。眼看着帝位难保，秉常于是在今年三月和自己的大将军李清密谋归降宋朝，借宋朝的军队打击梁氏集团。不料内部出了叛逆，机密泄露，梁太后发动兵变，先发制人，捕杀了李清，并且囚禁了秉常。但是，秉常和李清的一些旧部势力却不服，纠集军队，以武力对抗梁氏政权，因此西夏形成了内乱局面。

他说完了这些情况，种谔兴奋地说："大人，常言说人不算天算，圣上正要兴兵伐夏，收复失地，而偏偏这个时候，西夏发生了内乱，无暇南顾，我们正好乘虚而入。而且，秉常因和宋而被囚，他又是名正言顺的君王，我们打着诛杀无道、扶持正君的旗号，发起进攻的理由也很充足。我建议朝廷抓住这个天赐的良机，立即发起进攻，必将所向披靡。"

沈括听了连连点头："你分析得很对，这确实是一个起兵的绝好时机，只是此事关乎全局，非同小可，并涉及各方各面，容我今晚再斟酌一番，我们明天早上再来细议。"

第二天上午辰时，种谔再次来到安抚使府衙，只见沈括早精神矍铄地等在那里，手里拿着一册厚厚的文札，见了他就说："种将军，我昨天晚上按照你说的意思，已经拟好一份紧急军事奏报，并且附上了我们目前已经做好的战斗方案。我考虑，此奏报必须尽快交到皇帝手中，派什么信使都不放心，我只有劳烦种将军大驾，亲自跑一趟。"

沈括这个提议大大出乎种谔的意外，作为边界镇军的副总管，一个小官，别说是到宫里见皇帝递信，就是进京城办公务也轮不到他去，所以他一时有些发蒙："这……大人，是不是叫别人去？我这个身份……"

沈括说："你别推辞，此时只有你去最合适，这有关开疆拓土的军国大事，皇帝必然要反复斟酌，也必然要询问有关西夏的许多问题，你在边界待了这么多年，又派了很多间谍细作刺探敌方，对他们的情况了如指掌，定能对答如流，换上别人，包括我都不行。所以你是此行的不二人选。至于说身份，你不必顾虑，以前在给皇帝的奏章中，我已经一再提到你的业绩，皇帝对你的名字是熟悉的。何况，在前一回的奏章中，我已经提议朝廷提任你为鄜延路安抚副使，这一次你去，正是一个让朝廷认识你的机会。此番任务重大，万望将军不要推辞。"

种谔见沈括说得恳切，这确实是实心实意地给自己提供一次露脸的机会，就稽首施礼道："既然大人如此抬举我，我定当不负重任。"

当即，种谔匆匆辞别家人，带了相关文牒和两个侍从警卫，就拍马直奔京城而去。

神宗皇帝一听是西部边陲密报，立即在后殿传见种谔。种谔见了皇帝的面，神态不卑不亢，表现出名将世家足可信赖的矜持风范，给皇帝的印象也十分好。

神宗浏览了他带来的奏章文牒，问："你和沈括都认为伐西夏的时机已经成熟了吗？"

种谔说："西夏国君主本来就是个文弱小儿，手下没有得力的人手，治国乏力，又遇上守旧派和他作乱，自顾不暇，可以说这是党项立国以来国力最衰微的时候。此时我乘虚而入，必将所向披靡。种谔不才，愿为先锋，擒得那小儿，执其双臂来见圣上。"

神宗笑笑，又问："爱卿以为，此次发兵，该采取什么样的战略方针呢？"

种谔说："兵贵神速，应以迅雷不及掩耳之势速战速决，取其首府。小股的军队不行，一定是成规模的大军同时开进。此举必定出西夏意外，以其现在内部涣散的状态，必会互相掣肘，难以协同，很难做有效的抵抗。等其回过神来，弄清怎么回事，大局已定，不可逆转了。所以，现在关键就是一个抢时间的问题。臣请圣上迅速地调遣、部署西征军马，早一天起兵，就多一分胜算。"

神宗点头："爱卿说得有理，我已经决定，即刻开始伐夏的行动。正如你所说，零敲碎打不行，要调动充足的力量多路一起进军才能奏效。但不管怎么调动，你们西北边境肯定是首当其冲，那边的事我就仰仗你和沈存中了。"

"种谔愿为此赴汤蹈火，在所不辞。"

这次觐见以后，朝廷很快下了诏书，果然提升种谔为"鄜延路经略安抚副使"，成为仅次于沈括的军政长官，并且赐给他金带一条以示表彰，还给他拨了万两白银叫他做招募士兵、筹措军用物资之用，要他尽快招募起一支不少于一万五千人的马步兵，加入战列，这样延州聚集的军队总数就达到了九万人。

实际上，经过这一个秋冬的尽心竭力准备，他们扩充、训练成熟的镇军、厢军官兵已经接近了这个数字。种谔回到延州后，沈括叫曲珍接替了他原来的职务，利用朝廷下拨的一大笔钱，在武器装备、防护甲胄、粮草辎重诸方面做了再充实、再提高。将士们摩拳擦掌，士气旺盛，人人都憋着一股劲，准备在即将开始的伟大战役中建功立业。

很快，由皇帝亲自制定的伐夏整体部署方案，也秘密下发至沈括和种谔案头。此方案可以概括为"五路围攻"计划，分别是：东线两路：由签书经略置事、宦官王中正带领一路，从河东路（今山西太原）出兵，由安抚副使种谔带领一路，从鄜延路（今陕西延安）出兵，领导关系上种谔隶属王中正节制；南线两路：由行营经略使高遵裕带领一路从环庆路（今甘肃庆阳）出兵，副总管刘昌祚从泾源路（今甘肃平凉）出兵，刘昌祚隶属高遵裕节制；西线一路：由宣庆使、宦官李宪带领，从熙河路（今甘肃临洮）出兵，李宪担任五路兵马的总节制。五路人马分进合击，第一个战略目标是夺取灵州（今甘肃灵武），然后合兵一处，围攻西夏首都兴庆府（今宁夏银川）。

从这个部署中我们可以看到，神宗对此次军事行动的领导权，是紧紧控制在自己手里的，五路大军交给三个"内部人"节制，其中高遵裕是太后高氏的娘家人，王中正和李宪都是太监，他们都没有决策的能力，只是一个传话者和执行者，真正做决定的都要靠皇帝在数千里以外的皇宫里拿主意。有将无帅，显然是此部署中的一大弊端。

也许正因为如此，神宗的这个计划，还没有走出皇宫，在枢密院就受到了质疑，枢密院的首辅孙固说："伐国大事，而使宦官为之，士大夫孰肯为用？"意思是："这样的军国大事，交给一个宦官来总负责，那些有士大夫品格的臣僚，哪一个甘心受他的调遣？"神宗听了很不高兴。在他的心目中，众臣僚都拖家带口，难免有私心，而宦官没有家小，前途全在内宫，对皇帝应该是最忠诚的。但这话不能明说，只好说："眼下挑不出最合适的人选。"孙固说："既然没有合适的人挂帅，这仗先不要打了，勉强仓促上阵是无法胜利的。"应当说，孙固是书生的教条观点，只能起到贻误战机的消极作用，但它代表了很大一部分朝臣的看法，当时许多有影响的朝臣，其中包括苏轼、文彦博、张方平等，都上书从各个角度反对伐夏战争，这使得神宗一再犹豫，结果发兵的部署整整拖延了三个月。

延州这边已经做好了战争的一切准备，沈括已经把大批的军粮、补给提早调上边境，但是迟迟收不到朝廷的进军命令。眼看着对宋廷十分有利的优势正在一点点地丧失，种谔、沈括和高永亨都心急如焚。

到了七月，神宗终于力排众议，下定决心，向准备发兵的五路将领赐发了金银带、象笏、锦袄、银器等代表授予军权的物品，这实际上意味着各路人马可以根据自己的情况出境作战了。

　　终于等到了这一天，沈括连夜写了密报，将延州的准备情况和第一步的作战计划呈报上去，请示立即行动，得到皇帝批准，诏命沈括留守鄜延路，负责后勤补给，由种谔带领九万人马突袭西夏境内的米脂城。

　　这样，在宋廷调集的其他四路军马尚未行动的时候，由沈括、种谔领导的延州军马率先打响了伐夏战争的第一炮。

　　种谔七月底率九万三千大军北上，以方阵式的队形前进，于八月八日对米脂城完成了包围。西夏国守米脂城的将领名叫令介讹遇，站在城头一看，旌旗蔽日，戈矛如林，还有数不清的云车、弩车、抛石器排列阵前，战士们喊的口令如惊雷阵阵，掠过长空，顿时乱了方寸，知道凭自己现在城中的数千兵马根本不是宋军的对手。

　　这时只见宋营中号角声一变，红旗一摆，但见城外箭弩齐发，其中不少是箭头蘸了石油的，飞行起来如同火流星，射到哪里，哪里就着火。宋军的弩车威力也很大，发射的箭弩实际上是一根根长矛，城楼上的战棚、窗格，一戳就破；抛石器抛过来的石头，也十分可怕，带着风声呼啸而来，说不定会落在什么人身上，把他砸成肉饼。紧接着，宋兵呼喊着口令，推着云梯车和盾牌，组成梯队相互掩护，层层逼近城墙。护城河也被飞快地搭起了浮桥，看来进攻的势头几乎锐不可当。

　　城上的讹遇，只有按照惯常的办法，在宋军靠近城墙的时候，从"马面"处射箭，同时推下滚木礌石。

　　其实这一切都在种谔预料之中，宋军在赫连勃勃旧城里操练，早已把对付"马面"的这些箭矢和滚木礌石的办法演习熟了。而且，米脂城的城墙，从结构上还不如赫连勃勃城那么完备牢固，所以，尽管宋军几次攻城攻到城下又退走，士兵的伤亡却并不大。相反，城楼上的滚木礌石倒是消耗得很快，眼看着就要用完了。

　　这个时候讹遇才意识到，对方反复进而复退，就是成心要消耗他的箭矢和滚木礌石，等到这些东西消耗殆尽，那就是破城之时。

　　好在此时天色近晚，宋军鸣锣停止了进攻，在城外安营。

　　讹遇急忙乘夜色派出几拨信使，化装成百姓垂城而下，从包围的宋营缝隙中穿插出去，向京城求救兵。另一方面四门紧闭、吊桥高提，官兵全龟缩在隐蔽的城墙角落，固守待援。

城中有信使出去，种谔是知道的，也可以说是他有意地放他们出去。因为在出发之前，沈括和他早已商量了对米脂城的攻城方略，不管怎样，硬行攻城将会伤亡巨大，应该尽量避免，先行的攻城只是为了造成威慑。攻守力量悬殊，守城者岌岌可危，必然要请求支援，所以我方主要的兵力，应该主要用来埋伏、歼灭那些前来支援的有生力量，只要消灭了援军，城上的敌人不攻自破。事实上，白天围城的同时，种谔已经派厢军的高永亨领着马步兵精锐部队埋伏在援军可能开来的必经之路，就等敌军"入瓮"了。

拿现代战争术语来说，沈括、种谔商定的战术叫作"围点打援"，是在游击战中常用的战略战术，其最大优点就是掌握了战斗的主动权，调动了敌人而自己以逸待劳、攻其不备。西夏人正中了这个套。西夏人以骑兵为主，对付宋朝的步兵，主要的战术就是冲击，往往能奏奇效。这一次也是，听到宋军忽然进攻的消息，当即就发令附近驻扎的一支西夏铁骑，由大将梁永能带领，飞快驰援米脂城。他们没想到宋军早有准备，在半路上设了埋伏。高永亨率领的厢军精锐部队，前一段早已操练好对付骑兵的办法，在路上设置了铁蒺藜、绊马索和陷坑，西夏军一到，就被搞了个人仰马翻，阵脚大乱。乘此，高永亨带着长枪队、马步营一阵猛砍猛杀，当场西夏兵就被砍死一千多人。梁永能见势头不妙，叫声"撤"，掉转马头就跑。宋军就势掩杀过去，西夏的援军被彻底击溃。

此时，米脂城里已经弹尽粮绝，看见援军被歼灭、突围无望，守将讹遇只好挂出白旗，宣告投降。种谔向自己的队伍发出号令："入城后，有敢杀人、抢劫、盗取百姓财物者，立斩无赦。"然后，大军开进米脂城，城中一万零四百二十一口人，不但没有受到侵扰，反而人人得到了粮食布匹的补助，纷纷三呼万岁，表示归顺宋朝。

沈括、种谔计破米脂城、斩首千级、收归万人的消息报到了东京汴梁，神宗大喜，百官称贺。皇帝特派宫中侍者传送圣旨，说种谔"首挫贼锋，功先诸路，朕甚嘉之"，并说：出兵前看到种谔灭贼心切，恐怕贸然轻进吃亏，所以下令，叫听河东路的王中正节制，现在看来朕有些过虑了，这一条可以不实行，今后鄜延路的军队行动，种谔、沈括可以酌情自决了。

这道圣旨，可以说是对沈括和种谔的极大信任，大军在米脂城稍作休整，很快就继续北行。北行路上要渡过无定河。行军前，沈括特地去考察过路径，发现无定河在靠近毛乌素沙漠的一段，特别容易遇到流沙，表面上看似乎和别的沙地一样，但人马一旦踩上去就会引起一大片塌陷，越挣扎越下沉，人马车辆会在一瞬间沉埋沙中，不见踪影，对行军、宿营威胁很大。沈括专门向种谔交代了这种地形的特点，叫他尽力规避，避免无端的损失。

连着几天，种谔沿大路向北方行军二百余里，十分顺利，几乎没有遇上任何阻碍。

这反而叫沈括产生了疑虑：西夏的反应有些反常啊！按说，米脂城是西夏的东南门户，门户打破，如不堵塞，随之而来的可能是房倒屋塌，那梁太后不会不知道其危险性！西夏人又多是骑兵，要调动起来速度非常快，怎至于一点抵抗也没有呢？

沈括加紧派出细作，向四面探查，看西夏兵马的主力正在向哪边运动。

一天之后，细作纷纷赶回来，报告说：发现从米脂败走的梁永能所率骑兵，并没有向其腹地撤退，反而南下向西夏与宋国交界的一带运动。沈括对照地图，标定其位置反复琢磨，恍然大悟：原来，西夏军并不是没有反应，而是改变了策略，梁太后大概看到宋军兵力多，硬顶顶不住，索性让开大路，采取诱敌深入、干扰粮道、后发制人的策略。沈括知道，这十万人的队伍，每天的给养消耗量都是巨大的，如果敌人卡断粮道，后勤跟不上，就会不战自乱。

沈括立即派出信使，把这一情况及时飞报种谔、高永亨，叫他们谨慎慢行，不要过于冒进，并保证粮道的安全。

夏军梁永能几次想截断宋军粮道未成，反倒损兵折将，打探到顺宁城（今陕西志丹县）的兵马大都随种谔出征，防守空虚，于是突率两万兵马包围了顺宁城。顺宁城的守将李达见敌军来势凶猛，敌我兵力悬殊，准备闭门固守。沈括认为这个策略首先就示弱于人，助长敌人的傲气，其实敌军深入到了宋国境内，他们自己首先是心虚的。于是他叫李达率一千人，掩护着满载粮食的大小车辆出城，扬言是给即将到来的沈括率领的十万大军送粮。这当然是在布疑阵，叫围城的梁永能心中疑惑。紧接着，沈括又叫勇将景思谊带领三千马步兵，忽然杀入夏营，高叫："沈大帅大军在后，还不投降？"夏军闻报，以为沈括的十万军马就要来到，于是纷纷惊惧溃散，梁永能见束缚不住，只好下令后撤。沈括遂顺势掩杀，攻下了被夏军占据的磨崖寨，俘获败兵万人，牛羊三万头。

顺宁之战是沈括导演的一场心理战，其实整个战斗，沈括只动用了仅有的留守军队不过五千人，却一举粉碎了西夏以攻为守的行动，保证了前线的后勤运输线的安全。前线的种谔、高永亨军因为后顾无忧，在前方所向披靡，到十月底，已经收复了浮图、吴堡、义合、葭芦四个城寨，将宋朝的国土向西北拓展了三百多里。这两多月的战争充分说明，沈括的军事才能也是卓越的。

但是，除了鄜延路的伐夏军队频传捷报外，其他四路的伐夏大军进展并不顺利。

离他们最近的河东路王中正部，是九月二十三日发兵的，他带着六万军队和六万民夫，却只带了半个月的粮食，大军进到宥州，就没有粮食了。夏军闻讯就截断其粮道，河东路军心大乱，只好夺路撤回。

中线高遵裕的环庆军和刘昌祚的泾源军，因为进攻路线相对说最短，夏军主力又被种谔军吸引，两军分别于十月和十一月攻到灵州城下，并且将灵州包围。刘昌祚不知听了哪个幕僚的主意（此人也许是西夏混入宋军的奸细），说守灵州城的大将有归降之意，刘昌祚就放弃攻城，全力筹措招安的事，其实中了西夏的缓兵之计。到高遵裕引兵来到城下的时候，西夏的大批援兵已经近在咫尺，守成的军官胆气又壮了。高遵裕按马在城下叫道："喂，你们不是说要献城投降吗？什么时候实行呀？"那守将得意地说："我又没有准备背叛我主，也没有和你们真正打仗比本事，凭白无故为什么要献城呀？"气得高遵裕在马上干咽唾沫无言对答。按事先约定，刘昌祚要受高遵裕的节制，高开始追究刘贻误战机的责任，而刘也不服，说你来得晚还要挑毛病，将帅闹起了不和。争论间敌人援军赶到，他们一战不胜，也只好退回。

再说西线，太监李宪，号称是各路军的总节制，但他的行动最迟缓。开始发兵，他率领的熙河路兵马还是有些建树的，先后在屈吴山和啰逋川战败夏军，并且收复了兰州古城。但是随即就在兰州奏报设立兰州经略衙门的事，耽搁了很久，待其再次进军收复会州（今甘肃靖远）的时候，已经到了十一月初七，得知中路军马已经从灵州退走，没有会师的可能了，也就退了回来。

至此，神宗精心策划的"五路合攻、会师灵州、直逼夏都"的计划流于破产，第一次讨伐西夏的战争宣告失败。

后世的研究者分析这一次战争失败的原因，有以下几点：第一，从组织建制上讲，神宗没有设立战场的主帅，自己在京城遥控，致使军令迟缓，屡屡贻误战机；第二，用人不当，神宗要宦官李宪总节制五路人马，而李宪既未尽责也无能力协调另四路兵马的军事行动，没有彼此配合，反遭西夏军队各个击破，以致挫败；第三，后勤补给工作没有跟上，致使后期几路大军均因粮草不足而被迫后撤；第四，分路人马的核心人物之间存在派系争斗、互相掣肘的现象，典型的就是高遵裕和刘昌祚灵州城下的表现。总的来说，还要归咎于神宗皇帝本人不肯放权，自己缺乏实战经验却又固执己见。

在这五路军中，只有沈括、种谔领导的鄜延路军有连拔五城、拓展国土的显著战绩，说明沈括、种谔是具有相当军事才能的，他们的协作配合也是和谐的。按说，沈括也是平生第一次参加实战，也缺乏军事经验，但是因为他有严谨的科学思维方法，所以在战场决策中能够做出比较符合实际的决策。

在宋代是讲究功必赏、罪必罚的，此战失败后，其他分路统帅或降职、或离任，而只有鄜延路军受到奖赏，沈括被加封散骑郎加骑都尉，进封开国子，食邑二百户，转龙图阁直学士。种谔也加封一级。由此可见，对于此战中的功过，神宗心里还是很清楚的。

朝廷还奖赏了鄜延军的普通将士一些东西，因此，鄜延军在军营中举行了盛大的庆功授奖大会，将士们畅怀痛饮，沈括也觉得欣喜和宽慰。但是在酒席宴上，他听到了另一消息：皇帝这一次除了奖励他和种谔之外，还重奖了另一个人，就是西路首领、熙河军的李宪。此人号称总节制，指挥五路人马配合行动是他的责任，他没有胜任，招致整个战役失败。沈括知道，在战前就有大臣指出李宪没有这个能力，事实证明果真如此，而神宗不仅没给他惩处，还给了他奖励，是不公平的。沈括从中看到了一种危险的倾向：为了怕大权旁落，皇帝越来越重视和偏袒自己身边的"知近人"，这会导致什么样的结局呢？

第十三章 永乐败绩代人受过

"五路围攻"既然鄜延军收回了一些城市，接下来的任务，便是如何巩固、保护已经夺回的土地。朝廷要求沈括和种谔拿出这方面的意见和办法来。沈括和种谔经过反复的实地考察和对历史资料的研究，上书提出修复古乌延城的建议。在奏章中，沈括分析道："多年以来，这个地方边境交锋，利害之处就在这片沙漠。如果夏军先越过沙漠来进犯，就首先受到沙漠的困扰，缺食、缺水、步履艰难缓慢，一过来战斗力就会大打折扣。而我们要越过沙漠出击夏军，也会受到同样的困扰，锐气大减。因此，在沙漠的边沿设立补充物资、休整自己力量的据点十分重要。古乌延城所处的位置，正好就有这样的特点，这里北面毗邻沙漠前沿，东望夏州八十里，西望宥州四十里，成掎角之势，可以互相支援。古城倚山而建，利于防守和屯集军马，城南一带荒地肥沃而广阔，利于开垦，又靠近盐池和河流，可以保证城民的生养繁衍之用，又有大道与其他的城寨相通，战时可以互相接应。如果现在着手修复古城，先补山城，再修平城，驻扎军队，鼓励移民，以此为基地逐步延展，在几年内就可以形成与夏州、宥州相连的一片都会式的繁荣地带，构成抵御西夏的天然新屏障，镇压山界，屏蔽鄜延，此次所收复的五座城和所属国土就可以得到永久的巩固，高枕无忧了。"

应当说，沈括和种谔在调查研究的基础上提出的方案是有见地的，是兼顾到短期和长远利益、稳扎稳打的对策，主导思想是在前沿建立一个有战略意义的补给基地，对将来征夏的整体大局有重要意义。但是，这和宋神宗急功近利的战略思想并不符合，与当时朝廷内的舆论走向也不符合，所以他们的奏章上到朝廷以后数月，竟然没有收到任何回音。

原来，五路围攻失败以后，原来那些反对开战的朝臣又活跃起来，仿佛他们的预见被证实了，纷纷进言强调用兵之害。而神宗本人却不认为自己做错了，相反，行动初期的攻城拔寨，叫他感觉到西夏人并不是不可战胜，自己只是因为偶然的疏忽才与胜利擦肩而过，他输得并不服气。他看到，那些反战派中不少是一开始就对变法有抵触的人，而变法图强、收复唐地，是他至今都坚持的宏伟志愿，所以，他像一个争强好胜的赌徒，一局输了不甘心，只想着尽快地扳回来。而他身边的蔡确、王珪这些人，只知道迎合他、顺着他说话。蔡确说："西北唾手可得，只恨将帅胆怯耳。"在这样的朝廷氛围下，沈括提出的方案自然不合他的意，又要移民，又要开垦，哪里来那么多的时间啊？事实上，收兵不到半年，神宗已经在考虑新一轮的征夏之战了。

沈括不见回音，曾几次上文询问催促，因为他知道，前一段宋军是趁西夏内乱起事的，现在随着时间推移，梁太后的势力已经完全控制了朝政，随时都可能组织军队进行反扑，如果不尽早采取措施，那些城寨可能再被西夏夺回去。

在沈括的一再要求下，枢密院又招种谔再次进京，当面说明古乌延城的有关情况。这时已经是元丰五年（1082）的五月。

就在种谔在京城逗留期间，神宗派了两个新官员去延州"商量边事"，此二人一个叫徐禧，原来的官职是给事中；另一个叫李舜举，职务是内侍押班。说起来官职都不大，比起沈括品级差得远，但是这一次是特别提拔，是代表皇帝去说话的，所以身份就不一样了，如同后世的钦差大臣一样，当时正式的名字叫"监军"。

为什么神宗要派这两个人去呢？从上面的分析可以看到，神宗大概看到鄜延路的奏章后，觉得沈括目前的主导思想和自己有差距。派这两个人去，他本意大概是叫他们去监督、纠偏的。从主观愿望上讲，这两个人也许并不想到边疆去受苦累、担责任。史书上记载，当他们从后殿里领命出来的时候，正碰上号称"哼哼宰相"的王珪（暗喻他只会在皇帝面前哼哼哈哈），王珪恭维地说："有你们两个人去督战西北，应该是边境无忧了！"李舜举一撇嘴说："你倒好意思说，你身为宰相，率领着满朝文武，巡察边界的事却要我们两个内官去做，你不愧吗？我们内臣，只是在皇帝身边扫地擦桌子的，怎么能担当将帅大任呢？"王珪听了，愧得说不出话来。

李舜举的话自然是牢骚之言，却一语道破天机：他和徐禧其实都是"内官"，所谓内官，就是在宫内当差的官，虽说不都是洒扫庭除，但都是为皇帝个人服务的官。边界上的军国大事，交由内官去监督，确实有点胡来，但却是皇权政治的必然产物。皇帝对外臣不放心，往往派身边的"知近人"去监督，而这些人也往往仗着皇帝的宠信肆意妄为，从汉到唐，许多历史悲剧就是这样发生的。后来的事实证明，神宗此举是个地地道道的败笔，将这两个"钦差"派到鄜延去，根本没有如他所愿消除他和沈括的分歧，反而加重了他们的分歧和误解，彻底断送了鄜延路军民联防、将帅和谐的大好形势，真叫祸国殃民了。

如此效果，更大程度上要归因于徐禧。徐禧字德占，家乡是洪州（今江西修水），说起来不是外人，正是吕惠卿的儿女亲家，他十六岁的儿子迎娶了吕惠卿的女儿。虽然没有史料记载，但我们可以依理而断，此人大概早就从吕氏那里听说过沈括的坏话，从他们的亲缘利益出发，他对沈括是不会有好印象的。神宗派这样背景的人去，也许出于无意，但可以想象结果会朝哪个方向发展。

这两个人来到延州，立即成立了一个计议边事所，说奉皇帝口谕，一切与边关修建堡垒城垣有关的事宜，都要拿到这个边事所来商定。这样，实际上等于剥夺了军司衙门的权力，取消了沈括的军事决策权。

开始接待"上差"的时候，沈括是抱着毕恭毕敬的态度非常尊重他们的，后来了解到了他们的身份，沈括意识到，自己在庆功宴会上担心的事情发生了，皇帝大概怕再一次发生王安石当年的那种"勿使上知"的擅自行动，要派出"知近人"对大臣进行监督，要内臣来监督外臣，这无论如何是一件不能叫人感到舒服的事情。尽管如此，以沈括的修养和度量，他还是竭力抱着与人为善的态度和他们讨论着修建乌延城的计划。

不料，这两个"钦差"，却全然不懂军事，更不懂得对当地官员应有的尊重，跟着沈括骑马到大漠边缘仅仅跑了一圈，就一口咬定，在乌延城遗址筑城不合适，应该是在永乐这个地方另筑新城。

沈括对于他们的轻率感到惊异，忙问："为什么？你们为什么说永乐筑城合适？"

徐禧说："很明显啊！永乐这个地方有天险可依，在这里筑城，能和米脂、绥德组成掎角之势，互相接应。"

沈括说："永乐虽然有天险，但是位置太过于深入敌境，又处于狭窄路口，西夏必争之处，战胜时难以保卫，战败时难以接应。从地图上看，好像能与米脂、绥德成为掎角，但这个掎角也未免太大了点，而且经实际勘察发现，因为地形复杂、道路崎岖，实际距离比这图上要遥远得多，万一有了敌情，到时候怕接应不及。"

徐禧道："沈大人，看来你只知其一不知其二，有天险自然会道路崎岖，我们增援起来困难，敌人行走起来就不困难吗？地势复杂我们正好中途设伏，层层拦截，有何惧哉？"

沈括说："用兵之策，扬长避短。徐大人所谓拦截，正是野战，西夏兵擅长骑射，长于野战，而我们多数是步兵，无论人的骑技还是马的体力，都逊人家一筹，野战中常常陷于被动。我们的特长是城堡的攻防，强弓劲弩，所以将城堡的救援寄予野战是不可靠的。"

"既然你也承认，我们的长项正是攻城守寨，只要我城修得结实，守城守得坚决，敌人就无可奈何，也就无需增援。沈大人难道怀疑我们筑城守城的能力吗？"

"下官不敢。而今我们争论的是筑城选址的问题，乌延城有旧城址、旧工事、营垒均可利用，施工快，省工料，靠近夏州、宥州，交通、给养、水源、接应都较方便，其镇守意义也长远。而在永乐，一切都要新筑，工料靡费，远离民居，施工困难不说，建起来也是一座孤城……"

徐禧冷笑道："不要显摆你那乌延城的计划了，如果你的计划可取，圣上还会派我们来吗？屯兵移民，开垦种植，慢慢腾腾，按部就班，准备安家过日子吗？圣上的征夏伟业全被你耽误了。圣上派我们来，就是要破除常规，险中取胜，兵法云置之死地而后生，连深入敌境多一点都畏首畏脚，怎么谈得上收我故土，恢复江山？"

沈括问："那么，在永乐城筑城，是圣上的意思吗？"

徐禧狡黠地说："本大臣受命监军，自然每一举动都要向皇上交代，怎么交代、皇上发什么诏命，就无须沈大人操心了。"

话说到这里，沈括也真的无话可说了。过去，经皇帝特许，他平均几天要给皇帝发一封亲笔信交换意见，而几天前，皇帝在复函中说，已经派了两个监军去接受意见，有什么可以直接和他们讨论，他们会直接禀告皇帝的。实际上，等于取消了沈括直接上书皇帝的权利。当时，沈括并没有觉得这有什么不好。按名分说，这两个人的职责只是"商量边事"，而他没有想到，这两个人来到这里的行为，就像皇帝亲临，什么事情都是独断专行、专横跋扈，根本不给人商量的余地。

在至高无上的皇权面前，沈括不得不低头，人家说得清楚：你们的意见已经被皇上否决了，而新的决定，是监军随时请示皇帝做出的，你还有什么话可说？

于是，结论就这样做出了：放弃乌延城计划，改修永乐城。

此刻，种谔在京城也遇到了空前的尴尬：这一次皇帝没有召见他，听取他讲述乌延城修筑方案的人是枢密院一些新的年轻官员，这些人对边界战况一无所知，对军事防守方面的知识等于零，而颐指气使，挑起毛病来却是十分尖刻，使得种谔不得不一遍又一遍地讲述乌延城周围的地理形势、在军事上的利用价值，乌延城在将来可能的发展趋势，几乎是口干舌燥。然而最后要他们拿意见的时候，他们却你看我、我看你，谁也不明确表态。又等了两天之后，主持者才说：现在皇上已经派了两个监军前往你们延州实地考察，最后的结论要看他们的考察结果了，你先回去吧！种谔在心里骂道：早知道这样，我在延州等着好了，把我叫到京城耽误什么工夫？

在短短几个月工夫里，沈括和种谔感到，皇帝对他们的态度仿佛都发生了变化。以前，能亲自耐心地听他们的倾诉，和他们坦诚地讨论问题；而现在，要通过别人来和他们接触，而且都武断、蛮横，几乎都不听他们的意见。怎么回事呢？难道这是皇上要有意地疏远他们吗？

其实他们错怪神宗了，他们有这样的感觉，只是因为在元丰四年（1801）夏天，神宗为了建立他的战时体制，对整个朝廷的组织系统做了大调整，换上了一帮他认为能最快捷地了解情况、最快捷地落实他部署的人员班子。这场人事变动，使一些固执己见的保守派下了台，但也使一些善于逢迎、想要火中取栗的投机派钻了空子，我们只要看看最后的结果，是品行不端的蔡确、王珪两人分别担任了左右相，就可以知道这场调整的实际效果，是多么的事与愿违。调整班子以后，许多事情神宗就不再亲自过问，都交给新班子处理，而这些新班子的人既缺乏经验，又自命不凡，无知加上狂妄，就造成了以上的结果。

种谔从京城回到了延州，就去找沈括，知道了筑城方案已经改变，不修乌延城，改修永乐城，气得连连跺脚，对沈括说："沈大人，真是荒谬至极！您大小也是个封疆大吏，怎么不据理力争呢？"

沈括说："怎么没有争？人家得听得进去呀！动不动就拿出皇上的意旨来压人，他说什么都说是经过了皇上的，还有什么话说？"

种谔叹道："这一回进京我也体会到了，朝廷里，找事的不少，办事的不多；混事的不少，主事的不多。"

沈括说："将军，慎言，慎言！小心隔墙有耳。其实我们做臣子的，殚思竭虑，也不过是为了效忠朝廷，只要是圣上亲自点了头的事情，你想通想不通，都得跟着干。现在既然圣上同意修永乐城，我们也只有服从，只不过在干中间尽量采取些补救措施，保证将来不出大问题就是了。"

第二天，种谔来到了计议边事处，见到了徐禧和李舜举，他俩依然是那么傲慢，对人待答不理的。种谔心里更觉恼火，于是就开口问："两位大人，种谔有一事不明，向监军大人请示。"

"你讲！"

"在永乐修城，明明是劳民伤财又不奏效的事，为什么你们不由分说，执意要办？这究竟是皇上的意思，还是你们自己的意思？"

"我们作为皇帝的钦差，皇上的意思怎么样，我有必要告诉你吗？"

"要真是皇上的意思，我没有话说，要是你们自己的意思，我还真有必要警告你们一下：这分明是一个误国之策，贻害无穷，其严重后果，怕你们两个承担不起。不如早早罢手。"

徐禧脸变色了，拍案叫道："大胆！种谔，你不过一个边关小将，好大的胆子，敢阻挡我钦差大臣行事，你就不怕死？"

种谔说："今天我冒犯了你是个死，要同意修这个城将来城破了也是一个死，我死在你这里，还免得我的官兵损兵折将流落异邦。"他把佩剑拔出，抽出来放到桌上，"你要想杀，现在就杀了我吧！"

徐禧瞪着眼，盯着种谔，看他一副视死如归的样子，先自怯了，说："你个亡命之徒，我不和你一般见识。"说罢，自己走出门去。

次日，徐禧就下令，即刻开始修建永乐城，他亲自主持修城工作，修城的人员主要是士兵，此时已非战时，厢军的三万主力人马已经撤离延州，镇军调动的戍边部队也分散据守，只有高永亨领着少量马步兵、副总管曲珍带领的本地兵马万余人扎营永乐，听他调遣。由沈括负责有关的后勤支援，包括调动给养、建材、交通运输和当地民夫的组织，种谔负责带领少数部队留守延州。

临行，种谔、曲珍和高永亨诸人都来到沈括的府衙，和他议论这个事情。

种谔说："到底是鬼怕恶人，我昨天当面和姓徐的戗戗了一番，今天他连我也放一马，不敢调我到永乐去。"

沈括说："将军昨天有些莽撞了，说那样的话，我在旁边都替你捏一把汗，那两个人毕竟是通天的，真要准备害你，你防不胜防。"

高永亨也说："他把你手下的人全调空，只把你自己留在延州，也等于是孤立你，夺你的实权。"

种谔坦然地一笑："他以为把我的人调去，就能听他的指挥？那我这么些年的总管不是白当了？"

曲珍说："就是啊！我这次虽然去了永乐，但绝不会任其摆布，种将军，只要你一声令下，你说怎么干咱就怎么干。"

沈括说："曲珍将军，这你就说得不对了。徐禧虽然独断张狂，但筑城永乐的事如果没有皇帝的首肯，谅他也不敢就自己做主。既然如此，我们也不能授人以柄，承担这抗命僭越的罪名，也许人家正是想抓我们这方面的把柄好整治我们呢。所以，我们不论谁，去了永乐，都应尽力地把所负责的事情做好，毕竟我们修的也是大宋的边城，修得好坏、守得好坏都关系到社稷安危、百姓生计，不是他徐禧个人的事，这点，还请诸位谨记。"

曲珍、高永亨赶忙说："大人说得是，我们会尽力的。"

种谔说："沈大人说得对，是非归是非，不能拿军国大事和小人斗气。至于姓徐的要抓我的把柄，那就让他去抓，反正我们夺回五座边城的功劳在这里放着，谅他一时还不敢把我怎么样。"

随后，几位将领就各自上了自己的岗位。

当时修永乐城的地方，现在属于陕西米脂县城西的马湖峪，徐禧在给皇帝的密札中说其"二面重冈峻岭，路仅可通车马"，可见是个峡谷隘口的地貌，在一般人眼中看来，如果在两面的重冈上筑城堡，确实有"一夫当关，万夫莫开"的气势，徐禧大概就是看中了这一点，提出的这个建议。而沈括、种谔等人从军事经验出发，知道作为一个军事重镇，不光要有险峻的地形，还要考虑水源、交通、补给、增援各方面的综合因素，因此提出了异议。但是既然皇帝已经批准了徐禧的方案，徐禧又是钦差大臣，说话就是圣旨，沈括等也无法与之抗衡，按照当时做臣子的行为规范，他也只能违心地跟着去了，为修城组织人力钱粮。同时沈括还提出了一些补救方案，如：在城垣的设计上尽量利用天险，增加"马面"，做到易守难攻，同时在从米脂到永乐沿途，建立连环营堡，"蚁封而东，垒章山连"，以利接应。徐禧漫声答应着，其实并未认真地当回事。

从现存的遗址来看，永乐城是一座就地取材、夯土筑成的土城，依地势分为六寨六堡，大寨周长九百步，小寨周长五百步，大堡周长二百步，小堡周长一百步，可以想见当年工程量颇为巨大。当时施工的士兵、民工多达十二万人，因为从米脂到这里道路崎岖，运输困难，这十二万人的后勤保障是个大问题，修城的时候是旧历八九月份，正是百姓秋忙时间，沈括具体动员百姓数千人畜车辆，实属不易，自己也不得不睡在帐篷里，日以继夜地奔忙。

永乐这片地方，以前属于西夏的内地，宋人在这里修筑城堡，这一个动态马上就被报告到西夏王廷，西夏人马上就派出几股骑兵，两次袭扰筑城现场。沈括也承担着施工的保卫任务，因为他安排细腻，情报及时，修城的力量又主要都是士兵，曲珍和高永亨前一段征夏都和沈括有默契的配合，因而几次周旋调动兵马，成功地击退了敌人的袭扰。

徐禧是坐镇永乐城现场的，公正地说，为了监督施工，他也风餐露宿，吃了不少的苦。看起来此人是想抓住受宠的唯一机会，真正弄出一些成绩来，向神宗表现出自己的能力，为自己今后的仕途奠定基础，因此也是不遗余力。在筑城过程中，他看到西夏兵被几次击退，就认为自己当初选择的这个城址是高明的，越发地得意起来。

九月初五，永乐城建成，徐禧就迫不及待地向皇帝密札报喜，神宗当即回札予以嘉奖，并且亲自赐名为"银川寨"。

皇帝还犒赏了筑城部队一些御酒和银钱，徐禧在城前的河滩里举行了庆功大会。看到月光如洗、篝火通红，士兵们喝酒吃肉、恣意欢笑的场景，配上暗蓝色的天穹映着巍巍城堡的影子，颇有几分壮观，徐禧悠然产生了几分成就感。他举起一杯御酒，特地走到沈括和曲珍、高永亨围坐的桌前，说："诸位，此情此景，叫徐某忽然想起了唐人的一句诗：秦时明月汉时关，万里征途人未还。但使龙城飞将在，不教胡马度阴山。"

沈括等人听了，相视一笑，的确他们在与徐禧的接触中，很少见他有这样附庸风雅的时候。

徐禧一见他们神情，以为是自己念错了："怎么，念错了吗？沈大人是文斗，见笑了！"

沈括说："哪里，是王昌龄的《出塞》，徐监军念得没有错，而且用在此时此地也十分贴切。"

高永亨也说："没想到监军大人文武双全，不像我们，只是一介武夫，打死我们也来不了这么两句。佩服，佩服！"

徐禧今天兴致很高，也没有计较他言语中暗含的讥刺之意，说："徐某这次上差，多亏沈大人、高将军、曲将军鼎力相助，方能有今日，今天借圣上赏赐的这杯酒相谢，以前议事中多有鲁莽冲撞之处，也请诸位担待了。"

沈括说："哪里，都是为了国家安危，有何担待之说？来，我们共饮此杯，今后同仇敌忾，共守边城，前事再不提了！"

"好，好！"高、曲二人响应，共饮一杯。

随即沈括又提醒道："徐监军，永乐城是筑完了，但是我原来说的到米脂城沿途的连环城堡，须马上动手修筑，如果没有这些城堡的拱卫，永乐城难免有孤城之患。"

徐禧漫声答应着："就动手，就动手，但大工程刚毕，总得歇口气吧！"

曲珍说："我们当然愿意喘口气，就怕西夏兵不叫我们歇。"

徐禧笑笑说："没那么邪乎吧？就像当初你和高将军说的，说永乐筑城，连水源也没有，这不是？现在我们在河滩里聚会，不都是从沟洼里取水做的饭吗？"

曲珍说："监军有所不知，这种河滩我们这里叫'沙洼子'，雨天一泡泥，晴天一块铜。现在雨季刚过，还有些阴湿处可以挖出水来，秋风一起，过不了几天就干得铜帮铁底。"

沈括也说："监军，我来这里时间长一些，专门考察过这里的季节河，雨季的水不是从地皮上刮走，就是从沙地漏掉，连当地居民都不指靠这里的河水，要打几十丈深的深井来解决吃水问题。"

高永亨也说："而且，我说的是城中没有水源，你看，城建在那么高的高崖上，万一夏军把城包围了，我们根本下不到河滩里，纵然河滩有水也指靠不上。所以我才说选址有问题。"

徐禧立即变了脸色:"哎,刚刚还说旧事不提了,你又说起城址来了,怎么,现在城已经建好了,你把它拆了吗?况且,自古以来水往低处流,天险雄关又多在高处。兵法云:居高临下,势如破竹。高处难道就不建城堡了吗?这方面你也太低估徐某的智力了,我已经在六堡六寨之中建立了水寨,又配备了水车、水道,我们有十万兵马,岂能坐视敌军断我水道?"

"哼!战场上,什么情况都可能发生……"高永亨冷笑着还想辩解什么,被沈括用手势阻住。

沈括说:"这是老问题,就不要再争了。监军,高将军所言,无非是提醒,怕出现万一,多想几步、有备无患总是好的。高将军,现在工程已完,我们也只能在现有的设施格局上防微杜渐,采取预防的措施,只要措施得力,地形上的缺陷是可以克服的。没错吧?"

曲珍和高永亨只好认可:"没错。"

沈括说:"古人话已说尽:天时不如地利,地利不如人和。永乐城有天险可依,但更重要的是我们将帅同心、群策群力、生死与共,保住永乐,即是保住了此番北征的胜利成果,为此,我们再举酒,干杯!"

这总算是把庆功会的和谐气氛维持下来了。

永乐城建好以后,原来参与施工的民工和建筑设备就要撤离,同时,参与布防的戍边官兵、武器箭矢、马匹和作为给养用的羊群、粮食等都要安置在城中,有大量的运输工作要组织协调。沈括立即又投入到这些工作中,往来奔忙于米脂和永乐之间。

对于敌人的动态,沈括、曲珍和高永亨都派有细作定时侦查,细作活动的范围,主要集中在永乐到银州、宥州这一带敌人可能集结反扑的正面战场,暂时还没有发现明显的动向。

于是,九月上旬,延州转运使李稷将大量的金银、布帛运进了永乐城,交代给徐禧和李舜举,说明这是奉皇帝的旨意运来的,做下一步伐夏战争的给养储备。看来,神宗是准备将新建的永乐城作为发动新战争的一个基地来使用。这对徐禧来说,无疑是极大的信任,徐禧有些受宠若惊，马上把这消息快马飞报了沈括，言辞间不无炫耀之意。

沈括听了却心一沉，觉得皇帝此举有些太轻率了。永乐城太过深入敌境，距离其他边城又远，交通不便，并不适合作为储藏战略物资的基地，相反，倒有可能成为吸引敌人来抢掠的诱饵，西夏骑兵单纯为抢掠这一批金银布帛，就很有可能铤而走险、发起进攻。

于是他赶紧写快信给徐禧，说明利害，并提醒他："此事万请保密，叫人设专库严加封锁，向外不要透漏任何消息。"

徐禧看了，却嗤笑一声就把书札扔开，说："这帮老朽，如此畏首畏尾，能成何大事？"

九月八日深夜，沈括正在米脂府衙清点物资，忽然有人飞马闯入，他仔细一看，认出是前日派出的探望敌情的细作，急忙问："什么事？"

那细作喘着粗气，说："有紧急情况，特来禀大人。"

"讲。"

"有大量西夏骑兵，从西边沿边界向这里进发。"

"有多少人？"

"具体数量不太清楚，但我曾夜窥其军营，旗戈如林，军帐蔽野，人喧马嘶，嘈杂如闹市，估计在十万众以上。"

沈括听了一惊："现在他们运动在何处？"

"已近泾河。"

"啊？"沈括又一惊，"这样大的一支军队行动，怎么没有听你们早报告？"

"禀大人，我们外出探查，主要集中在银州、宥州北面疆域，并没有想到夏兵会从西边沿边境线插过来，是我偶然绕道，才意外发现。而且昼伏夜行，行动诡秘，不知意欲何为。"

沈括说："情况紧急，赶紧随我一起到监军大营，禀报徐、李二大人。"

说着，沈括急忙叫部下备马，领着那细作，一路狂奔，赶到徐禧居住的计议边事所，看到徐禧、李舜举两人正在灯下对弈，不紧不慢，若无其事。沈括过去将他们的棋盘按住，说："打扰两位雅兴，要出大事了。"

徐禧问："怎么了？"

沈括说："看来梁太后施出一招怪棋，要打我们个措手不及。我们这一段，侦查防范都侧重于正面银州、宥州一带，而夏军忽然在泾河那边集结重兵，沿边界线潜行而来，按其方向，必是攻袭永乐城。我们必须马上准备应敌。"

不料徐禧听了并不惊讶，看了一眼李舜举，轻松地一笑："沈大人，这事我们已经知道了，我们已经接到七八封急报，而且知道，敌军数量达十万众，号称'铁鹞子军'。"

沈括惊讶道："那你们还这样悠闲？这铁鹞子军是西夏的精锐部队，快速、勇猛，如空中鹰鹞，故而得名。"

徐禧道："它鹞子再恶，也不过边地蛮夷的一只鸟而已，你沈大人也说过，敌之所长，不过野战，我今天有金城汤池，严阵以待，惧他何来？正好试一试我新城的坚固，天赐良机，叫我等建不朽之功业。"

沈括一听，完全是不知深浅、妄自尊大的呓语，越发不放心，说："监军主修的城池固然坚固，克敌的雄心也可嘉，气度也可羡，可是战场的形势千变万化，敌军虽系蛮夷，但多年进犯中原，兵法战策也学了不少，其智慧、英勇，均不可小觑。我今天是特来邀两位监军即刻起身，连夜奔赴永乐新城，一起部署御敌之策。"

徐禧说："不瞒大人，我们也准备在下完这盘棋之后，返回永乐，部署迎敌、退敌之策。我们早有谋划，只是考虑到沈大人年近半百，身体又劳累，这事就无须惊动大人了。"

沈括说："国家安危，生死攸关，还顾得上管什么年岁、身体些微小事。不管怎么说，前一段我毕竟和西夏兵交过手，也有些经验教训可以借鉴，我们一起登城商量应敌，可保永乐无虞。"

不料徐禧却显现出一脸的懊恼："大人的意思是，如果大人不亲自上阵，这永乐城就守不住？"

"两位监军的能力，当然无可怀疑，连圣上不是都嘉奖了？我还有什么说的……"

"既然如此，大人又何必受此劳顿呢？"

"我是说……多个人不多个商量吗？"

这时李舜举在旁边插话了："沈大人的意思，莫不是要和我们争功吗？"

沈括一愣："争功？"

李舜举："是啊！想当初要在永乐修城，沈大人和种谔两位百般诋毁，认为修不成，结果呢？没有沈大人的参与，我们两个不但修成了，而且受到了圣上的嘉奖，如今这城池到该派用场、建不朽功业的时候，沈大人又定要参加守城，说怕我们守不住，这不是想和我们争功，又是什么？"

到这个时候，沈括才明白，他们原来是这个意思。他不由得苦笑："敌重兵来犯，大战在即，我等只应当同心协力，拒敌守土，现在就想什么争功，不是太早了吗？"

"是啊！沈大人，"徐禧接过话头，话锋变得十分严厉，"所以我等应各守其责，别管那么多闲事。不论建城和守城，都是皇上交给我两人的重任，我们身为监军，自会尽心竭力，跟皇上有个交代。沈大人非军人，非属我等所监者也，大人是一方守土之官，同样我等也不受大人所监。所以我希望我们各司其职，大人还和过去一样，动员地方力量支援前线作战而已，至于打仗、攻防谋略，就不劳大人费心了，大人以为如何呀？"

沈括这才听明白他们的意思，顿时产生了一种厌恶感，如同当年对待吕惠卿一样，他最不能容忍的，就是一个士大夫在关系国家安危之际，把自己个人的名利地位先摆在前头，还没有建功，就想着争功，还要为了嫉贤妒能而搞小圈子，实乃小人心肠。但今天偏偏又是这样的人掌着钦差圣命的尚方宝剑，叫人有一肚子的焦急担忧，却又无可奈何。他压下内心的愤懑，也只好说："两位监军既然早有破敌妙计，社稷幸甚，国家幸甚，也自然用不着我多嘴多舌了。当此紧要关头，我只是希望两位尽快坐镇永乐城指挥应敌，在运筹帷幄之间，多听听前方两位将军的意见，他们毕竟都是军人世家，有许多实战经验是我等文官所欠缺的。"

徐禧冷笑说："不劳教诲！"

话说到此，沈括只好告辞出来。

不久前，两个"钦差"的到来，实际上剥夺了沈括在军事上的决策权，而这一次谈话，索性剥夺了沈括在军事对策上的参与权和话语权。这些权力，此时都集中到两个内官手里，这两个自己都承认只配在皇宫里扫地擦桌子，而此刻却头脑发热，自以为是到极点的人手里，永乐之战的命运，实际上在这一时刻已经决定了。

第二天，徐禧、李舜举自信满满地回到了永乐城。此时，城中聚集着高永亨、曲珍率领的将士共两万人，高、曲二人正在为几天来的敌情焦急万分，见他们来了，连说："你们可算来了。兵情紧急，正等着你们回来部署呢！"

徐禧矜持地说："慌什么？倒说你们是身经百战的大将，怎么也沉不住气？说，兵情怎么个紧急？"

高、曲就向他报告：几天来，派往各条路线侦查的细作送来的消息十余条，一致急报西夏大军正火速向这边开来，数量惊人，号称三十万，几乎是西夏的倾国之力。前进速度也极为惊人，两天前还在泾河，现已到达离此不过百里的地方，其奔袭的目的地看来也十分明确，正是新筑的永乐城。

徐禧、李舜举还没有听曲珍、高永亨把敌情讲完，又有一个细作来到大营禀报：西夏兵的前锋部队——号称"铁鹞子军"，已经到达无定河，正在组织渡河。

高、曲二人听了，又是一惊：永乐城前面的河道是直通无定河，那里到这里的路程不过几十里路，对于金戈铁马的西夏人来说，可以说是转瞬即至。

高永亨说："监军大人，事情很急了，这铁鹞子军是西夏的精锐部队，犹如我们汉代的虎贲军、唐代的玄甲军，乃是精心挑选的剽悍英武、骑射术高强的士兵组成，在平原上突击，几乎锐不可当。我建议立即派遣我们的一支轻骑部队，在其渡河的中间袭击它，在水中他们的优势发挥不出来，正好迎头一击，挫其锐气。"

曲珍也说："待其半渡而击之，这也是兵法上的一个常策，我愿率领我们精心训练出的选骑军执行这个任务，请监军下令。"

徐禧却摇头说："曲将军勇气可嘉，但这样孤军突击，仓促应敌，恐难取胜。这个所谓铁鹞子军，不过是大军之前锋，你就是将他打退，大部队在后面紧随着渡河，你一支小部队也挡不住。"

高永亨说："曲将军一马当先，我带领大队人马也会紧随其后，敌军人马再多，也得一个个渡河，我们守住河口，半渡而击，起码可以借地势之利，大大消耗他的战斗力。"

徐禧说："那就是要在无定河滩展开一场野战喽？连沈括沈大人都说过，野战绝非我大宋兵的强项，我们的强项在于坚城硬弩，把仗打在河滩里，我们未必能占到便宜，而我们精心修筑的永乐城一点也发挥不了作用，不是舍本求末了吗？"

曲珍问："那么依监军大人，这仗应该如何打呢？"

徐禧说："放他们过来，让他们攻，这正是你们为国建功立业的好机会。永乐外有天险，内有坚垒，储藏充沛，众志成城，我们的官兵依天险高城居高临下，以逸待劳，万箭齐发，不管它是铁鹞子铜鹞子，不都给射穿了？我以为这才是扬长避短、稳操胜券之策。"

高永亨轻蔑地一笑道："徐监军，兵法云：水无常形，兵无定势。夏军长野战、我军长守城并不是绝对的，关键是要掌握战争的主动权，明明临河阻击，敌人的长处发挥不出来，这有利的地点和时机不去打，偏偏要不战而退，缩到土城墙里被动挨打，万一敌军把城包围起来，城里粮绝箭尽，连水泉也没有，那时候还有什么胜算？"

徐禧正色道："高永亨，这已经是你第三次说到水的问题了，关于此事本监军早已说明，这河滩地下有的是水，又专门建了水寨，还有重兵保护水道，你怎么还一再这样说，是要惑乱军心吗？"

曲珍说："监军大人息怒，高将军所说，是个主动权的问题，怕陷入被动，并非单指水源一事。在下也以为，内线消极防守为下策，而在外线出击以攻为守为上策。"

徐禧说："兵法上说法多了，既可先发制人，也可后发制人，既可攻如猛虎，又可守如泰山，你怎么知道我的办法就一定被动啊？我记得还有这样一句话：王师不鼓不成列，现在敌强我弱之时，要以阵列取胜，更不能分散兵力，像你说的以什么小队奇袭，撒了胡椒面。"

李舜举这时插了嘴："二位将军，徐大人昨天夜里一宿没睡，已经有了全套的应敌方案，并且已通报圣上知道，你们就不要随便干扰他的思路了。"

一听这话，高永亨和曲珍互相看一看，竟无言答对。

曲珍叹了口气说："其实现在说都晚了，有这争论的工夫，那铁鹞子军早渡过河了……你只说吧，我们现在应该怎么办？"

徐禧胸有成竹地说："二位将军，你们只听我号令就是了。我们此番定能成就千秋不朽的功业。"

高永亨又看看曲珍，再不说话了，心想：口气不小，周郎妙计安天下，也许这徐禧真是周瑜式的一鸣惊天的高人？且看他如何动作。

于是，徐禧立马站在城楼上，开始排兵布阵，高、曲二将军也就听从他的命令，一顿调兵遣将。不是没有意见，而是时间已经不允许他们犹豫了，西夏兵已经渡过了无定河，到这里只有不到一个时辰的时间，只有先把阵列排列起来看。

可是当阵列全部按照徐禧的指挥排列完成之后，高永亨和曲珍立时觉得十分荒谬：除了在城墙上守卫的弓弩手和操纵守城器械、滚木礌石的人以外，徐禧把一万多士兵，呈伞形分布到永乐城外的四面八方，自称是运用了兵书上的"诸葛八卦阵"，士兵都是背对城墙持枪而立，分别组成"乾、坤、坎、离、震、巽、艮、兑"八种队形，还分为"生、死、休、杜、开、景、伤、惊"八门十二路，据说是穿插有度、变化无穷。徐禧自己坐在正门的城楼上，摇动一面杏黄旗，要求所有部队的攻守动作，都要跟着他的旗号来。

一看这架势，高永亨就骂上了："这叫干什么？过家家、做游戏呀？他坐在城楼上，叫看他的黄旗行动，可官兵们都是背朝城墙的，怎么能看得见？长着后眼呀？"

曲珍也说道:"这还在其次,士兵们都是背城而站,没有退路啊!万一守不住,要退回城去,那城又只有四个城门可出入,一万多人啊!那不是静等着互相踩踏、挤压,不给敌军杀死,自己就先叫踩死挤死,不打自乱了吗?"

高永亨对曲珍说:"这哪里是打仗?分明是害人嘛!这家伙不知从什么妖书上看的奇谈怪论,还自以为得计,以为靠这个能建功邀宠,这不是白日做梦吗?他自己不要命,合着拿咱们这些官兵的性命做陪葬?咱们可不能那么傻。"

曲珍说:"怎么办?我们去找他,力谏?"

"你不看那个油盐不进的鬼架势?和他白费那些唾沫?以我说,咱们得自己为弟兄们留后路。第一,得准备一支精兵突击队,万一阵列乱了,到前面厮杀一阵可以掩护官兵们撤离;第二,早早安排好往城门撤退的次序,到时候队伍不乱就可以避免踩踏事故。"

曲珍说:"你说得对,我们赶快先去安排!"

高永亨和曲珍这边安排自己的属下还没有完备,就听得西方远处,好似传来一阵奇异的响声,轰轰隆隆,如同敲鼓,又如同遥远的雷声,他们抬头望天,却没有看见一片云彩,没有云雨,怎么会有雷声呢?然而,那雷声却是越来越大、越来越近,连成了一片,如同滚滚车轮掠过大地,竟然引起了大地的震动。再一看西边,见一片黄色的烟尘飞扬起来,如同污浊的云朵翻滚升腾,顿时弥漫了半个天穹。这时候,曲珍才恍然大悟:"是马蹄声,是敌军杀过来了!"高永亨拔出剑来说:"什么都别管了,赶快上指挥台,准备迎敌!"

这边,士兵们早已被那震天动地的"雷声"震慑了,心里说:"哎呀!来了多少人马呀!声势这么大!"不少人的脸色大变,有些体弱的士兵已经下意识地发起抖来。

徐禧和李舜举站在高崖上的永乐城头,位置最高,所以远来的西夏兵的阵列他们最早看到,也看得最清楚:真叫戈旗如林,遮天蔽日,奔马如飞龙,盔甲如流星,汇成一片暗黑色的海潮,呼啸奔腾着漫过来。

初见这样的场面,徐、李两人不觉心惊肉跳,还是匆匆赶上指挥台来的曲珍、高永亨提醒他："监军大人，快放弩炮，压住阵脚，压住阵脚啊！"

徐禧这才稍安定了些，立即挥动杏黄旗。

顿时，安装在城头和阵列前端的火铳、弩车、抛石器一起发射，火药的爆炸声响起，飞射的石块、蘸了火油的弩箭像流星一样，划出巨大的弧线向宋兵和西夏兵之间的旷野倾泻过去。有一些冲在最前面的马匹、人员被箭弩射中，栽倒在地，其他的骑兵急忙后退，退到箭弩的射程以外。至于火铳火药的爆炸，在当时主要是造声势，起到心理威慑的作用，还没有什么杀伤力。不管怎么样，总算是暂时遏制住了西夏兵的突进。在当时的战术上，这就叫"压住了阵脚"。

看来，西夏兵那边也暂停了前进，停留在外面的河滩上，似乎在整理队伍，也好像在等待后续的部队赶到。

徐禧有些得意地说："怎么样，把他们势头压下去了吧？"

高永亨说："敌人只是稍作休整，马上就会组织进攻，万不可大意。"

徐禧说："曲将军，你不是说有精锐的羌人选骑兵吗？现在可以趁敌军立足未稳，从侧翼冲出去，杀他个措手不及。"

曲珍却犹豫了："监军大人，这个恐怕……"

徐禧说："你一个时辰前还说要杀出去立奇功，现在真叫你上阵，怎么又怯场了，难道是叶公好龙吗？"

高永亨说："监军，我看曲将军想得对，此时选骑兵不宜出战。"

徐禧问："为什么？"

高永亨说："此一时也彼一时也，兵法云出其不意、攻其不备，刚才如果趁敌人半渡而击，是出其不意，敌人又暂无后续支援，我方可获奇功；而现在敌军已经集结大军齐头并进，并且已经拉开阵势，准备决战，这个时候我再派小股队伍杀进去，如虎入狼群，空遭损失，无任何意义。"

"那照你的意思，他大军一到，我们就不能作战了？"

"不是不能战，是不可轻战、蛮战，因为现在双方是数万人对峙，牵一发而动全身，选择战机举足轻重。监军既然摆出了阵法，还没有摸清敌人是什么套路，我们该怎么对付他，就鲁莽出击，恐怕不但不能制敌，反而可能引起全局的被动，甚至崩溃。"

徐禧说："你说得就自相矛盾，趁其过河进攻就是出其不意，趁敌人立足未稳进攻就不是？我刚才已经看得清楚，敌军现在队列散乱，坐卧不齐，正在懈怠，《曹刿论战》云：敌旌旗乱藉，可一鼓而下。此时就是最好战机。我意已决，为挫敌锐气，曲将军必须要派你的选骑兵去骚扰一下。"

曲珍未答应，还在犹豫。

徐禧便发飙道："怎么，曲将军，你身为大将，军令在此，你敢抗命不遵，是想保存实力留一手吗？"

曲珍苦笑说："养兵千日，用在一时，我可以遵命，但是请监军保证，一旦打败了，敌军必然会趁势掩杀，监军大人要大开城门。"

徐禧："这什么意思？"

曲珍说："以你现在摆的阵势，官军皆背城而立，毫无退路，人人自危而没有士气，我叫你及早开城门，是要保证更多兵士安全撤进城来。"

"还未打就先言败，自找晦气。你放心，你只管杀敌建功，其余我自会安排。"临出门，徐禧又叮咛一句，"你们杀出去，一定要从我八卦阵中巽门杀出，景门杀回，方为大吉，如搞错了，我可不敢保证你的安全。"

"呸！该讲究的不讲究，不该讲究的乱讲究，这是打仗还是押宝？"高永亨在心里骂道，随即送出曲珍，与他低声说，"不可硬拼，一旦退却，你可走北门，我派人接应。"

城楼上，徐禧黄旗一举，鼓角齐鸣，曲珍带领那支沈括集中训练过的千人选骑兵杀了出去。

其实，西夏军的所谓"旌旗披靡、队列散乱、坐卧不齐"，并不是懈怠的表现，只是因为西夏党项人乃游牧人习惯，并不注重休憩时的队列，而徐禧布置的摇旗鼓噪、叫出征队伍绕什么"生门""巽门"，不啻是事先通知敌人早做防备。所以，曲珍的选骑兵一出去，就发现西夏人已纷纷上马，严阵以待，只听一声唿哨，一支铁骑风一样地卷过来，正是夏兵的铁鹞子军。双方在阵前交错，立即厮杀起来。

这铁鹞子军都选的是膀大腰圆的剽悍汉子，浑身铁甲，头盔遮挡颜面只剩双眼，个个手持弯刀，身材矫健，在马上冲锋躲闪、翻转腾挪都掉不下来，所以宋军的选骑兵虽然手持长枪，武艺也不弱，但厮杀起来并不占多少优势，好在沈括、种谔当初演习的"二龙出水"阵法森严，能互相照应，还能硬撑一阵子。一时各有伤亡，不分上下。

西夏军统帅看铁鹞子军一时不能取胜，立即再发出两队骑兵，从左右两翼发起增援，这一下，打乱了选骑兵的阵法，眼看着宋军的伤亡下马者立时多起来。曲珍看到寡不敌众，如此下去有全军覆没的危险，于是急吹号角，选骑兵立即变了"六出莲花阵"，聚拢人马，轮番掩护，绕行北门撤离。

此时永乐城头指挥台上，徐禧见况叹道："还说是精心训练的精锐，如此不堪一击。"

高永亨说："早想到的，再精锐的部队，也不能这样滥用，赶快鸣金，派左军接应退却，不然这一支有生力量就全葬送了。"

徐禧只好再次摇动黄旗，北门士兵一起鼓噪，万箭齐发，算是把曲珍及剩余的选骑兵接应入城。

但那夏兵因为这一小胜集体亢奋起来，其中军一声钲响，号角齐鸣，铁鹞子军趁着追击的势头直插宋军阵中，其余各路士兵一起汹涌而上，就势掩杀过来，一时杀声震天，宋军防不胜防，人仰马翻。

徐禧在城头发现自己害怕的场面终于出现了，急忙亲自摇动小黄旗，还想再次靠弩车、火箭、抛石器把阵脚压住。但是已经晚了，士兵们看见浑身铁甲的西夏兵如潮水一般涌过来，那铁鹞子军手上的弯刀起伏，闯入宋军的军阵，就如同进入瓜地砍西瓜一样，他们冲到哪里，哪里就鲜血飞溅、鬼哭狼嚎，急忙夺路而逃，哪里还有人会注意观看城楼的小黄旗！

徐禧和李舜举看到这个场面，没有人理会自己的号令，一时手足无措，不知怎么办了。

高永亨上去一把把他那小黄旗揪过来扔了，说："哪有你这样指挥战场的？赶快派传令兵去，叫开城门！"

"什么？"

"开城门！"

徐禧这才如梦初醒，急忙叫几个传令兵去。

永乐城的四面城门总算是开了，四面丧魂落魄的士兵纷纷拥进门，互相踩踏、挤压，有些人被活活踩死，到处都是哀号，但后来者无法理会，就被拥挤着的人潮簇拥着从他们的尸体上踏过去。

高永亨见徐禧还在发愣，就代他发令道："赶快！叫城楼上的护卒从马面发箭，防止敌军随着退却人群杀进城来！"

"是！"又一批传令兵出去。城下的秩序逐渐好了一些，但毕竟是一万多人呢，城门的拥挤踩踏还是频频出现。

徐禧神情安定了下来，仿佛为自己刚才的失态遮掩，无故对传令兵和前来领命的军官发脾气，叫他们坚决顶住。

这时高永亨建议道："监军，我有个建议：东门那边的将士可以不尽撤回城中，可以叫首领带一千精兵插到东边的高崖上，倚崖为寨，割据一时，一来可以减轻城门上的压力，二来可以与城堡互为犄角，彼此照应，使敌军的包围圈不能闭合。"

徐禧说："城中有城墙保护，那边是旷野孤崖，叫那些士兵去送死啊？"

高永亨说："那边虽然没有城堡，但有天险可依，往东边还靠着通往内地的道路，进退比这里容易。留此一隅，尚有周旋余地。如果兵马都撤进城堡，城中没有水泉，万一敌军断我水路，我们渴也得渴死。"

徐禧一听就又火了："高永亨，你一而再再而三地说城中水源的问题，我早已说了，本监军早有预防，你还是咬着不放。要知道，现在大军正在撤向城中，士兵也正在惶惶之际，你这个时候说城中无水，是惑乱军心知道吗？"

"城中无水是实际情况，说与不说，都是这样。"

"你还说，还说，这就是惑乱军心，来人啊！把姓高的给我抓起来！"

便有几个执戟郎卫士上来，就要绑高永亨。

幸亏早撤回来的大将曲珍赶到，替他说情道："监军大人，战事紧急，临阵夺将等于自断手足，还请大人斟酌！"

徐禧这才不说此事。高永亨"哼"了一声，看看曲珍的眼色，也便不与他计较。

这时候各路军马禀报，守城的将士已经全部撤回城中，经清点，刚才这一片混乱之中，被敌军砍死砍伤，加上因拥挤、踩踏而伤亡的，减员超过三千多，撤回城中的有七千余，加上城墙上守城未动的士兵，城中共有官兵一万二千余名。

城外，号称三十万、其实只有十万余众的西夏兵，密密实实地包围了永乐城，就这样，也是城中兵马的八倍。此时，天色已黑，双方停止了接触，各自宿营。徐禧从城楼上向城下一望，只见敌人营帐间的篝火闪烁连绵，竟至漫山遍野、一望无际，心中不由得生惧，此时才知道：战场非书房，方寸间都是要流血殒命的。自忖今天初战就不利，还没有正式交战，就自损了三成兵力，够栽面儿的。但是回头看一看自己的城垒，在月光下参差错落，也还雄伟，相信自己亲自督建的这个城池还是坚固的。现在城中粮食储备充足，守城武器装备齐全，固守待援，西夏人恐怕一时半会儿还不能怎么样，他又找回了一点自信。

此刻，在永乐城内的营房里，高永亨和曲珍也在议论今天的战事。

曲珍说："今天的仗打得真叫窝囊，节节败退还损伤了那么多人马。"

高永亨叹口气："唉，跟着这么个鸟主事，能不吃亏吗？"

"不怕他不懂打仗，怕的是他不懂装懂，还不听人劝。当初我们和沈大人一起出征是什么感觉？不管怎么他尊重你，和你商量，群策群力，所以就老打胜仗。这位可好，分明自己一肚子糠皮，尽是馊主意，还要耍威风，叫花子踢飞脚，穷横穷横的！"

"是啊！今天要不是你拦得快，就把我下牢里去了。这下好了，威风要大了，把这么多人要到这土圈子里动不了。岌岌可危、朝不保夕啊！"

"高将军，你别说，这么一弄，咱还真顾不上和他斗气了。他再怎么无能狂妄，一根绳上拴着的蚂蚱，生死也得一块儿蹦跶了。"

高永亨说："这真应了沈大人的话，永乐城也不是他徐禧、李舜举的，我们守的是大宋的疆土，事到如今，你我只有尽心竭力去辅助他们，不说什么精忠报国吧，只有保住了城池，也才能保住我们自己的身家性命。"

第二天一大早，西夏人就开始攻城。西夏人野战冲击力量强，攻城却缺乏新意，也无非是射箭、抛石掩护、云梯、绞车登城这一套，这永乐城虽然是徐禧督造，但是建造的方案是沈括设计的。沈括从自己对古城堡的研究经验里，采取了比较合理的结构，分六寨六堡，分别划分了城垒、武备、给养、取水、营房、羊马各区，环环相扣，道路通达，都是为了易守难攻。现在实战一开始，它的合理性体现出来了。守城的士兵又都是过去经过种谔、曲珍、高永亨系统训练的，隐蔽和进攻张弛有度，射箭、抛石、放滚木礌石都按部就班，所以，西夏兵进攻了整整一天，平添了一些伤亡，并没有取得什么进展。只是后续的西夏部队赶到了，扩大了包围圈，将永乐城的周边包围得更加严密，层层叠叠，覆盖十余里，几乎是一只飞鸟都难以飞出去。

第三天，都快到晌午了，西夏军还没有发起进攻，甚至连小股人马的骚扰也没有看到，对面的营垒一片死寂。

城楼上的徐禧又有了几分侥幸："他们攻不上来，索性放弃了？"

高永亨说："这不是什么好事，围而不攻，以静制动，这是军事上避免损失、寻找战机常用的办法，他们在外面，给养、武备可以随时补充，拖得起，而我们的贮备毕竟有限，拖不起。"

曲珍说："西夏人十多万人驻扎着，给养压力也不小，他们也希望速战速决。我总觉得，今天这气氛过于平静，里面肯定有名堂，他们也许改变了策略，在策划什么大动作？"

到了下午未时，事情忽然明朗化了，永乐城东部一隅突然告急，西夏人忽然集中了大量兵力和武器对六堡六寨中的两个堡寨发起了猛烈进攻。这两个堡寨一个是水寨，一个是羊马寨。

所谓水寨，是沈括当初想到了高崖城堡可能发生的吃水困难，专为取水修筑的附属堡寨，里面挖了两口水井，还安放了五十口大缸，专门储存驻军的用水。还修有上到主城、下到河滩的甬道，以保证向主城运水的需要，在需要的时候，士兵还可以直接下到河滩掘土取水。在水寨外围，专门设置了防护的堡垒，并驻有一支负责给水运水和保护水源的队伍，徐禧说的"早已有预防"就是指的这些措施。

所谓羊马寨是当时几乎所有驻军的城堡都要修筑的附属堡寨，顾名思义，这样的城堡中是专门饲养马和羊群的。马就是战马，羊群则是从百姓那里征来专门供士兵食用的。

显然，西夏兵改变战术，忽然放弃对主城堡的进攻，转而向这两个附属的堡寨发起进攻，目的就是想要切断主城堡的供水和给养系统，使主城堡的守军因为没有水和给养不战自乱。

高永亨叹道："怕什么来什么，看来西夏军中也不乏高参，就冲着我们的要害处下手。此招非常毒辣，两位监军大人，我们必须全力保住这两个堡寨和给水通道，否则后果不堪设想。"

此时徐禧也意识到了事情的严重，马上调动重兵登上临近的堡垒，集中强弓劲弩，阻止敌军的进攻，同时调动精锐兵马从东门出击，增援两分寨，守护给水通道。

永乐城的六堡六寨是相通的，但因为水寨里有水井，所以位置靠下，接近河滩，羊马寨也要饮水，所以也靠下，他们与主城堡之间，有一个甬道相连，这甬道有高墙围护，可以说是城中将士的生命线。西夏人显然早已通过细作对城堡内部的构造打探得清清楚楚，所以今天的进攻目标首先就对准了甬道的位置，派重兵连续不断地冲击，用弓箭和抛石器掩护，架起云梯，试图翻过这一角城墙，控制这个甬道，等于掐断城堡的咽喉。

宋军完全明白夏军的意图，自然要拼死守卫甬道，双方都动用了最厉害的武器和最精锐的人马，战斗从一开始就打得非常惨烈：双方的箭矢像蝗虫漫天飞舞，攻城的夏兵像绿色蚂蚁往城上攀爬，城上的滚木礌石带着骇人的声响落下，士兵的哀号声淹没在震耳欲聋的战鼓、号角和呐喊声中，到处刀光闪闪、血光迸射，不断地有人从高高的云梯上坠落，整个场面如同炼狱。

渐渐地，宋军的势头显出了衰靡，这是它的地势格局决定的，因为水寨位置在东南一隅，兵力只能从两边城墙上调动；防护工事上的面积有限，容不下太多的人，又只能从一面进攻。而西夏兵却是三面包围，可以从三个方向发起攻势，宋军渐渐有些接应不及。

这个时候，徐禧才想起了前天晚上高永亨的建议，确实是行家之言，如果当初在对面高崖上留下一支队伍，使敌军的包围圈不能闭合，此时又可以从对面配合牵制，那保住水道毫无问题。

徐禧刚说了这个意思，高永亨却白了他一眼："现在说这个话还有什么用？当务之急是保住城垒，把敌人进军的势头压下去！"

徐禧说："我们三面受敌，力不从心，滚木礌石也快要用尽，怎么办？"

高永亨想想说："看来箭矢弩车都不够用，我看库房里还存有大量的石油，是沈大人当年大量购买的。"

"用过了呀，我叫弓弩手将箭头上蘸了石油射过去不大管事呀！"

高永亨说："抬油罐出去，直接用火攻！"

他马上指挥着士兵把装满石油的陶罐抬到防线上，直接往城下泼，石油淋到了敌军的云梯、士兵的头盔、铠甲上，夏兵看到那黑绿色的黏稠液体粘到身上，甩也甩不开，抹也抹不去，正琢磨这是什么东西，宋军又射过火箭来，"轰"的一声点着了，顿时那粘上了黑油的铠甲、云梯燃起大火。这火烧得邪性，用水都泼不灭，在地下打滚也压不灭，反而挨到哪里哪里着火，有的士兵因为粘的油多而立时烧成了一个火人，一边惨叫一边打滚，别人上前救助，不但救不了，反倒连自己身上也起了火。顿时，城下烧成了一片火海。夏军进攻的势头在一片鬼哭狼嚎中被压制住了。

指挥台上，徐禧、高永亨和曲珍也稍稍松了一口气。

然而谁也没有料到，就在这个时候，突然"轰隆"一声巨响，一阵尘土飞扬，直冲天际，烟尘散去之后，他们惊讶地发现，保护甬道的西面高墙，忽然倒塌了两丈多宽的一片，形成了一个大缺口。原来，趁西夏人和宋兵在东南角城墙鏖战的时候，西夏人"声东击西"，组织了三十个壮汉，抬着直径三尺的大树干在撞击西面的土墙。按说，汉人筑城用的是传统的夯土版筑方法，如果干透就会和地面土崖长成一体，是不容易被撞塌的，但是毕竟永乐城是新筑的城，夯土还没有全凝固，硬度有些不均匀，西夏人就是抓住了这个弱点，用大树干反复撞击，终于使这里的墙体倒塌了一大片。

没等宋军做出反应，西夏军就一拥而入，占据了三百尺甬道的大部分空间，也就是说，把那一条运水的生命通道完全切断。

因为从甬道里可以直接进入水寨，城东南隅的顽抗变得毫无意义，相反，如果不赶紧回防甬道口，西夏兵还可能就势冲进主城堡的大门，造成全盘失守。

在这种情况下，宋军不得不命令守军撤退，退守主城堡。这就意味着六寨六堡中已经丢去了两寨两堡。更重要的是，原先最担心的情况发生了，宋军的水道被西夏军切断，宋军一万守军被包围在没有水泉的高崖城堡之中。

"怎么办？怎么办？"徐禧也认识到了目前危机的严酷性，在地下直打转转。

高永亨懊恼地说："请大人下令，立即清点城中所有的存水，然后收缴所有人个人的存水皮囊、壶具，统一调配使用每一斛水。向士兵发出严令：私藏饮水者斩，盗取、争夺饮水者斩，因饮水问题而散布谣言、蛊惑军心者斩。有设法搞到饮水者授功重奖。"

"还有呢？"

"那就是固守待援了。"

"待援，可是我们现在连要求援助的信使都派不出去，敌军把城围得水泄不通，几次派出的信使都被杀了。"

"我们目前的处境，恐怕沈大人和种将军能够料到，但是就怕他们知道了也无兵可派，就是派来了，恐怕也难以冲破这三十万人的包围圈。"

指挥部里一片默然。

其实他们不知道，此时沈括已经亲自领军增援过一次永乐城，只是受到了西夏人的中途阻击，并受到了重创。

自从沈括和徐禧进行了那一次不投机的对话，沈括便十分担心永乐城的命运了，遂派出细作严密监视，但他怎么也没有想到，永乐城的防守会这样蹩脚，仅仅一天，就让人家围成一个铁桶。得到这个消息，他除了马上给皇帝写了急报快马送往京城外，立即到米脂去找种谔，到了种府门口他才知道，种谔背上的疽痈症复发，闭门谢客。

沈括对门子说："别的客可以不见，今天我来找他是生死大事，非见不可。"

门子碍于他的身份，只好把他领进内屋。沈括进去，看到种谔果然在床上躺着，他府上的医师正在给他脊背上的伤口换药，他龇牙咧嘴地忍着疼痛。

见他进来，种谔说："沈大人，小将痼疾在身，不能尽礼，请海涵。"

沈括顾不上寒暄，就说："事情紧急，我也不能顾及你的病体如何了。"接着，就把他所探得的永乐城被围的情况讲了一遍。

种谔听了，叹道："我早看着那两个小子不地道，那城在他们手里能有好？"

沈括说："将军，这事情可不是咱们光说说风凉话就能了结的，你我是鄜延路正副安抚使，永乐城要有失，朝廷会拿我们问责的。"

"那是，不管我们说话中用不中用，问起责任来上面不会留情。"种谔说，"永乐城不是他姓徐的，被围的是我们大宋的官兵，守土之臣，必得尽力去救援，这个道理我懂。只是我这两天疽痈突发，疼痛得连地都下不了，怎么上马领兵？"

沈括说："皇帝也不使唤病人，这次救援不须将军亲去，只要将军将兵符帅印交付给我，我领军马去救援。"

"这个好说。只是我手下的精锐已经托付给了曲珍带进了永乐，剩下的只有八千老弱，由你调遣。"

"米脂城也是我们新夺的地盘，也不得不防，我带五千人驰援，留三千人守城，留守的事就得烦种将军带病照应了。"

"遵命。"

就这样,沈括从米脂军营中点起了五千兵马,立即急行直奔永乐。

事实从反面印证了当初徐禧的话,永乐城深入敌境太远,从米脂到那里的道路崎岖艰险,几处险关隘口堪称天险。西夏军也不是傻子,他们料定永乐被围之后,宋军肯定要来增援,于是利用这些天险设下埋伏,所以沈括还没有走出多远就受到阻击。沈括救援心切,没有防备,西夏的马队一下子冲出来横冲直撞,手下的人马被砍伤了数十人,好在他及时发觉,赶紧收缩退避,避免了更大的伤亡。

在一个山顶的破庙里,沈括重新清点了人马,暂且宿营,准备在次日继续行程。是夜,沈括从山顶俯视西北方,看到西夏人的营帐篝火连绵,漫山遍野,覆盖十余里,揣摩着,自己的队伍怎么才能穿越这虎狼营垒,又怎么能和城中的宋军联系上,接应他们杀出。熬了半夜,没有想出名堂。

揣摩之间,沈括忽然意识到,自己现在的处境,和当初他与种谔围攻米脂城的态势十分相像,当初为了避免损失,采取了围点打援的策略,在敌军必经之路打了埋伏,才迫使米脂守将不战而降。今天,西夏兵也采取了同样的策略,也是围点打援,不过今天挨打的是自己。这真叫"以其人之道还治其人之身",轮回报应,难怪自己今天的战斗要吃亏呢。看来,现在的形势,要想援救成功,必须使自己的行踪出乎敌人的预料之外,那唯一的方法,就是避开大道,也就是不走敌军能预料到的援救之路,另辟一条小道接近永乐。对!于是,沈括趁着夜色,从敌营篝火比较稀疏的地方观察,估计那是沟壑较深、山势更险峻的地方,那里敌人的防守也许会松弛些,我带领队伍从这些地方穿插过去,也许能出奇制胜?

沈括知道,如果在大白天,敌人视野开阔,这些地方即使隐蔽,要在连绵的敌营中间开过数千人的队伍也难免会被发现。于是,他决定昼伏夜行,白天在比较曲折的沟壑和植被茂密的山野里隐蔽,天一擦黑便出发行军,专门躲着敌营的篝火和人声嘈杂的地方走。

开始,这一招是有效的。沈括带的援军成功地绕过了敌人设伏的几处隘口险关，深入到距离永乐城只有十多里的地方。只是这一绕，路程加长，躲躲闪闪的速度又慢，耗费了两天的时间。

在这两天中，永乐城里的情况进一步恶化。

自从西夏军占领水寨和羊马寨，城里所有的存水被指挥部集中起来，统一调配。因为当时各个寨子的储水器具，只有厨房里的小水缸和个人身上携带的装水皮囊，总共也没有多少，要讲给养，转运使李稷运进来的战备物资里有不少粮食，但是在没有水的情况下，如何吃下去这些粮食都成了问题。毕竟城中有一万二千多人，每人分一杯水也得好几大缸。仅仅一天半，城中的现有存水就已经全部用完。有个别的小队中，发生了为争水、抢水而引起的争斗，长官下狠心斩了这几个士兵的首级以正军令，但因为干渴难忍而引起的惶惶不安，却笼罩着城中每个角落。

指挥部里，曲珍说："照这样再撑几天，就算渴不死，也没有什么战斗力了。"

徐禧问："那怎么办？你们说还有什么办法？"

高永亨说："我看也只有两个办法：一个是叫弟兄们就地掘井，看看能不能挖出点水来；再不行，也就只有不惜代价冒险夺回水寨，从原来那两个井里取水，或者下到河滩里挖水。"

第二天早上，在每个城寨的院子里，都开始了挖土掘井，满嘴干裂的士兵哪怕是能看到几分湿土，也想舔一舔，也觉得兴奋，所以干起来争先恐后。但是结果却是失望，一直挖下去三四丈深，一点水星也没有见到。

一个当地的士兵说："白搭，我们这里的村子里打井，挖几十丈，也是十井九空。"

没有办法，只有冒死夺回水寨了，现在明明知道，甬道口驻扎着西夏军最精锐的部队铁鹞子军，这些人杀人不眨眼，极其彪勇残忍，这个时候硬冲出去取水必是九死一生，但是为了保全全军的生存，再巨大的牺牲也得付出。

这天晚上，也就是永乐城被围的第四天晚上，曲珍和高永亨精心策划了一场惊心动魄的夺水之战。

他们在白天做好了一切准备，在三更漏尽，看到城东门外面的西夏军已经入睡懈怠的时候，士兵忽然打开东城门，由一百名浑身披着重甲、手持长矛的猛士开路，城头数百弓弩手射箭掩护，保护着四十个手拿水罐的取水人员，冲过甬道进入水寨。他们的目的很明确，如果能把把守甬道的敌军驱逐出去，后继士兵就堵住外墙缺口，重新夺回水寨；如果敌人过于强悍没有被打垮，就至少要保证在激烈的搏斗中能争取到时间，叫取水的人员能从水寨里抢到一批水再撤回。

现在，城门打开了，掩护的人员也冲出来了，保护着取水人员穿过了甬道，进入水寨，却没有想到，遇上了极其顽强的反击。西夏人保持着游牧民族的习惯，夜晚即使是睡觉也是刀不离身的。而且铁鹞子军配备有头胸一体的铁甲，穿戴起来极为迅速，一套即可，又人手一副藤甲的盾牌，所以宋军的长矛突袭基本上没有展示出什么威慑力，这些兵从营房里，一跃而起，立时和冲进来的宋军展开了肉搏。火光中，到处闪烁着弯刀的银光，充斥着急促的喘气声和刀刃砍在铁甲和藤甲上发出的"噗噗""叮当"的响声。

四十个取水的人在这血与火的掩护下，迅速地插入了水寨，来到他们过去取水的两口井前，熟练地放下井绳、水桶，想在最短的时间内把携带的水罐灌满。

但是，又一个意想不到的情况发生了，他们发现，那井底下是干涸的，竟然一滴水也没有。

怎么回事？领队的后勤官激烈地思考：早五六天他们还在这井里汲水，怎么现在会这样？

顾不得思考，他连忙下令："从甬道下河取水！长矛队，掩护！"

立时，又是一拨五十来个持长矛披重甲的士兵冲上前，与水寨外的西夏守护兵搏斗在一起，掩护着取水者冲下河滩。他们立即舞动随身带的小铁锹，拼命地挖沙，后勤官清楚地记得：就在十几天前，这里的河滩下面挖二尺就有水。

可是今天，挖下去都三尺有余了，仍然是干干的沙子。

后勤官当时眼泪就涌出来了，仰天号道："天啊！这是要绝我一万大宋兵的最后一点生路吗？"

这时候，周围的形势大变了，西夏兵发觉了他们的行动，以为他们要从这里突围，立即组织起人马向这里聚拢围歼，眼看着四面的火把汇成火流向这里聚拢，挥舞着弯刀的西夏人疯狂地呐喊着："杀呀！不能叫南蛮子跑一个呀！"声音震天，叫人心惊胆战。

城楼上也响起了锣声，是永乐指挥部看到复寨无望，召唤他们回去了。

于是后勤官叫声"撤"，宋兵保护着取水人员依旧从原路撤回去。

在付出了二十多个勇士的生命之后，宋营的人算是大部分撤回了城里，但是一无所获，他们手中一滴水也没有取回，这次行动遭到了彻底的失败。

"为什么会这样呢？"徐禧问。满脸沮丧的高永亨和曲珍没有回答，但他们心里都记得沈括曾经的告诫："这种季节河的水，不是从上面刮走，就是从沙底下漏掉，一点存不下。"可谁能想到会干得这么快呢？

绝望的空气，在永乐城里更加浓重了。

其实，就在城里宋军发动抢水之战奋力搏杀的时候，沈括领着他四千人的援军正在附近的一座高崖上。

沈括知道，以自己带领的这小小队伍，在数十万敌军的包围之中，是绝对不能主动挑战的，一旦被发现，西夏人的马蹄足以在瞬间把他们踩成肉泥，真正的援救，只有依靠朝廷在闻讯之后从周边紧急调集大量的野战部队来解围，自己所能起到的作用，只是在关键的时刻，对城中军队有所配合和帮助。因此，他一路销声绝迹，秘密潜行。

然而就在刚才，他正在黑暗中登高窥测，想着怎样与城中的自己人联系，却忽然看到了东门甬道前的动静。这一瞬间，他没有想到这会是一场为抢水的生命之战，只以为他们是准备乘夜色从这里突围。既然是这样，自己的这支队伍必须竭尽全力发起增援，这也许会起到举足轻重的作用。

战机不可失，沈括马上带领自己的人马潜行到河沟，把首领叫到身边做了简单部署，要他们在发现第一批宋军官兵冲出寨门时，立即冲上去阻击西夏军的后路，为他们扫清障碍，引导他们转入比较容易跳出埋伏圈的峡谷通道。

这支援助队伍虽然年龄偏大，但是在沈括的一路动员之下，斗志还是有的，他们左右分成两翼，埋伏在水寨寨门附近，摩拳擦掌，准备战斗。

但是他们看到，发生在东门甬道和水寨间的战斗，并没有显现出突围的迹象，宋军在一番拼搏之后，又鸣金收兵，收缩回城里。相反，这一番响动倒招惹了周边密麻麻的西夏兵营垒，数以万计的西夏兵如骚动的蚂蚁窝被扰动，高举着火把，挥动着弯刀，从四面八方冲过来。

在明晃晃如白昼的火炬光下，隐蔽在城垣角落的沈括的援军被发现了。在自己包围圈的腹心之地居然发现了宋军，这大出西夏军的意外，他们甚至怀疑这是真的，疑心是碰上了自己国家里陌生部落的兵，一时表现出犹豫。

沈括深知此时此境的危险，既然配合突围的任务不存在了，他必须抓住敌人犹豫的空当，赶紧带领这支人马逃出这是非之地。他立即下令：较为年轻力壮的左翼兵马押后掩护，其余人迅速插入事先看好的撤退路线，赶紧撤离。

西夏人终于意识到他们可能是宋营派来的援兵，在后面一路追赶，偶然有接触厮杀。但毕竟是黑夜，打着打着，离开了城圈的核心位置，灯火就变得稀疏了。沈括他们选择的又是一条比较曲折深邃的沟壑，转几个弯，敌军就失去了目标。

一个时辰以后，沈括的援军终于摆脱了追击。清点一下人数，除了伤亡和掉队、失散的，原来的四千人已经剩下了三千二百多人。

第二次的增援行动又失败了。

此时天已微明，沈括仔细辨认，认出这里离收复的银州城不远，就带着这支队伍进入银州休整。

银州镇军兵马总管接待了他们。休息、吃饭以后，沈括仍旧不甘心，又传令附近宥州、夏州的驻军各抽两千人马，加上原来米脂的兵，凑够了一万军队，想再次援救永乐城。此时已经是被围的第五天，他知道，推延的时间越长，被围士兵的处境越艰难。

这一次，他准备从敌人后方、西夏军开来的方向发兵，沿无定河河沟向东，直插永乐城下，这一招肯定是敌军想不到的。趁夜晚发起突然进攻，以一万人的兵力攻其一翼，辅助城中部队突围，只要动作迅速，还是有一定胜算的。

正在沈括即将下令出发的时候，忽然一匹插着黄旗的快马载着一个信使冲进了他的营寨。他一看就明白：这是他发去的紧急战报有回音了，里面定有朝廷的对策。

沈括迫不及待地打开火漆泥封，果然是神宗皇帝给他发来的亲笔诏书，意思是：永乐城之围，已经诏命李宪、张世矩分别率领熙河军、河东军火速发兵二十万救援。昨日又得急报，西夏军又派八万兵马西行，试图夺我绥德城，绥德城系我西陲门户，失绥德则延州危矣。宁失永乐，不能失绥德，着令沈括带属下兵马，即赴绥德布防据守，速速。

沈括看了诏书，沉默了许久，他知道永乐城的情况危急，李宪、张世矩的援军即使已经出发，昼夜兼程，也怕有些赶不及，但是，以实力说，恐怕也只有这么多的兵力赶到，才能遏制西夏人的攻势。不管怎样，永乐城包括银州、米脂都是这次北征新获得的土地，即使丢失，还可以再夺，而绥德却是宋朝本土城市，要从这里打开缺口危及延州，宋朝的损失可能就无法弥补，所以皇帝的这个决策是对的。

皇命就是天命，他这个做臣子的只有服从的义务，没有抗拒的权利。沈括只好把这几天来的牵挂丢在一边，带领着刚凑集起来的兵马开向绥德。

到了绥德，才知道确有敌军八万人正前进在奔袭绥德的路上。沈括急忙调动当地驻军、民兵，马上组织城防调动，待这八万敌军到达的时候，绥德已经壁垒森严、众志成城，敌军看早有防备、无懈可击，只好退走。

紧接着，皇帝大概已经知道，李宪、张世矩的援军在路上也受到西夏人猛烈阻击，无法救援，又发一道紧急诏文给沈括，叫他马上派人传信给西夏人，说明只要他们退兵，永乐这一带的土地可以归还西夏。

沈括派出信使，把这个意愿写成文书给西夏人送去。但是西夏人大约看见永乐城已经是他们唾手可得的囊中之物，宋朝皇帝的承诺意义不大，所以压根儿就没有理睬。

此时已经是永乐围城的第六天，城中缺水的情况已经到了危及生命的地步，数十人渴死。城中所有的树叶、草根，但凡有一点带水气的东西，已经被人采食一空；甚至地下、树上的甲虫、蚯蚓、蚂蚁也被人捕杀殆尽，人们从它们的细小躯体里拧榨出液汁，不管是否有毒，不管味道多么刺鼻，都统统吮吸干净。偶尔有人抓到一只地鼠，众人哄上去吸吮到它的血，就已经是相当奢侈的享受了。开始，负责饲养战马的士兵还能够饮到马尿解渴，这居然成了士兵们嫉妒、争抢的对象，可是后来，马因为喝不到水，连尿也尿不出来了。

为了维持指挥部的运转和官兵的生命，曲珍只好允许宰杀战马，靠分饮马血来苟延残喘，一匹马的血全部空出来才不过两盆，而城中喘气的还有一万多士兵张着开裂的嘴唇要水喝，实在是杯水车薪。本来，大部分的战马已经在羊马寨损失掉，城中只有因作战而撤回来的五十余匹战马，此令一发，那五十多匹战马在一天内全部被杀掉，甚至还发生了为争一口马血而拔刀相向的事情。

在这种情况下，曲珍感到这样的局面实在难以维持下去了，一两天内就会彻底崩溃，找到徐禧说："大人，趁着有这点马血撑着，将士们兵气未竭，赶快组织最后的突围吧！"

徐禧说："大家身体这样弱，四面十里都是夏兵包围，冲出去如羊入狼群，还有活路吗？"

曲珍说："城北门出去高崖耸立，道路崎岖，不利西夏兵驰马，是敌人力量相对薄弱的方向。你可以打开仓库，将储存的那些金银布帛做诱饵，激励那些敢于卖命冒险的勇士打前锋，破北门而出，告诉他们情况紧急，各奔生路去吧。众人必倾巢而出，拼死搏杀，能冲出去多少算多少，总比拖到最后走不动、战不动了，叫西夏兵随意屠戮的好！"

徐禧忧虑地说："永乐城是皇帝交给我们镇守的重要边镇，我们说放弃就放弃了，就算能突出去，怎么向皇上交代呢？再说那些金银是国库财产，我们如何有权擅自发放？我们身为将帅，敌军尚未进来就弃城而逃，人们会说我们怕死、怯阵的。"

曲珍说："军人死于战场，正是归宿，何惧之有？但是，如果我们连钦差带谋臣都被敌军抓去任加蹂躏，这对国家来说不也同样是蒙羞吗？大人，古语说：当断不断，必受其乱。现在我们的士兵尚有搏战之力，一旦连这点力气也没有了，那就只有被杀受辱的份儿了。"

徐禧犹豫了半天，还是说："要不，我们再坚持一下，或者援军明天就会到呢？"

曲珍懊恼地把他的话转述给高永亨，骂道："真是竖子不足与谋，都到这时候还心存侥幸。"

高永亨叹道："跟着这样的首领，咱们这些人的一把骨头，都不知道要抛撒到哪里去。"

人们常形容某些英才的气质是"静若处子，动如脱兔"，其实是很有道理的。真正有才学、有能力的人因其内心博大，在平时的日子里往往显得谦和、低调、少言寡语，而到了非凡的关键时刻，他又表现出冷静、魄力、果断、敢作敢为的英豪风度。而徐禧这个人恰恰相反，在平常的日子里，他只怕别人小瞧他，表现出一副飞扬跋扈、得志便猖狂的样子，可是真正到了危机的关键时刻，他却丧魂落魄、优柔寡断，一副窝囊样。他不知道，就是他这一犹豫，把永乐城的一万多宋兵，送上了万劫不复之地。

围城第七天的早上，也就是元丰五年（1082）九月十四日的早晨，当守城的士兵从噩梦中醒来，抿一抿干裂的嘴唇，准备继续挨过他们每一寸难熬的时光的时候，面前却出现了一个意外的景象，他们发现：天阴了，整个天空笼罩了一层暗灰色的乌云，而且那云层越来越浓重了。

"怎么？看这意思，要下雨呀？"

"老天爷啊！真要是这样，那可真是天不灭宋，教我们绝处逢生啊！"

"佛爷保佑！快下雨吧！那可是大慈大悲的无上功德呀！……"

这些议论，像一股清爽的空气吹遍了永乐城里的每一个营寨，宋营里的每一个人都把这当作最大的喜讯奔走相告，仰望天空，不断地在心头祷告：千万不要起风，把这些乌云吹散，千万不要赶走云不下雨闹场空欢喜，雷公、电母、云婆婆，行行好，赐给我们一点救命的甘霖吧！

好像上天真的垂顾了这些无望的生民，到了卯时，天空真的飘下了雨点，开始只是零零星星，随着越来越大，越来越密，最后变成了一场真正的瓢泼大雨。宋营里的人一时都乐疯了，人们纷纷拿出了盆子、碗、罐子、头盔接在屋檐下、支在院子里，接到雨水也不管有没有泥土，一阵狂饮；还把水浇在头上、泼在身上，在院子里奔跑跳跃，没有感到浑身湿透，只觉得无比的清爽。有人用铁锹在当院里挖了沟，挖了坑，把雨水引进去，甚至引进营帐里，只怕这一场急雨过后，老天又恢复了吝啬，重新回到滴水如金的悲惨日子。

宋营指挥部里，空气也立时变得松弛了一些，徐禧甚至有些为昨天否决了曲珍的突围计划有些得意，他对曲珍说："怎么样？我说再坚持两天可能有转机，你看，叫我说准了吧？"

整个永乐城的宋军都在为天降甘霖而欢呼雀跃，把这天视为重生的一天，然而他们没有想到，这天又是他们覆灭的日子。

原来，就在天刚刚开始下雨的时候，西夏的首领立即意识到，这场雨可能会迅速瓦解掉他们几日来围困宋军造成的"瓮中捉鳖"态势，会使把宋军逼上绝境的一切努力付诸东流，太可惜了。怎么办？西夏人立即冒雨召集各部首领在人营开会，协商的结论只有一句话：马上把已经在嘴边的这块肉吃掉，立即冒雨发起对永乐城的总攻，在降雨停止之前就彻底歼灭城中的所有抵抗者。

党项人的队伍是以部落为单位，发起一项进攻非常迅速，只要部落首领披上盔甲、跨上战马往前一冲，其他的人跨马跟上，进攻就开始了。所以，正当宋军还在为有了水而欢呼雀跃的时候，西夏人的战马已经汇聚到了城下，射出了新的一轮箭矢。

警报的号声响起，宋营指挥部马上指挥应战，叫官兵登城防守。他们很快发现，防守的战斗已经不能像前一段那样得心应手了：首先是大雨中无法用火攻，所有的引火设备全被打湿；再则城头的滚木礌石，经过七天来的消耗已经基本用完了；最主要的是士兵们经过了这几天的干渴折磨，没有水，饭也吃不进多少去，人人的身体都是虚的，虽然刚才喝到了一些水，但体力却一下子补不起来，有的人连弓也拉不满，有的人只攀爬了上城楼的几层台阶就喘成一团，人人感觉到身子是飘的，走起路来像踩着棉花，在这种状态下，怎么和冲上城楼的西夏兵肉搏？

西夏兵可不一样，他们有草原上带来的肥牛、肥羊肉吃着，从无定河用水车拉的水喝着，几天来在营帐里喝酒、歌舞，养精蓄锐，人人充满了嗜杀的征服欲。他们的军师这几天也没有闲着，因为有前次攻水寨的经验，发现可以用众人抬着的大树干擂倒土城墙，于是他们这次就预备了十几根这样的大树干，每根树干配备了二十个彪形大汉，专门找那些城墙比较单薄的地方杵。

这一点上，天气又帮了西夏人的大忙。按说夯土构筑的土城墙如果干透了，也是不容易渗水的。但是，永乐城毕竟是刚刚修筑完成，里面的夯土还没有干透，尤其是每一层立筑版时的衔接口处，内部不可能夯得很瓷实，这些地方在下雨的时候容易渗水，造成墙体的一些水渍，这暗示着墙体里存在缝隙，平时看不大出来，但是下雨时看得很清楚，在这些缝隙处施加重大的压力撞击，很容易造成墙体的成块断裂。西夏人在上次擂墙的实践中发现了这个规律，于是这一次，专门找这样的裂隙处下杵。还因为这些土城墙是依山势修建，下雨时山水流下来，很容易聚在城墙根的低洼处，把土墙的根基泡软，在这些地方撞击，也容易造成土墙崩塌。所以说，大雨帮了西夏人的忙，攻城不到一个时辰，只听得几声巨响，几处烟尘弥漫，城墙就被戳塌了四五个大缺口。

有了缺口，西夏人就不用付出血的代价攀登云梯，直接可以从缺口处蜂拥而上，进入城寨；宋军自然要指挥人马封堵这些缺口，这里发生了一场场残酷、血腥的巷战，但是经过被围困折磨、身体虚弱的宋兵，怎么能阻挡得住身披铁甲、个个彪勇强悍、如狼似虎的西夏猛士？从兵力上讲，宋兵只是西夏兵的十分之一甚至不到，可想而知，一旦城防系统被突破了，整个永乐城就成了一架吞噬宋军将士的绞肉机。

看到剩下的四寨四堡逐一被突破，刀枪的碰撞声中，到处传来宋军将士的惨叫，宋军指挥所里的人，知道败局已定，这时候徐禧才无望地对曲珍说："完了！全完了！我们现在传令已经没有任何意义，叫士兵各自逃生吧！"

曲珍苦笑着说："这个命令已经用不着传达，士兵们现在已经在各自逃生了。两位大人，现在应该考虑你们自己的逃生了。"

高永亨说："不管怎么样，你们都是皇帝亲派的钦差，如果落在敌人手里，那是大宋朝的羞辱，我愿带一支人马，拼死护送两位出城。"

谁也没有想到，宦官李舜举此时倒表现出几分出乎预料的胆气来，他拿起一把尖刀，把自己的锦袍割了一个口，"嗤"地撕下了一片绸布来，咬破手指，在上面写了一行血书道："守城而殉，臣无所恨，愿朝廷勿轻此贼。"然后递给曲珍道："圣上器重于我，托我守城，我今日把城丢了，再无颜见圣上。将军若能杀出，把这血书交与圣上，我愿凭这尖刀一刃，战死殉城。"

曲珍接过这血书，揣在怀中，却说："大人此书，曲珍以命转呈，但大局如此，空亡一命何益？"

高永亨也说："李大人忠心固堪敬重，然此时尚未到绝时绝地，我劝两位大人还是随我等一起杀出。"

李舜举看看徐禧，徐禧此时呆若木鸡，不说走，也不说不走。

"现在不能犹豫了。"高永亨也不等他们表态，将佩剑拔出，吆喝指挥部中其他的随从，"你等扶持二大人，跟着曲珍将军速速撤离，沿途碰上我们的将士，不论官兵，一律带走，能带出去多少带出去多少，违令者斩！"

"得令！"随从王湛、李浦、吕整等人，一起上去，簇拥着徐禧、李舜举出门，曲珍带领几个执戟卫士开路，高永亨带几个卫士断后。

此时，永乐城的城寨已经残缺不全，许多地方已经成了断壁残垣，到处是塌毁的土坯和倒木。大雨依旧滂沱，满地泥泞之中流淌着不知何时从何地汇入的血水，巷战就在他们四周的墙垣中进行。他们自然要选择比较偏背的路径出城，但是与敌我双方鏖战的人狭路相逢是必不可免的，一路上，遇上自己人就收纳，遇上敌人就搏杀。这样打打行行，行行打打，人时而增多，时而减少，侥幸活着的就疾步跟上，有受伤死亡的人也顾不上招呼了，为了躲避西夏兵的集群不知绕了多少路，到了傍晚西时，终于从一个断墙的缺口潜出去。出城以后，曲珍凭着熟悉的地形，迅速绕过西夏营垒的密集区，插到一条曲折隐蔽的黄土沟里，这才顾得上清点人数。

这时候他才发现，队伍只剩下十一个人，人人都污头垢面，有的还带着伤，身上血迹斑斑。指挥部原来的随员李浦、王湛、吕整都在，而他们原来想护送的徐禧、李舜举两个人却一个都不见了，一问，才知道李舜举在一次遭遇战中胸口中箭倒地，当时就吐血而亡；而徐禧一碰上打仗就往土墙和石头后面躲，开始还看见跟着，后来就不见了，不知是被打死了还是从别的地方跑了。其余的都是死里逃生的士兵，管辖的营队都不一样，在巷战中偶然遇上他们，算是捡回了一条性命。

正在他们清点人数的时候，后面断后的又有六个士兵追上来，曲珍一看，其中并没有高永亨，心中一沉，问："高将军呢？还在后面吗？"

那六个士兵神色凄然，讲述了临出城刚刚发生的一场战斗。原来，曲珍等人刚从缺口出去，敌军巡游的骑兵就发现了，发箭没有射中，就要快马来追，正赶上高永亨带着八个士兵赶到，手起一刀，将为首的一个西夏头目砍下马来，于是九人便和一群敌人滚在一起厮杀。敌军看到高永亨是个头目，一下子拥上三个人与之搏斗，想要活擒他领赏，谁知高永亨武艺高超，三个人都无法靠近他身子。卫兵上前保护高将军，终将这三人刺死，而自己也阵亡两人。敌军头目无奈，只有从远处放箭，高将军身中七箭，口吐鲜血，就这样仍挥剑杀敌，直到掩护我们几个都跑出缺口，才倒地而亡。

曲珍听罢，热泪奔涌，抓起一把土撒向空中，叫道："高爷！恕曲珍战场倥偬，不能拜谢相救之恩，只有撮土为香，暂祭将军高风亮节，容日后安坟立墓，终身以兄拜祭！"

此时天色微黑，曲珍知道此处仍在敌营中间，危险重重，急忙带领着剩下的战士，乘夜潜行，到后半夜，终于脱离险地。整个永乐城一战，宋营中就逃出这十七个人。

　　两天以后，曲珍在绥德城见到了沈括，两人说起这七天来双方的经历，不禁唏嘘感叹，潜然泪下。

　　曲珍说："永乐城虽有缺陷，但城非不坚，兵非不勇，如若战术得当，也不至于败绩如此。怎奈那徐禧对凡有能力的官员将领都要排斥，凡有能制胜的战术一概不采纳，最后也不明不白地失踪了。这两天我都怀疑，此人该不会是西夏打入我们朝廷的内奸吧？"

　　沈括说："内奸我看倒不一定是，若是内奸，早就献城投降，也免去西夏损兵折将之苦了。以我看，我们官场中确有这般禄蠹，既想受宠得势，又不懂得深察万事之理、下些细致功夫，所谓志大才疏，不学无术又狂妄自大。这种人若委以重任，便会如此作为，害了他自己不说，还要祸国殃民，叫千万人跟着他倒霉，真是叫人痛心疾首啊！"

　　接下来，沈括把曲珍和那十六个幸存者妥善安排，叫他们好好休息将养，恢复身体。同时将他们所回忆的永乐城战事情况，都写成奏折，上报朝廷。

　　西夏人在永乐城里占据了十几天，史载，这十几天他们只干了两件事，一件是杀人，一件是抢掠财物。据沈括、种谔十月初一给皇帝的奏报，说留在城里的汉、蕃官员二百三十人、士兵一万二千三百余人全部被杀掉。当初李稷运去的大批国库金银布帛，被西夏各部落分抢一空，城垣内的所有房屋和军事设施也被拆的拆、烧的烧，全部毁掉，这个军事据点就是想再恢复也不可能了。

　　在西夏军撤出永乐城后，沈括带着处理善后事宜的兵民团来到了现场，满眼所见，惨不忍睹，墙垣间到处都是五官扭曲、血迹满身的尸体，集中起来如同小山；被拆毁的房屋，所有的梁柱椽檩、家具全部被堆起来烧毁，那余火还没有燃烧尽，冒着袅袅的黑烟。那场大屠杀是在雨天里进行的，那血水随雨水渗透到地下，竟使得那一片地面的土都板结变成了暗红色，并且散发出一种隐隐的血腥气。沈括面对这样宛如地狱一般可怖的景象，不由得两手捶胸，号啕大哭，喃喃着："天啊！这责任……太大了，……太大了啊！"

　　按理说，永乐城遭受惨败，其责任完全在朝廷派去的两个"钦差"

身上，其前和其中，沈括都提出了自己的意见和建议，但是均被蛮横否决。永乐城被围后，他又竭尽全力冒着生命危险援救，后来带人转守绥德，是经过了皇帝的授意，是为了避免更重大损失的正确决策。但是亲眼看到这样的结局，仍然叫沈括感到深深的内疚。他想，如果当时自己坚持意见更坚决一些呢？自己组织的增援更得力一些呢？也许结局不会这样惨？然而，历史的发展没有也许，这一切就这样无情地发生了，自己难道就真的一点责任也没有吗？

十月七日，朝廷降旨：永乐兵败，沈括身为大帅，"措置乖方"，责授均州团练副使、随州安置。所谓"安置"，实际上就等于是软禁起来了，在随州待着反省自己的"错误"，没有朝廷的命令不许离开随州。

我们回顾整个事件的前后，公正地说，沈括已经尽到了他应该尽的一切责任。他和种谔原来选择的城址是古乌延城，如果真的实现，起码不会出现后来因没有水源而丧失战斗力的问题。但是，皇帝本人派出的"钦差"否决了这个意见，并且剥夺了他的决策权，他作为地方官只有服从。在施工的规划和实施中，他也试图弥补新城址的缺陷，虽然因为水文和气候的原因，这种补救没有奏效，但毕竟不能归咎于沈括。围城以后，沈括及时向朝廷做了禀报，而朝廷的援兵姗姗来迟，这也不是他的责任。实话说，鄜延路的主要精锐部队全部围困在城内，要沈括带领剩余的少量残兵深入三十万大军围困之中去救援，是不可能奏效的，而沈括仍然进行了两次努力。如前所述，最后的退守绥德，是得到了皇帝的首肯，也是正确的决定。那么，说沈括"措置乖方"，又从何说起呢？

显然，沈括这一次是代人受过，是代那两个"钦差"受过，也是代临战改变了组织机制、作法自毙的皇帝受过。既然宋军和西夏的战争经受了这么大的失败，发生了这么严重的后果，总要有人为这个承担责任，李舜举死了，徐禧不知去向，皇帝本人又从来都是英明正确的，那自然就轮到沈括这个地方长官充当替罪羊。可想而知，在皇帝为这个处分决定犹豫不决的时候，他身边当政的蔡确、王珪之流肯定不会为沈括说什么好话，稍一鼓动，沈括就成为永乐之败的"罪魁祸首"。

这道圣旨传达到沈括手中的时候，沈括倒很平静，丝毫没有表现出愤懑不平的情绪。事实上，在失陷的永乐城看到的那番触目惊心的场面，已经搅扰得他日夜不安，仿佛自己一定要承担一些罪名，内心才能得到救赎。

当时也有人上奏折，说围城时候，种谔在延州按兵不动，出于私愤不去救援，应当获罪。沈括专门为他做了辩白，证明当时种谔确实病势沉重，不能领兵，但延州的军队是由沈括带领参加了增援的。神宗听取了沈括的意见，没有处分种谔。一年以后，种谔背上的疽痈再次复发，夺去了他的生命。事实证明了他的清白。

鄜延路的副都总管曲珍，因为守城失败，受到降职处分，担任皇城使。

元丰五年（1082）十月中旬，沈括离开了延州，到随州（今湖北随州）去接受贬谪，他当时还没有意识到，自己的政治生命实际上到这里就已经结束了，这时他不过刚满五十一岁。

第十四章　随州制图梦溪写书

沈括沿旱路、水路，奔波了一个多月，才来到随州。随州西临襄阳，东临信阳，南临荆门，是古随国所在地。虽然地处平原，但远离大江大河和交通要道，是一个地势偏远、经济落后、消息闭塞的地方。

沈括来到随州，住进溠水边的古寺法云禅院。他没有想到，在这里迎接他的不是府衙的主簿衙役，而竟然是自己的儿子博毅。

儿子博毅自师从刁约学文，考得进士之后，一直在两浙一带的小县做官，因为和继母难以相处，家小没有留在京城，一直随他在任上颠簸，难免占些精力，他性格又平和厚道，不善人际交往，故长期得不到升迁。沈括也在信中劝他，官场升迁荣辱多由势态决定，不必太在意，能够恪尽本分，求得个衣食无忧，足矣。这一点，博毅是做到了，一家人虽不大富，倒也能安居乐业。

沈括已经多年未见到他，尤其是刚刚经过那些腥风血雨的日子，看到自己家里的儿子专程到这么偏僻的地方来接他，顿觉一股暖流润泽心田，看到博毅虽然略带疲惫之色，但面色红润，神情安定，也感到几分宽慰。他问："博毅，你怎么知道我在这里？"

博毅说："永乐城一战，全家人都在为你牵着心，后来看到朝廷处分的塘报，反倒放了点心，知道父亲安然无恙，故而来随州迎候。"

"你是从哪里过来的，是从任所？"

"不，我是绕道润州。"

"为什么？"

"我的恩师、在润州藏春坞隐居的刁约大人去世了，我去谒灵。"

沈括心中一震："刁老相公去世了？"

"是。我是听其子女写信告知，我去时已经暂厝祖祠了。"

沈括心中一阵悲楚，喃喃道："刁公不仅是你的恩师，也是我的恩人！学高八斗，旷世奇才，只是没有为世所尽用，可惜啊！"

"所以我今天来，一是来迎接您，安顿您的生活；二是受刁家人所托，请您为刁大人写一篇墓志铭。"

沈括说："家人既有所请，这个责无旁贷。若不是皇命不许我离开随州，我理应即赴润州，灵前祭拜才是。"

博毅说："父亲也劳累了，看您眼圈全是黑的。墓志铭的事您可暂缓，休息好了以后再动笔，我也还不走呢，要在随州待几天，一定要把您的生活安排妥帖我才离开。"

沈括心里又是一阵温暖："好，好，不管在外面遭了多大是非，只要回到家看到人和子孝，为父就什么都忘了。"

以后的几天里，沈括和博毅父子难得地朝夕相处，什么有关学问、朝政的事都只字不提，只是支锅做饭、铺床睡觉、品茶聊天，聊天的内容也只限于博毅的小家庭的安康幸福，倒也自在。

只有一件事情是压在沈括心里怎么也甩不开的，那就是刁约的墓志铭。他当年受刁约的推荐从扬州转运衙门走上仕途，在巡视两浙的时候又遇到刁约，刁约已经辞职归隐，寄情于山水之间了。当年在藏春坞，为"忧君"有没有必要而与恩师产生歧见讨论的情景，至今还历历在目，而现在已经阴阳两隔，不可同日而语了。想到刁约在清潭之侧、花木之中纵横古今的豁然情怀，对照自己诚惶诚恐、劳思竭虑、报效朝廷而终至受贬的经历，真是不胜感慨系之。这超然出世和积极入世之间，谁活得更洒脱、更自在呢？

五天后，沈括的生活一切都安排妥帖，他给刁约写的长篇墓志铭也完成了，他将文章誊写清楚，交给儿子，然后送儿子登上南下汉江的船。

临别，他特地问儿子，刁约在生前知道不知道自己在西北边关的事情。

博毅说："我听他的子女说，恩师在弥留之际还经常挂念父亲，说您这一回在边关担的责任大了，有功不及赏，有过必得咎，难啊！"

沈括听了这话，再次涌出热泪。他觉得刁约究竟是了解自己的。

经过这一路上思考，他已经凭直觉认识到，不管自己的责任多少，经过了这样大的一次损失，宋廷在短期内已经没有力量再发动对西夏的主动进攻。也就是说，神宗那雄心勃勃的收复疆土恢复唐地的宏愿起码在近期是无法实现了。永乐之战，是这一时期西夏与宋最大规模的一次战役，某种程度上是一个战略阶段的决战，不管自己愿意不愿意，在一般朝臣眼中，或者后人在审视这段历史的时候，都不会去深究细节，都会将自己认作这场失败的第一责任人，这是没有办法的事。想到这个，他感到冤屈，却也无奈，他领悟到，许多人在历史上的地位，都不完全是由他自己所决定的。

尽管如此，沈括那颗士大夫效忠皇帝的痴心还没有泯灭，他坚信，只要力图变法的神宗还在位，需要办某些实事的时候，还会想起他来的。

果然，博毅走后不到十天，沈括就收到朝廷一道新的诏命：叫他捡起他熙宁九年（1076）就开始的《守令图》编绘工作，继续完成，不过这时已经改了名，叫作《天下州县图》，拿现在的习惯用语来说，就是叫他编一套《全国分省地图册》。这个诏命令他很感欣慰，一来这很符合他的兴趣，他愿意在地理学上进行探究；二来，他觉得皇帝还没有忘掉他。他明白，一套系统、精确的地图，不论对军事还是对经济，都有十分重要的意义，自己虽然遭到贬谪，到底还能为国家出一份力。

沈括借宿的法云禅院，本来是溾水河岸边一座人气和香火都不太旺的庙院，可是自从沈括住进来以后，不断有京师来的大车小车、大船小船停靠在门前，把一包包沉重的、有棱有角的东西送进去。旁观的老百姓都以为是京师的什么富人阔佬来还愿、上布施，只有沈括自己知道，这包裹里其实一个铜钱也没有，都是文牍和资料，尚书省把内库的旧地图和几年来收到的各路各县地图、地形、行政区观测数据，全都转送过来，供他在汇编地图时做参考。

沈括立即兴致勃勃地投入到这项工作中。

这是一项极其繁琐的工作，首先他要把全国各地寄来的资料分区归类，进行整理核对，有不足和偏差的要发文去要求补充和校正；然后要将过去的地理资料，按照他自己创造的飞鸟法（平面图）进行位置、距离的重新计算、核定；最后再将它们衔接成图。当时，还没有现代的经纬度和坐标系统，因为自古中国皇帝有面南背北的说法，所以当时的绘图方案，地图方位是按上南下北左东右西来构图，与现代的地图方向正相反。现代的地图是以极地伸出的经纬度为参照物，而当时是以京师东京汴梁为中心参照物，然后按照四维八面一圈圈地延展出去。比如先是东京城图，然后是京畿周围的路府地图，中部路府地图，最后才是边境的路府地图。

史载，沈括规划绘制的地图共二十幅。大图一张，高一丈二尺，宽一丈，应该是一幅全国地图，也就是总图；小图有二京图一幅（汴梁、洛阳当时称为东、西二京），包括了京城和京郊周边；然后就是十八幅各路府的分图，一路一幅。十八路分别是京畿路（今豫东）、京东路（今山东）、京西路（今豫西）、河北路（今河北）、河东路（今山西）、永兴军路（今陕西）、秦凤路（今甘肃）、两浙路（今浙江）、淮南路（今安徽、江苏）、江南路（今江苏、江西）、荆湖路（今湖南、湖北）、福建路（今福建）、成都府路（今成都）、梓州路（今川北）、利州路（今汉中）、夔州路（今川南）、广南东路（今广东）、广南西路（今广西、贵州）。整个图都是以"二寸折百里为分率"，图上城垣、村镇、道路、水源、隘口、河流、湖泊、山脉走向、高度都有标定，并且各图之间道路和河流都衔接、贯通，不仅可以单独看，需要的时候可以拼接起来看。这些特点，都是以往历代的地图所做不到的。

从上面的表述看，沈括在一千年前所要绘制的这套地图，无论从形制、区划、特点上都和我们现代出版的全国分省地图一般无二，加上以前他亲手制作、推广过的木制地图，就如同现代的三维立体地图，可以说，沈括当时在地图方面的认识水准，已经远远超越了那个时代，接近了现代水平。

不仅如此，在每一幅地图后面，沈括都准备附上一篇长长的文字，将图中主要地点的相对位置、距离、方位，彼此之间的关系，用精确的数学方法做出记录，按他的话说：即使将来因某种原因，这幅地图不幸遗失了，只要这些文字记录在，转瞬之间就可以在白纸上重新绘出这些图。可见这些文字是多么的详尽，具有多么重要的文献价值。

在这些地图资料的核对过程中，沈括发现许多重复、易混的地名，比如河流名，叫"漳水""洛水"的最多，比如河东太行山区有清漳河、浊漳河，河南当阳有漳水，赣上有漳水，漳州、亳州、安州都有漳水；洛阳有洛水，北地郡有洛水，沙县也有洛水。为什么会产生这种现象呢？沈括分析了其俗雅两方面的原因，从俗的角度说，"漳"与"涨""长"同音，某一条河水量涨得很快，古代百姓就可能叫它涨河，后来修志的文人将其记录，附庸风雅，借助于文典中的"璋玉"之义，逐步演化附会成"璋河""漳河"；"洛"和"落"同音，遇到落差较大、积水潭池较多的河流，开始或称落河，后来附会于河图洛书、洛神仙子等文人笔墨，自然就称为洛水了。这种命名法容易混淆，当然是不好的，那什么方法比较好呢？沈括主张：按照相关的地理形势，以意义相合的字、词来命名，比较妥帖。比如"漳"字，有清浊汇合相糅之意，河东的清漳河、浊漳河汇合于上党，就比较符合其原意，其他地方可以借别的含义，如章河（取其文章）、璋河（取其美玉）等，以此类推。

无疑，沈括对这些地名所做的修订工作，对全国地名的标准化起到了重要的作用，也方便于人民的生活，对现代的地名工作者也有很大的启示。

我们今天来看沈括当年的工作，是把一项应该集体完成的系统工程，自己一个人做了，这是辛劳的，却也不一定是讨好的；再则，这是一个异常琐细、繁杂的工作，在今天来说，相当于一个信息库的整理，是资料员、绘图员的工作，叫沈括这个大专家、大学者来干，尤其是曾经的封疆大吏、一品朝臣来干，实在是有些大材小用的意思。但是，沈括自己却委实没有这种感觉，他是一个学者型的人，一辈子也没有建立起那种富贵品级的尊卑观念，相反，能叫他潜心研究他所喜欢的事情，不受那些繁琐政务的烦扰，没有那么多的责任和压力，对他来说是一种求之不得的机会，是感到很惬意、很满足的。

于是，他就日复一日守在这个小庙的后院里，听着和尚们的晨钟暮鼓、早晚诵经，自己进入了地形、数据营构的小小天地里，自得其乐。朝廷立的规矩是限制他的行动，不许他离开随州，其实他也不想离开，他从想象的地理世界得到的乐趣，叫他完全忘却了自己是在受贬谪、挨惩罚。

除此之外，他还有一份自己的乐趣。他在法云禅寺的后院，手持锄头，开垦了一片土地，建了一片药圃，种植了一些常用药材。当时士大夫中间流传着这样的话，叫作"不为良相，就为良医"，这是儒家济世为民思想的体现，也符合沈括的人生志愿。"良医"这个称呼对于他是合适的，他在医学和药物学上拥有的知识，当时许多专业的医生都赶不上。沈括开辟了这个药圃，并且在业余时间给许多平民、士人看病送药，渐渐地在当地有了德望，也结交了一个相当广泛的朋友圈。

有了朋友圈，就不断地有人来沈括这里造访，以文人、医士为多。他们坐在药圃的石凳之上，泡上一壶清茶，交流一些医术，谈论一些诗文，也自有一番情趣。随州乃战国时古随国故地，流传在民间的文物也是比较多的，有时朋友也拿一些收藏器物叫沈括来鉴赏，沈括也重捡起他从小就有的嗜好，对这些古董进行科学考证和研究。

有一个朋友说到一件奇闻，说他的好友在挖地的时候挖到一坛黄金，不知是哪个朝代的人埋的，其金锭的形状既非元宝，又非金条、金块；有人说它是马蹄金，却又不像马蹄，而像一些晒成的干柿饼，他自己干脆就称其"柿子金"，要出售，但不知它们是哪个朝代的东西，来历如何，不好定价。

沈括好奇，就先从他好友那里买了一块，仔细观察。沈括以前见过古人的马蹄金，也称"麟趾金"，形状如鹿蹄，中间是空的，四面都刻有花纹，很精致，绝不是这个样子。而这些金锭，没有铸模的痕迹，好像就是金水熔化了，直接倒在平物上滴成，所以形状像柿饼。金质甚软，用刀可以切成碎屑。沈括查到《赵飞燕外传》中有言："帝窥赵昭仪浴，多袖金饼以赐侍儿私婢。"他想这"金饼"大概就是这类东西。沈括后来了解到，这一带有好几家发掘到了这种"柿子金"，也觉诧异，不知随州与赵飞燕的故事有何联系。

还有一个朋友告诉他一件奇事，附近有人捡到过"雷斧、雷楔"，形状如同世人常用的斧子，但前者为铜质，后者为石质，据说是雷公不慎掉落的行法神器，故只有在特大的雷霆震响之后才能偶然捡到，颇为罕事。沈括以为荒诞，认定只是传说而已，不可信。可是就在随州期间，一次，一棵很古老的大树被雷击了，沈括过去察看，竟然在这棵冒着黑烟的大榕树下面，真的看到地上有一枚石斧样的东西，这大概就是朋友说的"雷楔"了。沈括仔细观察了它的形状，确实像一把折断的石斧，刃面有些钝，表面很光滑，没有斧柄和绑柄的圆孔。沈括解释不了其中的原因，只是忠实地把它记录下来。

其实在现在看来，这种现象并不难解释，铜斧、石斧都是上古人们生活的遗物，本来是埋藏在地下难为人所见，但是大的雷霆往往伴有暴雨和洪水的冲刷，使得原本埋藏的古物裸露到地面，迷信的人误认为这是雷公的遗物，是可以理解的。

也在这期间，一个姓蔡的医生送来一块"息石"，是一块紫红色、带条纹的光滑莹润的石头，说是一个道士送给他的，可以平息神经病人的狂躁。石头上面有两个小洞，用细长的篾管伸进去稍一拨弄，就有红色的碎屑从里面掉出来，遇上有犯神经狂躁的人，只要给他服麻籽大小的一块，就可以使他安定，屡试不爽，故而称其为"息石"。沈括仔细研究、观察了这块石头和里面析出的小颗粒，认为这是"昔人所炼丹药"

遗留下的产物。[①]

在湖北的边远小县，沈括为了科学研究而关注到丹药，与此同时，在宋朝首都东京汴梁，一个关于丹药的传说，也在市井中传得沸沸扬扬。这个传说，在若干年之后也被沈括收记在《梦溪笔谈》里，因为此事虽然几近荒诞，但却意外地影响巨大，甚至影响了大宋王朝的政局。

据说是在熙宁七年（1074），也就是沈括为水利巡视两浙的那一年，嘉兴有一个和尚叫道亲，号通照大师，云游到温州雁荡山，看见一个人行走在溪边的草地，疾走如飞而草叶子却纹丝不动，心里感觉这不是一个普通人。道亲上前搭话，问他姓名、年龄、家乡，他一概不答，只看见他须发皆白而面色红润如少年。那人对道亲说："现在是宋朝第六个皇帝当政了，再过九年他要有一场大病，到时候你可以拿我的药给皇帝送去，但是不能给大臣吃，吃了有大难，请妥善保存。"说完，从口袋里掏出一丸药，紫色，像金属那样沉重，递给了道亲，说，"记住，这叫龙寿丹。"临走时他又说："明年将流行瘟疫，吴越一带尤其厉害，你也已经在死亡名册里了，我再给你一服药，你吃了可以免遭此难。"说着又从口袋里掏出一片柏叶递给道亲，然后飘然而去。第二年南方果然流行瘟疫，死的人无论贫富占到十之五六，而道亲因吃了那柏叶安然无恙。到了元丰六年（1083），也就是沈括贬在随州的这一年，这和尚在睡梦中再次见到那老人，提醒他："时间到了，还不到皇宫里献药？"和尚惊醒，赶忙跟庙里请假，赶到京都来，把那"龙寿丹"献到尚书省，要求转给皇帝。尚书省听他说的事情荒诞，以为是个狂人，就没有接受。第二天给皇帝上报这个事，皇帝赶快叫人去追寻道亲，带到内侍省问情况，道亲便把他在雁荡山遇到那老人的事情说了一遍。没几天，皇帝果然感到不舒服，便急忙派了御医院的梁从政带了香和银子，跟道亲一起到雁荡山找那老人，但是没有找到，只好在他原来出现的地方焚香祭拜后才回来。不久皇帝康复了，就对大臣们说："这不过是仙人给我

[①] 现代研究者认为，从此石颜色、形状上判断，有可能是烧炼过的朱砂块，而朱砂碎屑在中药谱中就具有安神镇静的功效。过去的道士炼丹药，朱砂是必备药品，所以沈括判定这是"昔人所炼丹药"的遗物是没有错的。

一个健康方面的警告而已。"既然痊愈，皇帝就没再吃那颗药，那颗丹药后来一直在彰善阁上放着。

这段传言无法证实其真伪，如果是假的，编造者可谓相当大胆，把当今皇上都编排到故事里去了。更大胆的是，在故事的结尾留了一个余味无穷的悬念："仙人"预见到皇帝要遭难，留给他"龙寿丹"，但皇帝并没有吃它，通过隔山祭拜病暂时好了，可是以后会怎么样？

紧接着，据说京城里的孩子们开始传唱起一段童谣，叫《侧金盏》，据说词是这样的：

> 侧金盏，侧金盏，御酒洒在黄衣衫。
> 黄衣衫，黄衣衫，压倒当今好儿男。
> 好儿男，好儿男，引得女人泪涟涟。
> 泪涟涟，泪涟涟，哭声传到雁荡山。
> 雁荡山，雁荡山，山里有位活神仙。
> 活神仙，活神仙，送来一颗大金丹。
> 大金丹，大金丹，能救当今好儿男。
> 好儿男，好儿男，举杯饮酒侧金盏。

按照"天人感应"的传统观念，历代王朝是很重视关键时刻流行的童谣的，认为童言无忌，往往能泄露天机，《侧金盏》流传一时，皇城司的官员认为其中似乎有些不太吉利的暗示，便禁止在城中传唱这童谣，后来这童谣在京城里果然销声匿迹了。

现在我们分析来看，这个童谣不大像是儿童自己唱出的儿歌，起码起首一句"侧金盏"，就有点太文言，不像小儿能够编出来的，联系前面在京城里的传说，很可能是当时想要得到皇帝垂顾的江湖术士们编造的"广告词"。最后一句"举杯饮酒侧金盏"也平淡无奇：既要饮酒当然酒杯就要歪倒，否则酒怎么能倒进嘴里去？

谁知，事有凑巧，其后不到一年，皇宫发生了一个重大事件，叫人们忽然把这件事和这首童谣联系起来了，于是"侧金盏"就一语成谶。

那是元丰七年（1084）秋天，皇宫里举行了一年一度的中秋宴会，文武百官都到场，灯红酒绿，歌舞升平，气氛十分热烈。神宗皇帝手执一个金酒杯走出御座，要亲自给自己的臣僚轮流敬酒，以感谢他们的辅佐之功。皇帝走到第一张桌子右丞相王珪的面前，举起酒杯，刚要说什么话，话音还没有出口，众人就看见，皇帝手中的酒杯一歪斜，杯中酒全洒到了龙袍上，再看皇上，两眼翻白，嘴角歪斜，淌出一股涎水来，随即栽倒在地。

众人手忙脚乱将神宗扶好，由御医诊断，为中风症，拿现代医用名词来说，就是突发性脑血管梗阻。

此事当然震动朝野，第二天就震动整个京城，好事的人立即把昨天晚上皇帝发病时的表现，和那首童谣联系起来：为什么叫"侧金盏"？什么"御酒洒在黄衣衫""压倒当今好儿男"，天啊，原来是在预言朝廷中将要发生的事啊！更有听过那个传说的人说：皇上错了！如果当初吃了那仙人的药丸"龙寿丹"，应该没有后面的事。

此说越传越广，最后连朝臣都称中秋那天发生的事为"侧金盏"事件。这成为北宋政治生态的一个转折点。

神宗从那一天以后，就再不能正常临朝问事，时而清楚时而糊涂，身体日渐衰弱，好不容易挨过了冬天，在第二年（元丰八年，1085）的春天去世，年仅三十七岁。在宋朝的历代皇帝中，神宗是一个少有的充满朝气、志向高远、变法图强并且一以贯之的皇帝，不管怎么说，在执政期间是轰轰烈烈干了一番事业。他力排众议，执意推行的王安石变法毕竟使宋朝国库盈实、国力增强，在各方面都推开一个新局面，不料就这样英年早逝。

为什么会这样呢？历史学家曾做过多方探讨。

首先说，神宗虽然有励精图治的决心，但在领导作风上有不少的缺陷：敢作敢为而不免轻率，用人大胆却又多疑多变，依靠一个小圈子，又不注重这些人的道德品质，致使大批卑俗小人钻进上层而使自己深受其害。尤其到后期，想坚持变法又不相信别人，怕大权旁落，于是事必躬亲，日夜劳思竭虑，未免劳累过度。从前几任皇帝的死亡情况看，赵家皇族的心脑血管系统恐怕有基因方面的欠缺，在劳累过度的情况下突发脑梗并不奇怪；另外，就在元丰年间，他的三个皇子、四个皇女相继夭折，最后一个八女儿去世时间距离"侧金盏"不过四个月，接连而至的噩耗，不可能不影响到他的情绪。这诸多因素加起来，使神宗思想负担过重，终至引发脑梗死。

神宗去世的消息，自然震动了天下。发自内心最由衷地悲哀的自然是变法派领袖王安石，他写下了这样的诗句：

> 玉暗蛟龙蛰，金寒雁鹜飞。
> 老臣他日泪，湖海想遗衣。

连一直不赞成变法的苏轼也写下这样的诗句来悼念神宗：

> 未易名尧德，何须数舜功。
> 小心仍致孝，余事及平戎。
> 典礼从周旧，官仪与汉隆。
> 谁知本无作，千古自承风。

消息传到随州的时候，沈括也是十分悲痛的，这二十年来，神宗一再地提携自己，虽未封侯拜相，也算是位极人臣，这知遇之恩也如高山大泽，足以感激涕零。他冒雨登上随州城内的汉东楼，北望京师，写下这首《汉东楼》诗：

> 野草黏天雨未休，客心自冷不关休。
> 塞西便是猿啼处，满目伤心悔上楼。

从诗歌表达的情绪来看，沈括的内心是极其沉重的，除了悲哀之外，他还表现了自己的失望："满目"的"伤心"，心都是冷的，甚至有些绝望。他毕竟在皇帝身旁待过多年，深知后宫、朝廷里对神宗执意改革的抵触有多大，现在神宗一死，熙宁变法还能继续下去吗？自己仍然没有泯灭的造福苍民、建功社稷之心志，还有继续施展的机会吗？

事实很快证明，沈括的担心是有道理的，按照神宗在弥留之际的遗嘱，他的第六子赵煦继位，史称哲宗，其祖母太皇太后高氏获得了垂帘听政的特权，实际上政权就掌握在了高太后手中。高太后思想趋于保守，主张以恢复祖宗法度为先务，在执政几个月后，就启用老臣司马光为相。司马光是保守派领袖，上台后就进行了全面的人事和政策调整，把王安石变法的一切措施全部废除，把变法派的人员也一律废黜。

直到这个时候，沈括才真正明白，他再也没有机会延续自己的仕途宏愿了，自己虽然也受到一些号称变法派人物如吕惠卿、蔡确之流的诋毁排斥，但在保守派眼里，自己毕竟也是一个新法的重要支持者，是担任要职的变法派干将，是必须清除的。像当初那样能在皇帝身边帮助出谋划策的日子，恐怕是一去不复返了。

不过，自从接受了道家思想，沈括对于功名的事已经完全看淡了，他觉得官场上云卷云舒、潮起潮落都是正常的，老话说"一朝天子一朝臣"，世上哪有四季常开的花朵？他再一次想到了刁约，想到了他给自己讲过的那位陈抟老先生，以前，他对于这些隐者总有点看法，觉得他们是在做无奈的逃避，而今天，却觉得那是一种更高层次上的超脱。

在哲宗执政后这场大的人事变动之末，沈括也收到了一纸新的诏命，叫他改任秀州（今浙江嘉兴）团练副使，本州安置，不得签书公事。这个诏命的用词和当年将他贬谪随州时的诏命几乎完全一样，依然是虚领一个官名而不管事，依然是"安置"——软禁状态不得擅自离开，不过是换了个地方。所不同之处，就是他上任后，朝廷在他的驻地修了一座啸诺堂，是一间比较宽敞、适宜进行大型图文裱糊的房间，也就是说，改善了沈括的办公条件，这说明新政权给他的任务，仍然只限于继续完成他的制图工作而已。

这个啸诺堂的名字，应该是沈括自己取的，因为在他心目中，他要编辑绘制这个图，是在实现他对先帝神宗皇帝的承诺。为此他还专门写了一首《秀州秋日》诗：

草满池塘霜送梅，林疏野色近楼台。

天围故国侵云近，潮上孤城带月回。

客梦冷随风叶断，秋心低逐雁声来。

流年又喜经重九，可意黄花是处开。

从诗中流露出的心境来说，是不无沉重和凄凉的，但也在自勉，毕竟喜逢重阳，还有"可意"的"黄花"在盛开。

需要提一笔的是，在从随州赶赴秀州的途中，沈括特地去江宁（今南京）拜见了已经退下来的王安石。沈括终生都敬仰王安石，在他的《梦溪笔谈》中除了自述以外，写到最多的人物就是王安石，条目多达十一条，言必称"王荆公"，敬仰之情溢于言表。从随州到秀州，最顺的一条路就是沿溠水到汉水、入长江东下，必然要路过江宁，而此时已经患病的王安石就住在这里。王安石对沈括有提携之功，沈括始终视之为恩师与偶像，路过家门而不去看他，是不可能的。在他后来写的《梦溪笔谈》里明确地记载："予于金陵丞相家得唐贺怀智《琵琶谱》一册。"沈括一生路过金陵唯有这一次，而做过丞相的知交也只有王安石，这说明沈括这一次确实与王安石见了面，并且得到了他赠送的一本珍贵的琵琶乐谱。

拿今天的话说，沈括的这次拜访，论公是老下级拜访老上级，论私是侄儿辈拜见老世叔，两人曾经在变法的同一个战壕里作战，也因为恶人的挑拨而闹了些误会。现在时境迁，两人都遭到贬谪，一切都随着时光沉淀，而他们共同追逐的变法之梦，正在被新登基的皇帝弃掷逦迤，百般诋毁。这个时候见面，可想而知，两个人的心情是何等的复杂，百感交集。

王安石应该会谈及人们传得沸沸扬扬的永乐之战，沈括也应当向他直言相告其中的细节和自己的委屈；沈括还应当向王安石讲起当初关于免役法的真相，讲到吕惠卿对他的诬陷和后来神宗对他的不公平。对于吕惠卿的为人，王安石已经有了切肤之痛，现在当然会对沈括心怀一定的歉意，也许正是因为这个原因，王安石把一本《琵琶谱》赠送给他。这个礼物是恰如其分的，他知道沈括在音律古乐方面颇有研究。

此时王安石已经身患重病，精神不好，一次不能说太多的话，沈括是分几次去探望的，并且尽自己生平所学，带去了自己认为合适的药物和方剂。王安石在离职以后，逐渐对佛学产生了兴趣，晚期写过一些禅意十足的诗，还有放生的习惯。有一次沈括去的时候正碰上他向江水中投放从市场买来的活鱼，有鲫鱼、鲤鱼，也有鳅鱼、鳝鱼。

沈括去了以后，王安石向他不经意地提起，他向江中投放的鲫鱼、鲤鱼都能很好地活着，而鳅鱼、鳝鱼却不久就翻白肚皮死了，不知道是什么原因。

爱研究的沈括马上就对这个问题进行了观察探讨，多年以后他终于找出了原因，他在《梦溪笔谈》里写道："予尝见丞相荆公喜放生，每日就市买活鱼，纵之江中，莫不洋然。唯鳅、鳝入江中辄死。乃知鳅、鳝但可居止水，则流水与止水果不同，不可不知。"也就是说，沈括经过研究认识到，有的鱼只能生长在死水里，而有的鱼只能生活在流动的水中，死水、活水是有区别的。他还举了鲫鱼的例子，在流动的水中，就是鳞白而味美，如果把它放到死水里养，就变成了黑鳞，味道也不好了。

现代学者认为，沈括对鱼和生存环境相适应的观察和判断是科学的，江河里流动中的水和池塘中静止的水，含氧量、透光率、杂质、有机质的含量都不同，只适应于特定的一类鱼生活。同样，即使是同一种鱼，在不同的环境里，也会产生不同的变异。沈括在进化论产生前五百年就观察记录到了生物与环境的适应关系，不能不说是一个天才的感悟。

沈括或许也想把自己的这个发现告诉王安石，但是不可能了，在沈括与他这次见面之后的一年，王安石——这位我国历史上杰出的政治家和改革家，病死在金陵，享年六十六岁。

在沈括去秀州这一路上，还发生了一件事，是当船行到润州的时候。这里离他初出茅庐工作过的扬州已经很近了，沿江的船家，至今还保持着他当年推广过的行船法则："未晚先投宿，鸡鸣早看天。"天还未大亮，沈括的船就投宿在一个靠江边的小旅舍。看到天色还早，沈括就带了一个随从，到岸上闲逛。

走着走着，他看见街道旁边有一个旧院落的门首，青砖垒的门楼虽然有些残破，却也中规中矩，气象巍然，上面嵌的横额是磨砖镌刻的三个行草字，只有一个"园"字是完整的，另外两个被风雨侵蚀得漫漶不清，好像是"流芳"，又好像是"泄玉"，看来是一个财主的花园。隔着门楼两边的白墙青瓦望去，只见竹叶参差、绿树蔚蔚，有叫不来名字的白花点缀其中，隐隐还听得有水声淅沥，如鸣佩玉，一下子提起了沈括的兴趣。

他便叫随从停了脚，上前去推门，却发现那门从里面被反锁着。沈括有些失望。

随从说："既然是里面锁着，那里面肯定有人，我来叫他们。"就从门缝伸进手去，摇晃着那锁头上的铁链子，发出"钪琅琅"的声音。

门缝里面果然露出一个男人的脸："你们是谁？什么事？"

沈括说："过路客人，想要看看你们这个园子。"

那人上下打量他："私人的旧园子，不给别人看的，除非……"

沈括问："除非什么？"

那人说："除非你要买它！"

"什么？"随从说，"说了半天，你这园子是要卖的呀？"

那人说："是我们的东家要卖。他卖海货发财了，要全家搬到海边去，所以要把这里的园子出手。怎么，你买呀？"

随从说："你看都不叫我们看一下，我们怎么买？"

那人不信任地看了随从一眼："你？还想买地产？走吧，我可没工夫和你斗嘴玩。"

沈括上前说："你开门吧，你的园子要是好，我真可能考虑买。"

那人看见沈括年纪、穿着，像一个有身份的人，语气就变了："这位客官既然有意，我可以领你们看，不过，得留件信物给我们东家看。"

沈括就把"副团练使"的任命诏书拿出来，在那人面前晃了一下。

那人一见诏书上那么大一颗官印，立即惶恐起来："恕小的眼拙，不知大人驾到，失礼了。"他拿出钥匙当即把门打开，"有请，有请！"待沈括在门楣下站定，又施礼道："请大人在这里稍等，我这就去通报我们东家。"

不大一会儿，那人果然从里面领出一个人来，五十来岁，圆脸短须，身材肥硕，衣着讲究，一看就是一个财主，上前就作揖："不知团练使大人驾到，敢问有何见教？"

沈括说："客气了。下官听说你这园子想要出售，特来看看究竟景致如何。"

那东家说："大人既有此意，小的理应陪同大人巡园请教。"

于是，他和那看门的仆从就一左一右，陪着沈括走上一条石子铺的小道，朝园子深处走去。

园子里的景色果然幽美非常：整个园子是两个土丘和一片平地构成，丘上丘下都种满了青竹和树木，桃、李、枫、栎、桑、枳、松、杉样样俱全，树木大都有二十多年光景，正是葱郁茂盛之年。另有两棵老榕树大约是古木，枝条盘曲，颇有龙钟之态，夹杂在四面青枝翠叶之中，倒也相映成趣。最妙的是，两丘间不知何处钻出一条小溪，宛转曲折，绕行全园，不论走到哪里，都能听到溪水流淌的潺潺淅沥之声。那小丘上各有一亭一榭，一个较大的丘下绕水之处，有白墙青瓦的堂房五间，呈"凹"字形，旁边左为花圃、右为菜圃，现在夏花寥落，秋菊方开，喇叭花挂满了篱笆，菜圃里却是茄子紫、南瓜红，果实累累。这一切的景致，全部由一条二尺宽的石子小路串联起来，行走在其间，不断地有曲径通幽、柳暗花明之新鲜感。

奇妙的是，沈括游览其间，竟然产生了一种熟悉的感觉，仿佛是以前什么时候来过，是家乡的沈家老宅？抑或是母亲的苏州娘家？细细想去，都不大像，那会是哪里呢？忽然他恍然大悟：是在梦中，是在梦中反复地见过与此十分相近的景色。

原来，自从若干年前在刁约隐居的藏春坞，听刁约讲过道家的道理后，沈括就开始做一个梦，就是独自在一个园子里徜徉，那园子有点像藏春坞，但又多了点田园特色，这个梦经常做，周围的景象细节也越来越清晰，今天看了这个园子中的景致，居然和自己梦中所见一模一样，却也奇了。

那东家看沈括看得入神，便说："大人，这园子我已经修葺了十几年，我一家老小一年有多半年都住在那草堂里，说实在的，若不是为帮我兄弟一起跑南洋从商，绝舍不得卖这园子的。"

沈括说："确实是好园子，你多少钱出手？"

东家说："我本来是卖八百两白银的，只是家小已经到了南粤，我不能在此久待，又是大人垂顾，也算是货卖与识家，就给六百两算了。"

"好！就六百两。"沈括二话没说，就命随从，"你马上到船上去，就说我说的，取一百两银子做订金。剩余的，待我到任后三个月内补齐。"

那财主没想到买卖会这样痛快地成交，一时也愣了："那……可以可以！"

沈括说："那就请员外找个中人来，我们马上就签契约。"

就这样，沈括在润州买了一处园子，原因就是这园子和多年来自己梦中所见到的一模一样，认为这是缘分，其中印象最深的就是那条时刻叮咚作响的小溪，所以后来命名它为梦溪园，并且给自己新取了一个号，叫作"梦溪老人"。

离开润州后，沈括一行一路顺风来到了秀州。

秀州离沈括的家乡杭州很近，风土人情一点一滴都叫他感到亲切，在青山碧水、细雨微风和熟悉的吴侬软语的笼罩下，他的生活安定下来，渐渐恢复了心灵的平静，就继续全身心地投入到他的地图编辑工作中。元祐三年（1088），也就是沈括被贬以后第六年的二月，他终于绘制、装裱完成了他的《天下州县图》。

按照沈括后来自己的描述，这图应当是有两套，一套正册交给皇帝，是用黄绫子装裱的；另一套是副册，交给朝廷文渊阁保存，是用紫绫子装裱的。每一套都包含"大图一轴，高一丈二尺、广一丈，小图一轴，诸路图一十八轴"，每图都配有与之对应的文字"号簿"。

这《天下州县图》装成以后到底是什么样子，因为后来此图在靖康之变中被金兵掳去不知去向，我们现在无法看到它的真容。但是我们可以想象，这是一部由一个大科学家竭尽他在仕途的最后精力，用了六年时间才完成的作品。沈括本人有超越时代的严谨的科学态度，细致入微的敬业精神，既有丰富的历史、地理人文知识，又有极好的美术和书法的素养，综合这些因素，我们完全可以判定，《天下州县图》应当是有史以来最详尽、精密、科学，制作也最精良的一部全国地图。

沈括将这样一套煌煌巨制献送朝廷，立即引起朝廷的惊喜，从文治的角度看，这毕竟是一个相当大的文化成就。史载：当时的皇帝和太皇太后，都因为其表现出来的卓越才学，对沈括刮目相看。此时沈括受到贬谪已经六年，按照当时的惯例，早已超过了"量移"重新任用的期限，于是他们商量，准备再次启用沈括担任更重要的职务。

然而这一个拟议，却被当时担任右正言的官员刘安世力谏阻止。刘安世认为，先帝神宗是因为西北战事失利中风终致驾崩的，而这个失利的罪魁祸首就是沈括，当初只是因为先帝的宽厚才留他一条命，就罪过来说，他死一万遍也不足以补救，这样的人应该终生废弃，怎么还能启用呢？

应当说，刘安世的指责毫无道理。如前所述，西北战事中沈括不仅无罪，前期还有大功，伐西夏战争的最后失败，是神宗自己用人唯亲、决策失误造成的，根本怨不到沈括身上，皇帝自己也明白这一点，所以在贬谪的时候只是说他"处置乖方"，也就是说缺少得力的办法，并没有把失败的原因归之于他。再说，要说皇帝是因为西北战事失败而中风也很牵强，神宗"恻金盏"事件，是发生在永乐之战的两年之后，二者之间很难说有什么必然联系。刘安世这种议论，只能是属于朋党、派别之间的无端倾轧，是无知妄断的偏见。

但是皇权社会就是这样，皇帝身边的人一句很不负责的议论，就可以造成下面人举足轻重的命运改变。有刘安世的这番话，高太后和新皇帝就不再提启用沈括的事，只是下诏赏赐了沈括一百匹绢帛，解除了对他的"安置"处分，"许外州县任便居住"，也就是说，沈括有了行动的自由，可以随便到自己想居住的地方去居住了。

其实就沈括本人来说，本就不指望通过献这份图换取什么高官厚禄。人生的阅历告诉他，在当前这种政治气候下，即使叫他再次踏入朝堂，他也会如同架在热锅上烤那样难受。他已经没有那个热情和兴趣了，他宁肯带着赏赐的那一百匹锦帛，乐得回乡休隐。

元祐四年（1089）九月，沈括乘船离开了秀州，溯流向润州而去。前几天，他已经派人分别到京城和苏州去，准备把自己的妻子、两个儿子和儿媳都接到润州来。一辈子为了事业南北奔波，很少有家人团聚的时候，年纪大了，他盼望全家人能团聚在一起热热乎乎地过日子。他并没有选择自己的家乡杭州，而是选择了自己在润州新购置的那个园子度过余生。因为此时沈家同辈人已经全部离开了故乡，老宅也早已卖出，只有祖坟还在太平山。

两年来，沈括已经派人对这个园子进行了一番重新修缮和整理，当他今天再次来到这里的时候，园子已经焕然一新。门口的门楼上，镌刻着他亲自题写的"梦溪"二字（这块横额现在还保存在镇江）。

进了园子，大坪上那个品字形的堂屋，也经过了重新装修粉刷，还配上了一些简朴而雅致的竹木家具，屋里的气氛变得很温馨。左面的花圃，依然是菊花开得灿烂，仿佛两年多的岁月时光停滞了一般。右面的菜圃，已经按他的意见改成了药圃，种下的细辛、知母、黄精、茜草等药苗刚刚出土，绿茸茸的招人喜爱。

他沿着小路在园子里转了一圈，园子里的秋色比上次来时更浓重了一些，枫树、栎树端头的叶子已经部分地发红、发黄，使得树丛的色彩更加斑斓多彩。踩着被树荫筛过的日影洒在小路上的斑点，听着溪水在残花、落叶的簇拥下面欢快地歌唱，他顿时觉得心旷神怡。

他来到东边小丘顶的那个亭子里，极目远望，天高地阔，广阔的绿野上杳无人迹，只有横亘在不远处的长江水在斜阳中波光粼粼，脑海里不由得涌上陈子昂那几句绝唱："前不见古人，后不见来者，念天地之悠悠，独怆然而涕下。"

是啊！大江东去，逝者如斯，当初初出茅庐，在海州修沭水、围淤田的情景还历历在目，转眼间自己已经是一个年近花甲的垂垂老者了。这几十年间，自己转了多少行？管天文、管地理、管治水、管财经、管外交，又管军事，哪一行自己都是诚惶诚恐地去学习、去摸索研究其中的道道，真是每时每刻都不敢懈怠，每一项工作都呕心沥血，确实也都琢磨出了一些名堂，古往今来，像自己涉猎这么多行业的人也真不多，可是……成效呢？真正属于自己的功业呢？自己经济天下造福苍生的理想呢？看不见！眼前这辽阔的江天景色似乎一切照旧，日头还是那样周而复始地升起来、落下去，似乎和几十年前没有任何变化。想到这个，也不由得叫人"怆然涕下"了。

沈括忽然觉得，是到了需要总结自己一生的时候了。古人认为人生满一个甲子，就已经是完成了自己的生命轮回，以后的体力、精神都会日渐衰落，不能期望再建什么功业，自己这一辈子苦心琢磨出来的物理、事理、心得、体会，也会随着自己的衰老，像树上的落叶一般枯萎，随风飘落，无人知晓，这未免太可惜了。

沈括想到要写书，君子不能立事，就要立言，这也是古训。当天晚上回到草堂，他就在灯下清点自己随身带的文牍，多年来积累起来的笔记已经堆积了厚厚几大包。他翻开来看看，觉得其中许多东西确实是很有价值，可以供后人借鉴。但是内容太杂，门类太多，又不系统，想写成一本有完整理论的著作是不可能的。他想到了西晋的《世说新语》、唐代的《酉阳杂记》，觉得要搞那样一本笔记式的书还是绰绰有余的，琢磨了一晚上，他决定把自己未来的书就叫作《笔谈》。

在家人还没有来的这段日子里，沈括就雇了几个人住在园子里，帮自己打点生活，自己则开始整理自己多年积累的笔记。

在这个阶段，沈括会见了一个不寻常的客人，那就是苏轼。

原来，就在这一阶段，朝廷里的政治格局又有了新的变化。自从哲宗和高太皇太后改弦易辙，废除新法，重用旧臣，大批原来保守派的官员被调回京城，其中也包括苏轼，任翰林学士兼侍读。然而，保守派领袖司马光在王安石去世那年也去世了，另一个比较有威信的丞相吕公著元祐四年（1089）也去世了，保守派一时群龙无首，分化出来朔党、洛党和蜀党三派，在朝中斗争激烈。苏轼在保守派当中是"派性"比较小的人，对于王安石变法当初推行的政策，他并不认为要一律废除，认为有些事实证明比较合理的政策应该保留，其中就有沈括修订以后的免役法，为此还专门和司马光当堂辩论。这无疑就成为保守派内部党争的攻击对象，使得苏轼很不愉快。这一年，两浙大旱，需要朝廷派人去做赈济工作，苏轼就主动请缨，到杭州去做知府，离开朝堂这个是非之地。

也是在元祐四年，苏轼在赴杭州途中路过润州，和沈括见了一面。之后不久，沈括的妻子张惠心和长子博毅、次子清直，都带着家小用人一起来到润州，住进了"梦溪园"，沈括想着，从此一家人就可以在这个世外桃源般的优美、清净的小环境里，和和气气地过日子，自己也一心一意地完成自己的著作。

这是他的理想，可是没过几天，这种理想就被现实打破了。原因就是他那位比他年轻十七岁的继室夫人张惠心。

前面已经讲过：张氏是一个娇惯成性、缺乏妇德的女人。她一进门就容不下沈括前妻生的儿子博毅，几次赶他出门，沈括去照顾他的衣食，被她知道，还追上去打架，反诬博毅忤逆。沈括与她的感情一直不好，但因为沈括终身都感谢他的老丈人举荐之恩，又敬重老丈人的为人和业绩，老丈人自己也不断在他们夫妻之间协调劝解，他们的夫妻关系才没有破裂。元丰三年（1080），就是沈括调西北前线任鄜延路安抚使的那一年，他的老丈人张蒭病逝了，沈括为他写了一篇长长的墓志铭，安葬了他，然后杀向前线，把张氏留在了京城。

在张氏心目中，能留在京城皇上身边混事的，都是有能力有本事的人，而被发放到边疆、外地的人都是失宠的人，在她看来，沈括在官场屡屡受挫，是因为他只知道埋头办事，不会拉关系找靠山，是愚笨、没有眼力见。所以，当初沈括怀着报国雄心，要在征战西夏的大业中建功立业的时候，张氏就直翻白眼，预言他这样傻干，只会出力不讨好。后来永乐城失败后，沈括官场失意，张氏越发认为自己说对了，每见一面就变本加厉数落和鄙薄丈夫。沈括觉得和她没有什么共同语言，辩无可辩，只有忍让，不做声而已。

离开京城到润州来，张氏打心眼儿里是不情愿的，只是宋代的朝廷有明文规定：外放官员的家属应该随住治所，不能久居京城，只因为沈括"安置"是带处分性质，才允许她在京城多待了这六年。润州的梦溪园，在沈括看来幽静典雅、别有洞天，张氏可没有这份文人情怀，她觉得这是一个偏僻、土气、没人要的荒园子，远不如大都市里雕梁画栋、纸醉金迷的闹市的一个角落。

一天，沈括正在书房里写作，只见张氏手里拿着一床折叠好的棉被，气冲冲地走进来，老远就喊："反了！反了！这样的儿媳妇，管不得了。"

沈括只好停下笔问："又怎么了？"

张氏说："还怎么了？还不是你那宝贝的大儿媳妇忤逆不孝！"

沈括一皱眉："她怎么不孝了？"

张氏把手中的棉被一甩，摔到沈括的书案上。沈括一把把那被子拽起来，说："小心点！这边有砚台，不怕沾上墨？有话好好说，她怎么不孝了？"

"那小女子你老说老实，骄纵得她肆无忌惮，都敢偷东西了，被我发现，我说了她几句，就被她顶了回来，这还不是忤逆？"

"什么？博毅家的说话都怕声音大了，会偷你东西？打死我也不信。"

"你不信？现在赃证都在手里，你还偏袒？"说着，张氏把那被子又抓起来，在空中飞舞，"这被子本来是在清直房里的，怎么到她屋里去了？见我进去，还要躲闪收藏，心里无鬼，怎会这样？"

沈括听着她的话，眼睛的余光却瞥见门口帘子一动，仿佛外边有人站着，便问："谁在外面？"

只见帘子一掀，博毅和他的媳妇脸色惨白地走进来，欲言又止，一副惶恐的模样。

张氏一看是他们，马上又叫起来："怎么了？博毅，我还给你们留面子，没有提你的名，你自己倒来了。怎么？是想给你的媳妇长脸做主和长辈闹架？你好大的出息！"

博毅被她抢白一通，没有做任何辩解，只是说："不……我是说，门外还有人。"说着，把门帘一掀，只见清直和他的媳妇也闷声不语地走进来。

这大概出乎张氏意料，她吭哧了一声，没有说话。

沈括就问两个儿子："你们两个往前面来，椅子上坐下，大大方方地说，前因后果，到底怎么回事？"

两个孩子看张氏虎着一张脸，不无畏惧地嗫嚅着，断断续续讲述着，还不时被张氏粗暴地反驳、申斥。不管怎样，沈括终于从他们支离破碎的讲述中听出了整个事件的原委。

原来，清直和博毅两家人搬进梦溪园草堂，各自房中的家具、被褥由张氏来安排，张氏就耍了一个心眼，把厚的、新的被褥分给自己亲生的清直夫妇，而把薄的、旧的被褥就分给博毅和他的媳妇。清直对这事浑然不知，而博毅早习惯了后母的歧视，也就没有吭气。可是，他们刚搬进这屋子，天就变了，连绵秋雨下了十来天，屋里又冷又阴，博毅的媳妇受风寒感冒了。这一天按道理该两个媳妇去厨房帮厨，她发烧就没有去，张氏发了火，就叫清直媳妇去叫博毅媳妇，清直媳妇一进博毅夫妇屋，看见大嫂捂着被子在床上发汗，摸摸被子，觉得分外的薄，又看到大嫂浑身在打哆嗦，就动了同情心，也没叫她起身，反而跑回自己房里取了一床厚被子给大嫂盖上，自己干活去了。不料，那张氏久等不见来人，自己跑过来一看，看见那床厚被子居然盖在大媳妇身上，她居然还呼呼大睡，于是就大发雷霆，闹起了官司。

博毅说："当时媳妇犯着昏迷，根本不知道谁给盖的被子，母亲问起来，她当然只能说不知道，这就是所谓抵赖了。"

清直也说："我们以前确实也不知道，大哥大嫂家的被子那么薄，就拿过一床，谁知道会惹这么大事呢？"

沈括这才对张氏说："你看你，这是闹的什么事？本来大媳妇得病发烧了，二媳妇怕她再受凉，给她多压了一床被子，这是一家人互相关心、妯娌和睦的好事啊！却叫你一通折腾，还闹出什么忤逆不孝来了！这不是天下本无事，庸人自扰之吗？"说着，沈括亲自到隔壁走进博毅的房间，摸了摸床上的被子，说，"这的确是太薄了，这里比不上北方，虽然冷家里却有火炉，这里的冬天又湿又冷，屋里阴气袭人，光盖这床薄被，大人小孩都受不了。"

他话音没落，那张氏又跳起来骂道："受不了不要受啊！走啊！到京城高门大院里住着，哪里用受这个罪？可惜你们一家老小没这个命。你说我是庸人，我不行，可你们这学问多多、才高八斗的老爹怎么样？不是也被人家一道诏书贬到千里之外受罪吗？都想盖厚被子，我得有钱啊！问你老爹现在每月拿多少银子啊？"

沈括说："你别说那个！我再怎么倒运，就凭我们多少年的积蓄，叫两家孩子盖两床暖被窝也是绰绰有余的，作为母亲，起码你应该有个公正之心……"

"我不公正了，我有偏有向，你们念书人每天说孝悌，说长幼，当哥哥的是不是应该让着弟弟呀？"

"你有没有偏心，你自己清楚。孩子们弟兄两个知道互相关心，你当娘的倒成天起来闹事，你有没有点大人之才？"

张氏索性腰一叉，大骂起来："我没有大人之才？你有！姓沈的，别忘了你当年是怎么投到我们张家门上的，小小的参军，除了一张能说会道的嘴你镚子儿都没有，硬把我老爹侃晕了把你推荐上去，你当了官又得了我这么个黄花大闺女，开始走狗屎运了。现在我爹死了，没人做主了，你反过来倒说我不是大人，你是大人了！"她一屁股坐在地上，干号道，"老爹呀！你在天上睁睁眼啊！看看你尸骨未寒，你这独生女儿就在受人鄙薄啊！看你忘恩负义的女婿怎么翻脸不认人啊！哇哇……"

"你，你这……这不是撒泼的村妇嘛！"沈括看着场面，气得浑身发抖，却也没有办法。

张氏却斗志不减："我是村妇，黄脸婆，不好你可以另找啊！京城里知书达理的名媛贵妇多啦！看人家有没有人会跟你这个顶着满脑门子官司的风干老头子……"

"你……当着孩子，你这说的都是什么呀……"面对这样的人，沈括也只能是脸憋得通红，再一句话也说不出来了。

还是两个儿子和媳妇，上前一起把张氏扶起，劝解说："母亲，都怨我们不好，惹您生气，您就担待我们吧，这地上潮，您坐久要生病的……"千哄万劝，算是把个不算老的老太太抬走了。张氏也乐得给她个台阶下，一边甩一边骂，半推半就地出去了。

屋里，只剩下沈括一个人在那里喘粗气，忽然，他觉得嗓子有点痒痒，"咳"的一声咳出一口痰来，仔细一看，痰中间居然带着一点血丝。他抹抹嘴，从书案上端起一杯茶漱漱口，喃喃道："真、真是圣人所说：唯女子与小人为难养也！"

张氏张惠心，是那种只可以同安乐、不可以共患难的女人，有她在身边这样三天两头地折腾，沈括的晚年生活过得并不幸福。在这样的氛围下，要写成一部大部头的书，也真是要有非凡的定力不可。

元祐四年（1089）九月，朝廷曾给沈括下了一个任命的诏书，任命他为"左朝散郎，守光禄少卿，分司南京，许于外州军任便居住"，也就是说，调他到南京（今河南商丘）任光禄寺少卿，只要不耽误工作，居住可以任选别处了。

对这个任命，沈括考虑了一下，并没有去上任，他把诏书收起来藏好，连家里人也没有告诉。后世的专家分析有两条原因：一是久经沉浮，现在沈括已经转向道家哲学，有看破红尘、清净无为的思想，不愿意再去做那些主持仪式之类无聊的工作，宁肯在家里写书；另一条，当年，他的父亲就是在南京担任太常寺少卿时去世的，他有宿命的忌讳，总之没有去。沈括对这条诏命秘而不宣，是因为他知道张氏是那种追求浮华不懂文墨价值的人，如果和她商量，她绝对要闹着到南京去居住，那里毕竟离京城不远，比这里繁华热闹，自己的写书计划就不得不推迟了。与其和这悍妇争论又争论不清楚，还不如索性不叫她知道。

过了一段，博毅夫妇还是受不了张氏的无端闹事，再次提出搬到园子外去居住，沈括想想没有别的办法，也就同意了。小儿子清直和他的媳妇，尽管也和张氏闹矛盾，但他毕竟是亲生的，要好一些。园子里的气氛宁静了一些，其后两年多的时间，沈括的《笔谈》写作进展得还算顺利。

然而，在元祐六年（1091）夏的一天，张氏收拾家中旧物，忽然发现了那份被沈括藏起来的诏命书。直到这个时候，她才知道，原来她曾经有机会再返京畿，过那种都会贵妇人的生活，而沈括把这事隐瞒了，致使在这荒郊僻野的小园子里聊度残生。

一股怒气从她心头升起，直冲脑门，她立即冲进书房，把那诏书往书案上一拍，质问沈括："这事，你为什么不和我商量？"

此时沈括早已看惯了她的蛮横嘴脸，也没有好气地反问道："你是那好商量的人吗？"

"你不和我商量，怎么知道我不好商量？"

沈括冷笑："生就的骨头长就的肉，还用猜吗？"

"所以你就擅自回绝了？"

"没错！我没有上任，按朝廷规制，就等于放弃了。"

张氏指着他的鼻子："你说得好轻巧呀，你这是硬逼着我们娘儿几个，非陪伴着你在这荒郊野外的野园子里给你送终啊？"

沈括也坚定地说："对，我哪儿也不去，什么少卿老卿的我都不去，我要写书！要在这里安安静静地写书。夫唱妇随，你只要不改嫁就得陪着我。"

但凡泼妇都是吃硬不吃软，那张氏看见一贯对自己忍气吞声的老头子，今天也豁出来和她硬顶，一时也被噎住了："你，你……"她想不出别的话来撒气，一把抓过沈括写好的一摞手稿，一边撕一边扔，还发泄地嚷，"你写书！你写，你写，我叫你写！"那布满墨迹的手稿在她手里像雪片一样飞散。

沈括万没有想到，这个泼妇竟会撕毁自己的手稿来撒气，这是自己多少日子的心血呀！他怒火中烧，顾不得其他，上去就给了张氏一个耳光。接着就往外边跑，想把那些飞散的书页碎片抢回来。

但是他走不了了，觉得鼻子底下火辣辣地疼，原来那张氏挨了一巴掌不甘心，一把抓住了他的胡须，嘴里还疯狂地叫喊："你打我？你还敢打我……老娘今天和你拼了！"

两个人扭打在一起，真有要拼个你死我活的意思。幸亏清直夫妇听到这边的动静一起上前劝慰，硬把他们拉开的时候，儿子才发现，沈括的一绺胡须竟然被张氏连根搋下，胡须根部居然带着一小块血肉。

从这次冲突之后，沈括不得不以养伤为名，离开他喜爱的梦溪园，拿着他的书稿资料，借宿在润州的花山寺继续写作。

可想而知，沈括的身体底子本来就弱，在这样的家庭氛围之中，心情又分外压抑，身体也迅速地垮下来了。据他几个朋友当时的记录，沈括这时候已经面如"槁木"，不得不经常在花山寺自己熬药来调养自己的疾病。

元祐八年（1093），高太皇太后死，次年哲宗改元绍圣，又开始启用原来变法派的成员，朝臣政令又开始新一轮的翻烙饼，皇帝下旨恢复了沈括的一些官号，但沈括此时已经病入膏肓，无力再回到政坛问政了。

就在这一年，张氏因为急性疟疾暴病而亡，沈括拖着病体回到了自己喜欢的梦溪园，接回了博毅夫妇，在家人的照护下继续他的写作。这个时候，他家和子孝，心情应该是最平和的，但是身体衰败的趋势已经不可挽回了。

仅仅过了一年，绍圣二年（1095），也就是沈括隐居润州的第八年，沈括在梦溪园走完他最后的人生历程，享年六十四岁。去世前，他基本完成了他计划中的书稿，他仍然把它命名为《笔谈》。

同年，他的子女将他的遗体，归葬于杭州祖坟太平山下。

他死后不久，《笔谈》就在坊间广泛流传，立即引起了轰动。开始，士大夫们以为，既然作者自己都简而言之，名曰《笔谈》，无非就是些奇闻轶事、笔记杂谈。但是一读，却绝不是这样，其中不仅有大量史家未逮之史实、文化典籍的拾遗与考究，还记录了大量的物理、自然、技术方面的信息，乃前贤古人所未及，其知识面的广博与深厚，令人耳目一新，其见解和议论也深迥独特，鞭辟入里，足以振聋发聩，令人不得不倾服。于是人们在流传过程中，为区别于一般的笔记小说，就加了一个前缀，叫作"梦溪《笔谈》"，这原因自然是因为沈括号梦溪老人，又是在梦溪园完成的。后来，不知道在哪一版书稿传抄刻印的时候，"梦溪"二字索性被划进书名里，成为《梦溪笔谈》，在宋代的时候，曾经两个名字并传，而宋代以后，人们只记住了后者。

《梦溪笔谈》一书的价值，随着成书时间越久，影响越大，评价越高，现在已经成为中国数千册历代笔记体著作中最有影响的一部。明清以后传入西方，引起了巨大反响，被认为是中国古代社会的百科全书，其中记录的大量自然科学信息，是中国历代其他著作所没有，代表了中国古代先进的科技水平，改写了整个世界的科技发展史。

《梦溪笔谈》原书共三十卷，现存的只有二十六卷，共收入条目六百零九条，属于自然科学的一百八十九条，其中数学四条、天文历法二十二条、气象十二条、地质十一条、地理十六条、物理五条、化学三条、建筑八条、水利九条、生物三十二条、农学八条、医药学四十三条、工程技术十六条；属于人文科学的有四百二十条，其中经学十五条、文学三十四条、艺术二十五条、法律十条、军事十六条、宗教卜筮二十八条、风俗四条、经济二十一条、史学考古二十八条、语言文字十九条、音乐四十四条、舆服十二条、典籍十七条、博戏四条、杂闻轶事九十二条、科举与翰林十四条、职官二十二条、礼仪十五条。从内容的广博上来说是空前的，几乎每一个门类的研究都有其独创性，非沈括这样的"全才""通才"写不出这样的书，没有沈括这样经历阅历的人也写不成这样的书。从这个意义上讲，沈括是千古奇人，《梦溪笔谈》也是千古奇书。沈括当之无愧地被列为世界文化名人，是中国古代科学家的代表人物。

公元一九七九年七月一日，中国科学院紫金山天文台，将该台发现的2027号小行星命名为"沈括"，得到了国际天文组织的认可。它的轨道在地球、火星之间，每五年绕太阳一圈。如果读者在晚上遥望星空，就可以感受到"沈括"投向中国和世界每一个关注他的人深邃、温馨的眼神。

2015 年 11 月 10 日凌晨完稿于北京

附录一 沈括生平大事记

宋仁宗明道元年（1032） 出生于蜀地

是年，父亲沈周五十五岁，母亲许氏四十七岁。

景祐中（1034—1038） 七岁前

父沈周在京城任职，全家随之居东京汴梁。

宝元二年到皇祐二年（1039—1050） 八岁到十九岁

父沈周在润州、泉州、明州等地任职，沈括随其任上，由父母教授学业，中间一段曾上苏州母舅家私塾学习，尽阅家藏书籍，成绩优异。

皇祐三年（1051） 二十岁

父沈周病逝，沈括葬父于祖籍钱塘太平山下祖坟，为父守孝。请王安石为父撰写墓志铭。

至和元年（1054） 二十三岁

三年守孝期满，以父荫入仕，任海州沐水县主簿，主持修沐水。

至和二年（1055） 二十四岁

奉命摄任海州东海县令。

嘉祐六年（1061） 三十岁

受其兄沈披所邀客居宣州宁国县，参与考察、设计、督造万春圩水利工程。

嘉祐七年（1062） 三十一岁

参加苏州地区科举乡试，中第一名解元。

嘉祐八年（1063） 三十二岁

进京参加贡举考试，中进士，逢国葬，经人推荐任扬州司理参军。

宋英宗治平二年（1065） 三十四岁

受淮南路转运使张蒭推荐，九月，入昭文馆任编校。

宋神宗熙宁元年（1068） 三十七岁

升任昭文馆校勘，八月母卒于京城，扶棺回杭州守孝制。

熙宁四年（1071） 四十岁

守孝期满，返京复职，时已实行王安石变法，受托主持南郊式，授大理寺丞，迁检正中书刑房公事。

熙宁五年（1072） 四十一岁

奉诏提举司天监，改浑天仪，开始修《奉元历》；九月，提举修治汴渠。

熙宁六年（1073） 四十二岁

升集贤校理；六月，奉命相度两浙农田水利。

熙宁七年（1074） 四十三岁

任太子中允、兼史馆检讨、同修起居注；七月迁右正言，封知制诰；八月，任河北西路察访使，奉命提举河北西路义勇、保甲，兼判军器监。

熙宁八年（1075） 四十四岁

二月奉命详订《九军阵法》；四月，以回谢辽国使名义赴辽谈判边界问题；七月，任淮南、两浙灾伤体量安抚使；十月，迁任权发三司使。

熙宁九年（1076） 四十五岁

王安石被黜；十一月，奏请免下户役钱；十二月，拜翰林学士。

熙宁十年（1077） 四十六岁

罢权三司使，贬宣州知府。

元丰元年（1078） 四十七岁

八月，复知制诰，原拟迁潭州知府，被蔡确阻拦，继续留宣州。

元丰三年（1080） 四十九岁

六月，任鄜延路经略安抚使兼延州知府，备战募兵。

元丰四年（1081） 五十岁

宋五路大军伐夏，沈括及种谔率军攻克米脂、浮图、吴堡等五城。

元丰五年（1082）　五十一岁

二月因战功迁龙图阁直学士，上书奏请修乌延城未准；五月，朝廷遣徐禧、李舜举至鄜延路"计议边事"；七月诏命修永乐城，九月修毕，沈括归守米脂城；同月，西夏重兵攻城，沈括率兵援救受阻，奉诏退守绥德，城陷；十月，沈括受责贬均州团练副使，随州发置。

元丰八年（1085）　五十四岁

改秀州团练副使，本州安置，不得签署公事。

宋哲宗元祐三年（1088）　五十七岁

二月，进献《天下州县图》；八月，许任便居住，沈括迁润州梦溪园。

绍圣二年（1095）　六十四岁

病逝于润州梦溪园，归葬杭州钱塘祖坟。《梦溪笔谈》刊世。

附录二 主要参考书目

1.《二十四史·宋史·沈括传》，中华书局。

2.《一本书读懂宋朝》，李之亮著，中华书局。

3.《沈括研究科技史论》，胡道静著，上海人民出版社。

4.《沈括评传》（上、下），祖慧著，南京大学出版社。

5.《梦溪探秘——沈括生平钩沉》，安作相、安力著，石油工业出版社。

6.《中国科学技术史》第四卷，李约瑟著，科学出版社，上海古籍出版社。

7.《梦溪笔谈导读》，胡道静、金良年著，中国国际广播出版社。

8.《苏沈良方》，（宋）沈括、苏轼著，中国医药科技出版社。

9.《梦溪笔谈说解》，潘天华注解，江苏大学出版社。

10.《教你看懂梦溪笔谈》，高谈文化编著，当代世界出版社。

11.《沈括的故事》，于元主编，吉林科学技术出版社。

12.《简明中国历史地图集》，谭其骧主编，中国地图出版社。

后记 另一种面貌的知识分子

《沈括传》一书终于收笔了，但是作者因为写作此书而激发的思索与激情，却依然在心里回荡，许久不能平静，所以写下这篇文字，权作后记。

沈括在西方学术界享有盛名，他被英国李约瑟先生称为中国科技史上"里程碑"式的人物（另一种译法是"标志性"的人物），他的不朽著作《梦溪笔谈》被认为是中国古代科技的"百科全书"，从根本上改变了西方人对中国文明的看法。因为有了《梦溪笔谈》，西方人知道古代中国在许多科技领域曾遥遥领先于世界，比如活字印刷、石油的命名、磁偏角的发现、"百炼钢"的技术、日月蚀的推算等等，都改写了世界科技史。

然而，沈括和他的著作在中国历代传统的学术层面，却一直没有得到很高的地位，《梦溪笔谈》只被当作闲谈笔记，在一般老百姓的心目中，沈括的知名度不仅不能和诸子百家、李白、韩愈等人相提并论，甚至比不上一辈子只会吟风弄月的唐伯虎。这是什么原因呢？

笔者认为，这源于中国传统文化从它成型时就带有的先天基因缺失：对科学思维的忽视与疏远。

一种文明的文化特征，是和它产生时的人文环境、时代背景相适应的。公元前四五百年，应该是一个伟大的人类理性觉醒的时期，同时在世界的东方和西方，都产生了一大批思想家和伟大著作，分别代表了东西方文明的起源：古印度产生了释迦牟尼，中国产生了以孔子、老子为代表的诸子百家，而古希腊涌现出了毕达哥拉斯、柏拉图等一大批学术巨人。

如果我们认真对比中国的诸子百家和同时期的古希腊学说，显然有着明显的差别：古希腊文明产生在三大洲交界的地中海的商业繁荣的都市，人的非凡能力和智慧受到崇仰，人们泡在公共澡堂里谈哲学，在雅典的神庙廊柱下搞辩论，学术环境基本是平等的，这使得希腊人能够充分地展开思想的翅膀。古希腊的学术侧重于探讨自然的奥秘、宇宙的本源，很早就完善了缜密的逻辑推理思维方法。而此时的中国，正处于诸侯兼并、争雄天下的年代，文人驾着颠簸的木轮车游学讲学，是为了"为世所用"，受到王族贵胄们的赏识。因此，他们讲的多是所谓"修齐治平"的政治学说，除了老子和墨子在论著中偶然提及少数物理现象佐证他们的观点外，基本不探讨自然奥秘和宇宙本源。研究方法也和西方人大相径庭：满足于"述而不作"的直感的意象思维，只讲"然"不讲"所以然"。

东西方不同的文明，如果说开始两者的分野还不是太大，而后来在中国占了统治地位的儒学体制，把知识分子和劳动阶层完全割裂开来，重"文"而轻"理"，重玄想而轻实践，致使中国许多技术发明的成果得不到理论的总结与提高，长期处于经验传承的阶段，最终造成中国文明的停滞与落后。可怜中国历史上无数才高八斗的文人墨客，在对自然规律的认识上却表现出惊人的麻木，像现在连小学生都爱问的问题"地球为什么是圆的""猿猴怎么变成人"之类的问题，他们连思考都不思考，宁愿满足于"天圆地方""阴阳五行"等似是而非的见解终其一生。

应当指出，并不是所有的古代知识分子都是这样，也有少数人能够冲出这种传统的羁绊，保持了对自然奥秘的兴趣和缜密的科学探索精神，他们就成为中国文化史上的传奇。张衡、祖冲之、一行和尚、李时珍就是这类人物，沈括无疑是他们中最出类拔萃的一个。他的知识渊博，在天文、地质、化学、数学、光学、医学、建筑学、工艺制作、军事、哲学、艺术等领域，都有自己独特的探索和贡献，在中国文化史上是少有的通才、奇才，也是少有的头脑清醒的人。按说，沈括生活的那个年代，是一个群星璀璨的时代，他和王安石、范仲淹、苏轼这些文化巨人同朝为官，他们每一个人的政绩和著作，其影响都压过沈括，而如果要论知识结构的广博和科学头脑的缜密，他们谁都比不上沈括。他是另一种面貌的知识分子。

正因为他的这另一种面貌，造就了他的脱颖而出，由一个县级主簿小吏，而代理县长，而县长，而知州，而馆阁，而司天监，直到最高权力机构三司使。每一步升迁都是靠了扎扎实实的政绩：治河河平，修城城坚，观天修历，察地做图，出使维权，打仗卫土，干一行通一行精一行，几乎都是靠了他严谨缜密的科学头脑和务实精神。从《梦溪笔谈》的每一个条目里，几乎都有他不同凡响的思考和发现，许多体会非用心体察的亲历者绝写不出。

也正因为他的这另一种面貌，他和当时常规面貌的文人们始终显得若即若离，在官场世故方面和人际关系的处理方面更是捉襟见肘。他靠实干赢得了很高的位置，却又保不住这种位置，旁边不相干的人很容易就可以恶语中伤他；从政治态度上讲他本来是属于坚定的变法派，但因为他太直太拗，连变法的策划人王安石也误解、攻击他；他和苏轼本来有很好的友谊，两人曾一起编纂《苏沈良方》，后来却被误解为"乌台诗案"的始作俑者；他总是出现在当时朝政最难、最苦的岗位，总是取得许多成绩而得不到奖赏，但最后却因为一个个偶然发生的错误被实实在在地放倒……他只好在身体和精神双重的压抑中写自己的书度过残年，六十四岁就离开人世。

苏轼曾说自己是"满肚子的不合时宜"，而与他相比，沈括更加"不合时宜"。苏轼的"不合时宜"，是缘于他清高、秉直的文人气质，而沈括的"不合时宜"，是他科学严谨的思维方法，与周围的文化环境不协调、不融合。从这个意义上讲，沈括的"不合时宜"更深刻，他的逝世是他个人性格的悲剧，更是中国传统文化内在矛盾的悲剧。与他的情况相似，汉代发明候风地动仪的科学家张衡，知识广博，思维缜密，才华出众，却也是死在莫名其妙的宫廷内斗中，这说明他的际遇不是偶然的。

在本书中，我就试图从这个视角去写沈括，写他这种特殊的知识结构和思维方式是怎么样形成的，对他的个人生活带来了什么际遇，又使他和周围的环境产生了怎样的和谐与不和谐，他的情怀与当时一般知识分子的情怀有什么差别和冲突，在当时的政治风云中又给他带来什么样的荣辱恩怨。

我觉得只有从这个对传统大文化反思的大视角，才能把沈括这个人物真正地写出来。在此书的写作过程中，我尽力保持了历史的本来面目，除了生活的细节之外，几乎每一个重要的事件都有史籍文典的依据，尽量用沈括真实的际遇来感动人、触动人，我觉得沈括本身的事迹足够做到这一点了。

在这一方面，我要特别地感谢安作相先生，他集十几年苦心研究创作的《梦溪探秘——沈括生平钩沉》一书，对本书的写作给予了很大帮助。安先生本身就是一个石油科学家，他以严谨、细腻的科学态度对关于沈括的大量史料做了甄别和考证，把沈括的一生轨迹勾连起来，给我很大的启发。我没有见过这位先生，但在这里我要表达对他的敬意。

另外，在此书中，我也力图写出当时的时代特点和时代氛围。

沈括生活的时代，正是中国文明发展的一个关键时刻：经过唐代的大繁荣，封建的农耕经济可以说已经发展到一个顶点，宋代海上贸易开始取代西域丝绸之路，城镇贸易空前发达，萌芽的商品经济促进了手工制造业，各种传统工艺技术已经相当成熟和精到，急需要科学地总结和发展。沈括这样的人物也就应运而生了。另一方面，陈旧的封建统治方法也越来越暴露出其弊端，不能适应经济发展的需要，于是各种"变法"也应运而生，王安石的变法就是影响最大的一个。这两个应运而生的潮流并行，恰恰是造成沈括命运多舛、使他内心分裂的根本根源。只有勾画出当时特殊社会面貌的全景图画，才能看得出沈括的身影在这幅图画中的位置和格调。

由于有《杨家将》《水浒传》《说岳全传》等书的影响，人们对于宋朝总有一个朝廷腐败、奸佞当道、民不聊生的感觉。其实从总体来说，宋代皇帝重文轻武，是历史上少有的空前重视知识分子的时代，也是"改革"和"变法"最频繁的时代，起码在北宋前期，它的政治表现出相当程度的开明，注意总结历史的经验教训，施政水平也比较高，因此保证了宋代经济文化都达到唐以后的又一个新高度。也正因为如此，知识分子在专制体制下的种种尴尬和困惑，知识分子自身的弱点和恶习，儒家文化的弊端，也表现得淋漓尽致。在当时，变法派与守旧派的矛盾，绝不可以用简单的人格道德评判来概括，加上三代皇帝意志的朝秦暮楚，已经演变成文人间"党争"的混战。沈括这种人身处于这种环境，他的内心必然是复杂、矛盾的，他醉心于科学，无意与人争，却又被裹挟进政治风云不得不与人争，这种彷徨和探求是有典型性的，我觉得，这恰恰能反映出在中国文化背景下中国知识分子的普遍命运。写出这些来会大大提高作品的深度，也能使得作品具有更广泛的现实意义。

但凡一个变革的时代，新生的观念总要对传统的观念进行叛逆、进行宣战。单纯的学术观念，但凡不带偏见的学者，是比较容易接受的，但一旦这种观念与权力、地位、个人名誉、利益结合起来，事情就复杂多了。王安石的时代是这样，如今商品经济主导的社会里也是这样。

所以我主张，在这方面我们应该学习沈括的纯粹。

沈括一生都保持了对身边未知事物孜孜不倦的好奇心和求知欲，不论是自然的奥秘，还是社会学中的悬谜。他不满足于皮相之解，不迷信于权威习见，总要通过自己的实践和观察去一探究竟，在这方面，他永远像孩子一样天真，不管他在政坛上的起伏荣辱，也不管他身体状况的好坏，工作是否繁忙，这种浓厚的兴趣始终如一。他总能在自己身边发现新鲜的事物，不惜花几年几十年去琢磨、破解它，为此耗费了大量的精力与心智。相反，别人在人情世故、钩心斗角方面下的"功夫"和"学问"，他却认为全无价值，毫不用心经营。连家庭的伦常之乐，他都看得很淡（所以他的家庭生活很不幸）。他沉醉在自己营造的科学探秘的精神氛围里，独自痴迷，不在乎曲高和寡、知音者少。他是超脱的，也是孤寂的，他永远没有陷入常人甩不脱的那些功利是非的旋涡，这是他的幸运，而他也注定了一辈子被误解、被中伤，甚至代人受过都无怨无悔，这也是他的悲哀。

但是从另一方面讲，这又是他的喜悦，如果他不是这样，在那些非学术的荣辱沉浮里盘桓得太深，也就不会有那么多的成就。

最后，我还想向读者说到关于沈括评价中的几个有争议的问题。

在目前学术界关于沈括的研究中，对其在科技史上的贡献和地位是公认的、没有疑义的，而对于其人格、性格、在历史上所起的作用方面，却有不同的评价，主要集中在如下几个问题上。

争议最大的是沈括是否在"乌台诗案"中构陷了苏轼。历朝历代文人笔记中对此褒贬不一，而当代也有著名学者取一家之言，在自己的文章中采纳了否定沈括人格的观点，说沈括在科学上很伟大，在人格上很卑俗。此论在网络上广泛传播，在青年中造成了一定影响。然而，这却是一个严重的误会。

我在查阅了有关资料后，和古今大部分史学家的看法是一样的：绝无此事！评价一个人的行为，不能离开他全部历史表现出的思想脉络和精神状态，从沈括总的参政历史、所作所为和他所受的教育来看，他是一个清正、务实、品格端庄的官员，他与苏轼没有任何个人恩怨，没有因果动机做此事，专家否定的意见是站得住脚的。

其二，是关于沈括性格是否"怯懦"的问题。有论家根据上述事件，认为沈括在权威面前不敢坚持自己的政治主张，同时在家庭中一直"惧内"，居然在吵架中让凶悍的老婆揪掉自己的胡子，说明他性格"怯懦"，是他人格上的缺陷。我觉得，从沈括在大的历史关头所表现出的行为，如在与敌国谈判中大义凛然、据理力争保护大宋领土，如率兵作战运筹帷幄，出生入死，不避钺斧等，丝毫也没有怯懦的表现。只是在朝廷权位和名利之争中表现淡漠谦和，和什么人都能合作，都采取"扶台"的态度，身居高位却不那么颐指气使、飞扬跋扈，这正说明他的胸怀阔大，不看重细微得失，不能就此认为他是"怯懦"。至于他对老婆张氏的态度，因为张氏的父亲曾最先举荐他进入政坛，他一辈子感恩戴德，从而对其忍让再三，不和她一般见识，这正是他胸怀和教养的表现。我倒觉得，在当时特定的历史环境下，沈括又不是决策者，即使表现出一些退让也是极正常的，我们没有理由要求他做道德上的完人。

其三，有学者从《梦溪笔谈》中看到，除了大量有科学价值的条文外，也有一部分涉及神仙、怪异和占卜方面的条目，从而对沈括的哲学信念是否唯物提出质疑。

我的看法是这样的：我们衡量历史人物的进步性，只能以当时的科技水平和哲学水平做基准，不能要求他超越历史。在大多数知识分子对自然奥秘麻木、冷漠，沈括却热衷研究，并且做出了许多超越时代的天才判断和真知灼见，这已经是很了不起了。他虽然喜爱、热衷科学，但毕竟是在当时东方文化总体氛围下做这些观察和研究，有些结论是错误的，有些他解释不了，在这种情况下就求助于道家神学，用丹学家、易学家的理论来解释，是可以理解的。从总体上，沈括的哲学思想，先重《孟子》之学，后来随着阅历和机遇，趋向于老庄道家，他在著作中明确否定神秘论和先天决定论，认为事必有理、有道可以格致，他的哲学观毫无疑问是唯物的。

总之，通过写作这部传记，我由衷地敬重这位巨人。我强调他是"另一种面貌的知识分子"，是想要在当代的文坛、政坛里更多一些科学思维和科学精神，这无论对于复兴中华的事业还是对于每个人的思想修养，都是很有益处的。

图书在版编目（CIP）数据

梦溪妙笔：沈括传 / 周山湖 著. -- 北京：作家出版社，
2016.10

（中国历史文化名人传丛书）

ISBN 978-7-5063-9183-2

Ⅰ.①梦… Ⅱ.①周… Ⅲ.①沈括（1031～1095）- 传记
Ⅳ.①K826.1

中国版本图书馆CIP数据核字（2016）第230782号

梦溪妙笔——沈括传

作　　者：周山湖
传主画像：高　莽
责任编辑：林金荣
书籍设计：刘晓翔+韩湛宁
责任印制：李卫东　李大庆
出版发行：作家出版社
社　　址：北京农展馆南里10号　　　　　邮　　编：100125
电话传真：86-10-65930756（出版发行部）
　　　　　86-10-65004079（总编室）
　　　　　86-10-65015116（邮购部）
E-mail:zuojia@zuojia.net.cn
http://www.haozuojia.com （作家在线）
印　　刷：北京汇林印务有限公司
成品尺寸：152×230
字　　数：330千
印　　张：23.25
版　　次：2016年10月第1版
印　　次：2016年10月第1次印刷
ISBN 978-7-5063-9183-2
定　　价：65.00元（精）